COMME UN CHAT SAUVAGE

DU MÊME AUTEUR

MON CŒUR S'APPELLE AMAZONIE
(1983)

ANNE-SOPHIE TIBERGHIEN

COMME UN CHAT SAUVAGE

récit

ÉDITIONS ROBERT LAFFONT
PARIS

ISBN 2-221-04573-4

A Gilbert, que j'ai tant haï,
A papa, que j'aime tant...

Je remercie Étienne de Monpezat
qui m'a aidée à écrire ce livre.

Prélude

« Sous les tristesses du bonheur *... »

C'est une histoire à la première personne et pourtant ce n'est pas un témoignage comme un autre. Pas un recueil de belle ou de triste enfance, enluminé par une main plus ou moins gracieuse. Rien à voir avec ces Mémoires sereins et lisses, peaufinés et souriants que, l'âge venu, on cisèle à sa gloire, sous couvert de petits-enfants que l'on veut affranchir ou distraire.

Dès les premières pages, il apparaîtra plutôt que je viens, des années après, régler de vieux comptes, comme un de ces combattants mal guéris de guerres mal vécues qui n'en finissent pas de se dresser à la barre, de livre en livre, défenseurs en retard de causes depuis longtemps perdues.

Pourquoi revenir alors, même en mots, sur un passé qui n'a fait que me mettre en miettes, m'écarteler aux quatre coins du monde et du désespoir ? Quand on ravive ses blessures, c'est pour meurtrir quelqu'un. Ou bien c'est par délectation morbide. Moi, non. Je n'avais pas fini ma guerre, voilà tout. J'ai seulement fini par comprendre que si, d'aventure en aventure, je ne faisais jamais que rallumer le même incendie de souffrance, il y avait bien une raison.

* Longtemps Rimbaud fut mon seul compagnon de révolte et de malheur, mon seul ami. J'ai choisi de scander chaque étape de mon livre par un éclat de son génie.

Comme le chien battu tremble à la vue du bâton, comme le cheval peureux n'a pas oublié le vieux coup de cravache. Il m'a fallu attendre cette année même pour comprendre enfin : du feu qui revient me brûler à intervalles sans que j'en trouve l'étincelle, j'ai vu soudain qui frottait l'allumette. Le mécanisme démonté sous mes yeux avec la simplicité de l'évidence, la démarche dès lors était inévitable : comme on dit qu'on exorcise ses démons, j'ai voulu retrouver mes mauvaises heures pour les jeter à tout jamais hors de ma mémoire. Il fallait donc les vivre une fois encore, mais cette fois en toute connaissance de cause. Les revivre vraiment, telles que je les avais vécues — j'allais dire reçues, comme on reçoit une gifle ou un coup de pied. Avec la même violence. La même injustice. La même horreur et le même aveuglement.

Le difficile était d'aller jusqu'au bout. D'allumer les allumettes une à une, sans en laisser au fond du paquet. De refuser, malgré le recul des années, la tentation tardive de l'objectivité, choisissant d'être injuste, insupportable et méchante quand je l'avais été. Difficile de retrouver froidement mes saintes colères. Difficile de ne penser qu'à soi, de ne pas oublier que les autres pavent votre enfer de leurs bonnes intentions.

Parfois, le plus simple est le plus malaisé. Comment faire, quand on vous tape sur les doigts à coups de marteau — même si, peut-être, on s'est toujours débrouillé pour mettre la main sur l'enclume —, comment faire pour parler sobrement ? Quand on a mal, on ne raconte plus comme il faut. On gueule. On crie.

Un cri, ça fait du bruit. Ça casse les oreilles — celles des autres, bien entendu. Ça fait peur ou ça fait trembler ceux qui ont encore leur âme d'enfant, comme le cri du loup dans la nuit. Les autres, ça les fait sourire, ou détourner la tête : ils en ont trop entendu, de ces histoires de gosses qui ont pris les mauvais chemins...

Qu'on me pardonne : non seulement j'ai accepté de crier, mais j'ai décidé de crier sans nuances et sans précautions.

Et d'abord pour moi. Car j'en avais assez. Assez de prendre mes impasses pour les voies du salut, assez de vivre à côté de moi, comme d'autres à côté de leurs pompes. Assez d'aller au bout du monde pour ne pas me trouver ou, ce qui est pis, pour retrouver le même trou béant dans mon cœur. Oui, assez d'avoir mal et de ne pousser, dans mon for intérieur, ou de ne coucher, dans mon journal, que des plaintes que personne n'entendait.

Pour moi donc. J'ai longtemps cru que je criais pour moi, comme celui qui a choisi sa mort s'imagine tirer sa balle contre lui : mais on ne crie jamais que pour quelqu'un.

C'était pour lui. Lui, le dédicataire de ce livre, « Gilbert, que j'ai tant haï, papa que j'aime tant ». Le même homme, on l'a deviné. Car c'est à cause de lui, pour lui, contre lui, que j'ai fait ce que j'ai fait. Est-ce ma faute à moi s'il ne s'agit encore — vingt ans après ! — que de nous ouvrir, enfin, le cœur ?

Aujourd'hui, on s'allonge sur les divans, en mal de vérité. On se couche dans les bras de l'homme, ou de la femme, en mal d'oubli. Je l'ai fait moi aussi, sans résultat. C'est en me couchant sur le papier — les jeux de mots de la vérité... — que j'ai enfin lu mon histoire. L'histoire d'un malentendu. C'est-à-dire d'un amour qui se conjugue sur le ton de la haine...

Un dernier mot, qui n'est pas de prudence, mais de simple honnêteté. Ces pages ne sont pas une enquête sur une enfant au-dessus de tout souçon. Pour un passé noir, il ne saurait y avoir de bilan objectif, pas même de plaidoyer honnête. Si j'attaque sans mesure, si je casse sans prudence, si je blesse sans pitié, au risque de tuer, c'est que je ne pouvais pas entendre les raisons d'autrui. Il s'agissait de pêcher ma vérité, au milieu du fouillis, comme on sauve sa peau au milieu des blessés. Et ma vérité n'est pas la sienne. Ma vérité, en ce temps-là, c'était mon père à haïr, ma fille à aimer. Il n'y avait pas de place pour les autres. Pour les bonnes raisons et les bons sentiments d'en face, c'était pas l'heure.

Rien n'est donc vrai. Les coupables que je montre du doigt sont innocents. Mais si j'ai mal vu, c'est que j'avais des larmes dans les yeux. Et si mon père, malgré moi, se retrouve aujourd'hui le mauvais héros de ces pages, on verra plus loin que le portrait n'est pas ressemblant. Il m'aimait. Moi, je ne le savais pas, et hier son soleil noir, malgré quelques éclaircies, a refroidi mon enfance. Ce n'est pas sa faute. Ni la mienne.

Mais cela suffisait. Il me fallait le dire. J'ai écrit ce livre pour qu'il me reste une vie. Une vie à vivre sans boulet à traîner.

On m'a longtemps appelée le petit chat sauvage. Le petit chat est mort. Je suis libérée. Je suis Anne-Sophie, pour apprendre l'Amour.

PREMIÈRE PARTIE

« AH ! CETTE VIE DE MON ENFANCE... »

Ah ! cette vie de mon enfance, la grande route par tous les temps, sobre naturellement, plus désintéressé que le meilleur des mendiants, fier de n'avoir ni pays, ni amis, quelle sottise c'était. Et je m'en aperçois seulement !

« Une saison en enfer. »

Chapitre premier

« Comme un nid sans plumes, sans chaleur... »

Et là, — c'est comme un nid sans plumes, sans chaleur,
Où les petits ont froid, ne dorment pas, ont peur ;
Un nid que doit avoir glacé la bise amère...

« Les Etrennes des orphelins. »

Lorsque j'ai appris qu'elle était morte, là-haut, en Scandinavie, j'ai éclaté en sanglots. Et j'ai pleuré, pleuré des heures sans pouvoir m'arrêter.

Dans la 2 CV camionnette, allongée sur les vêtements qui me servaient de matelas, j'essayais d'être courageuse et de contrôler mes hoquets. Il pleuvait. La pluie frappait le toit de la camionnette. Avec le froid, la condensation faisait rouler les gouttes sur la tôle du plafond, elles tombaient une à une sur mon visage. J'essayais d'imaginer ce qui s'était passé. Accident de voiture ? Crise cardiaque ? C'est alors que sa phrase m'est tombée dessus, comme un mur de glace. Je ne l'oublierai jamais : « C'est pas parce que ta mère est crevée que tu vas pleurer toute la nuit et m'empêcher de dormir... »

J'ai ouvert les yeux, je me suis dressée dans mon sac de couchage, mais je n'ai rien dit. Un instant, je me suis demandé si j'avais bien entendu. Et j'ai su que c'était fini à tout jamais.

Je me suis remise à pleurer de plus belle...

Un mois plus tôt, mon diplôme en poche, j'avais décidé de partir. Un vieux rêve de tour du monde, sans idée de retour avant longtemps. On se débrouillerait.

J'avais convaincu Yves sans trop de peine. Quant à notre fille, Samantha, âgée d'un peu plus d'un an, elle semblait d'accord !

On avait planifié vaguement notre voyage, on avait rendu l'appartement, rangé les meubles dans un garde-meubles, acheté une vieille camionnette 2 CV. Yves l'avait aménagée de façon à pouvoir y dormir, on partait pour longtemps, chargés de boîtes de conserve, de rêves et de bonheur.

Nous n'avions qu'un objectif défini, le pôle Nord ; ensuite, on verrait bien, on suivrait les étoiles... On avait avalé la Belgique et la Hollande, on avait pris notre temps au Danemark, on avait traîné en Suède et en Norvège, on avait planté des racines en Finlande parce qu'on s'y sentait bien. Après avoir été rôder du côté de la frontière soviétique, on avait gagné la Laponie finlandaise...

Nous roulions tout le jour, visitant les villes et les villages, uniquement préoccupés de trouver de quoi nous nourrir. Nous pêchions dans les lacs, nous allumions le soir des feux de fortune pour cuire nos poissons, nous trouvions des fruits à croquer, nous buvions du lait...

On aurait pu cueillir le bonheur aux quatre coins de l'aventure, et pourtant je sus bientôt que je m'étais trompée de rêve. Ou plutôt, j'étais seule à vouloir le vivre. Je ne voulais pas d'un voyage exotique, et Yves ne l'avait pas compris. Etonnée, chaque jour davantage, je mesurais ce qui nous séparait. A peine étions-nous hébergés quelque part qu'il ne songeait qu'à repartir, alors que j'avais envie de rester pour « faire amitié » — c'était mon expression et, sans que je le sache, elle disait bien toute mon attente.

Alors, j'ai repris mon petit cahier, et, comme autrefois, j'ai raconté mes tristesses et mes déceptions. Yves lisait le soir ce que j'écrivais sur lui, contre lui... Mais il ne changeait pas, boudeur, pressé, fermé...

Un jour, c'était la fin de l'après-midi, mais le soleil était encore haut dans le ciel, je me suis rendu compte qu'une voiture nous suivait. Amusés d'abord, inquiets ensuite, c'était une voiture de police, qu'avions-nous fait ? Nous avons ralenti, nous demandant quelles règles nous avions transgressées. Le manège a duré encore un long moment, puis la voiture nous a dépassés. Mais au village suivant, les policiers nous ont fait signe de nous arrêter. Je tremblais sans savoir pourquoi, ils avaient pourtant l'air gentil et gêné. Ils ont demandé nos papiers, puis nous ont fait comprendre de les suivre jusqu'à la poste la plus proche. Il était tard, il a fallu tambouriner et attendre avant qu'on nous ouvre...

On nous a dit de téléphoner en France, « *at home* ». Comment avaient-ils notre immatriculation, nos numéros de téléphone et nos adresses ? Impossible de savoir si c'était pour Yves ou pour moi, ils ne parlaient ni anglais ni allemand ! Anxieuse, les jambes flageolantes, j'ai appelé la maison. Personne n'a répondu. Yves a appelé chez lui, et sa mère lui a appris « la nouvelle ».

J'ai saisi l'appareil, mais je n'ai pu dire un seul mot. J'ai glissé le long de la paroi de la cabine téléphonique, je me suis accroupie par terre, puis j'ai hurlé. Un long cri de bête. « Hurlant comme une chienne, hurlant comme une mer. » Le combiné se balançait au bout de son fil, les policiers me regardaient, boule de douleur gémissante à leurs pieds. Alors, la postière s'est approchée, hésitante. Mon cri avait dû résonner dans toute la salle. Et sa main de vieille femme émue s'est mise à effleurer mes cheveux...

Samantha, à son tour, s'approche, elle ne comprend rien, sinon que sa maman ne va pas bien. Elle se glisse à terre, pose sa tête sur mes genoux repliés, bouge son corps contre le mien pour dire qu'elle est là.

Je n'existe plus, je ne pense plus, je ne respire plus. « Maman, écoute-moi, attends-moi, j'arrive. Maman, emporte-moi. Non, ne me laisse pas... »

Des secondes de douleur qui semblent durer un siècle, intense douleur physique qui me déchire. Et pendant ce temps-là, Yves, à quelques mètres de moi, appuyé au mur, semble gêné par mon attitude, l'air faussement absent, une jambe repliée sous lui. Je me relève soudain. Je reprends le téléphone et, sans rien demander, je compose le numéro de papa à son bureau. Je ne pleure plus, je vais pouvoir lui parler, je le sais. Comme absente de moi, je ne sens plus rien, mécanique qui suit ce doigt qui tourne le cadran, les chiffres me reviennent au fur et à mesure. C'est lui, papa. « Allô ! papa... » Mes yeux se brouillent, ma voix s'étrangle. Lui aussi, au bout du fil, se met à bredouiller. Je crois qu'ensemble, unis, fondus dans la même émotion, tordus de malheur, nous poussons une sorte de gémissement animal, sauvage. Le déchirement, le désespoir, le mal total. Que dire ? Dans ce silence qui crie, il n'y a plus rien qu'une blessure partagée. Accrochés l'un à l'autre au bout du fil, à plusieurs milliers de kilomètres, sans un mot, nous partageons pour la première fois quelque chose, la même violence, l'amour. Comme si nous mêlions nos appels au secours. « Ma maman, ma femme, Annick, maman, entends-nous encore une fois, une seule fois. » Mes larmes jaillissent. Lui aussi doit pleurer.

Alors Yves a pris le combiné. Ensemble ils ont arrêté les détails de mon retour par le premier avion — mon père s'arrangerait pour payer le billet à l'arrivée...

J'ai oublié le nom de ce bled perdu où nous avait rattrapés la mort de maman. Il a fallu rouler quatre cents ou cinq cents kilomètres sans un mot. L'aéroport était fermé, on a garé la voiture, et c'est là qu'Yves a voulu dormir...

J'ai pris l'avion avec Samantha, Yves ramènera la 2 CV... A l'aéroport, j'ai mis mon bébé dans un caddie. Samantha rit de toutes ses petites dents blanches, je lui souris, je ris à mon tour. Je ris, moi ? Moi dont le cœur saigne depuis des heures, je ris ? Un homme jeune vient vers moi et s'arrête. Il me dévisage et me dit en anglais : « Vous êtes belle... »

Je lève les yeux sur lui, interloquée. Je voudrais lui crier que maman vient de mourir, que je ne suis pas belle mais déchirée, habitée de détresse, et que personne ne comprend jamais rien. A moins que le malheur ne m'ait rendue belle. Un malheur aveugle qui ne saurait plus ce qu'il fait.

Plusieurs fois, j'ai revécu cette scène absurde.

Dans l'avion, je les imaginais tous en habits de deuil, noir foncé, noir sombre plus noir que noir.

Et puis, en débarquant, comme je les cherchais des yeux, j'ai soudain reconnu la robe rose de Delphine, ma petite sœur. La robe rose de Delphine pour m'annoncer la mort de maman... Rose vif, signe de bienvenue, signe d'espérance. Ma petite sœur qui vient me chercher, qui par ce geste veut me dire que, si le malheur a frappé, il faut le regarder s'éloigner. Sourire malgré tout. Je comprends qu'elle vient à mon secours, qu'elle veut me donner le bras, la main, le cœur. Son sourire crispé me bouleverse, et papa à ses côtés, qui, lui aussi, tente d'ébaucher un signe de joie ! On a pleuré dans les bras les uns des autres, sans un mot. Serrés tous trois ensemble, sourires envolés, hoquetant de misère. Incapables de nous séparer, bête à trois têtes qui vacille, cimentée par la même peine...

Dans la voiture, j'ai fini par demander : « Comment cela s'est passé ?

— C'est elle qui a voulu mourir... Un accident... Avec un train... Elle s'est jetée... Elle a voulu sa mort. »

J'ai pensé qu'en arrivant à la maison j'allais la revoir, qu'elle m'attendait dans sa chambre de morte. Et puis, il n'y avait personne, rien. C'est alors que j'ai su que « cela » s'était passé il y avait plus de trois semaines. Le 2 septembre 1974. Depuis, on me cherchait à travers toute la Scandinavie. Papa avait communiqué partout notre signalement, le numéro de notre voiture. On les avait affichés dans tous les postes de police, dans les épiceries, dans les stations d'essence...

L'enterrement était passé, on avait refermé la terre. Sans moi. On m'a amenée sur sa tombe, encore couverte de fleurs. Simple, plate, comme elle aurait aimé. A nouveau, je me suis mise à pleurer. J'avais tant de choses à lui dire, mes vacances, mon voyage raté, mes disputes avec mon mari. Je me suis assise sur un coin du marbre, j'ai effleuré du doigt l'inscription sur la plaque de bois. Nos dernières conversations me sont revenues à la mémoire.

Elle répétait souvent : « Anne-Sophie, quand je serai vieille, j'espère que je ne vous embêterai pas comme maman qui se plaint toujours, et qui ne sait pas être heureuse. » C'était vrai que Mamina n'était jamais contente nulle part, promenant son ennui de résidence en résidence à travers la France... Mamina qui, elle aussi, quelques années plus tard, décidera que la vie ne valait plus la peine de souffrir...

Ses confidences, encore : « Toutes les deux, Anne-Sophie... Tu as un mari difficile... » Elle se plaignait d'être seule, incomprise, elle m'avouait qu'elle pleurait parfois. « Ton père est fatigué, exigeant, ça ne va pas. Tout ce que je fais est toujours mal fait. » Et je pensais à la bouteille de bière, toujours trop chaude — la grande bouteille Pélican qui devait l'attendre chaque soir —, aux piles de journaux mal rangées, jamais disposées comme il convenait, aux enfants toujours trop bruyants, trop turbulents...

J'avais deviné, depuis quelque temps, qu'elle traversait une tempête. Voilà que, soudain, elle me prenait pour confidente, voilà que nous avions des relations de mère à fille, de femme à femme...

Je cherchais comment l'aider.

A l'époque, je faisais de la dynamique de groupe à l'Université, il fallait bien trouver un moyen de rejeter hors de moi tout ce qui me faisait mal. J'essayai de la convaincre d'en faire avec moi. Elle refusait, peut-être avait-elle peur de rencontrer sa vérité. Pour la réconforter, je lui jurais que je n'étais pas malheureuse. Je lui disais : « Tout n'est pas rose, mais au moins je le sais. Un jour, il suffira d'ouvrir la porte de sortie, il suffira qu'on se dise au revoir, Yves et moi, pour essayer autre chose chacun de son côté. » Et je multipliais les raisons d'aller bien, j'avais des amies, l'Université me passionnait, il y avait mon enfant qui avait besoin de moi, qui me donnait tant et à qui j'avais tant à donner. Et le monde qui m'attendait.

Parce que maman me parlait, parce que j'ai voulu lui prouver qu'il existait une solution pour moi, je me suis retrouvée dans l'obligation d'en inventer une. Jusqu'alors, j'avait été préparée à des choses simples : l'homme était là pour apporter le bonheur, c'était lui qui, un jour, entrait dans la vie des femmes, son cadeau dans les bras. C'était son rôle d'homme. Avec maman, j'ai deviné, petit à petit, que cette attitude passive conduisait à l'impasse. C'est alors que j'ai fait mes premiers pas, que j'ai commencé, pour moi, une démarche d'autonomie. J'avais compris toute seule : on ne reçoit pas le bonheur, on le veut, on l'invente, on le prend. On le vole.

Alors, j'ai remué au fond de moi ce qui me restait d'optimisme, et je me suis répété chaque matin que j'irais de l'avant. Les moments de désespoir du réveil, peu à peu je suis parvenue à les faire reculer. J'ai parlé à Yves, on a fini par convenir qu'il ne fallait pas rester ensemble. D'ailleurs, on l'avait toujours su.

Et puis, un jour, malgré tout, on a repris un autre rêve. Puisque rien ne nous accrochait en France, on allait devenir des voyageurs, on vivrait comme les gens de *Connaissance du monde* que papa accueillait parfois chez nous quand nous étions enfants... Yves s'occuperait des prises de vues, moi de la partie conférence. Comment aurais-je pu savoir alors qu'il y avait voyage et voyage, et qu'il ne suffit pas d'avaler des kilomètres pour bouger ? Yves rêvait d'aventure, moi je croyais qu'il suffisait de partir ensemble pour avancer sur un même chemin. Mais, même à trois mille kilomètres de chez nous, il aurait peur de parler à des inconnus. Il ne chercherait pas à sortir de lui pour aller voir, il préférerait rester dans la voiture à rouler ses cigarettes plutôt que d'aller traîner dans la rue. Alors que moi, malgré ma peur, malgré ma timidité, je savais que rien ne se passait jamais si l'on ne provoquait d'abord « le contact », comme on dit du boxeur qui cherche l'adversaire...

A la maison, j'ai cherché maman partout. J'ai ouvert une à une ses armoires, j'ai remué ses robes, ses sacs, ses chaussures... seul son parfum, qui montait de ses vêtements, venait me frapper au visage. A tout jamais absente, déchiquetée et froide à tout jamais. Un vase de fleurs vide dans l'armoire, les pique-fleurs alignés, les rectangles de mousse verte, et mon cœur chavirait dans ma poitrine, j'entendais sa voix : « Viens, Anne-Sophie, je vais t'apprendre les bouquets... »

Je questionnais papa, mais il ne voulait pas répondre :

« On n'a rien retrouvé. Seulement un morceau de son manteau bleu... Et son alliance... c'est tout... Depuis quelque temps, Anne-Sophie, ta maman était malade... »

Plus tard, j'ai appris qu'elle avait laissé deux enveloppes. Une dans la voiture de papa. L'autre dans sa voiture à elle. Je n'ai jamais pu les lire. Je crois qu'elle demandait pardon...

Delphine, pour moi, avait pris des photos de l'enterrement. J'ai vu les fleurs, les fleurs partout. Comme pour t'enivrer, maman, toi qui aimais tant les fleurs, pour te rappeler les saveurs de notre terre, les petits matins déjà chauds de ton jardin de Rabat, une dernière fois l'odeur de vivre. Delphine m'a raconté que les cartes postales que je t'avais adressées de Scandinavie étaient arrivées les unes après les autres, mes longues lettres aussi. Quand tu n'étais plus là. Adressées au néant, au vide, entassées à côté de ta mort. Pendant qu'à l'autre bout j'étais insouciante, en sursis, condamnée par contumace, condamnée sans le savoir. Pendant que je vivais mes joies et mes pauvres malheurs de chaque jour, ignorante de la terreur qui m'attendait. Quand les cartes arrivaient à la maison, papa pleurait.

Papa. Je me demandais comment il allait faire, et j'ai décidé de rester avec eux. J'étais l'aînée, c'était à moi de m'occuper des petits...

Chapitre 2

« Jadis, si je me souviens bien... »

Jadis, si je me souviens bien, ma vie était un festin où s'ouvraient tous les cœurs, où tous les vins coulaient...

« Une saison en enfer. »

Je suis née dans un pays chaud et doux, dans le soleil, les odeurs et la lumière. A Rabat, Maroc, le 17 mars 1953.

En face de ma fenêtre, la tour Hassan aux murs de brique sculptés, la mosquée d'où s'envole, cinq fois par jour, l'appel du muezzin. De l'autre côté de la rue, il y a une ville, une vieille ville : Salé, la cité arabe. Odeurs, couleurs, aujourd'hui comme hier, je les respire, je les vois.

Tout autour de la maison blanche à deux étages, aux toits en terrasses écrasés de chaleur, le jardin peuplé de fleurs, de serpents et de chats. Au parfum sucré des mimosas se mêlent dans ma mémoire les odeurs d'épices qui montent des cuisines, la fumée des brochettes ou des poissons grillés ramenés de la mer. Je revois Boiza, le cuisinier, ou Fatima, qui prenait tout son temps pour préparer le thé à la menthe. Il y avait encore les inoubliables couscous énormes, les tajines, les pastillas et les cornes de gazelle.

Sur le chemin de l'école, la rue sillonnée d'Arabes avec, au bout, l'épicier qui nous vendait des chewing-gums et des petits bonbons à un centime. A chaque fois, il ajoutait un petit présent : « Tiens, un fruit à croquer pour ton goûter... »

Ma meilleure amie était Leila Mouline, chez qui j'allais parfois déjeuner ou prendre le thé. J'aimais, j'adorais ce sentiment d'être celle qui franchissait les barrières, celle qu'on acceptait pour partager d'autres manières de vivre. Seule habillée à l'européenne, je m'allongeais comme eux, autour des plats, je saisissais délicatement, moi aussi, les aliments avec les trois doigts de la main, et je me brûlais sans rien dire.

La vie alors n'était qu'un jeu, un jeu qui ne s'arrêtait jamais. On allait pique-niquer dans la vieille ville autour de la piscine des Oudayas, et les jeudis, tous les jeudis, on allait à la plage. On s'y rendait aussi les jours où il faisait trop chaud pour aller à l'école. Fatima, qui n'aimait pas la plage, restait à la maison, et c'était maman qui nous accompagnait. Papa, parfois, nous rejoignait.

Des noms de plage à faire rêver, Petit-Contrebandier, la plage des Nations, Temara, Bouknadel, noms magiques qui me prennent encore aux épaules et m'allongent sur le sable chaud.

Oui, même les heures des leçons coulaient vite, les cours de natation ou de tennis, comme les cours de latin de la bonne sœur radotante.

J'étais bien — aujourd'hui je dirais heureuse —, je jouais dans la rue, je jouais à l'école, à midi avec maman, le soir dans le jardin avec mes deux sœurs et mon petit frère. C'était bien. J'étais trop occupée à vivre ma vie d'enfant pour me soucier d'autre chose. Alors, je bâtissais ma maison de poupée dans les fleurs du jardin, je préparais longuement mes dînettes où les pétales de fleurs composaient de succulents mélanges, j'alternais la marelle et les patins à roulettes...

Solitaire, j'aime aussi qu'on me remarque. Alors, pour provoquer l'attention, je provoque le risque. Les voisins sont effrayés par la petite fille aux patins qui les frôle à toute vitesse sur les trottoirs, qui lâche le guidon de sa bicyclette et met les pieds dessus, et les amies de classe envient les cabanes que je bâtis sur les plus hautes branches des arbres, refuge où je me crois inaccessible, perchoir où je reçois avec griserie l'hommage de mes camarades d'en bas. Seuls les rares membres choisis de mon club — le Club du lion ! — ont parfois le droit de faire avec moi des choses impossibles. C'est à celle qui descendra plus vite que moi ou qui grimpera dans les épineux, à celle qui osera relever les défis que je lance — voler les fruits défendus, sauter les haies du voisin irascible, pour le danger, pour se faire prendre...

Cette belle vie d'enfance, sur fond de soleil et de sourire marocain, il fallait bien qu'elle ait aussi, chaque jour, un petit moment difficile.

Un coup de klaxon, peu après 7 heures du soir, ouvrait la parenthèse. Papa revenait à la maison, et ce petit signe — de joie sans doute pour lui — était pour nous le signal d'un garde-à-vous général, rituel vespéral qui figeait tout ce qui bougeait, jusqu'à la femme de ménage.

Papa est là. Papa du soir, deux longues jambes derrière un journal, dans le même coin du canapé salon. Un papa sans tête, un journal à deux jambes sous son lampadaire. Papa du matin, c'est un petit déjeuner, le sien, pris au salon, un autre, celui des enfants, à la cuisine, à cause du bruit. Le bruit, son obsession : quand il était l'heure d'aller dire bonsoir, il fallait le faire en silence. Deux bises obligatoires, avant de repartir sur la pointe des pieds, tout doucement, sans faire de bruit, en refermant la porte avec précaution — car il y avait toujours une porte qui claquait, un courant d'air intempestif : « Ferme la porte, Anne-Sophie, ferme la porte ! » Papa fouettard aussi, à l'heure du repas du soir.

« Anne-Sophie, tu vas finir ton assiette. » Pourquoi la remplissait-on toujours de carottes râpées et d'épinards, que j'avais en horreur ? Et moi qui n'avais pas l'intention d'obéir — pas pour le plaisir de faire la forte tête, simplement parce que je n'aimais pas les carottes —, je me retrouvais bientôt à la cave, assise dans le noir sur mon tas de charbon noir, mon assiette sur les genoux.

Et papa venait, à intervalles réguliers, constater l'évolution de mon tas de carottes et, comme celui-ci ne voulait pas diminuer, il distribuait sa fessée...

Cette petite sévérité quasi quotidienne était le seul point noir qui achevait les journées lumineuses. Mon sentiment d'une liberté totale n'en était pas altéré...

Maman, c'est un rire en cascade comme sa chevelure blonde, un rire clair qui illumine sa peau bronzée. Des odeurs de crème aussi, et de vernis, l'odeur de ses parfums.

J'ai le souvenir d'une belle maman, d'une jolie maman qu'on aime de tout son cœur d'enfant, belle dans ses belles robes et ses beaux maillots de bain, belle sur la plage, belle pour sortir la nuit et pour recevoir. Féerie de ces soirées dans le jardin, dont nous observions le déroulement cachés derrière un buisson, depuis les voitures magnifiques, les plis impeccables des nappes amidonnées, les musiques et les danses qui faisaient tourner les couples. Maman que je comparais à la Sainte Vierge, femme fière de ses quatre enfants qui se succédaient de deux ans en deux ans — fruits de quelle planification — maman composait pour moi l'image du bonheur. Si belle que je n'arrêtais pas de prendre des photos d'elle — j'avais reçu un Instamatic pour ma communion solennelle —, et je tapissais ma collection d'albums de photos d'une maman aussi jolie sur le papier que dans mon souvenir.

C'est vrai qu'elle a l'air heureuse, cette femme de trente ans à l'allure sportive, toujours entourée de ses quatre enfants, les trois filles dans leurs robes à smocks, le garçon dans un petit costume blanc, grappes de sourires s'échappant de la Floride bleue décapotable dans laquelle elle nous emmenait partout. Avec elle on pouvait rire, respirer, dire les mots idiots qui nous passaient par la tête, s'abandonner à des fous rires interminables et sans raison.

Mais le soir, elle aussi, dès qu'on entendait le ronronnement discret de la DS de papa, elle se fermait comme une fleur sous le soleil, contractée soudain, serrée, nerveuse. Quels sujets allait-il falloir aborder, quels sujets surtout devrait-il falloir éviter ?

On passait du rire le plus fou au calme le plus complet, on se mettait à glisser, silencieux comme des fantômes sans chaînes, au long des couloirs, évitant de se trouver sur son passage.

Un homme avait fait tomber le silence sur la maison du rire. Un homme avait tout pouvoir.

Maroc, quelques années d'enfance, et toute une provision d'images engrangée pour la vie. Elles se disputent encore mon cœur, bonheur et nostalgie mêlés, plénitude et déchirure, déjà. Suis-je acceptée ou refusée ? Derrière les bancs de fleurs et les dames en blanc, derrière les sourires des enfants à la peau dorée, se profilent aussi les rues grouillantes d'estropiés et de mendiants, l'odeur des détritus et le bourdonnement des mouches, respect et promiscuité, pauvreté et richesse qui se donnent la main, Maroc étrange et familier, majestueux et sordide, terre promise à jamais perdue, plaie mal cicatrisée...

Il est quelque part au fond de moi une place où des noms résonnent à tout jamais la douceur et la nostalgie — Volubilis, Ifrane, Oudaiax, Mogador, Marrakech... Quelque part au fond de mes nuits, un rêve que je refais sans cesse, le premier voyage de ma vie, qu'aucun ne remplacera jamais. Une fois encore, c'est papa qui nous entraîne, maman et moi, sans mes sœurs trop petites, vers le sud. Tout le jour à dos de mulet dans l'Atlas, la nuit dans des cabanes de pierres sèches ou dans les refuges berbères, avec un papa rien que pour maman et pour moi, une fois encore, la terre rouge, les hommes bleus, les villes ocre. Un souvenir qui ne veut pas mourir...

Les visages de ce temps ne s'effaceront pas — ni les fatmas successives qui s'occupaient de nous, ni Mme Mercier, la couturière, ni la demoiselle venue de France pour accompagner notre scolarité, Thérèse-Marie, aujourd'hui encore ma meilleure amie...

Un jour, un jour de 1966, j'avais treize ans, j'ai entendu parler de départ. Conjoncture politique, intérêts familiaux, je ne sais plus, je sais seulement que l'inquiétude envahissait mon cœur pour la première fois.

Mon père dirigeait à Rabat une usine textile qu'il avait fondée, la SAFT — Société africaine de filature et de tissage —, qui employait cinq cents ou six cents ouvriers, et qui marchait très bien. Là se fabriquait, entre autres, le tissu qui habillait la garde royale, sorte de feutre rouge dont papa caressait les rouleaux avec fierté. Mes souvenirs de lui, outre son poids de silence le soir à la maison, outre les week-ends où il partait immanquablement disputer ses compétitions de golf (une cinquantaine de coupes en argent trônaient à la maison), ce sont aussi les mots d'une passion, d'une obsession, les mots qui disent et redisent les vertus du *travail.* Il arrivait parfois que papa nous entraînât visiter son usine. Les ouvriers se courbaient comme si passaient Dieu le Père et ses filles, je sentais les regards sur nous comme si nous étions de petits joyaux. Un jour, j'entendis des pleurs dans le jardin. Dissimulée derrière un buisson, j'observai un homme et son épouse prosternés aux pieds de mon père. L'homme pleurait, embrassant les chaussures vernies de mon imperturbable papa. Cette scène me frappa, comme la caricature d'un père lointain, austère, muré dans son silence et sa solitude. Tel je le voyais, tel je l'ai vu longtemps, jusqu'au jour où la vie a fini par briser ces lunettes et par me faire voir un autre homme sous cette écorce amère. Je ne remarquais pas alors qu'il était jeune, passionné par sa vie d'affaires, passionné par son golf, passionné par son pays d'adoption. Je trouvais normal qu'il en eût appris les mœurs et les coutumes, qu'il en parlât la langue, qu'il aimât l'architecture arabe et qu'il eût des amis marocains.

Comment aurais-je su qu'il prenait l'existence comme une fête, que chaque heure de la vie lui semblait douce et légère, et qu'à ses yeux ses enfants étaient autant de petites merveilles... Un autre homme, « ni tout à fait le même ni tout à fait un autre, qui m'aime et me comprend ». Mais cela est une autre histoire, et peut-être, on le verra, l'histoire de ce livre...

Au cœur de ce mois d'août 1966, l'heure du départ a fini par sonner. Mes parents ont donné une grande fête — la villa débordait d'amis —, et pour eux nous avons joué la comédie, sans bien mesurer d'ailleurs ce que nous allions quitter. Mon père n'avait rien dit, ma mère, à demi-mot, avait laissé deviner sa tristesse — elle disait l'obsession du temps gris, des nuages et de la pluie, et nous partions pour vivre à Lille... Elle redoutait le joug familial Tiberghien qu'elle allait retrouver, le cercle étroit des relations de famille, alors qu'à Rabat c'était la vie large et les amis dans tous les milieux, français, espagnols, italiens, arabes.

Pour nous, les enfants, le discours officiel résonnait différemment. On nous avait présenté ce départ comme une nécessité pour moi — j'entrais en cinquième, et il fallait trouver « une bonne école ». La France était un pays de cocagne plein de bonnes surprises, on aurait la télévision, on aurait la neige, on retrouverait une multitude de cousins et de cousines et j'aurais un nouveau vélo... Pourtant, en montant dans l'avion, une vague de tristesse m'envahit. Muette — l'envie de pleurer ferme la bouche —, j'ai contemplé la mer sous l'aile, et puis Tanger, et puis ce bout d'Afrique qui s'éloignait... Le Maroc dans mon dos, et mon enfance avec. Je ne traverserai plus les souks en rentrant de l'école, le thé à la menthe n'aura plus le même goût, jamais plus je ne sentirai contre mon visage la douceur du pantalon de satin de Fatima lorsque je courais me réfugier dans ses jambes ; jamais plus je ne jetterai en l'air mes babouches en signe de joie...

Quelques années plus tôt, j'avais écrit dans mon journal, en date du 2 février 1963 : « Désormais, je n'aurai plus peur des chiens. » Aujourd'hui, à nouveau, j'ai peur des chiens. Le chergui ne souffle plus pour moi.

Sur mon album de photos de cette année-là, j'ai collé mon billet d'avion, avec un petit bout de laine de l'usine de papa, et j'ai écrit en grosses lettres : « FIN MAROC. »

Chapitre 3

« Dans la grande maison de vitres encore ruisselante... »

Dans la grande maison de vitres encore ruisselante, les enfants en deuil regardèrent les merveilleuses images...

« Illuminations. »

A Tourcoing, il y avait les Tiberghien, à Roubaix, c'étaient les Toulemonde. Gens de même milieu, de même fortune, de même éducation.

Ce fut ainsi que Gilbert Tiberghien épousa naturellement Annick Toulemonde, c'est ainsi que je vis le jour, premier fruit de cette union naturelle.

On disait les Tiberghien plus sévères que les Toulemonde — mon grand-père maternel avait la réputation d'un homme charmant et délicieux, aimant la vie et les gens... il paraîtrait que je tiens de lui quant à la « sociabilité » ! — et mon père était sur ce point le digne fils de ses ancêtres.

Gilbert Tiberghien était l'héritier d'une dynastie d'industriels de la laine — Les textiles de Tourcoing —, tandis que le père de ma mère, Xavier Toulemonde, était le fondateur des Trois Suisses : la laine et les grands magasins, les fées penchées sur mon berceau avaient un bon sourire...

D'un côté comme de l'autre, une tradition de familles nombreuses — pour moi, cela voulait dire toute une population d'oncles et de tantes aux quatre coins de la ville, qui régnaient sur une ribambelle de cousins et de cousines.

Toute une géographie de la ville aussi, des usines semées de-ci, de-là comme autant de cailloux familiaux, l'usine de l'oncle Edouard ou celles des oncles Pierre ou Paul ou Jean — ils étaient si nombreux que je confondais leurs prénoms, si jamais je les ai sus.

Bien vite, la petite sauvageonne, qui ignorait tout des contraintes et des obligations de la vie de province, pour qui les ciels ne sauraient être que lumineux, et la mer jamais grise, les rejeta en bloc. Comment aurait-elle pu faire autrement ? Je les ai posés sur les mêmes rails étroits, j'ai décidé qu'ils allaient vers le même horizon bouché, affublés à tout jamais du même esprit bourgeois. C'est vrai qu'ils étaient habillés de gris et d'ennui, c'est vrai qu'ils partageaient leur existence entre travail, religion et nourriture, vrai que les « mondains » de la famille vantaient nos alliances avec le « sucre », c'est-à-dire les Béghin...

Mais il y avait la « tante Solette », mouton noir de la famille — une ancienne religieuse qui avait quitté l'habit pour épouser un « ancien curé » —, seule capable, plus tard, d'écouter, de conseiller et d'arranger mes histoires de vilain petit canard en mal d'affection. Tante Solette, j'aurais à dire aussi pourquoi je te pleure aujourd'hui...

Tels je les voyais, les Tiberghien de la grande famille, tant de frères et de cousins portant haut et fier ce nom qui était le mien, si nombreux qu'ils me semblaient peupler à eux seuls des quartiers entiers de la ville.

Et c'est vrai qu'ils fascinaient, chacun avec ses manies, ses lubies ou ses folies, qu'on se rapportait entre nous comme des signes évidents du caractère insolite et sacré de la famille. Pour mon père, par exemple, le téléphone était l'ennemi. On n'appelle pas à 10 heures du soir, c'est trop tard. Ni entre 8 et 9 heures, c'est l'heure sainte du repas. Ni à 7 heures, parce qu'il vient de rentrer et qu'il lit son journal. Avant peut-être. Mais il n'est pas là !

Mon père était le septième garçon d'une famille de sept garçons, « le petit dernier » — plus précisément, la seule fille de la famille était morte à dix ans, une sœur qui venait juste avant lui. Il ne s'était jamais remis de cette disparition, des photos d'elle traînaient partout dans la maison...

Mon père avait perdu sa mère très jeune et avait été élevé par deux vieilles gouvernantes et par son père, éducation encore plus rigide et plus stricte que de coutume dans les familles du Nord. L'aîné des frères Tiberghien s'expatriera au Canada après la guerre — il avait épousé une Allemande, et c'était encore une chose qu'on ne pardonnait pas —, et Gilbert, le cadet, avait pris le chemin du Maroc pour une raison que je n'ai jamais connue.

Mon grand-père, Charles Tiberghien, venait régulièrement au Maroc nous rendre visite — ou surveiller ses usines. Homme sec aux cheveux blancs, sévère et travailleur, il parlait lui aussi de discipline et de règles, mais il était bon, avec toujours une petite pièce ou un petit quelque chose à distribuer. Il est mort à Rabat, terrassé par une crise cardiaque alors qu'il visitait l'usine, « mort au champ d'honneur » de la famille...

Maman était l'aînée de cinq filles — le seul garçon de la famille était mort adolescent, enseveli sous une avalanche —, et elle avait perdu son père très jeune.

J'ai toujours voulu voir comme un parallèle étrange et morbide entre ces deux lignées — sept garçons, qui avaient perdu leur sœur et leur mère, cinq filles, qui avaient perdu leur frère et leur père...

A la mort de mon grand-père Charles, la famille se retrouva rassemblée à Tourcoing. Je me souviens de ces quinze jours passés dans le Nord, tous réunis dans la grande maison familiale ; de tous les frères alignés pour le partage, chacun tirant au sort un objet, un tableau, un meuble... Car la maison de mon grand-père était un véritable musée, réunissant des collections d'objets d'art ou de tableaux hollandais du XVIIe siècle, dont on n'osait parler qu'à voix basse. Avant la vente de la maison, et la dispersion des trésors, mon père avait fait faire des albums de photos pour chacun des frères Tiberghien...

Notre vrai retour à Tourcoing, cependant, notre retour définitif, fut une tout autre affaire. La maison venait d'être vendue. Malgré tous les immeubles anciens que se partageait la famille et qu'on me montrait quand on faisait le tour du Vieux-Tourcoing — ces hôtels particuliers à la mode du Nord, imposants et sinistres avec leurs pierres blanches noircies par la lèpre des fumées d'usine, leurs fenêtres immenses et leurs plafonds trop hauts —, malgré tout cela, il fallut m'envoyer provisoirement dans une famille à la campagne, avec mon petit frère. Ce furent quelques mois heureux : adieu la ville, bonjour veaux, vaches, cochons, couvées...

Ensuite, nous avons logé quelque temps dans un petit appartement — en tout cas petit à mon échelle marocaine —, avant que mes parents n'achètent une propriété à Croix, la banlieue résidentielle de Roubaix, une belle maison basse au milieu d'un vaste jardin. En fait, mon père avait fait établir des plans pour la construction d'une nouvelle maison. Mais le hasard — un accident d'avion où périt un père de famille nombreuse — les poussa à acheter cette jolie demeure qui venait d'être achevée. Moi j'étais contre : je me souviens avoir frissonné, effleurée par la pensée que le malheur appellerait le malheur...

Et puis les classes ont repris, cinquième, quatrième... Il n'y avait plus d'épicier sur le chemin de l'école, plus de soleil et plus de grillons. Adieu la musique de la rue, adieu les cris des gens, les radios arabes qui mélangeaient leurs mélopées, adieu les chants d'oiseaux, les couleurs et les odeurs, bonjour tristesse...

L'uniforme de rigueur du cours Ségur — manteau et chaussures bleu marine —, les bâtiments massifs qui s'élevaient sur cinq étages, les couloirs sans fin, les rangs obligatoires, les feuilles d'automne lourdes de pluie qui se collaient à mon visage, les nuits qui tombaient tôt, les jours qui ne se levaient pas, et l'hiver qui n'en finissait pas, avec sa neige qui n'était même pas blanche mais sale et triste...

Mon enfance avait perdu ses couleurs.

Chapitre 4

« Les yeux fermés et les oreilles closes... »

Parce qu'il était fort, l'homme était chaste et doux
Misère ! Maintenant il dit : Je sais les choses,
Et va, les yeux fermés et les oreilles closes...

« Soleil et chair. »

Malgré la tristesse des jours, je m'intégrais assez vite et assez bien. J'étais plutôt gaie, sociable, je faisais rire mes camarades et, même si mes professeurs me jugeaient trop indépendante, exubérante et délurée, même s'ils me reprochaient de vouloir me faire remarquer à tout prix, j'avais le sentiment d'être bien acceptée. A vrai dire, j'occupais la place de chef de file, on ne disait pas encore de « leader ».

J'avais besoin cependant d'aller plus loin, plus loin vers les autres, d'aller voir, d'aller convaincre. Je devins une ardente militante religieuse, adhérente passionnée du club JEC* de l'établissement.

Il ne s'agissait pas simplement de messes, de prières et de bonnes résolutions, de discussions et de commentaires sur le journal « JEC », il s'agissait de s'engager et de mettre la main à la pâte. Tous les week-ends, nous avions mission d'aller remettre en état les taudis des sinistres corons du Nord, de

---

* Jeunesse étudiante catholique.

faire le ménage, de donner des soins aux petites vieilles, aux enfants handicapés. Ce ne fut pas facile de vaincre ma répulsion première devant ces êtres désarmés dont les réactions déconcertent, qui ont peur, qui bavent et qui pleurent, pas facile de contrôler mes réflexes de recul devant ces petits paralysés qui mangeaient parfois avec leurs pieds, de répondre par un sourire à la misère, à la solitude, à la souffrance. J'avais quinze ans. A Noël, désormais, plutôt que de partager la belle dinde en famille, je préférais servir les repas et tenir compagnie aux vieillards de l'hospice. Plutôt qu'à une sorte d'appel mystique, j'essayais de répondre à mon goût des autres par la présence et l'activité ; je voulais pénétrer dans « un monde où l'action serait enfin la sœur du rêve ».

Mon père appréciait ce bénévolat, et moi, à fréquenter le grand malheur et les petits bonheurs des autres, j'apprenais à reconnaître et à partager ma chance. Pas pour gagner mon ciel, seulement pour faire la vie plus douce. J'ai su que donner un peu de joie, c'était faire couler à grands flots la vie dans ses veines, que donner à ceux qui n'ont rien, c'était s'enrichir le cœur.

Quand j'étais punie à la maison, malheureuse ou haineuse, j'allais voir Rosalie, « ma » petite vieille que j'avais prise en affection, et je m'endormais le soir, tranquille, avec un bon sourire. Alors, je me sentais bien, avant, pendant et après.

Ce que je pressentais vaguement devint évidence : le bonheur n'était pas là où j'étais, il ne servait à rien de le chercher à tout prix parmi les miens. Il fallait aller ailleurs, aller voir ailleurs — comme on dit « dévorer des yeux » — voir si d'autres détenaient le secret.

Pourtant, je n'étais pas malheureuse à la maison. On m'avait accordé une chambre indépendante où je m'isolais la plupart du temps, il m'arrivait même d'être sensible aux petits bonheurs familiaux. J'adorais les anniversaires, cadeaux, bougies et gâteaux, comme longtemps j'avais adoré les Noëls à la maison, avec les rites particuliers de la famille : chez nous, les petites chaussures de la cheminée étaient toujours nos babouches ramenées du Maroc, et le père Noël, allez savoir pourquoi, venait toujours sur un âne. A preuve, celui-ci dérangeait l'ordonnance de nos babouches et marquait de ses dents les légumes que mon père avait disposés pour lui dans le nid du foyer. Après la messe de minuit, le chocolat chaud et les brioches, les massepains en forme de légumes ou de volailles, l'attente commençait : le lendemain matin seulement, nous aurions l'autorisation d'aller cueillir les présents tombés pendant la nuit. Pourquoi, en revanche, les rites du Nouvel An m'horripilaient-ils ? Il était de tradition que chaque famille de notre parenté organisât une réunion où se retrouvaient tous les membres de la tribu. Il fallait être sage pendant des heures, dire bonjour à tout le monde, et écouter patiemment les adultes débiter les fadaises de circonstance en dévorant les petits fours. Après quoi, on avait une année pour se remettre, heureusement ! Où étaient les belles réceptions de mon enfance ? Il me semblait que tous les dîners à la maison n'étaient que réunions de travail et d'ennui.

L'un des frères de papa, le moins austère, le moins froid, élevait des pigeons. Il partageait son temps entre la messe et les volières, mais oubliait sa femme...

Il n'y avait que les récits d'exploration, les « fabuleux voyages » de la famille Mahuzier — maman les faisait venir à la maison — pour mettre un peu d'imprévu dans cette vie réglée comme du papier à musique. Cette fois, la fantaisie était acceptée, reconnue, célébrée. Mais c'était celle des autres !

Tout comme au Maroc, il y avait encore, à intervalles réguliers, les visites à l' « usine de papa », aux usines de la famille plutôt, serrées au cœur du Vieux-Tourcoing. Les bâtiments sombres, rébarbatifs et austères, les verrières aux carreaux sales, cassés, où s'accrochaient pour mourir les feuilles mortes, l'odeur de moisissure et d'humidité, les gens apathiques, tout avait pour moi la couleur des cauchemars. Et, pourtant, mon père régnait sur l'une d'entre elles, la plus belle, la plus moderne, comme un roi magnifique, et alors, à ce moment-là, je l'admirais...

J'étais encore loin d'imaginer les conflits sociaux, ou même les différences de milieux. Toute information nous était interdite, on n'avait pas le droit d'écouter à la maison « les bêtises » de la radio, encore moins de regarder la télévision, contrairement à mes amies de classe, et cette mesure m'apparaissait comme une brimade incompréhensible.

Néanmoins, tout allait à peu près bien...

C'était en 1968. Et le mois de mai a fleuri...

Depuis quelque temps déjà, les difficultés se faisaient jour à la maison, les conflits surgissaient à tout propos, l'atmosphère était à la bagarre. Je me croyais la seule à vivre au cœur d'un drame, ne remarquant pas que mes camarades de lycée, elles aussi, cherchaient refuge dans « la bande ». La mobylette était notre cheval d'évasion, et chaque week-end, au premier jour de liberté, nous nous échappions dans un nuage de fumée. La Belgique était notre terre promise, et nous y organisions de longues virées qui se terminaient parfois à la belle étoile. Traverser les frontières, prendre les routes aux gros pavés, autant de preuves de notre esprit d'aventure, et nous pouvions pique-niquer dans les forêts, au bord des lacs ou sur les plages, pousser jusqu'à Bruges, Ostende, Tournai, avec la mer du Nord pour dernier terrain vague et des vagues de dunes pour effacer les vagues...

J'avais quinze ans, l'âge des premiers flirts, des premières envies de flirt plutôt. Car le moindre baiser me rendait « malade de péché », on m'avait élevée dans l'idée que ce sont les filles qui provoquent les mauvais garçons, qui les « allument », pour un incendie qui ne pouvait être que fatal. Aussi, à la moindre invite, je sortais mes griffes...

Comment n'aurais-je pas cherché, moi aussi, à m'identifier aux jeunes enragés de la contestation ? Pourquoi n'aurais-je pas suivi le flot commun, croyant poursuivre ma recherche d'une identité personnelle, dans mes manières d'être, de parler, de m'habiller ? Toujours vêtue d'une veste de treillis, portant sur le cœur un énorme insigne de non-violence, j'adoptais systématiquement tous les comportements qui pouvaient choquer ma famille, sans me douter que je suivais d'autres modes !

Mon père n'était plus le seul à me faire souffrir. C'était maintenant tous les miens, c'était mon nom. Je me suis mise à choisir mes amis dans le milieu prolétaire, de manière systématique, et à les ramener à la maison. Mon père avait du mal à cacher sa fureur. Sans doute, plus que les « mauvaises manières » ou le « mauvais exemple », craignait-il le mauvais mariage. Car, avec mes amies filles, il se contrôlait mieux, même si la critique venait toujours, sournoise : les amies que je m'étais choisies n'étaient « pas belles », ou « pas intéressantes », leurs manières étaient « détestables » et leur goût, « exécrable ». Il faut dire que l'ambiance chez nous les impressionnait, qui n'avait rien pour mettre à l'aise. C'était grand, les assiettes étaient belles et fragiles, le ton, pincé, le sourire, glacial. Et moi je souffrais, ne comprenant pas pourquoi mes amies de cœur devaient être malheureuses en venant chez moi.

Une fois, Marc m'a raccompagnée à la maison. Il avait de longs cheveux blonds — à mes yeux critère de douceur et de liberté, en regard de la chevelure impeccable de mon père — mais mon père, insensible à ces charmes, l'a mis à la porte. Pour la première fois, j'ai connu la honte, et je n'oublierai jamais. Il n'était pas un flirt ni même un ami, mais cette injustice me liait à lui. Je suis partie en pleurant le chercher dans son coron et lui promettre que je le retrouverais, chaque jour, quelque part, ailleurs, n'importe où...

Comment était-ce possible ? Mon père était-il bien le même homme qui, au Maroc, aimait les Arabes, adorait ces voyages avec eux, l'aventure partagée, comme la tente et le couscous, qui apprenait leur langue et admirait leurs coutumes ? Etait-ce lui ou moi qui avait changé ? Je ne savais pas que mon regard, embué par mon mal de vivre, noircissait les couleurs...

Désormais, à ceux que je ne connaissais pas je ne dirais plus mon nom, comme s'il était un bâton dans la roue de ma vie. Aux oreilles de tous, Tiberghien était plutôt un nom qui sonnait bien, synonyme de bonne bourgeoisie et de charme discret ; je traduisais en langage prolétaire, et cela devenait « grand patronat » et cœur gangrené. Si quelqu'un, d'aventure, me raccompagnait à la maison, je l'abandonnais à quelques encablures de la villa, indiquant, à l'angle de la rue, un HLM comme si c'était chez moi. Il était libre de le croire ! J'adoptais l'accent populaire, et même le patois, et si l'on me demandait ce que faisait mon père, je répondais « il travaille à l'usine », manière encore de laisser la porte ouverte sans avoir à mentir ! En tout cas, je n'étais plus « une Tiberghien » ! Volontairement, je m'habillais de couleurs criardes qui juraient ensemble, je refusais les beaux vêtements comme une marque distinctive, je refusais tout indice sur moi.

Le conflit étudiant m'amena à m'intéresser aux choses politiques, le terrain était mûr. J'écoutais la radio, discutais, tenais tête aux professeurs.

Mon père ne pouvait être que la cible toute désignée de cette explosion intérieure. J'ai basculé un jour. Jusqu'alors, les heurts que j'avais avec lui étaient ceux d'une petite fille qui aimait bien provoquer, mais qui finissait par obéir. Alors, j'ai commencé à le haïr d'une haine forte et puissante, alors ont éclaté les premiers coups de feu d'une longue bagarre.

Lui s'est effrayé devant cette agitation et s'est raidi dans sa sévérité, ultime pare-feu à l'incendie, estimait-il sans doute. Mais ses barrières étaient de carton : toujours, et plus que jamais, « privée de dessert ! », « interdite de salon », je n'avais plus le droit de parler à mes frères et sœurs, je donnais le mauvais exemple ! Il se trompait de conflit, utilisait les armes d'un autre âge...

« Tu dois te reprendre, Anne-Sophie ! Tes amis sont des n'importe quoi, je t'interdis de les voir... » Comment prendre les siens autrement qu'en horreur ? Jusqu'alors, je n'avais rien contre personne, les bourgeois n'étaient pas tous des cochons, seulement de pauvres bougres comme les autres.

Le dialogue était devenu impossible, la parole même, inexistante. Restaient les coups.

J'essayais encore, mais il se braquait, visage dur, fermé, catégorique, et cela finissait toujours par un éclat : je claquais la porte du salon le plus fort possible, et l'on ne se parlait plus pendant trois jours, silence assorti des punitions habituelles. Maman me suppliait d'aller lui faire des excuses, je finissais par céder, le cœur sincère au début, puis, avec ironie ensuite, exagérant la politesse pour le narguer encore. Ni l'un ni l'autre n'acceptions de jouer le jeu des bonnes manières. Pas question de plier l'échine, d'arrondir les angles, nous agitions les pieds dans le plat avec une étrange volupté dans la souffrance.

Et ça me fait pleurer sur mon ventre, ô stupide,
*Et bien rire, l'espoir fameux de ton pardon**.

Bête blessée, je me défendais en attaquant, montrant les dents, cherchant tous les moyens de le blesser à mon tour, provocatrice, mauvaise. Où, comment lui faire mal ?

Un jour, j'ai voulu le tuer. C'était en 70. Nous étions en vacances en Sardaigne. C'était un rite sacré, chaque année, après les trois semaines au Club Méditerranée, que de clore les vacances par une semaine de camping sauvage. J'engrangeais les images dans mon cœur, dauphins noirs, mouettes piailleuses, odeur de maquis, écharpes de brumes accrochées aux mâts comme des drapeaux roses et mauves, famille rassemblée à l'ombre du bonheur...

C'était le petit matin. Nous avions dormi au pied d'une magnifique falaise sauvage, au milieu des fleurs, sur un lit de lavande. « La mer ensemencée d'écume » se réveillait en chantant, le soleil caressait nos visages, les grands rochers gris revêtaient leurs habits de lumière. Le café fumait dans nos bols, maman avait préparé des tas de choses délicieuses. Un décor de paradis, un moment parfait que j'ai voulu traduire en mon langage. Et le dialogue dut ressembler à celui-ci :

Moi, heureuse, à Delphine, ensommeillée : « Oh petite sœur ! C'est super chié ici ! Viens bouffer... » Mon père, excédé, à Anne-Sophie, surprise : « Ma fille — c'était chez lui l'expression de la fureur —, ma fille, je t'ai déjà dit de ne pas parler ainsi, à la fin ! » Dans les livres, on écrit que la goutte d'eau fait déborder le vase. Là, pas de vase et pas d'eau. De la poudre et des balles ! J'explose : « Tu n'es qu'un vieux con, jamais content, à toujours gâcher le bonheur des autres... Pauvre type, va ! Tu nous empêches de vivre... Je te hais. »

Pourquoi avait-il choisi ce matin-là, ce moment idyllique, pour faire éclater le conflit ? Pourquoi toujours refusait-il mon vocabulaire, pourquoi voulait-il que j'utilise ses mots, que je m'habille avec les habits qu'il voulait voir ?

Je me souviens avoir récité un ignoble chapelet d'ordures,

* « Voyelles. »

remonté on ne sait du fond de quel abîme, de quelle profondeur insondable de la souffrance accumulée, incendie à fleur de peau qui couvait depuis des lustres. Et j'ai pris un couteau sur la nappe, m'avançant vers lui, comme si j'allais lui faire la peau.

Cris, hurlements de mes sœurs et de mon frère en pleurs, frisson glacial qui passe sur l'assistance. Gilbert fait front, avance, prépare sa gifle. Ma mère, effrayée, partagée entre fille et mari, se jette entre nous, nous sépare, m'entraîne au loin et, par sa douceur et sa gentillesse, ramène le calme en moi. Excuses, pardon, baisers mouillés. Le temps a dissipé l'orage. Mais le malaise, quelque part, a traîné tout le voyage...

A relire mes cahiers entre les lignes, derrière les mots rouges et noirs, je peux saisir aujourd'hui le formidable malentendu.

Je ne refusais pas l'autorité, je ne remettais pas en cause l'éducation de mon père. Je voulais *seulement* qu'il me regarde et me comprenne. *Seulement ?* Comme si ce *seulement* n'était pas toute la question. Et la plus difficile.

Lui, contre mes désirs, ma soif de vivre, élevait sa rigueur et ses principes sacrés : travail, réalité, morale. Ce que j'étais ne pouvait être qu'insolence pure. C'était moi qui lui faisais peur : il avait peur de cette liberté, de ses balbutiements plutôt, de mes tentatives de différence ou de non-conformisme. Il n'y voyait qu'arrogance, niant mon désir d'invention, me reprochant ma vie au jour le jour, mon manque de sérieux, mon goût de la facilité, mes rêves... Mon seul péché était d'aspirer à un idéal, confus sans doute, mais de toutes mes forces, mal de vivre que j'appelais mon droit de vivre. Et dire qu'avec un peu de respect pour ce que j'étais, un petit sourire devant mes provocations, la guerre de Croix n'aurait pas eu lieu !

Mais on lui avait appris autre chose. Toute une tradition où l'enfance était une infirmité à rééduquer avant d'être une chance. Il s'accrochait à son rôle, à sa mission de père, sûr de son bon droit, sans deviner la vie et ses appétits, les choix et les peurs qui m'assaillaient. L'essentiel disparaissait derrière des détails infimes, dérisoires : mes vêtements trop sales, trop masculins, pas assez élégants, mon vocabulaire vulgaire — les mots choquent avant d'entendre leur contenu... Ma jeunesse, ma spontanéité, mon insouciance de vivre étaient des risques, peut-être aurait-il suffi de les canaliser, de les passer au moule. En lieu de quoi, ma soif d'amour, de compréhension, de confiance ne devenait qu'insolence gratuite, puéril désir d'originalité. Il me renvoyait « obéissance » et « discipline », alors que j'apprenais la peine de vivre. A ce qui m'était cher et précieux, il opposait les règles d'une tribu qui n'était plus la mienne.

Nous naviguons sans cesse au bord du drame. Le ton monte, les mots pleuvent, toujours à côté, la violence éclate, les coups. Personne ne comprend quel vent de folie souffle sur la maison. A dix-huit ans, encore, je reçois des paires de claques, mes amis désertent la maison... A l'issue de nos querelles, je me sens perdue, affolée, saisie par l'angoisse. Pantelante, essoufflée, malheureuse et bouleversée. Nos rapports sont de séduction, attirance et répulsion mêlées. Si douloureux.

J'ai peur de lui. J'attends les refus, les interdits, les oppositions catégoriques. La tête plongée dans le journal, l'obstination au front, la « règle » à la bouche, mon père traverse mon enfance, inébranlable, inaccessible. Crâne de pierre, logique imperturbable. Où est le papa de douceur et de tendresse, celui qui accueille et console, qui berce et qui pardonne ? Celui que je contemplais sur mes albums de photos du Maroc ? Où est seulement le père qui comprend ? Où est son amour ? La place est nette de tendresse, il ne reste que l'absence et la dureté. Déroutée, dégoûtée de moi-même, je sens monter la haine. Lui, cheval d'orgueil dans sa tour d'orgueil, malheureux sans doute, visage fermé, il ne sait pas ouvrir les bras. Alors, je m'éloigne. Je demande la compréhension, il m'offre le pardon. Comment, quand on est petite fille, penser qu'un papa puisse être malheureux ?

Peu à peu, l'espérance meurt en moi. Et les mots qui la tuent viennent de papa. Il rêve d'une petite fille qui n'est pas la sienne. Il ne sait pas que celle qu'il a sous les yeux ne ressemble pas à ce qu'il voit.

Peu à peu, mon père chancelle sur son piédestal. Je prends en horreur les mots qu'il me serine — raison, dignité, discipline, politesse ne sont plus que des mots. Du vide. Bientôt, il faudra inventer n'importe quoi pour s'y opposer, incapable que je suis de deviner ses soucis de travail, ses responsabilités familiales, son sens du devoir et son obsession de réussir l'éducation de ses enfants.

Peu à peu, les hommes se mettent à lui ressembler. Comme lui, ils ne laissent à la femme — épouse ou fille — que la soumission, l'obéissance, l'infériorité. L'idéal masculin ne s'en remettra jamais. Petit à petit, j'entre en révolte : ce que je fais est mal, je me sens exilée de ma propre maison, exilée de mon enfance.

Je me mets à haïr ces familles bourgeoises où les principes dirigent la vie ; où le travail passe avant l'épouse, le devoir avant la famille ; où l'homme est responsable de tout, qui part travailler le matin pour rentrer fatigué, distrait, exigeant ; qui regarde la télévision ; qui demande à sa femme, éreintée de fatigue, de se montrer disponible et souriante ; qui lui fera l'amour comme en passant...

Je hais tout ce qui est beau, les tapis, les bibelots, les boiseries, les divans, les soies et les coussins, tout ce confort qui salit la vie. Je hais les conversations muettes à force de parler du temps ; je hais les conventions et les bonnes manières qui masquent l'essentiel. Je hais la bonne conscience et les certitudes ; je hais les grandes usines et les gens comme il faut ; je hais...

Alors, chaque soir dans mon lit d'enfant, je pleure. Inutile de crier, personne n'entend. Un jour, j'apprendrai à hurler de douleur. Mais ce ne sera plus avec des mots. Ils m'entendront. Sans me comprendre davantage...

Pour l'heure, j'étouffe, je subis. Je refuse.

Le monde entier ressemble à mon père. Il est froid comme la bourgeoisie chrétienne et industrielle — univers du secret, des portes fermées, des tons feutrés.

Je m'invente mes quatre vérités : le doute, la franchise, la liberté, la tolérance...

Je pleure sur mon lit d'enfant...

Au même moment, il devint évident pour moi que la tension montait entre mes parents. Je devinais maman malheureuse, malgré ses efforts pour le cacher derrière ses fleurs, ses sorties, ses enfants, ses élégances et ses derniers sourires. La table familiale devenait un champ de mines, la moindre phrase se faisait étincelle ; un coup de téléphone d'une amie de maman déclenchait une vaste fresque sur « les femmes bavardes qui passaient leur temps à déranger les braves gens ».

Chaque fois, j'avais le cœur poignardé. Sans nul doute, ma sensibilité de fille écorchée grossissait-elle les choses, au point de les caricaturer. Ma souffrance, elle, ne trichait pas, qui m'enfonçait chaque jour un peu plus dans le cercle infernal de l'incompréhension et de la haine.

Ma mère essayait de calmer le jeu, elle me parlait, évoquait, la première, les problèmes des femmes, les difficultés des relations avec les garçons... Elle m'emmenait parfois avec elle courir la ville, et je me blottissais contre elle, je la contemplais avec calme et admiration, indifférente aux autres, ravie.

Par contraste, la figure déjà sombre de mon père prenait des couleurs plus sinistres encore, vieux misanthrope définitivement autoritaire, taciturne et grincheux.

De tout cela il ne me resterait, une fois triées les scories, que deux évidences : j'avais la preuve que la vérité n'était pas chez nous, j'avais la preuve que mon père n'avait pas de cœur.

Voici venir le joli mai
Qu'il est plaisant et qu'il est gai...

Il a fini par arriver, le joli mois de mai de la chanson.

Roubaix demeurait désespérément calme, tout se passait à Lille, où tout se passe toujours, où l'on va pour s'habiller, faire ses courses, sortir et... manifester.

En classe, nous manquions d'imagination, ne sachant pas

quoi faire pour participer au mouvement. Sur mon initiative, nous n'avons pu trouver mieux que de demander aux garçons de venir faire pétarader leurs motos sous les fenêtres de la classe ! Mon père m'interdisait d'aller à Lille, craignant que je ne fusse blessée dans les affrontements. Bien sûr, nous ne rêvions tous que coups et blessures. Tous prêts, pour un peu, à nous imaginer décorés de la palme du martyre. En guise de hauts faits, j'ai dû me contenter de virées à mobylette de jour comme de nuit, en compagnie de jeunes garçons hirsutes et idéalistes. En fait de prendre des barricades, je n'ai pu dérober que des affiches politiques dont le slogan ou le graphisme me plaisaient. J'en tapissais ma chambre jusqu'au plafond, à la plus grande consternation de mon père ! Avec le Che et ma guitare, j'apprenais d'autres chants de justice, mes idoles avaient d'autres têtes et d'autres voix...

A défaut de discussions, il me restait l'agression, seul et dernier moyen de m'affirmer, de me poser en m'opposant. Je me révoltais contre ces cachotteries perpétuelles, le cloisonnement forcé entre les choses réservées aux adultes et celles des enfants, et, puisqu'on continuait à vouloir m'imposer mon chemin, mes vêtements et jusqu'à mes opinions, partout j'imposerais mes choix. Ils étaient simples, ils étaient tout simplement à l'opposé de ceux de papa.

Mon père, pourtant, touché à son tour par la grâce de ce mois de révélation a tenté de faire preuve de bonne volonté. Il a accepté de venir voir et entendre le diable roux qui venait à Lille, Cohn-Bendit en personne ! Nous sommes partis ensemble, moi, heureuse et fière, lui, comme à l'accoutumée, sérieux et indéchiffrable. En pénétrant dans la salle je fus tout de suite conquise, emballée par l'ambiance qui régnait, liberté de l'allure et liberté du ton. Tenant papa par la main, je l'entraînai au premier rang. Au bout de cinq minutes, au plus fort de l'excitation, Gilbert a repris le dessus et papa est reparti, écœuré par le spectacle. La « déception de ma vie » s'ajoutait aux déceptions de ma vie, la liste devenait longue...

Chapitre 5

« Grondant comme des chats giflés... »

Oh ! ne les faites pas lever ! C'est le naufrage...
Ils surgissent, grondant comme des chats giflés...
« Les Assis. »

« Anne-Sophie, on a trouvé une pension pour toi. Une pension idéale, au milieu de la forêt de Compiègne. Tu vas vivre en pleine nature, parmi les animaux. Tu seras pensionnaire et tu auras de nouvelles amies... »

Moi, j'étais furieuse. Une fois de plus, on décidait sans moi, sans même me demander mon avis. Je n'avais qu'à dire merci, c'était « pour mon bien ». Et c'était la réponse à « l'incident de Sardaigne », quand j'avais brandi mon couteau sur papa...

La Chesnoye — ainsi s'appelait la pension — était une grande bâtisse, un château dans la forêt, à la fois froid et accueillant. Froid comme toutes ces demeures sans style de la fin du siècle dernier, bâties en pierre grise et couvertes de toits d'ardoise. Accueillant parce que ne ressemblant pas à un établissement classique : qui a jamais fréquenté une école auréolée d'airs de piano que des jeunes filles reprennent sans fin, où les dortoirs sont de grandes chambres à six ou sept lits, où les salles de classe, aménagées dans d'anciennes écuries, ouvrent sur la forêt ? Chaque classe était assortie d'une cheminée, le bureau du professeur à peine séparé de ceux des élèves, cela composait une atmosphère sympathique et presque intime. Des dépendances encore, un grenier magique, de vastes pelouses qui se perdaient à la lisière des bois... La Chesnoye, qu'on appelait aussi La Maison française...

La forêt ! De grandes allées partaient du château et menaient au cœur d'un univers mystérieux, nouveau pour moi. Sombre, magnifique, envoûtant.

J'ai reçu la nature en plein cœur. Choc instantané, premier de mes coups de foudre. Les arbres m'ont séduite, et je l'éprouvais, cette séduction, comme une tentation physique, sensuelle.

Avec une amie, Isabelle, comme moi solitaire et sauvage, nous en avons fait notre Brocéliande. Nous nous donnions des rendez-vous secrets dans des clairières perdues, au pied de grands arbres, au cœur de ruines moussues. Parfois, je m'échappais seule, le cœur débordant d'exaltation. Tiraillée entre une sensation de douceur et le sentiment violent d'une communication cosmique avec l'univers, qui se passait de mots, ou au contraire qui provoquait chez moi un jaillissement de paroles incontrôlable. Je parlais tout haut comme une reine des bois : « Arbres, je suis bien avec vous, arbres, mieux qu'avec les humains qui ne m'aiment pas. » Et je déclamais avec solennité ce que j'écrivais le soir dans mon carnet : « *Je suis l'oiseau cherchant l'abri dans tes ramures puissantes, je suis l'éclair qui brûle une clairière en ton centre, je suis le chant de l'épervier, le cri du loriot, les notes désordonnées de l'oisillon maladroit.* »

Je me projetais, dansant avec une poussière dans le soleil, souffrant avec le tronc d'arbre fendu par la foudre, pleurant avec la feuille qui tombait. Je m'imaginais particule divine, créature de Dieu parmi ses créatures ; enfin, je n'étais plus une petite fille anonyme ; enfin, je participais.

Je découvrais qu'il existait des saisons. Je découvrais qu'il existait des hêtres et des bouleaux tendres, des sapins sombres, des chênes massifs. Je découvrais les étangs, les sources, les ravins... Saoule d'odeurs, ivre, véritablement ivre des senteurs du bois, de l'humus, de la terre mouillée...

Quand nous partions vers le parc, mon amie et moi, c'était

en courant, de peur d'être rattrapées ! Nous ramassions des champignons, nous allumions des feux pour cuire nos châtaignes, nous nous gorgions des dernières mûres, nous inventions des balançoires avec des lianes...

Parfois, je m'enfuyais seule, en proie à un formidable désir qui voulait prendre, avaler la nature et me fondre en elle. Je me souviens avoir sucé la rosée sur les feuilles, m'être allongée sur l'humus trempé, avoir plongé mes mains dans la terre, enfoncé mes doigts pour presser, palper, je me souviens avoir caressé les arbres.

« *J'aime promener ma main, paume ouverte, sur la rugosité de leurs jambes...* »

Les nuits de pleine lune, je me glissais sans bruit sur le balcon, et là, des heures durant, j'inventais mes hymnes à la nuit, où je mêlais tout dans le grand balancement sensuel de mes quinze ans sans homme, et sans tendresse. J'épousais la terre et le ciel, les arbres et les étoiles. J'écrivais :

« *Accolée à un gros chêne, un après-midi de soleil, je me fonds au lichen qui le couvre, je me noie dans la chair de son corps. Je deviens arbre, je nais, je pousse, je vis, je tombe, je perds mes feuilles, mes bourgeons renaissent. Je suis arbre, parmi les autres. L'un d'entre eux...*

« *... Mes épaules sont tronc ; mes bras, branches ; ma tête, cime. Je bande mes muscles, mes yeux se plissent sous l'allégresse, le ciel lourd et vague navigue de senteurs océanes. Mes poumons sont trop étroits pour boire la volupté de cette escapade, trop étroits pour retenir mon long cri d'enfant livrée. Mon visage roule dans le creux des aisselles des nuages. La nature dépose sur mon corps alourdi du plaisir sauvage de la forêt un manteau de songes argentés. Je roule en boule sur la mousse au pied d'un charme noueux et je guette le sommeil...*

« *... Je cours pour sentir le vent et les branches, les ronces et les herbes me fouetter et me prendre. Je suis l'épouse du bois, l'enfant sauvage. Je dévore les glands et mâche les racines. La forêt semble attendre, épier...*

« *... Ce soir, j'emporte dans le dortoir un bout d'écorce, un coin de bois, une trace de vie. Je suis si douloureuse. Je presse contre moi la peau de l'arbre, l'arbre mort. Déjà les* *portes sont franchies et la nuit me manque, les arbres crient leur solitude en moi... L'obscurité, où je suis moi-même...* »

Cette découverte ravivait ma révolte contre le prétendu savoir des hommes : ils avaient tout oublié des secrets de la terre et du ciel, et leur organisation n'était que l'assassinat de la liberté. Non seulement la nature me consolait, mais encore, au milieu d'elle, je pouvais faire ce que je voulais, et jusqu'à ce qui était interdit. Le murmure du vent m'approuvait. Lorsque nous fumions des cigarettes dans le bois, c'étaient encore les feuilles, aussitôt mâchonnées, qui nous sauvaient de l'odeur accusatrice.

Nous faisions du cheval une fois par semaine. Moi qui ai toujours eu peur des animaux — même des chiens et surtout des chats —, je n'appréciais pas tellement ce moment, mais je m'appliquais de toutes mes forces, désireuse de me fondre complètement dans tout ce qui appartenait à l'ordre de la nature.

J'avais débarqué dans la pension avec la volonté de quitter cette prison au plus vite : il me suffirait d'inventer une bêtise énorme pour me faire renvoyer !

Et voilà qu'au bout de quelque temps, j'étais contente, presque heureuse. Je m'étais fait de nouvelles amitiés, j'aimais cette sorte d'éducation scoute — chaque matin, par exemple, rangées par classes, alignées dans nos uniformes impeccables, on procédait au lever des couleurs —, la forêt me parlait de liberté et chantait la saveur du fruit défendu. Je me laissais pousser les cheveux. Jusque-là, seules mes deux sœurs en avaient eu le droit, il paraît que les cheveux courts convenaient mieux à ma figure ronde !

J'aimais aussi certaines activités qu'on me proposa alors, m'occuper des personnes nécessiteuses du village, par exemple, même s'il m'était difficile de savoir si je préférais le goût de la charité ou la saveur de la promenade, de l'échappée... J'acceptai aussi de devenir « cheftaine » des petites — les classes de sixième et de cinquième —, et j'avais plaisir à inventer pour elles de grands jeux dans la forêt. Je devinais bien qu'on voulait me récupérer dans les filets de la responsabilité, me faire tenir tranquille en me chargeant d'innocences, mais mon propre plaisir prenait le dessus.

Sur le plan scolaire, enfin, j'avais l'impression que tout allait mieux, sinon bien. Bonne élève en langues et en français, je découvrais les livres. Rimbaud devint ma passion, je m'identifiais à lui, à sa révolte d'enfant provocant, à sa quête de loup solitaire... Enfin, j'avais le sentiment d'être bien acceptée par mes camarades de classe, qu'amusaient peut-être mon côté chahuteur et mes réflexions contestataires. Les élèves appartenaient pour la plupart au même milieu social que moi : filles de gens comme il faut, filles de ministres ou de personnalités, pour la plupart filles de solitude et d'indifférence... Malaise similaire au mien, parents désunis. Certaines amitiés nées alors, un temps perdues, brillent à nouveau dans mon cœur...

J'étais en train, peu à peu, de me réconcilier : ce que j'aimais et découvrais, les aspirations vagues et fortes à la fois que je ressentais, tout cela pouvait exister non plus *malgré* les autres ou *contre* eux, mais *à côté d'*eux, sinon encore *avec* eux.

D'où vient que ce chemin que j'empruntais, encore tremblante et sur la défensive, je n'ai pas pu le suivre longtemps ?

Au fil des semaines, certains professeurs commencèrent à se lasser de mes plaisanteries, qu'ils prenaient maintenant pour de la dérision. Moi, je voulais seulement faire rire, désespérément, je voulais qu'on m'apprécie... Certaines bonnes sœurs me prirent en aversion, je devins, à mes propres yeux, « l'enfant chargée de chaînes », couverte de punitions, privée de sorties...

Le problème était simple, moi seule ne l'avais pas posé : mon père avait confié aux bonnes sœurs une adolescente turbulente et insolente qu'il fallait corriger. La méthode seule était nouvelle : dureté enveloppée de douceur et de persuasion.

Au début, je n'avais rien contre les sœurs. Un moment, j'ai même cru trouver une alliée en mère Jeanne, la supérieure et la directrice des études, qui enseignait la philo, avait un beau visage, avec ses yeux toujours perdus dans les nuages...

Bientôt, je mis toutes les religieuses dans le même panier, soit à l'image de l'aide-directrice, une petite femme mince et pincée, qui hantait la nuit les couloirs de son pas de chatte méfiante, soit à la ressemblance de l'infirmière, grosse et grasse, qui, après chaque séance de cheval, me badigeonnait les fesses avec du Mercurochrome et une étrange application.

Pourquoi, à nouveau, ce passage de l'amour à la haine, pourquoi ce revirement ?

Je m'étais crue acceptée, mieux, prise en affection maternelle, enfin comprise. A la suite de je ne sais plus quelle passe d'armes avec un professeur, mère Jeanne m'avait convoquée dans son bureau. Après m'avoir quelque peu sermonnée, elle m'avait soudain souri avec tendresse. Et, brusquement, elle m'avait dit : « Tu es mon petit chat sauvage. » Je n'aimais pas les chats, mais ce petit animal libre et fier, primitif et pur, et qui me ressemblait, soudain je l'adorais. J'exultais, quelqu'un avait compris qui j'étais, quelqu'un m'avait remarquée et reconnue. J'étais enfin « le » petit chat de quelqu'un, et c'est le cœur débordant de reconnaissance et la tête haute que j'avais retrouvé le lot de mes camarades anonymes.

Hélas ! je ne devais pas rester longtemps à ronronner sur ce piédestal. A quelque temps de là, mère Jeanne me convoqua à nouveau dans son bureau. J'entrai, le cœur tranquille, sûre de moi et de sa tendresse.

Elle me tendit mon carnet intime, qu'elle avait lu. Ainsi que mes lettres à ma sœur Delphine, à qui je confiais régulièrement tous mes petits problèmes, qu'elle avait lues aussi, et confisquées. En la circonstance, Delphine venait d'avoir un grave accident et j'étais morte d'angoisse. Pour me rassurer, et pour la distraire, je lui avais écrit mille facéties, inventant chahuts et fous rires...

Mère Jeanne avait le visage fermé : « Avec vos grands yeux innocents, vous faites les choses par en dessous. Vous entraînez les imbéciles derrière vous... Je vous savais indisciplinée et turbulente, mais je vous croyais honnête et bonne fille. Vous vous découvrez. Vous me décevez. Ce soir, au réfectoire, devant toutes vos camarades, je ferai votre portrait moral... »

Elle le fit en effet. Portrait de chat hypocrite et sournois, Grippeminaud le bon apôtre, un chat sentant la chattemitte... Le portrait n'avait qu'un seul défaut à mes yeux, il n'était pas ressemblant. Mère Jeanne parla de « confiance trahie », de « double jeu », alors que c'était moi qui avais été trahie, moi qui me sentais violée. J'avais envie de lui crier ma révolte et mon mépris. Elle demandait la franchise et ne m'en rendait même pas la monnaie, incapable de sincérité ou seulement de bonne foi.

Tout bascula sur-le-champ. Derrière ce qui désormais ne serait plus, et pour toujours, que gentillesse de façade, je dessinais, à la pointe sèche, les contours de l'hypocrisie la plus sournoise et la plus mielleuse. Toutes les sœurs, d'une seconde à l'autre, n'étaient plus qu'autant de facettes qui masquaient la même fausseté de cœur.

Le soir même dans mon lit, pleurant à grosses larmes, je décidai de rompre avec les bons sentiments et de changer mon fusil d'épaule. Je jouerai le jeu, leur jeu, et je les battrai sur leur propre terrain, avec leurs propres armes. J'accepterai de mentir, moi aussi je deviendrai apparence. Condamnée à me cacher, à inventer des stratagèmes pour échapper aux « perquisitions », j'apprendrai la sournoiserie, la dissimulation et la manœuvre, je respirerai l'air vicié puisqu'il n'y en avait pas d'autre. A défaut de mourir.

Avec mon père, au moins, j'avais pu rester moi-même, jamais je n'avais accepté de jouer ce jeu du faux-semblant. Lui et moi nous nous affrontions à visage découvert, il n'essayait pas de me séduire, je n'essayais pas de lui plaire. Nous campions sur nos positions, même s'il fallait les défendre pied à pied.

Oh! comme je vous ai haïes, mes bonnes sœurs, mes pauvres sœurs. Toutes ensemble. Vous qui m'obligiez à vous raconter des histoires puisque la confiance était désormais impossible. J'ai revêtu une peau lisse et soumise, aussi propre que mon uniforme. Mais, à l'intérieur, je me sentais sale, salie par vous, qui m'obligiez à faire partir mes lettres par le village, *en douce*. Etranges mots pour des lettres qui ne charriaient plus que rancœurs et colères. J'en avais à revendre, j'en avais plein le cœur...

Chahuteuse, impulsive, individualiste, je suis la cible idéale, la cible préférée des professeurs. Avec les mêmes mots qu'à la maison, à coups de persuasion, de sermons et de détours, de devoirs et de conseils, de sévérité, sans compter punitions, retenues, privations, autocritiques, introspections curieuses et malsaines ! Un temps, j'ai cru ces entretiens destinés à m'aider, avant de m'apercevoir qu'ils livraient mes armes à l'adversaire, pour le prochain combat.

A nouveau, mais sous l'œil de Dieu, on me prêchait la soumission, l'obéissance, la règle, et même la règle de vie. Mais là où papa jouait franc-jeu, je me découvrais épiée, espionnée. Fouilles des bagages, censure de la correspondance et lecture de mes journaux intimes, livres à l'index — Sartre et Prévert sont des suppôts de l'enfer. Partout, je l'écris alors, je crois entendre « *les pas feutrés d'une sœur féline qui se coule pour mieux bondir sur sa proie* » !

Avec mon amie complice d'escapade et de malheur, nous courons nous cacher dans le grenier à bagages, sous les combles. Pendant la sieste, nous nous échappons pour grimper en haut du château d'eau, et là, en soutien-gorge, entourées de papier d'argent, nous nous exposons au dieu Soleil. Ou bien, réfugiées dans la bergerie, blotties dans une carriole abandonnée, nous dévorons les livres interdits. Plaisirs innocents, défis puérils, voilà qu'ils sont jugés pervers. Il faut nous séparer, non seulement au dortoir, mais en salle d'études, au réfectoire même, il faut séparer les amitiés naissantes. Vieille phobie des amitiés entre filles, fantasme qui condamne à mort toute communication. Il fallut subir, désormais, presque chaque jour, « les prêches moralisateurs » : « Il n'est pas mal d'avoir une amie, mais vous la voyez trop... Il faut vous séparer pour vous aider réciproquement à monter... Soyez fidèle au Seigneur en offrant à Dieu et à votre prochain votre amitié... »

Je traduis : c'est le mal seul qui me pousse à ne m'ouvrir qu'à une seule personne ou même à deux, alors qu'il faut offrir sa vie et ses pensées à l'humanité entière.

A nouveau, ma personne est en cause. Convoquée de longues heures, parfois, pour entendre passer mon caractère au crible, éplucher mes actions, découvrir le sens caché de mes impulsions, j'apprends qu'il ne peut être que pervers, on ne me démontre que le péché. Si je suis populaire auprès de mes camarades parce que contestataire, on souligne ma mauvaise influence et le danger de contagion. Rien à faire, je serai toujours microbe, virus, poison. « Votre recherche d'originalité est superficielle, vous cherchez à être dans le vent, mais le vent vous emportera, vous bâtissez sur le sable... »

Ces discours, entre sermon et morale, je les connaissais déjà. Une fois de plus, je me retrouvais perdue entre obéissance et désir de vivre, écartelée entre avis contradictoires, déchirée entre les aspirations de mon cœur et l'image qu'on m'en donnait.

Vue brouillée, volonté défaite, je me retrouve incapable de distinguer les limites du bien et du mal — les bons sentiments et les bons mouvements sont fruits de perversion. Tel est le boulet monstrueux qu'on accroche aux pieds d'enfants autrefois rieurs et spontanés. J'apprends à me méfier de tout. De mes pensées, de mes paroles, de mes actions, de mes omissions. Ce ne sera pas suffisant...

Un soir. Avant l'extinction des feux, je viens de terminer ma lessive personnelle. J'accroche mes chaussettes et mes petites culottes à sécher là où je peux — poignées de portes du dortoir, tiroirs des tables de nuit, espagnolettes, et... les deux bras du crucifix qui veille au-dessus de mon lit ! Le linge s'égoutte innocemment, auréolant le parquet religieusement ciré.

Une sœur en inspection vient à tomber sur ce spectacle de « désordre et de débauche ». Bouche ouverte, œil effaré qui va et vient de chaussette en culotte. Horreur, provocation, profanation !

Elle s'enfuit à toutes jambes. Nous entendons sa cavalcade affolée dans l'escalier. Elle ramène la directrice, c'était prévu. En pantoufles mais digne. Je prends les devants, terrorisée mais volontaire. « Ma mère, s'il vous plaît, auriez-vous une *wassingue* pour essuyer toute cette eau ?... »

Dans cette pension ultra-chic, demander une serpillière en patois du Nord — c'est ma façon à moi de ne jamais perdre le nord — et le demander à la directrice dérangée à cette heure indue !

Elle se met à rire, rit, rit à ne pouvoir s'arrêter, fou rire inattendu qui accentue et ridiculise la mine catastrophée de l'autre religieuse. Les petites filles en chemise de nuit sage se mettent à rire à leur tour... « Chat sauvage, suis-moi. Je vais te montrer où faire sécher ton linge. »

A travers le collège endormi, elle m'entraîne dans un coin du grenier. C'est là que sèche le linge des sœurs. Et mes petites culottes rejoignent celles des religieuses...

Mais, le lendemain, les punitions me tombent dessus. Enfermée dans la classe pendant la récréation ! Privée de sport, privée de sortie, privée de cheval ! Il faut châtier la prétendue insolente. Et c'est mère Jeanne en personne qui me menace de renvoi !

Ainsi traités, les chats sauvages deviennent enragés...

Même Dieu n'était plus Dieu, et je l'ai rejeté. Jusqu'alors, je l'aimais bien, avec Lui, je pouvais rêver des plus hautes exigences. Mais les religieuses, à force de me contraindre, de me forcer la main, avaient fini par dresser des barrières entre Lui et moi. Leur façon de plaire à Dieu ne me convenait plus. Moi, c'était quand j'avais envie de sourire, de gambader, quand j'étais heureuse que je me sentais fille de Dieu. Pour elles, c'était quand j'étais obéissante, disciplinée, silencieuse dans les rangs ! Je devenais athée avec une tristesse mêlée de rage.

Une nuit. J'ai dû trimbaler mon matelas sous l'escalier, dans le cagibi à balais : j'avais parlé au dortoir !

Au-dessus de ma tête, les marches grincent à chaque ronde de la « sentinelle » !

Quand elle entrebâille la porte pour contrôler si je suis bien là, quand je l'aperçois, la torche à la main, dans sa robe blanche qui traîne jusqu'à terre, avec son chignon grisonnant que ne protège plus sa coiffe de jour, cette vision fantomatique ne peut devenir, dans mon journal, que celle de « *la sentinelle lugubre d'une prison de nuit. Etrange gardienne de mes rêves et de mes peurs. Prête à bondir... Armée d'une langue qui parle, qui me rive au sol, à sa langue... Sa bile, sa haine, dans un murmure, comme un souffle de soufre... Elle a la nuit pour me haïr, tout dort et tout lui appartient. Nuit de haine. J'ai peur. Vieille femme devenue féroce, elle a quitté son uniforme somptueux...* »

Voilà ce que j'écris. Moi qui, les premiers mois, amoureuse de Dieu, obsédée d'au-delà, luttais contre le sommeil pour me relever quand tout le monde dormirait et, à genoux, prier longuement, égrener lentement mon chapelet... Maintenant, je lutte encore contre le sommeil, mais c'est pour, enfouie sous mes draps, une lampe de poche glissée entre mes seins, noircir mes cahiers de haine tout en faisant semblant de dormir. Car j'ai adopté la règle qui sauve : je triche. Ne pas penser, ne pas exister. Faire comme si j'étais comme les autres, souffle apaisé et endormi. La haine me tient éveillée, nuque douloureuse à force de tendre le cou. Mais c'est la douleur de mon cœur qui dicte ces lignes, même si elles font rire aujourd'hui :

« *Sur les lèvres tremblantes de haine et de mépris de cette vieille religieuse, j'ai lu enfin ce qu'elle est, un désir dégoûtant, rance et refoulé...*

« *Je sens la bête noire et blanche, la religieuse qui guette, dans un coin sombre, le moment propice... pour bondir sur moi et ne plus me lâcher...*

« *Que dire à cet homme mesquin et ratatiné qui vient une fois par semaine recueillir les confessions des pensionnaires ? Il est prêtre...*

« *Les ecclésiastiques ressemblent aux pharisiens de l'Evangile. Avec leurs propos stéréotypés, interchangeables, leurs routines à la place de vérités, leurs habitudes et leurs déguisements. Ridicules, pas crédibles, irrespectables...*

« *Si le Christ revenait aujourd'hui, ni les religieuses du pensionnat ni le prêtre ne prêteraient attention à lui. Ils le chasseraient, ce mendiant...* »

Voilà ce qu'on écrit quand Dieu est mort. Parce qu'on vous l'a tué.

Bientôt, les mots ne me suffisent plus. Il faut la provocation. Avec mon amie, je vole les hosties par poignées entières. Nous les cachons dans nos soutiens-gorge pour aller les croquer dans la forêt. Geste d'enfants habités par la haine, cette haine qui ressemble à l'amour.

« *Dieu, ça n'existe plus. L'être humain est la seule certitude. Je dois vivre la joie et le partage (...) Libre à moi de chercher les explications du monde ailleurs que dans un conte où le merveilleux le dispute au macabre. Je veux être debout dans ma vie et non pas blottie, pelotonnée, réfugiée dans les bras d'un supplicié...*

« *Mon idéal et ma vérité sont en dehors des ornières religieuses... !* »

Voilà. Le mal est fait. La page est tournée.

La révolte a pris le pas sur la tristesse. Je fuis les examens de conscience, je sais qu'ils mènent au malheur et à l'enfer. Je fuis les confidences qui deviennent trahison.

J'aimais Dieu, mais les interprètes de Dieu m'avaient déplu. Il ne me restait plus qu'à tuer Leur maître.

Solitaire, murée dans le silence. J'accepte mon sort.

Pendant ce temps, de loin, j'apprenais à voir mes parents avec d'autres yeux. Parfois, je recevais une lettre de mon père, anodine mais pas anonyme — il signait « ton papa qui t'aime » — et je miaulais de bonheur, à nouveau chat sauvage de quelqu'un.

Il pleuvait toujours des punitions sur mon dos, des suppressions de sortie, et toujours l'interdiction de fréquenter mes camarades avec qui je m'entendais « trop bien ». Revanche dérisoire, et je m'en moquais bien. Seule, désormais, avec ma fureur et ma haine, je me sentais forte et plus personne ne me comprendrait jamais.

Mes amies n'étaient plus mes amies.

J'avais été en week-end à Paris chez une ou deux d'entre elles, dans des familles qui ne pouvaient qu'être moins contraignantes et moins ennuyeuses que la mienne. A partir du moment où le petit chat sauvage devint chat écorché, elles aussi ne purent plus rien pour moi. Comme si elles participaient de la même trahison — j'allais écrire de la même « conspiration » — contre moi. Soit il me semblait qu'elles me rejetaient parce qu'elles étaient plus cultivées, plus « parisiennes », plus « à l'aise », soit c'est moi qui collais sur leurs visages le masque définitif de la petite-bourgeoise...

Solitaire, donc, et jusqu'au bout. Durant les vacances, je

refusais d'aller retrouver « les miens », rejetant tout lien affectif comme une entrave, comme une chaîne qui m'attachait à un monde détesté.

Après quelques escapades solitaires, j'entraînai une amie de révolte pour quinze jours en Auvergne. Le bonheur n'avait plus qu'un seul visage, le sac au dos, la liberté aux pieds. Cabanes de bergers accrochées aux flancs des volcans, lait frais bu au seau moussant, nuit dans les étables et les greniers à foin, fromages dévorés à la table de petits vieux silencieux et accueillants. Découverte du rire, de l'insouciance, main dans la main, cœur à cœur... Nous pensions avoir retrouvé le sourire du monde.

Seule à nouveau, je partis en Irlande, en Angleterre. Je m'inscrivis à un stage aux Glénans pour apprendre la voile, je passai un mois en Espagne comme « jeune fille au pair », je partis même travailler en Autriche dans une usine où j'ai mené quelque temps la vie d'une ouvrière.

Expérience d'un mois, riche de découvertes : obligée d'observer avec d'autres yeux, car je n'avais plus rien, ouvrière comme les autres, ouvrière sans le sou. J'apprenais la nécessité de penser à demain, je vivais aussi mes premières heures de voyageuse sans port d'attache. Première expérience de la vie démunie, premiers pas du vagabondage. Jamais, je n'oublierai ce regard de la ville : quand on est pauvre, on n'ose plus regarder, ce sont les autres qui vous regardent...

Chez les poètes, mes compagnons de solitude, j'allais chercher d'autres raisons de vivre. Moi aussi, je rimais ma Saison en enfer — comme tous ceux qui souffrent, je me croyais du talent. J'essayais aussi la guitare, me lançais dans le dessin, exprimant mes états d'âme dans des aquarelles non figuratives, où les contrastes de couleurs les plus heurtés me semblaient crier joliment ma révolte. Miró et Chagall étaient mes modèles...

C'est alors que j'ai commencé à caresser l'idée du voyage, ultime chance d'aller à la rencontre de ceux qui me ressemblaient. Les hippies étaient en vogue, ils parlaient d'un monde d'amour que je ne connaissais pas, ils parlaient de briser les contraintes, il suffisait de refuser les lois des autres. Ils parlaient d'une liberté de penser qui conduisait à la liberté de vivre. Les rassemblements de Woodstock, de l'île de Wight devinrent ma terre promise, tous ces hommes aux cheveux longs portaient mes dernières espérances : ils ne ressemblaient pas à mon père, ils partageaient donc mon refus.

Je noircissais carnet sur carnet, soucieuse de ne rien perdre de ma révolte. Et peut-être, surtout, de tenir bien au chaud mes raisons d'être malheureuse.

Dans l'esprit de mes parents, ces années de pension auraient dû me permettre de mener enfin une vie qui me convienne. L'expérience, une fois de plus, avait tourné au désastre.

Au moins, j'avais découvert une chose. Il y avait décidément deux mondes inconciliables, et il fallait choisir.

D'un côté, la nature, l'amitié, l'air et le vent. J'avais entendu chanter la liberté, Chateaubriand et Rimbaud m'avaient appris les conquêtes de la solitude et du refus. « Le rossignol au bois, et l'amour dans les cœurs. »

De l'autre, un monde, celui où le hasard m'avait condamnée à vivre. Un monde soumis à l'emprise de l'autorité, où les gigantesques efforts d'une éducation dirigée n'aboutissaient qu'à l'apprentissage du mensonge, à l'étouffement du naturel.

Ce monde écœurant, où même Dieu n'était plus bon, je n'en voulais plus.

Chapitre 6

« Ô *mon* Bien ! Ô *mon* Beau !... »

> Ô mon *Bien ! Ô* mon *Beau ! Fanfare atroce où je ne trébuche point ! Chevalier féerique ! Hourra pour l'œuvre inouïe et pour le corps merveilleux, pour la première fois !*
>
> « Matinée d'ivresse. »

« Je viens d'abandonner le théâtre. Et pourtant, le théâtre, j'adore. C'est mon petit ami qui l'exige. Il dit qu'il faut choisir entre lui et les planches. Il dit que, si je l'aime, c'est pas difficile... »

Le gros homme me regardait en biais, comme s'il voulait me jauger. J'entends encore sa voix grave et sonore. J'entends toujours ses mots : « Il ne faut jamais abandonner quelque chose qu'on aime pour un homme. Tu vas le regretter toute ta vie. Crois-moi, petite, toute ta vie... »

C'était un chanteur d'opéra, au coffre énorme, un baryton-basse qui chantait à Lille. Il m'avait prise en stop et, galant comme un Italien, s'intéressait à ce que je faisais.

A chaque feu rouge il reprenait sa démonstration. Toute gorge déployée, il vocalisait à pleine voix. Une voix ample, magnifique. Et, de toutes les voitures arrêtées, à côté, devant, derrière, toutes les têtes se tournaient vers nous. Sur son gros cou, je voyais les veines saillir, je voyais son ventre s'agiter au rythme de ses trémolos, son visage s'empourprer, tandis que la voix semblait résonner dans la voiture, envahir la rue.

J'avais peur, j'étais gênée, je n'osais regarder les gens autour de moi. Mais, en même temps, j'adorais. Je le trouvais formidable, ce type qui se souciait des autres comme de l'an 40, qui osait être lui-même sans penser aux regards posés sur lui. J'enfonçais les ongles dans mes cuisses tellement j'étais impressionnée, heureuse et mal à l'aise à la fois.

J'ai vu peut-être ce gars dix minutes dans ma vie. Je ne connais toujours pas son nom. Mais je l'ai pris pour modèle.

Il a suffi de quelques mots prononcés d'une voix tranquille pour me mettre la puce à l'oreille. Ce jour-là, j'ai compris que, tôt ou tard, ce que je faisais allait couler — mon bateau ne tiendrait pas la mer.

Grâce à lui, j'ai commencé à avoir le courage de m'habiller comme j'en avais envie, d'être différente en me sentant bien dans cette peau à moi. Enfin, un adulte qui ne ressemblait pas à papa, tranquille et sûr de lui-même, et qui savait communiquer sa manière d'aborder l'existence avec l'assurance des forts.

Mon petit ami en question, c'était Yves.

Il me plaisait. Avec ses éternelles bottes d'aviateur luisantes et noires, son poignard toujours accroché à l'intérieur des bottes, avec ses cheveux doux et sa mèche, ses muscles durs — il était ceinture noire de karaté —, avec sa moto, une 125 Honda, la seule de la bande, il n'était pas comme les autres.

Il ne parlait pas beaucoup, mais il était un peu le chef. Il m'impressionnait. Cheveux d'or, yeux vert et gris, caractère mouvant comme un ciel de mars. Sur son treillis — parfois une combinaison d'aviateur —, il revêtait une veste de cuir zébrée de fermetures Eclair.

Il ne parlait que de la mort. Ancien parachutiste, il rêvait de partir faire la guerre au Viêt-nam. Il se faisait appeler Cobra, et ce surnom me faisait frissonner : cobra dangereux, cobra apprivoisé.

Bientôt, je l'aimais. Parce qu'il était fort et chaud et costaud, et qu'il voulait mourir.

J'avais rencontré Yves à mon retour à Lille, après mon année à La Maison française.

A la fin de l'année scolaire, j'avais supplié mes parents de me retirer de pension. J'avais dû jouer un bon numéro puisque, ô miracle, ils m'écoutèrent et m'inscrivirent dans un collège mixte de Marcq-en-Barœul, tenu par des religieux, à quelques kilomètres de chez moi. C'était pour ainsi dire une école de garçons — trente garçons pour neuf filles. Je serai demi-pensionnaire, j'irai matin et soir à mobylette, le bonheur !

J'aborde l'année bardée de bonnes résolutions. Je réussirai à me faire accepter. Intimidée, hésitante, je cherche un moyen de renverser les barrières. Le journal de l'école me paraît l'occasion rêvée d'ouvrir, de façon aimable et discrète, des relations nouvelles avec tous ces inconnus. Ce sera mon premier fait d'armes, il mettra les rieurs de mon côté...

Et je concocte mon article. Mon premier « article » de « journaliste » ! Ecrit en patois du Nord, j'évoque avec humour — du moins je le crois — les problèmes de la mixité, et je me moque avec gentillesse — du moins je le crois — des professeurs et des élèves... Le journal est diffusé dans toutes les classes et dans les foyers. Confiante et fière, j'attends les réactions. Mon article est brillant, gai, fringant comme moi.

A la maison, mon père m'attend. Il me tend une lettre. Une lettre du directeur :

Le 8 décembre 1970.

Monsieur, Madame,

Vous trouverez ci-joint le texte de l'article qu'Anne-Sophie vient de faire paraître dans la petite revue des élèves de grande division. Par sa médiocrité et sa vulgarité, il est à l'image de l'impression que laisse votre fille dans cette maison.

Un tel comportement est indigne d'une élève de terminale nouvellement arrivée dans un collège ; je ne saurais souffrir indéfiniment qu'elle puisse porter atteinte à sa réputation.

Regrettant profondément une attitude générale dont vous

devez vous-mêmes souffrir à la maison, je vous prie d'agréer, Monsieur, Madame, l'expression de mes sentiments respectueux.

Père R. T.

Je suis abasourdie. Moi qui espérais donner une autre image de moi-même, qui me voulais bohème et fantaisiste, qui rêvais d'un départ de zéro, d'une résurrection, en somme. Voilà qu'on me renvoyait un tout autre portrait : une petite fille vulgaire et médiocre. Je croyais être neuve, je me retrouvais méchante, perverse, salie. Je voulais jouer à l'innocent plaisir des mots, à la liberté d'expression, à la joie de dire et de séduire. Mon article était naïf, sans doute. Puéril, facile, sans intérêt pour quiconque, je veux bien. Il ne méritait qu'un haussement d'épaules, à défaut d'un sourire agacé. Il n'était rien. A preuve :

« C'EST MI QUE V'LA !

« J'me présente : j'su une nouvelle au collège et as'teur j'va vous causer en ptiot peu de c'que j'va y faire pendant chaqu' journée.

« D'abeur, c'est vachement ben pace qu'on a 10 mn au matin pour se r'taper. Comme mi j'me pointe en biclou, j'sûs beaucoup pace que j'a chaud. Comme ça j'peux m'tamponner l'figure à m'naise. A 10 h, c'est la récré, c'est chouette, chic et tout. J'bouscule tout l'monde pour courir à la salle de jeu où j'côtoie tous les gars : on écoute de la musique pop, on s'raconte des choses... N'y a tout plein d'ambiance. Quand le soleil y brile, j'va dans l'bois, loin du surveillant, avec un garçon pour causer seul à deux, près du canal. On peut s'tirer sa P4 * et quand l'cloche y sonne, on est un peu coloré comme si qu'on avait fait quelqu' chose de mal, mais je crois qu'c'est l'bon air qui nous a fait du ben.

« A 12 h, on va bâfrer dans l'self. C'est plus bat' que la cantine ; c'est fort chouette et sympathique. On fait connaissance. On s' passe le pain, la moutarde, la bière Pélican et quequ'fois on échange un mot ou deux, mais pas beaucoup

---

* Cigarette fabriquée avec de vieux mégots.

plus, pace que n'a du bruit, et pis qui faut méchamment mastiquer.

« Ensuite, comme j'su une sportive, j'm'en va sur l'stade. Je m'enferme dans un débarras toute seule, pace que j'su une file qui disent, et pis qu'eux y sont des garçons. J'vêtis mon costume de sport : ma culotte bouffante, mes espadriles, et un vache de beau maillot pour qu'on m'repère. J'oublie pas d'faire rouler mes grandes chaussettes jusqu'en bas, comme ça j'les salis pas.

« Maintenant j'va vous causer des cours. N'y en a pas des masses que j'écoute. C'est surtout la musique, le dessin, l'instruction religieuse. Pendant les autres j'm'embête, aleur j'm'occupe : j'joue aux cartes, aux dominos, à la bataille navale et surtout j'réponds à ma correspondance, pace que n'y a tout plein de garçons y m'envoient des billets doux. Y a des fois où mon voisin y m'pince pour m'dire que j'm'étale un peu trop sur ch'table. Voilà, après j'retourne à m'maison. C'est un tchiot peu triste et monotone, mais j'aime ben quand même. J'm'habitue à tout. Au plaisir. »

Comment aurais-je pu deviner que la riposte du directeur reflétait son malaise intérieur, ses ambiguïtés de vieux prêtre, de brave prêtre peut-être ? La peur d'un milieu sclérosé et peureux devant un monde neuf, celui des filles nouvellement admises qui venaient troubler le vieux collège de garçons ? La femme néant, créature du diable, satan déguisé en jupons.

Sa hargne et sa maladresse d'homme dépassé auraient dû me mettre la puce à l'oreille : je payais les pots cassés. Mais je n'ai rien compris. J'avais frappé à la porte, prête à rire et à embrasser, et voilà qu'en retour je recevais la gifle en plein visage. J'étais folle à enfermer. Je m'approchais du miroir pour m'y trouver belle, on me renvoyait mon image hideuse : l'énergumène, déséquilibrée, mauvaise. Je n'avais décidément, je n'aurais décidément jamais rien de ce qu'il fallait, plus aucune chance de devenir jeune fille de bonne famille, ni retenue, ni distinction, ni effacement.

Echec total, complet, définitif. Le petit chat sauvage avait grandi, c'était un monstre. Un temps, je suis restée prostrée, incapable de choisir, de vouloir, haïssant ma nature perverse, craignant chaque mouvement de mon cœur. Epave échouée, reprise par la marée, projetée sur les rochers, déchirée et battue. Adieu les croisières, adieu le sable chaud, il n'y avait plus de port.

Et puis, au bout de quelques mois, j'ai choisi la révolte. Je ne pleurerai plus dans mon lit. Je grifferai, je mordrai. On ne voulait pas sourire avec moi, mettre en doute « la » vérité officielle. Eh bien, je ferai éclater la vérité. Je casserai. Je briserai.

Je me suis mise à redouter ma propre violence, à avoir peur de mon agressivité. Je sentais la rage durcir mon visage, mes traits. Je me suis mise à arpenter les rues mal famées de Roubaix ou de Lille, la nuit venue, des heures durant. Je n'avais plus peur. Je croisais sans m'arrêter les égarés, les paumés, les rejetés, les immigrés. Je me sentais, je me voulais leur complice, désormais, ils étaient mes frères de détresse...

Le choix soudain était devenu évident. On me proposait une unique réponse : accepter. Obéir. Faire comme tout le monde. Plier. Ployer. Me soumettre. Abdiquer. Me mettre à genoux. Disparaître. Vivre pâle, neutre, sans volonté, conforme. Mourir.

J'ai secoué la tête en tout sens. Non. Je ne baisserai pas l'étendard. J'aurai une vie solitaire. A moi.

Je secoue la tête en tout sens. J'ai mal...

Sur mon cahier d'enfant, je me suis mise à déclamer ma colère avec les grands mots — pour les grandes peines, il faut bien de grands mots !

« *D'un côté, le bonheur et le bâillon. De l'autre, la liberté et la douleur...*

« *Du côté du bonheur se rangent le travail, l'esprit de famille, le devoir accepté, la routine, le futur planifié.*

« *Les gens heureux ne sont pas ceux que j'envie. Les gens heureux sont ceux qui me jugent...*

« *A dix-huit ans, l'éducation est faite. Le mal est là, ou le bien, recueilli comme dans une corbeille. Mon éducation est terminée. Elle est ratée...*

« *Je revendique le risque, l'effort. J'improvise, je bâtis une citadelle, je monte les murs contre le grand flot qui menace... Ce que je suis a le devoir de se déployer, branche à branche, dans le ciel opaque d'un monde que je quitte...*

« *Nous en sommes aux adieux. L'astre rouge descend. Le public recule, horrifié : je joue ma vie, mon douloureux amour, mon départ... Que se lèvent les pulsions, les rondes sauvages, les côtes marines sans balises. Je quitte le paysage connu...*

« *Ne plus me justifier, poser mes actes. J'ai subi l'injustice, pas la grande, celle qu'on nomme persécution. Mais l'injustice banale et quotidienne qu'on inflige à une enfant que l'on juge insolente et mauvaise...*

« *Pas le sentier moutonnier. Les cimes dentelées, les ravins aigus, les crêtes étroites, les aiguilles rocheuses. Pas le marais, le roc...* »

En dehors des serments grandioses que je me fais à moi-même, en dehors de ma révolte caressée, de mes refus solennels, j'entrevois un chemin vers le salut. Ou plutôt deux. L'homme et le voyage.

« *Un homme. Reconnu et précis. Lui, l'unique, l'essentiel, qui me fera prendre conscience de ma valeur, qui amènera l'épanouissement. Je cherche Pygmalion, l'ami sûr, la confiance. Je ne cherche ni le sexe ni la démesure, mais celui qui tuera l'enfant en moi...*

« *J'ai peur qu'ils aient raison, qu'un jour je leur ressemble... J'ai peur de perdre mes désirs...*

« *Je veux être vagabonde au sang gitan, au cœur nomade. Regarder le jour se lever sur une terre étrangère. J'attends l'heure lumineuse...* »

Je fus renvoyée... pour trois jours. Les imbéciles ! Même pas capables d'imaginer le cadeau qu'ils me faisaient ! Je n'aurais pu rêver plus belle marque de prestige ! Du jour au lendemain, ils avaient fait de moi l'héroïne du collège. Les garçons étaient épatés qu'une fille eût osé parler avec humour de tous les problèmes qui nous agitaient, et les enseignants, estomaqués qu'une fille eût réalisé ce coup d'éclat — filles qui, en minorité dans l'école, restaient d'ordinaire tranquillement isolées dans leur coin. Une fille « de bonne famille », qui plus est !

Moi, pendant ce temps, je serrais mon cœur et mes poings...

A la fin de l'année, Rimbaud me sauvait. Interrogée sur lui au bac, j'eus un dix-huit sur vingt, qui me valut d'être reçue avec mention... Anne-Sophie, ou l'honneur du collège ! « Je ne saurais souffrir indéfiniment qu'elle puisse porter atteinte à sa réputation », avait écrit le directeur !

Mes parents n'appréciaient pas Yves. Ou bien j'étais trop jeune, ou bien le garçon ne leur plaisait pas, ou le milieu social. Les trois raisons sans doute...

Alors, ils m'ont tout simplement interdit de le voir. Au lieu de le laisser venir à la maison et de m'expliquer petit à petit les raisons pour lesquelles il leur paraissait évident qu'on ne pourrait pas s'entendre... Comme je ne supportais pas les interdits, et comme j'étais en mal de communication — déjà —, je ne rentrais plus désormais à la maison que pour m'enfermer dans ma chambre et travailler ; je ne voyais plus mon père qu'à l'heure du repas — entre 19 h 45 et 20 h 30... Je n'eus plus qu'un but : m'échapper pour rejoindre mon premier amour.

Stimulée par la défense, j'ai voulu aller plus loin : m'échapper la nuit. La porte de ma chambre fermée à clef derrière moi, je sautais par la fenêtre — ma chambre, au rez-de-chaussée, donnait sur le jardin — et rentrais à 6 heures du matin. Mes parents dormaient à l'autre bout de la maison. Quand je n'avais pas de clef, je mettais un polochon sous les draps après avoir recommandé à Delphine de me raconter la moindre alerte ou le moindre soupçon, afin de pouvoir faire face à l'événement.

Et je dormais chez Yves. Sagement. Quelques mois après notre rencontre, il m'avait demandé de faire l'amour avec lui. J'avais refusé. Peut-être ne me sentais-je pas assez amoureuse. Cela me semblait fou. Personne ne m'avait parlé de ça, sinon pour me répéter que c'était mal. Quelque part je le croyais, et j'avais peur ; je ne savais pas ce qu'il fallait faire, ni avant, ni pendant, ni après.

Alors, j'ai cru bon de reculer l'épreuve, et j'ai fixé « la date », l'anniversaire de mes dix-huit ans. Cela me semblait loin, je saurai alors comment m'y prendre, et puis je serai grande !

Et c'est pourquoi, pendant plus d'un an, nous avons dormi sagement dans les bras l'un de l'autre...

L'anniversaire est arrivé. J'ai donné la fête promise, à la date que je m'étais choisie. Dans ma chambre. Chez papa. Et Yves est reparti à 6 heures du matin, comme un voleur.

Il fallait quand même marquer le passage aux yeux des parents. Le dimanche matin, désormais, à l'heure de la messe, quand maman viendra m'appeler, je répondrai que je suis trop fatiguée et que je veux dormir encore. Quand elle insistera, j'enfermerai Yves dans l'armoire, après avoir caché ses vêtements sous l'édredon... Ou bien, tandis que je sortais « occuper » les parents, Yves sautait par la fenêtre avant de revenir sonner cinq minutes après, en sifflotant d'un air innocent, me saluant d'un ton faussement naturel : « Bonjour, Anne-Sophie, as-tu bien dormi ? »

Rien n'y fit, mes parents n'ont jamais voulu comprendre ! C'est à désespérer, parents ! La méfiance vous rend aveugles !

Sur le carnet de mes peines et de mes révoltes, j'apprenais enfin à écrire les délices et les folies de l'amour.

« *Mon amour, tu es mon Dieu, mon maître.* » Voilà ce que j'écrivais, moi qui ne voulais ni Dieu ni maître ! « *Mon prince, mon royaume, je parcours tes cheveux comme un maquis gorgé d'odeurs, je descends dans le jardin de ton corps. Ô mon amour neuf, prends-moi avec délicatesse, prends-moi avec sagesse, je suis une fontaine inexpérimentée...*

« *Fruit délicieux, mon amour qui vient. Il enjambe la ville, il court de rue en rue... Il franchira les murs de ma chambre d'enfant. Il m'emportera dans l'arôme et la litière du plaisir...*

« *Prends-moi dans tes anneaux d'or, couvre-moi de cannelle et de saveurs. De tes lèvres rassemble sur moi les troupeaux affamés. Ote mes vêtements et souffle l'ombre de ma peur...*

« *... dans les draps froissés de froid de mon lit de fer, tremblante de sommeil, j'attends mon bien-aimé. Ma vie est suspendue au fil de sa bouche...*

« Tu remplaces le Dieu de mon enfance, la foi de ma jeunesse. Tu tailles les broussailles de mon passé, les ronces de ma jeunesse, les souterrains de mes révoltes. Je suis plus étincelante que le soleil... »

Chacun a refait un jour le Cantique des Cantiques, mais, derrière les mots ? Après les illusions des incendies de la nuit, le petit jour finit par se lever. Il était gris et froid. J'avais beau, avant de partir, préparer ses réveils, une fleur, un mot doux écrit sur le premier papier qui traîne, nous n'avions pas de rêves à partager. L'inaction des séparations, la vie au quotidien ont élevé petit à petit leurs barrières, l'amour s'est fait dur et violent. La passion mord, la passion meurt. Pendant ce temps, sur un petit billet plié en quatre sur ma table de nuit, Yves laissait d'autres serments : « Rappelle-toi que je ne m'évanouirai que quand je t'aurai étranglée... »

Au fond, mes sentiments avaient-ils changé ? Nous nous connaissions depuis plus de deux ans. C'étaient les événements plus que la passion qui nous avaient rapprochés. Maintenant, enfin, j'osais m'avouer avec une infinie tristesse qu'il ne s'agissait pas de l'amour de ma vie. Nous n'allions pas vivre ensemble. Ni mourir, personne ne parlait plus d'éternité...

Yves gardait malgré tout un peu de son prestige. Nous étions les premiers de notre bande à faire l'amour, je me sentais seule de l'autre côté de la barrière. C'était mon petit ami, mon « mec ». On découvrait ensemble « le vert paradis des amours enfantines »... Et puis, Yves qui avait un an de plus que moi, qui étudiait la photo à Tournai, en Belgique, traînait souvent dans un studio où défilaient les mannequins. Il avait photographié une présentation de mode pour Yves Saint-Laurent, sa chambre était tapissée de filles superbes ; j'étais étonnée et flattée de faire partie de cette collection...

L'envie me prit de faire du théâtre, au grand dam de mes parents qui eussent préféré me voir préparer mon bac avec plus de sérieux. Je suivis néanmoins des cours d'improvisation, d'expression corporelle et de diction, qui occupaient toutes mes soirées.

Je devins figurante, je gagnai mes premiers sous. J'étais

heureuse de cette vie active, des gens intéressants que je rencontrais, de cet avenir que j'entrevoyais, différent du monde figé et rigoriste de mon père. A moi « la vie d'artiste », la spontanéité, la liberté du corps, les contacts chaleureux noués par les sens, un futur ensoleillé.

Après mon bac, je me suis inscrite à l'IHECS (Institut des hautes études de communication sociale). J'aurais préféré une école d'expression corporelle ou de mime, ou quelque chose en rapport avec le théâtre. Mais maman répétait que l'avenir était dans les médias et vantait les mérites de ces disciplines, vidéo, photo, film, télévision — quatre ans d'études à Tournai, une demi-heure de route avec des amis. Je suivis ses avis.

Le soir, à Lille, je continuais le théâtre et les cours d'expression corporelle, il m'arrivait aussi de passer des nuits entières à coller des affiches à travers la ville.

Mes parents ont appris alors que je « sortais » avec Yves. Furieux, ils m'ont demandé de prendre mes responsabilités, de rompre ou d'aller vivre seule. Ils ont dû penser aussi qu'il valait mieux prendre un peu nos distances. Ils ont joué la carte de la confiance et loué pour moi une petite chambre dans le Vieux-Lille. Un grand lit en fer forgé, un petit lavabo, un vieux buffet peint. Au-dessous des combles et au-dessus d'une galerie de peinture, la vraie vie de bohème !

Yves est venu s'installer chez moi. Maman, l'apprenant, a refusé de comprendre : « La chambre, c'était pour tes études, pas pour y abriter un homme ! » Désormais, je dus faire des heures de permanence à la galerie pour payer une partie du loyer.

Moi, j'étais surprise de cette fureur, ne comprenant pas si c'était à cause de la personne ou de l'acte, à cause d'Yves ou de la relation physique. Elle m'a dit alors une chose étrange, comme je lui demandais l'autorisation de prendre la pilule : « Anne-Sophie, ne la prends pas, c'est plus noble... » Elle me refusait donc la permission, nécessaire à l'époque pour avoir une ordonnance, et moi je suis restée sur cette idée de la noblesse qu'il pouvait y avoir à se retenir.

Elle m'avait dit aussi, il n'y avait pas longtemps et en

confidence, que l'homme était une bête, incapable de se contrôler. Moi, quand l'homme devenait une bête, j'aimais bien...

C'est alors que Yves m'a imposé son diktat, Yves, que j'avais donc choisi malgré la volonté de mes parents : « Ce sera le théâtre ou moi. »

Me faudrait-il toujours recommencer mes choix ? Sans doute ne me voyait-il plus beaucoup. Il y avait, cependant, je crois, une raison plus profonde : le monde que je fréquentais lui faisait peur, à lui qui ne savait pas communiquer.

Pourquoi ai-je accepté d'obéir, alors que ma vie n'était pas en jeu ? Peut-être parce que j'ai toujours refusé d'arrêter l'aventure en cours de route, j'ai toujours cru que les choses, un jour, pouvaient changer.

Le premier Noël qui suivit mon entrée à l'Université, je demandai à papa une autorisation signée pour aller animer un camp de gitans du côté de Lyon. Il s'agissait d'un travail bénévole, et j'avais réussi à convaincre Yves que ce serait un merveilleux Noël. Papa refusa : Yves était avec moi.

La frustration fut terrible. Le refus de Gilbert — j'appelle mon père par son prénom quand je me dissocie de lui — ne faisait qu'augmenter l'intérêt du stage. Pour une fois que j'avais réussi à convaincre Yves d'essayer de faire quelque chose de beau de notre couple, lui qui n'avait rien à faire avec les gitans !

J'ai pleuré, j'ai supplié, j'ai tout tenté ! Rien n'y fit. Alors, je suis partie en insultant Gilbert, claquant la porte sur mon père impuissant : « De toute façon, Yves viendra avec moi. Mais je ne te dirai pas où on va... »

Et nous sommes partis en stop vers le sud de la France. J'ai appris la beauté des nuits qu'il faut conquérir une à une. Nuits sous l'auvent des lavoirs, sous les abris de bus, sous le porche des églises... Nuit d'hôtel dans un restaurant de routiers quand la patronne, attendrie par ce « jeune couple », a décidé de nous héberger... Nuits dans les grottes qui entourent les Baux-de-Provence, dans un wagon à bestiaux d'un train de marchandises égaré dans une gare perdue...

Enfin, l'amour prenait le goût de la liberté.

Chapitre 7

« La nuit, l'amie oh ! La lune de miel... »

La nuit, l'amie oh ! La lune de miel
Cueillera leur sourire et remplira
De mille bandeaux de cuivre le ciel
Puis ils auront affaire au malin rat.

« Jeune Ménage. »

Au soir de mes dix-neuf ans, l'atmosphère n'était pas à la fête. A l'heure du dessert, on a bien apporté un gâteau au chocolat, mais un gâteau qui, pour la première fois de ma vie, n'avait pas de bougies. Moi qui ai toujours adoré les anniversaires ! Alors mon père a pris sa voix sentencieuse : « Les enfants, Anne-Sophie a quelque chose à vous dire... Tout à l'heure, au salon... »

Chacun replongea dans son assiette et mangea en silence. Et tous de me regarder. Moi, je lançais des clins d'œil à Delphine, manière de lui faire comprendre que je lui dirais tout d'ici à la fin du dîner.

Pour une fois que j'avais quelque chose à fêter justement ! Même qu'à mon sens on aurait dû ajouter une bougie de plus !...

A la manière dont mon père avait parlé, tout le monde avait compris que l'affaire était sérieuse. Chacun avait la chair de poule, moi la première.

Je revois encore la scène du salon. Les quatre enfants assis en rang d'oignon sur le canapé, dix-neuf, dix-sept, quinze, treize ans. Les parents, droits comme des piquets dans leurs fauteuils... et moi qu'on avait chargé d'annoncer la grande nouvelle et qui attendais on ne sait trop quoi. Mes mains tremblaient. Je me suis levée et j'ai dit dans un souffle : « Eh bien voilà, je vais me marier... — Ah ? Ce n'est que cela ? a rétorqué Delphine en éclatant de rire. Mais il fait déjà partie des meubles, ton Yves... »

Chacun s'attendait à une vraie catastrophe, et, soudain, pour eux, c'était plutôt une nouvelle gaie.

Quand j'ai annoncé la suite, quand j'ai dû lancer que j'attendais un enfant, je ne me souviens plus de la tête qu'ils ont faite !

J'en étais restée, avec Yves, sur l'idée qu'il était « *plus noble de se retenir* ». Alors, nous regardions le calendrier, nous faisions des calculs savants... Ça a marché quelques paires de mois, mais on ne devait pas savoir très bien compter !

Fin janvier, un mois après mon retour de fugue, j'ai su que j'étais enceinte. Pendant les jours de doute, avant la confirmation des tests, j'ai songé à avorter. C'était l'époque des pétitions en faveur de l'avortement libre, des déclarations, des manifestations... Du jour où j'ai été certaine que j'attendais cet enfant, j'ai été certaine aussi que je le garderais.

Je suis allée chez mes parents pour annoncer la nouvelle à ma mère. Elle était en train de préparer ses valises, ils partaient en croisière en Egypte. Du coup, je n'ai rien dit pour ne pas lui gâcher son voyage. Je l'ai seulement embrassée un peu plus fort que d'habitude, jamais je ne l'avais autant aimée... Et c'est quand elle est revenue, après qu'elle m'eut raconté ses fabuleux souvenirs des bords du Nil, que je lui ai annoncé la bonne nouvelle.

A elle, pas à lui.

Je ne m'étais jamais posé la question d'un enfant. Garçon manqué, toujours à la bagarre, en short et baskets, apprenant de mon « mec » les passes de judo et de karaté, mon avenir avait d'autres horizons. Et voilà qu'il fallait m'imaginer dans une peau de mère. Scénario inconnu.

J'ai beaucoup réfléchi. J'ai su très vite que je voulais l'enfant. Et pas le père. Tous nos mauvais moments me sont alors revenus. D'abord, je lui en voulais de m'avoir obligée à abandonner le théâtre, même si je continuais à retrouver mes anciens amis dans les cafés. Avec Yves, on se disputait trop souvent, je trouvais qu'il n'était pas assez attentif avec moi, que ses goûts étaient trop différents des miens, qu'il était égoïste et dirigiste. Je voyais en lui le parfait représentant des méfaits de cette éducation qui « prépare la femme au service de l'homme »...

Enfin, plus grave à mes yeux, peut-être, il avait peur de l'inconnu. J'en avais la preuve, il n'aimait pas me retrouver au bistrot !

Autre crime, il avait abandonné la photo — ce qui justement me plaisait et faisait à mes yeux unc grandc partie de son charme — pour devenir quelque chose comme chef de rayon dans une grande surface : on ne rêvait plus.

Je lui ai annoncé d'un coup les deux bonnes nouvelles : « Un, j'attends un enfant de toi. Deux, je ne veux plus vivre avec toi... »

Il n'y avait aucune hypocrisie dans ma déclaration, cet enfant qui venait était ma vie et non la sienne. Son père aurait pu me convaincre du contraire, mais il ne l'a pas voulu. Au fond, il ne savait quoi penser parce qu'il ne savait pas ce qu'il voulait. Et du coup, lui, le fort, voilà qu'il se retrouvait tout froid, tout petit, tout penaud face à moi qui savais.

Ce n'est qu'un mois plus tard qu'il est revenu me dire qu'il voulait m'épouser. Son père l'avait sermonné en lui assurant qu'on ne laissait pas tomber les filles qu'on a faites grosses...

Entre-temps, avec une amie de La Chesnoye, Véronique, j'étais partie en auto-stop pour Amsterdam. Nous avons dormi dans des halls de gare, sur des péniches réservées aux hippies — en fait, c'étaient plutôt des drogués qui ne nous laissaient pas tranquilles, nous obligeant à nous défendre et à nous promener tout le jour avec nos affaires. Alors, nous avons émigré vers d'autres retraites, les cages d'escaliers des appartements où nous croisions une autre faune pas plus rassurante : les traînards des nuits d'Amsterdam, les travailleurs immigrés sans logis...

Véronique était tout heureuse de vivre l'aventure et de se « libérer du joug familial » ! Moi je faisais le point dans ma tête...

Pendant ce temps, mon bébé cognait dans mon ventre...

Je suis rentrée à Lille pour annoncer à ma mère que je ne me marierai pas : « Je n'aime pas assez Yves pour toute une vie. Et le mariage, tu me l'as assez répété, c'est " à la vie, à la mort "... »

Mes parents, désemparés plus que furieux, pris à leur propre piège, ne savaient plus quoi faire. Maman ne dormait plus, papa était en rage contre moi, me racontant les cauchemars de maman, me disant que je ferais mieux d'aller « vivre en Angleterre comme toutes les filles mères ».

Je le devinais trop bien, écartelé entre deux cauchemars : d'un côté, sa fille aînée enceinte et sans mari, de l'autre, sa fille aînée mariée au père de l'enfant, mais à un père qu'il n'aimait pas. Où était le beau et grand mariage avec le bel héritier d'une noble famille de la laine ? Entre ces deux maux, quel était le moindre ?

Ce qui traumatisait maman, connaissant mes rêves de voyage, c'était qu'elle ne me voyait pas en mère de famille. Ce qui traumatisait papa, c'était qu'il n'acceptait pas bien le père de famille !

Tout allait mal avec eux, d'autant que la relation privilégiée que j'avais avec maman en avait pris un sacré coup avec ma fugue de Noël.

Je revois encore la scène : dans une rue de Lille, maman qui s'avance sur le trottoir d'en face. Moi, toute joyeuse, qui me faufile entre les voitures, qui lui saute au cou, câline, tendre : « Maman, c'est toi. Bonne année, ma petite maman. Comment était ton Noël ? Mon voyage était super... Viens, je vais te raconter, maman chérie... » Alors, elle me regarde, toute froide et distante : « Pas maintenant, Anne-Sophie. Je n'ai pas le temps... » A son tour, elle a changé de trottoir. Sans raison. Comme ça. Pour me fuir.

Pour la première fois, maman me fermait son cœur. Je me suis retrouvée toute bête, stupide. Une fois encore, mon bonheur tout neuf devenait péché. Au moment où je connaissais le printemps, où mon âme s'envolait sur les mots d'amour, où mon corps se faisait bourgeon, elle aussi ne comprenait pas. Même ma maman ne me comprenait plus.

Je la vois encore, ou plutôt son dos qui s'éloigne, foulard Hermès noué sur la tête. Ce jour-là, pour la première fois, j'ai pensé mal d'elle. Elle se rangeait du côté de papa. Mais qu'est-ce qu'ils avaient tous contre moi ?

Maman n'en avait plus que pour quelques mois... De ce jour-là, j'ai su que je l'avais perdue, qu'elle m'échappait. En fait, elle s'échappait peut-être déjà de la vie. Ce fut le début de nos malheurs, elle refusait de m'entendre. Elle devenait aussi absente que papa, au moment précis où j'avais tellement envie de lui raconter ma nouvelle vie de femme...

Je n'oublierai jamais ce jour-là...

« Anne-Sophie, si tu ne te maries pas avec moi, je me suicide. »

Revirement total, coup de tonnerre. Il avait été question, à la rigueur, de vivre ensemble, comme une famille hippie. Mais de mariage, jamais.

J'ai eu peur, très peur. Je ne voulais pas me marier, mais de là à avoir sa mort sur la conscience ! Car je croyais à sa menace, j'avais été tellement bercée, si je puis dire, par cette mort prochaine dont il parlait sans cesse : « Je n'aurai jamais trente ans. Un jour, je n'ouvrirai pas mon parachute... Je ne veux pas devenir vieux... » J'avais peur de ce poignard qu'il portait sur lui jour et nuit. La nuit, il l'enfouissait sous l'oreiller et en caressait parfois la lame, amoureusement aiguisée. Je maudissais ce poignard qui lui ouvrirait le cœur...

J'aimais Yves à cause de ce romantisme-là. Mais, du jour où je suis devenue la main qui déclencherait le couperet de la guillotine, j'ai été réellement paniquée, à n'en plus dormir, à ne plus penser qu'à cela.

Alors, j'ai fini par craquer. Je suis allée voir maman et je lui ai dit : « Prépare le mariage si tu veux... » J'ai dit à Yves :

« OK, je t'épouse si tu veux... » Et je suis partie encore. J'ai laissé maman en tête à tête avec ses listes, j'ai laissé Yves penser à sa fiancée à venir et déjà disparue.

J'ai passé quinze jours dans les Ardennes belges avec une autre amie, Rita — l'amitié vraie comme refuge au faux amour. Et puis je voulais, loin de tous, réfléchir tranquille à mon avenir avec mon enfant. Nous avons dormi de ferme en ferme, de clairière en clairière. Sur les tracteurs, je songeais à mon enfant qui pourrait « tomber » sous les cahots. Déjà, je l'aimais, je caressais avec fierté mon ventre qui devenait dur. J'étais consciente que ma vie s'arrêtait en raison de cette décision. Mais nous parlions encore d'existence libre, nous nous jurions de ne jamais ressembler à nos grand-mères et à nos mères, de vivre peut-être avec enfants, mais en tout cas sans maris, nous rêvions de vie communautaire où nous partagerions tout, du loyer à la vaisselle, et aux enfants s'il y en avait d'autres.

Au retour, j'ai commencé à voler dans les magasins...

Dans leur malheur, mes parents s'accrochaient au bonheur du futur enfant : « Un enfant sans père est malheureux, répétait mon père. Un fils doit porter le nom de son père, c'est mieux pour lui ! La société rejette les enfants sans père... » Pourquoi n'était-il question que du père ? En plus, ironie grinçante, Yves s'appelait Leper !

Malgré mes rapports explosifs avec Gilbert, j'avais encore confiance en mes parents. Ils connaissaient la vie, et puis je les voyais soulagés, même si ma mère se perdait un peu trop dans ses problèmes de liste. Néanmoins, je le dis aujourd'hui avec l'assurance du recul, sans le chantage au suicide, je suis sûre que je n'aurais pas plié.

Une fois la décision prise, il valait mieux jouer le jeu : j'allais devenir une dame, une femme et une mère. L'aventure, après tout, avait des côtés positifs, elle me tentait comme un risque à prendre. « La fille mère » allait devenir « Mme Leper », clin d'œil comique. Au moins, je ne serais plus Tiberghien. Je me suis convaincue qu'il fallait essayer...

J'ai tenu tête à mes parents en refusant la cérémonie religieuse — La Maison française avait mis une croix sur la religion ! Devant le scandale, j'ai concédé, quand même, une bénédiction nuptiale — je n'engageais pas ma foi devant Dieu, mes parents avaient un bout de leur cérémonie...

La veille du grand jour, il y eut une grande réception avec tous mes amis. Le lendemain, le mariage à la mairie, puis la bénédiction. Et le soir, une autre réception avec les amis des parents.

Dans ma petite robe orange de femme enceinte, avec mon ventre de six mois et mes cheveux courts, je ressemblais à une mariée de film comique, mais j'étais fière de mon corps de mère... Les familles n'avaient pas grand-chose à se dire... Ce fut une fête étrange. Comme étrange avait été la cérémonie à la mairie — nous avions refusé les alliances. Etrange aussi le soir, digne de ce grand jour : on nous avait réservé une chambre à l'*Holiday Inn*, sur l'autoroute de Paris. Une bouteille de champagne nous attendait, comme il se doit, dans la chambre. Au moins que « la nuit de noces » sauve les apparences, je n'ose dire, vu mon état, préserve les formes !

Mais à peine le mari avait-il gagné le lit nuptial qu'il s'endormait en ronflant puissamment ! Il faut dire qu'il supportait mal l'alcool, et que déjà, au cours de la soirée, j'avais dû chercher de la cave au grenier mon mari disparu, avant de le trouver endormi dans le bureau... de son beau-père, sur le canapé ! Livide, couleur citron, l'émotion, l'alcool...

Soudain, le scénario classique rattrapé au dernier moment me parut si aberrant, si comique, que j'éclatai de rire. Et la future maman rentra dans son lit d'épousée, enfin heureuse...

Quelques instants plus tard, Yves se réveillait. Et enfin, tous deux adossés contre nos oreillers, nous avons fait coïncider l'image : bonheur parfait, confidences sur l'oreiller. Mais ce n'était ni aux anges, ni à l'amour, ni au plaisir que nous adressions nos sourires.

Nous parlions tranquillement de notre avenir, complices, détendus, comme de vieux amis. Nous reconnaissions l'évidence : un jour prochain, il faudrait bien nous séparer. Le divorce était la seule issue. L'amour, c'était bon pour nos dix-sept ans. « On n'est pas sérieux quand on a dix-sept ans ! »

En attendant, nous serions intelligents, comme de vrais amis. J'étais reconnaissante à Yves : nous étions un couple moderne, nous n'avions rien à craindre de l'avenir.

Après avoir fait nos projets du lendemain, nous nous sommes endormis côte à côte comme des anges. Nous avions tourné la page d'une étape de notre vie...

Chapitre 8

« Quel rêve, ô pauvre Folle ! »

Ciel ! Amour ! Liberté ! Quel rêve, ô pauvre Folle !
Tu te fondais à lui comme une neige au feu ;
Tes grandes visions étranglaient ta parole
— Et l'Infini terrible effara ton œil bleu !

« Ophélie. »

Le mariage, c'était en juin 1972. En octobre naissait le bébé. Je l'ai appelé Samantha, un prénom repéré sur une pochette de disque, un prénom qui n'avait rien à voir avec la France, qui ne sonnait pas européen, qui évoquait d'autres mondes et que j'aimais bien. Ce prénom, que je n'avais jamais entendu, était ma façon de rompre avec ma famille, avec ma culture, avec mon pays. L'affirmation aussi que je refusais de mettre ma fille sur les rails communs. Je n'ai pas voulu non plus la faire baptiser, il était très important pour moi qu'elle demeurât libre. Aujourd'hui, je lui ai demandé d'en discuter avec ses camarades et ses professeurs, et de choisir en fonction d'elle seule. Elle a décidé de prendre son temps...

Maman souhaitait me voir achever mes études, mais quatre ans me paraissaient trop longs. Je me suis inscrite à Lille, à l'IUT — Institut universitaire de technologie — pour y préparer un diplôme d'*animateur socioculturel,* qu'on obtenait en deux ans. Je pourrais devenir directeur de centre.

Pour la première fois, je me suis intéressée aux études : on faisait du théâtre, de la photo, de la psychologie, de la sociologie, et tout cela me passionnait.

Chaque matin, j'enfourchais ma mobylette pour aller à l'Université, et, bientôt, dans mon sac à dos, je fourrais mon bébé. Fière comme Artaban, comme il était loin le temps de ma grossesse où, sur la même mobylette, je m'arrangeais pour cacher sous une ample cape — c'était la mode — ce gros ventre qui semblait mal venu, trop tôt venu ! Pour rien au monde, maintenant, je n'aurais confié ma petite fille à qui que ce soit. Je voulais mener ma vie de maman et ma vie d'étudiante en même temps.

Alors, je gardais Samantha sur mes genoux pendant les cours, je la faisais dormir entre deux machines à écrire dans le bureau des secrétaires, ou par terre, sur des manteaux. Je préparais les biberons — il arrivait qu'ils fussent froids ! —, je changeais les couches, je berçais mon enfant tout en écoutant les professeurs.

J'étais aux anges. Je lui expliquais tout, à mon bébé qui ne comprenait rien. Mais il était avec moi, même si parfois je le prêtais aux étudiants, de grands malabars qui n'avaient jamais touché un nourrisson de leur vie, et qui se retrouvaient tout attendris. D'autres mères, qui assistaient aux cours elles aussi, me regardaient d'un air jaloux, considérant que, décidément, les mamans d'aujourd'hui avaient d'étranges mœurs.

Quand un professeur un peu coincé refusait cet enfant qui dérangeait ses belles déclamations, je confiais Samantha à une secrétaire. L'une d'elles, un jour, a voulu faire une plaisanterie au directeur de l'Institut, un intellectuel toujours perdu dans ses papiers. Pendant un cours, elle a déposé Samantha dans le tiroir du grand bureau de fer, préalablement débarrassé de tous ses dossiers. Le nourrisson, délicatement allongé sur un manteau, a vu se refermer sur lui le tiroir de cet étrange lit. A la fin du cours, lorsque le professeur pénétra dans son bureau, et qu'il s'apprêta à ranger machinalement ses dossiers, il tomba sur la petite frimousse plissée de sommeil dont les cris le mirent en fuite. Il se mit à hurler à son tour dans les couloirs, déclenchant une effervescence et une hilarité à la mesure de sa colère.

J'étais une jeune maman heureuse, et, d'ailleurs, dans l'atmosphère de réforme et d'anarchie qui régnait alors, j'allais plutôt dans le sens du courant. J'ai acquis une sorte de personnalité, en tout cas aux yeux de mes camarades, notoriété qui devait autant à l'excentricité de la chose qu'au fait qu'on avait fini par convenir que j'étais aussi une bonne mère. Et ceux qui, au début, avaient été choqués par mon attitude se retrouvaient maintenant apprivoisés par le bébé, émus par tous ces gestes de tendresse autour de lui. Je découvrais enfin que l'innocence et la fragilité ont parfois, comme dans les contes, le pouvoir de transformer les méchants en autant de doux et gentils, et je commençais à comprendre l'idée de patriarche entouré de sa multitude d'enfants.

Tout s'est très bien passé, Samantha n'a jamais été malade, à croire qu'elle aimait déjà l'école !

A la maison cela se passait moins bien. Yves avait repris son travail dans les grandes surfaces, avant de trouver un nouveau poste à Arras. Il rentrait le soir, épuisé, après une heure et demie de trajet les jours d'embouteillage, livide, incapable de parler. Pour mon père, il était bien que mon mari eût à gagner sa vie et ses galons à la sueur de son front, qu'il eût à grimper un à un les barreaux de l'échelle sociale qui menait jusqu'à nous.

Après des semaines de formalités, nous avons fini par louer un appartement dans un quartier neuf et sans âme, à Mons-en-Barœul.

Je ne voyais pas la vie en rose. Nous passions des soirées entières sans nous parler, parfois des semaines. J'étais exaspérée par la sono d'Yves qui occupait la moitié de l'appartement — ce n'était pas esthétique, et ça faisait trop de bruit. Lui ne disait rien. De toute façon, on n'aurait pas pu s'entendre, et puis, ça n'était pas mon genre de musique. Plus tard, seulement, j'ai compris que ses appareils étaient pour Yves une sorte de cuirasse. Dès que quelqu'un venait nous voir, il s'enfermait dans ses casques, il tripatouillait ses boutons, s'affairait à rechercher sur des kilomètres de bandes la chanson introuvable.

Ainsi pouvait-il à loisir fuir le risque du contact, tranquillement perdu dans sa solitude...

Quand nous sortions faire des courses, je traînais les pieds, sans allant, sans enthousiasme. Je me sentais laide, je m'habillais n'importe comment, à peine capable de le suivre, inerte, comme un sac de pommes de terre.

J'essayais bien de mettre un peu de gaieté dans l'appartement. S'il faut convenir que la moquette n'était pas toujours très nette, du moins je bricolais, collais au mur des choses que j'aimais bien, des tissages que je confectionnais moi-même avec des bouts de laine, des compositions modernes à base de boîtes de camembert ou de pots de yaourt, inspirées de ce que j'avais vu dans les musées parisiens. J'étais beaucoup plus occupée à créer ces « œuvres d'art » qu'à lécher le ménage... Yves ne se réveillait un peu que pour faire la cuisine — il me laissait la vaisselle ! — ou pour jouer avec Samantha, lui collant son casque sur les oreilles pour lui faire écouter ses airs préférés....

Heureusement, il y avait l'Université. Dès que je partais avec Samantha sur l'épaule, je me sentais revivre, je reprenais plaisir à m'habiller, à rire, à discuter...

A nouveau, nous évoquions notre séparation prochaine. J'en parlais surtout avec une amie, Marie Villez : « Je laisse toujours les clefs sous le paillasson, me disait-elle, tu peux débarquer jour et nuit. »

Ainsi tout était prévu pour le jour où ça casserait vraiment.

C'est alors qu'Yves et moi nous avons commencé à nous battre. Avant, c'était par jeu. Maintenant, personne ne songeait à rire. Un jour, même, il a menacé de me précipiter du huitième étage. Il m'a saisie, m'a renversée, puis m'a tenue au-dessus du vide, et je voyais les gens passer, inconscients de ce pot de fleur humain qui allait leur tomber sur la tête ! J'ai connu la frayeur de ma vie. Agrippée à la poignée de la fenêtre avec une force décuplée, mon cœur battant à rompre, j'étais persuadée que ma dernière heure avait sonné, et ne songeais même pas à faire ma prière.

De ce jour-là, j'ai cessé de répondre à ses provocations.

J'ai pris mes distances, miraculeusement transformée en épouse modèle, calme, et respectueuse, et polie, et distante.

A quelques étages au-dessous de chez nous, j'avais une amie. Elle était algérienne et s'appelait Zora. Elle avait une petite fille plus âgée que Samantha, cinq-six ans. Son mari était « balayeur de nuit », aussi se retrouvait-elle souvent seule, et j'allais bavarder volontiers avec elle. Nous échangions nos joies de mère et nos malheurs d'épouse.

Une nuit — c'était la nuit de la Toussaint —, sa petite fille n'est pas rentrée. L'après-midi, Zora avait aperçu un homme rôdant autour de l'immeuble, aussi était-elle sûre qu'un malheur était arrivé. J'ai décidé de lui tenir compagnie, malgré les menaces d'Yves. Il me paraissait plus important d'être avec elle dans la peine et l'angoisse qu'avec lui dont l'indifférence me faisait horreur. Je le lui ai dit, et en compagnie de Zora j'ai veillé toute la nuit, au milieu des gyrophares de la police.

Vers 5 heures du matin, on a retrouvé sa petite fille sur un dépôt d'ordures. Nue, frigorifiée, violée... en larmes.

J'ai détesté Yves.

J'ai su que mon destin s'écrirait ailleurs, parmi les amis que je me choisirais, ceux que j'avais envie d'aider, avec lesquels je souhaitais partager des moments de vie. J'étais heureuse avec Zora, Zora pourtant submergée par les problèmes d'argent, écrasée d'indifférence et de solitude. Heureuse de l'écouter, d'entendre à nouveau parler arabe, de lui apporter un peu de chaleur humaine... Quand maman venait me voir — elle savait qu'elle me trouverait chez Zora —, elle avait honte : « Chez elle, c'est plus propre que chez toi ! »

Dès mon retour d'Amazonie, neuf ans plus tard, je me précipitai chez elle pour la revoir. Mais elle avait disparu. Je l'ai perdue...

Yves et moi, nous nous retrouvions morcelés, glacés, chaque jour davantage. Notre amour, notre amour de jeunesse avait brûlé. Nous tentions encore de nous raccrocher à un projet commun, et c'est alors que nous avons décidé de partir ensemble, de vivre « le voyage ». Nous achèterions un camion et nous sillonnerions la France. Yves sonoriserait des spectacles en extérieur, peut-être des théâtres de province... Mais ce rêve, encore, ne nous sauverait pas.

Comment avait pu naître chez moi cette obsession du voyage, cette attirance plutôt pour les gens de la route ? Parce qu'ils venaient d'ailleurs et de nulle part : « Je viens d'un pays qui n'existe pas », répondait le gitan de la chanson que je jouais sur ma guitare ? Parce que je courais après les larmes d'émotion de ma petite enfance, lorsque maman nous emmenait au cirque ?

Depuis longtemps, les gitans qui stationnaient autour de Lille, dans leurs vieilles roulottes pourries, cherchant du travail ou un trafic de part et d'autre des frontières, ou faisant du porte-à-porte à travers cette énorme concentration humaine où il y avait de l'argent pour eux, ou de l'espoir, les gitans me faisaient battre le cœur. Pourquoi, comment, est venue la certitude qu'un jour j'irais vers eux, qu'un jour je vivrais parmi eux ? Etait-ce parce que, chez moi, je me voulais différente, parce que, chez moi, je me croyais rejetée, que seuls les bannis, les réprouvés avaient pouvoir de m'accueillir ?

Ou était-ce parce que le plus beau souvenir de ma petite enfance restait ce voyage avec maman, et papa, dans l'Atlas ? Parce que la seule parenthèse lumineuse de mon adolescence était ce mois de vacances passé en Yougoslavie avec maman, et papa ?

Comme si Gilbert ne redevenait papa que lorsqu'il abandonnait ses règles et quittait les murs clos de sa maison.

Yougoslavie, miracle de grâce inexpliqué. L'oral du bac les avait obligés de partir trois jours avant moi. Maman, inquiète de me laisser seule, m'avait tout préparé : billets, heures de train, correspondance de bus, argent pour le taxi... Pourtant, dès la première seconde, j'avais choisi l'auto-stop.

J'ai dix-sept ans,
Quelque monnaie en poche
Une petite peur
Et pas mal de culot...

Et trois jours pour les rejoindre au sud de la Yougoslavie.

Il m'arrive souvent de revivre en rêve cette première aventure : dès la première nuit à l'abri d'un buisson, l'espoir s'allonge à mes côtés : on ne dort pas... Sur mon carnet, j'essaye de le coucher, de le retenir pour mes nuits à venir :

« ... *Tout me fait frissonner dans ce premier soir de voyage libre. La route, incertaine devant, et moi, visage crispé, tendu. C'est un regard sauvage, malade, c'est une sensation de torture. Sur le chemin, chaque rencontre serait pain vif et absolu. J'envie ceux qui vivent de façon primitive. Ma quête débute...* »

Le lendemain, un homme me prend dans sa voiture et s'égare dans la garrigue, c'était prévu. Il s'arrête. Le chant des cigales a dû lui rappeler quelque chose. Le voilà qui récite la fable *Eh bien, dansez maintenant.* Il m'appelle cigale, insiste pour que je danse nue sur la couverture qu'il vient d'allonger sur la rocaille. « Pour des photos d'art... je vous paierai... » Sourires de l'artiste, persuasion, menaces. Je n'ai pas peur. Je ne songe pas à me défendre, j'attaque. De mon sac je sors un poignard. Le poignard fétiche d'Yves qu'il a remonté, lent et solennel, de sa botte à l'heure du départ : « Il te protégera... en cas de malheur... » Yves m'a appris le maniement, le geste qui fait peur. Je m'avance vers l'homme : « Si tu veux danser, vas-y, commence... »

Il s'est calmé instantanément et m'a ramenée sur la route nationale...

Les rencontres — ce camping-car bourré d'Allemands, couples rieurs et bronzés, cheveux fous, qui parcourent l'Europe au hasard des routes, sans hâte et sans zèle, sans guides et sans appareils photos... —, les petits matins de solitude, comme celui où je parcours le marché de Rijeka en quête d'une pomme, pour moi, c'est le premier matin du monde, ces deux nuits sous les belles étoiles... Je me récitais le Rimbaud de *Ma Bohème,* « Mon paletot aussi devenait idéal... mes étoiles au ciel avaient un doux frou-frou. »

Je suis au rendez-vous le troisième jour. Je suis baptisée. Lavée du sordide et du banal, de la vie quotidienne — hantise unique, dernier péché que veut retenir notre jeunesse —, je suis enfin sœur de ces hippies qui s'enfuyaient jusqu'alors à travers la vitre de la voiture familiale. A mon tour j'ai ma place sur la route... « Oh ! la la ! que d'amours splendides j'ai rêvées ! »

Alors, la famille au complet s'est faite nomade et libre enfin, sous la houlette inspirée de papa. Il nous inventait chaque soir une crique, un paradis perdu où célébrer, sous le regard de la nuit, la communion familiale retrouvée. Bercée par le clapotis des vagues et le chant de la mer, j'ouvre les portes de mon cœur. Les vagues qui s'usent l'une contre l'autre, les vagues qui se roulent l'une sur l'autre, les vagues sont le fruit de l'amour de l'eau et de la terre. J'entends le murmure des corps sous la lune, j'aime imaginer mes parents heureux qui se caressent et qui s'aiment.

Et le chant des grillons, les odeurs de lavande, la terre encore chaude de soleil sous mon sac, tout est murmure, c'est le *Chant de la Terre*, l'appel du sang :

... Quand l'ombre est rouge, sous les roses,
Et clair le temps,
Prends garde à la douceur des choses...
*Parle tout bas, si c'est d'amour**...

Je récite les poèmes. Moi aussi, j'y vais de mes couplets panthéistes :

« *Je suis un cep de vigne noueux et dévoré de soif, aux rameaux jeunes, aux fruits encore verts... Mes yeux grands ouverts reçoivent la nuit coupée d'oiseaux cinglants...* »

Je me vois, telle que dans mes plus vieux rêves, petite fille sauvage et libre dans les bras du vent, je me décris dans l'uniforme du bonheur :

« *Slip de bain, bagues, cheveux ébouriffés, des yeux bleus, très bleus, un air de douceur, une paix intérieure... Je suis présente au monde, offerte, membres nus et colorés, tunique neuve rapiécée, insigne de non-violence sur le cœur... Mon corps couleur de datte mûre, lavé des saletés passées. Et l'amour en moi...* »

Avec une volupté coupable, je reconnais le désir :

---

* Paul-Jean Toulet : *Contrerimes.*

« *J'observe, bourrelée d'appel, les hommes burinés aux yeux perdus...* »

Eté idyllique de l'entente retrouvée, paix descendue sur nous, papa revenu. Et ces hommes à venir, ces hommes burinés aux yeux perdus...

Mes faims, tournez. Paissez, faims (...)
Je déjeune toujours d'air, de roc, de charbon, de fer.

« Partir, le plus beau mot de la langue française », ai-je lu quelque part.

Laisser derrière soi pays et maison — on parle de racines, on oublie les chaînes... — « *Voir devant soi le soleil se lever sur une terre étrangère* », inventer le monde, recommencer, sans béquilles ni famille. Ailleurs, être libre, ivre, suivre les sillons du monde, vers l'infini, rire sous les étoiles qui rient, dans le ventre de l'inconnu. Partir, un mot qui respire l'air du large. Les conquérants, un jour, ont quitté leurs prisons, ils ont refusé les chemins tracés pour eux par les pères ou les chefs.

Une autre envie me tenaille : un jour, je prouverai que je puis être libre, et seule, et bien. Sans personne pour me contenir, me surveiller, me retenir... Le voyage, plus que jamais, pour unique horizon, pour dernier espoir.

Mais ces parenthèses se refermaient toujours au bout de quelques jours, et Lille faisait retomber sur moi les barreaux de sa prison.

Heureusement, il y avait les cours d'improvisation théâtrale. J'y rencontrais beaucoup de monde, et des gens qui me plaisaient. Je pouvais surtout y raconter ma vie, jeter sur le tapis public mes secrets privés. L'expression orale comme un rejet, la parole comme un vomissement. Je réglais mes comptes, on devine avec qui.

Le théâtre était ouvert à tous, les élèves pouvaient y amener qui bon leur semblait.

Le « jeu » se déroulait selon un rituel classique. On gagnait les coulisses avant l'heure, comme les professionnels. Devant cinquante personnes, chacun à tour de rôle aurait à faire un numéro. On se présenterait, déclinant nom, âge et profession, puis on devrait improviser sur un thème donné au dernier moment.

Certains montaient sur les planches comme on va à l'échafaud. Moi, je me jetais comme le taureau dans l'arène, comme si je devais jouer ma vie, avant la mise à mort. *La hora de verdad*, comme on dit en Espagne, « l'heure de vérité » !

Bientôt, la peur panique qui me tenaillait avant de me jeter en scène faisait place à une étrange jubilation. Et je fonçais : « Je m'appelle Sophie, mais, mon nom de famille, vous ne le saurez pas. Parce qu'il ne me plaît pas. Et puis, ça ne vous regarde pas... »

C'est moi qui déclarais la guerre, et c'étaient eux, visages connus ou inconnus de l'assistance — drôle de mot pour désigner ceux qui nous attendent au tournant —, eux qui, agressés, commençaient à avoir peur — je refusais de les voir, si j'avais pensé que certains connaissaient mon identité, j'aurais perdu tous mes moyens.

Le professeur disait : « Tu es dans la nature. Allez, vas-y ! » Je ne réfléchissais pas, je plongeais aussitôt. Et je nageais dans les mots sans savoir comment, emportée par le flot. « Je suis un chêne, le vent me fouette... Je suis dans la tempête, mais je me fous du vent. Il peut aller se faire foutre ailleurs. Gilbert ne peut plus avancer, le vent est trop fort pour lui ! Et si tu me touches, Gilbert, je m'abattrai sur toi... »

J'entendais les rires — les nouveaux, les idiots qui pensaient que j'avais le cœur à rire —, mais je continuais un quart d'heure, une demi-heure. A la fin personne ne riait plus...

Je crache, j'éructe, j'explose, j'expulse. Je dégorge, je dégueule mes rancœurs, mes détestations, mes haines. J'exècre. Je me venge, je tue. Regard diabolique, bouche tordue, je vais mordre, je profère mes blasphèmes. Je lance des malédictions définitives. Je ne m'arrête que lorsque je suis vidée. Et reste pantelante, incapable de bouger. Je ne vois pas les yeux médusés de mes camarades, ni le regard encourageant, ému et complice de mon professeur.

C'est lui qui, chaque fois, le théâtre vide, alors que, hagarde, je reste assise sur les marches de la scène, lui qui chaque fois s'approche. Parfois, il pose sa main chaude sur ma nuque. Parfois, il ne dit rien, ne commente pas comme il le fait pour les autres. Parfois aussi, il me raconte, me refait la scène, et c'est par lui que je sais.

Il me fixe au fond des yeux et me soutient la nuque. Comme on fait à un mourant, comme on fait à un ami qui a trop bu et qui vomit dans le caniveau. A l'heure où les imbéciles en profitent pour dire que c'est triste ou pour faire la morale, d'ailleurs, en général, ils ne sont plus là !

Il a compris, lui, que la vie me file entre les doigts, que c'est le temps perdu, le temps que je perds, que je course et qui me blesse. Il a compris que cette gamine hystérique sur la scène, si elle touche ceux qui la regardent, c'est parce qu'elle est touchée. Que si elle est si éperdue, c'est qu'elle a perdu les autres.

Etienne Catalan, mon professeur, me disait en boutade : « Plus les gens ont des problèmes, moins ils s'en sortent ! » Mais il ajoutait aussitôt, conscient de l'évidence : « Ils ne s'en sortent que s'ils les sortent, leurs problèmes. Et toi, tu le peux... »

Il n'y avait qu'Yves qui, lui, ne les sortait pas, pour critiquer « ces séances pour malades » : « Ça ne se fait pas de parler de ses problèmes en se cachant derrière des masques. » « A chacun son casque », aurais-je dû lui répondre, mais je n'avais pas l'esprit de repartie.

Après ces séances — deux, trois fois par semaine —, je me sentais bien, j'avais l'impression de me créer en dépouillant mes vieilles peaux, de chercher et de penser ma vie. Je songeais que, plus tard, je pourrais trouver un métier dans cette voie. Comme si l'on pouvait gagner sa vie en la jouant.

A mon tour j'ai dirigé des cours d'improvisation. Puis j'ai décidé d'écrire mon mémoire d'Université sur l'improvisation, l'improvisation en fonction de la sensibilité et de l'éducation, je crois que cela s'appelait pompeusement « L'influence du milieu sur la créativité »...

C'est alors qu'Yves m'a forcée à choisir entre le théâtre et lui. Et je l'ai écouté. C'est ainsi, par la force du hasard et le mauvais vouloir de mon mari, que le voyage l'a emporté sur le théâtre, comme il l'a emporté sur d'autres tentations — la voile, où j'aurais pu être championne, la charité, où je savais me donner, Dieu, qui aurait pu m'entendre au lieu de se taire.

L'envie de voir l'a emporté sur l'envie de dire. Non ! C'est plus compliqué que ça... Mais, alors, je n'en savais rien.

Chapitre 9

« Dans un paradis rose... »

Vous diriez, à les voir, qu'ils pleurent en dormant,
Tant leurs yeux sont gonflés et leur souffle pénible !
Les tout petits enfants ont le cœur si sensible ! (...)
Ils se croient endormis dans un paradis rose...

« Les Etrennes des orphelins. »

1974. Maman est morte.

Dans la maison ravagée, je suis prête, résolue, convaincue. Presque tranquille : à moi d'aider mes sœurs et mon frère, à moi de recréer un lien de tendresse et de solidarité qui nous aide à surmonter le malheur.

Je sais que je renonce à ma vie, mais il m'est impossible de fuir ma responsabilité nouvelle. Rester ou partir, c'est choisir entre remplacer maman ou vivre ma liberté.

Tant bien que mal, j'essaye de faire face jusqu'au jour où tante Solette vient me voir : « J'ai à te parler. J'ai beaucoup réfléchi. Tu t'étioles. Ta maman était fière de toi. Bien sûr, elle avait peur de ton projet de parcourir le monde, mais elle savait aussi que tu en étais capable. Ici, je t'observe, ce n'est pas ta vie, tu vas faire ton malheur et celui des autres. Chacun doit suivre sa voie, il faut penser à toi. Le destin des autres leur appartient, pas le tien. Tu ne dois pas briser tes rêves par devoir. Tu ne dois pas décevoir ta maman.

Accomplis ce qui, peut-être, lui a le plus manqué. Chez nous, dans nos familles, les femmes meurent à force d'accomplir leur devoir. Pas toi. Laisse-nous à nos vieilles routines et pars sur les routes du monde puisque là est ton chemin. Fais-le pour ta maman, fais-le pour ta fille aussi. Et ne nous oublie pas, ni ta maman Annick, ni ton papa Gilbert... »

D'un coup, en quelques mots, tante Solette m'ouvrait les yeux. C'étaient les phrases que je me murmurais confusément sans me donner l'autorisation de les entendre. Elle parlait pour moi. Je ne lui avais rien dit, elle avait tout compris...

Eperdue de reconnaissance, je me jette dans ses bras, et nous sanglotons toutes les deux sans rien dire. Je me jure de réaliser mes rêves et de les offrir à maman, dans le secret de mon cœur.

Avec papa, j'ai voulu déposer les armes. Si je sais qu'il réprouve ce que je tente de vivre, j'ai bien vu aussi que nous ne parvenons pas à vivre le présent, et que tous mes efforts ne l'aident pas à retrouver la paix. Dans l'accablement et le chagrin partagé, parfois la sérénité, au moins avons-nous découvert la force de l'amour qui nous lie, qui nous lie comme une entrave... !

Avec Yves, nous avons décidé de partir pour Londres. Je veux apprendre l'anglais, bagage indispensable pour la vie du voyage. Je veux aussi rencontrer les hippies, connaître la vie des beatniks de Londres, ne plus lire les journaux qui parlent d'eux mais partager leurs réalités. J'entrevois un monde différent, communautaire et chaleureux.

Sans argent, sans adresse, avec Samantha qui vient d'avoir deux ans et notre vieille 2CV qui n'a plus d'âge, nous prenons la route... A Calais, nous nous apercevons que nous avons juste de quoi payer la traversée de la voiture et de l'un d'entre nous. A moi de me débrouiller. J'apprends que les camionneurs peuvent faire passer leur femme gratuitement. Il s'agit d'en épouser un !

Samantha sous le bras, mon plus beau sourire aux lèvres, j'essaye. Après quelques échecs, j'apitoie un grand Anglais moustachu, cheveux gominés, cœur percé d'une flèche sur son bras velu, épaisses rouflaquettes, qui, pour fêter son retour, ouvre les canettes de bière à coups de dents...

Au bar où s'agglutinent les camionneurs, les douaniers, les employés des ferries, un homme vient me mettre en garde : la soute aux camions a vu nombre d'histoires de viols... Je regarde Samantha, elle est mon bouclier.

Traversée sans histoire, débarquement difficile avec les douaniers qui fouillent de fond en comble la 2 CV, falaises de Douvres noyées de pluie, j'étais prévenue...

Nous mettons trois jours pour atteindre Londres. Au gré de nos fantaisies, nous nous faisons héberger dans les fermes. Pour tous les trois, c'est la découverte de la vie rurale, et nous vivons nos premières heures de bonheur : nous dormons sur des sacs de jute roulés en boule, Samantha découvre les moutons qui s'enfuient à son approche, concert des oiseaux, toits de chaume, petits sentiers grimpant entre les murets de pierre, églises de campagne enserrées par les pierres tombales moussues.

Une fois, deux fois, trois fois, notre voiture rend l'âme. Qu'importe, nous ne sommes plus en retard ni perdus, nous ne sommes pas attendus, nous n'avons ni temps ni but. Yves aligne sur le trottoir les pièces détachées du moteur, achève parfois de les remonter à la lueur de la lampe de poche. Nous repartons...

Après Eton — image saisissante, si près des marginaux que nous allons chercher à Londres, de ces élèves en habit qui se promènent en ville, queue-de-pie au vent, livres et cahiers sous le bras..., après les banlieues pavillonnaires qui n'en finissent pas, nous échouons enfin à Hyde Park, et là, au cœur de Londres, nous nous arrêtons, intimidés. A droite, à gauche, à la limite des arbres, les rues grouillantes de vie...

Le lendemain, un plan en main, nous essayons de reconnaître la ville, de bouche de métro en bouche de métro. Piccadilly Circus, Portobello, Notting Hill Gate, Chalk Farm Road. La foule affairée, comme partout, plus hétérogène encore que dans les livres — musiciens des rues, marchands ambulants, têtes hagardes ou chapeaux melons...

Mais aussi, enfin, autour de la fontaine de Piccadilly, ceux que nous cherchons, des filles et des garçons détendus, souriants, qui s'embrassent en fumant des herbes odorantes. La fête est toujours au bout du chemin. Et, tout autour, les passants qui ne regardent même pas « cette faune aux longs cheveux et aux habits indiens », comme disent les journaux, comme s'il ne s'agissait que d'inoffensifs pigeons sur les places des villes. Vive Londres !

Nous faisons connaissance avec Bill. C'est un immense gaillard de deux mètres, aux cheveux rouges étincelants réunis en queue de cheval, aux yeux bleus délavés. Sous ses vêtements de cuir une tunique indienne, autour de ses poignets des lacets de cuir, à chaque doigt une bague, autour de son torse une besace sans forme et sans couleur, il est l'archétype du rêve hippie, de l'homme libre, indépendant et fort. Il est avenant, en effet, amical et ouvert. Il a décidé de nous prendre en charge.

Il fume, mais refuse les drogues dures. Petit revendeur qui connaît à fond son monde, il parvient à subvenir à ses besoins. Il nous apprend à repérer les *dealers* au premier coup d'œil ; les vendeurs de drogue — les trafiquants, les exploiteurs, les salauds ; les *junkies* — ceux qui s'injectent un narcotique ; et les flics en civil — « Ils tentent de ressembler à Bogart, mais lui ne fréquentait pas les bouches de métro ! » Il nous montre sur les faïences des toilettes de bar ou de métro les traînées de sang qui signent les injections, il nous met en garde contre l'engrenage fatal.

Pourtant, sa petite amie est une jeune Noire qui « se fixe ». Couple étrange, tout en contrastes : autant Bill respire la santé et la joie de vivre, autant il semble incarner l'idéal hippie de non-violence, de respect et d'attention à autrui, autant la petite femme à la démarche instable, qui trotte dans l'ombre du géant roux, comme en prise à un vertige perpétuel, comme absente d'elle-même, avec son élocution embarrassée, et qui vacille au gré de son humeur changeante, nous fait peur. Bill l'avoue : « Pas d'autre avenir pour elle que le centre d'hébergement, de réhabilitation ou de thérapeutique, seule issue pour ceux qui s'adonnent à l'héroïne, au LSD ou aux amphétamines... »

Bill nous entraîne au centre d'accueil où il loge : Phoenix House. Il a sa chambre et profite des commodités collectives, bar, salle de télévision... Nous y dormirons.

Dans le hall, trois Noirs dansent, isolés dans les notes des Pink Floyd, tandis que deux adolescentes s'enlacent... Un long couloir couvert de peintures oniriques donne sur les chambres. Beaucoup sont ouvertes, comme si chacun attendait notre visite : « *Hi !* », c'est le salut décontracté, « *Come in...* ».

Cendriers surchargés, boîtes de conserve bâillantes, livres ouverts, petits pois mijotant sur des camping-gaz, joint que l'on passe de main en main, univers de misère.

On entre, on parle. Les confidences viennent facilement, on est là pour se raconter ses difficultés, s'aider, se supporter, se stimuler. Tous sont en rupture de famille, tous partagent les mêmes idées, les mêmes révoltes, tous essaient de recréer une autre famille au sens large, une confrérie.

Il fait humain ici. Pourtant, je devine que chacun doit se débrouiller seul, sans parents, sans espoir, malade dans une société malade. Ils ont beau se sentir compris et complices, chaque parole prononcée ressemble à une bouée de sauvetage. Nous faisons halte d'île en île jusqu'à minuit, partageant le thé ou de petits cakes jusqu'à la chambre de Bill où nous nous allongeons sur nos manteaux. Un jeune Noir entre et jette sur nous trois une couverture kaki de l'armée, geste pur et merveilleux dans ce havre de douleurs et de solitude.

Nous avons un toit, des amis. Je veux croire que toute rencontre est histoire de volonté. Je veux croire que nous sommes intégrés, que je vais pouvoir bâtir mon existence à la mesure de mon rêve. « Nous avions quelque chose au cœur comme l'amour... Nous nous sentions si forts, nous voulions être doux ! »

Les jours suivants, nous visiterons plusieurs *Day Care Center*. Ces centres d'accueil de jour pour drogués forment un réseau dense, la géographie secrète des intoxiqués.

Ils sont équipés de salles d'accueil — autour des éléments de chauffage s'accumulent fauteuils et coussins —, un coin cuisine où bout en permanence l'eau pour le thé, une salle avec machine à laver, machine à coudre, une douche... Une pièce, enfin, réservée aux drogués qui veulent se piquer !

Pas d'emploi du temps, il serait impossible à respecter. Il s'agit de déculpabiliser tout en redonnant aux jeunes l'envie de revenir, de se retrouver, de partager quelque chose ensemble, un bout de calme. Au début, beaucoup viennent vaguement chercher des adresses — travail, logement —, ou bien passer un moment agréable, à lire, parler, boire une tasse de thé, ou seulement fuir le froid ou la pluie... Peu à peu, peut-être, d'autres mettront leurs pas sur la route de la désintoxication et de la réhabilitation — un mot qui revient sans cesse dans toutes les conversations, avec sa charge d'ironie, de frayeur, mais aussi d'espoir à peine avoué. En tout cas, ils ne se sentent plus réprouvés, jugés, chassés, punis. Premier pas — si hésitant — hors de la détresse et de la solitude ; premier lieu — si imparfait soit-il —, où la personne traquée se sentira chez elle, tels sont l'espoir et la conviction des animateurs...

Quelques jours m'ont suffi pour mesurer ma chance. Je sais désormais que, quoi qu'il arrive, je ne tomberai pas dans le piège. Le monde d'amour et de fraternité promis n'est qu'un univers désolé, peuplé de solitudes égoïstes. En comparaison, moi, je prends conscience que je n'ai pas à traîner un passé lourd, odieux, dramatique, rien qu'une enfance mal vécue : *N'eus-je pas une fois une jeunesse aimable, héroïque, fabuleuse, à écrire sur des feuilles d'or**... J'écris mon nouveau bonheur sur mes carnets :

« *Ô mes frères choisis et manqués, je ne suivrai pas vos chemins emplis d'ornières. Moi, j'ai la chance d'être heureuse, je ne me droguerai pas. Mais je vous appelle, moi aussi j'ai besoin de vous.* »

Néanmoins, je voudrais comprendre. Je décide de mener

---

* « Une saison en enfer. »

une véritable enquête, allant de l'*Institute for Study of Drug Dependence* à *Release* — un centre tenu par des hippies qui veulent aider les prisonniers pour fait de drogue dans tous les pays concernés (Afghanistan, Turquie, Maroc, pays de l'Asie du Sud-Est) en envoyant journaux, lettres, livres, médicaments, adresses d'avocats... Je fréquente encore, abritée dans la crypte de l'église St Paul, une sorte de SOS suicide où de bons samaritains écoutent jour et nuit se déverser le trop-plein de haine ou de détresse.

Je m'informe, j'approfondis les rencontres, je me mêle à tous les milieux concernés : non seulement drogués, « fixés » ou fumeurs d'herbes défendues, mais aussi travailleurs sociaux, ex-prisonniers désintoxiqués qui veulent témoigner et agir, médecins, avocats... Je sillonne Londres en tous sens, découvrant l'envers des façades, les sous-sols, les quartiers de misère, une autre réalité sociale et humaine.

Je me sens heureuse : enfin donner quelque chose sans arrière-pensée, un peu de chaleur et de compréhension, tout ce qui m'avait tant manqué dans ma tête.

Nous sommes hébergés dans ce centre, avec un statut de stagiaires et d'hôtes. Pourtant, si je me sens intégrée, ce n'est pas avec les hippies, c'est avec les travailleurs sociaux, les bénévoles, ceux qui, malgré les échecs et parfois les morts par overdose, malgré l'agressivité et les bagarres permanentes, luttent et travaillent, contre la misère, la solitude et le rejet. Moi aussi, à essayer d'apprendre à faire face, à oser être moi, à oser prendre possession de moi-même, j'apprends que tout commence sans cesse, je suis à l'école du devenir. Emplie d'espoir, pleine de vie, solide, dynamique, terre à terre, heureuse... Papa serait content de moi.

Et l'intendance ? Assises au bord d'un trottoir, Samantha et moi nous contentons souvent de petites saucisses chaudes, d'œufs frits achetés aux Pakistanais qui poussent dans la rue leurs stands ambulants, parfois d'un « *mash and pie* » à la sauce verte, sorte de pâté en croûte que nous nous offrons, les jours de grand luxe, dans les bistrots populaires, et que nous arrosons de Coca-Cola. Sans parler de nos découvertes anglaises, « *beans* » à la menthe ou desserts de gelées multicolores ! Et le dimanche, notre rituel petit pain aux raisins.

Le but du voyage est atteint : nécessité oblige, je parle anglais... et je bois du thé !

Frankie sort de prison. Il y a passé dix ans pour trafic de drogue. Il est guéri.

C'est un Noir baraqué de quarante-quatre ans, qui porte nuit et jour des lunettes de soleil aux montures argentées, des bagues énormes et des bracelets africains. Des anneaux dorés lui percent l'oreille en cascades. Sanglé dans des tuniques ajustées, parfois ouvragées de dentelles, parfumé au patchouli, c'est une figure. Avec une jeune femme blanche qui est tout son contraire, fine, délicate, la chevelure jaune vaporeuse, habillée de robes amples, ils ont monté un centre de réhabilitation pour tenter d'arracher à l'enfer de la drogue une trentaine de jeunes gens.

Dynamique, chaleureux, Frankie se donne corps et âme, sacrifiant toutes les économies péniblement amassées pendant ses années de détention. Ce bourlingueur, qui les connaît, qui les comprend, qui leur ressemble — je le soupçonne d'avoir volontairement adopté cette allure afin de favoriser l'identification des drogués à leur éducateur —, est le dernier recours de ceux qui ont perdu l'espoir. Il nous offre de travailler dans son centre moyennant gîte et couvert, et peut-être, si les rentrées financières le permettent, un peu d'argent de poche. Il met à notre disposition une grande pièce : moquette, matelas, murs clairs, chauffage électrique... Un paradis.

Le centre est réservé aux jeunes drogués ayant atteint un stade avancé de dépendance. Sans travail, sans attaches, la plupart du temps adeptes de drogues dures, ils sont dans un état pitoyable : dents noires et abîmées, corps couturé de cicatrices et d'abcès, ils passent leur temps à se gratter, titubent, tremblent, tombent. Ils n'ont plus goût à rien, ni à la nourriture, ni à l'amour. Leur mémoire est fantaisiste comme leur sommeil, leur nervosité, immense, leur agressivité, permanente. Des bagarres violentes éclatent à tout moment, à coups de tessons de bouteilles ou à coups de couteaux.

Il faut être sans cesse en alerte, et dès les premiers cris, au moindre choc qui ébranle un mur, courir à l'étage et s'interposer avant que la folie ne se déchaîne, aveugle, brutale, sans mesure. La force physique ne sert à rien, il faut réussir à s'imposer par la confiance tranquille, le calme et la maîtrise de soi. Pour être à la hauteur, je m'inscris à des cours de judo. Je fais de rapides progrès, je suis motivée.

Seul aspect plaisant de ces épaves, leur allure : bagues, boucles d'oreilles, bottes à talons hauts, cuirs à clous pour les garçons, longues robes pour les filles, chaussures à talons compensés, foulards, sans parler d'ébauches de tatouages, maladroits et ratés comme tout ce qu'ils entreprennent.

Leur quotidien, c'est la lutte : pour trouver de l'argent, et encore de l'argent pour trouver de la drogue. Jeunesse qui s'épuise en fumée, de pharmacie en pharmacie, d'hôpital en commissariat. Jeunesse traquée qui ne sait comment briser le cercle où elle a tracé sa propre prison. Instable, abandonnée, affamée de relations et incapable d'en établir de solides, elle se bâtit peu à peu un monde à part, sans lien avec la réalité. Elle laisse derrière elle famille, amis, travail, santé. Mais cette sous-culture a ses règles et ses modèles, raison pour laquelle les ex-toxicomanes devenus éducateurs ont parfois une telle emprise sur les drogués. Ils savent de quoi ils parlent, ils connaissent les valeurs et les codes, grâce à quoi ils deviennent fréquemment, tel Frankie, des modèles d'identification...

La vie au centre est rude : interdiction totale de posséder de la drogue à l'intérieur de l'établissement — discipline et autorité absolues. Frankie, qu'on appelle Father, est convaincu que les jeunes drogués ont besoin avant tout d'un appui solide pour accompagner leur volonté de s'en sortir.

Lever à 7 h 30. Petit déjeuner à 8 heures. La rigidité des horaires fait partie du cadre stable où ils peuvent se raccrocher. Quelques-uns partent à leur travail ou vont faire des courses, les autres font le ménage — l'exigence de propreté est une autre manie de Frankie —, préparent les repas ou visitent ensemble musées, monuments, bibliothèques... Mais la majeure partie du temps est occupée à d'interminables discussions, c'est même l'essentiel de la thérapie. Une sorte de jeu de la vérité se joue en permanence, parfois atroce, qui dévie sur des bavardages badins ou des argumentations toutes théoriques. L'éducateur est sur la sellette : pris comme modèle, il devient cible, on critique ses valeurs, ses motivations, on met à nu sa vraie nature. Il devra veiller alors à ne pas céder à la tentation de revêtir un masque pour se protéger, mais au contraire à oser exprimer ses émotions, ses sentiments, tout en restant assez maître de soi pour ne pas répondre à l'agressivité des autres. Il est le guide, il est l'exemple, le père.

Father Frankie est notre modèle à tous. C'est un lutteur, un être exceptionnel. Il se bat du matin jusqu'au soir, contre tout, contre tous. Il n'avance pas la morale ou les poncifs, il agit par sa bonté, sa richesse de cœur, son magnétisme. Son pouvoir est grand, et son enthousiasme galvanise les éducateurs et même les drogués. Grâce à lui, l'enfer devient un havre chaleureux et gai. Malgré les drames, il y règne une atmosphère optimiste et saine.

Miracle d'une alliance rare d'intransigeance et d'esprit de consolation, d'énergie et de compréhension, de rigueur et de fraternité. Sa voix cassée et chaude, autoritaire et douce, ramène le calme, la joie et la tendresse dans les moments les plus durs.

Ceux-ci ne manquent pas. Outre les bagarres, ce sont les évanouissements, les maladies, souvent les overdoses. Les journées sont ponctuées par les sirènes des ambulances.

A d'autres moments, règne au contraire une atmosphère de découragement, quand la somme des déprimes individuelles finit par prendre le dessus des bonnes volontés. Father seul pourra y porter remède.

Lorsqu'un drogué part en ville — pour travailler ou pour se distraire —, l'angoisse aussitôt s'empare des éducateurs. On passe son temps rivé au téléphone, dans l'attente de l'appel de la police, à la suite d'une rafle ; quand ce n'est pas de l'hôpital où l'on aura amené mourant le pauvre bougre. Souvent, il n'y a personne à prévenir. Que de tristesse à voir mourir parfois ces gamins faits pour vivre, qui crèvent comme des chiens décharnés, misérables, malades, abandonnés de tous.

Mais l'ange des berceaux vient essuyer leurs yeux,
Et dans ce lourd sommeil met un rêve joyeux,
Un rêve si joyeux, que leur lèvre mi-close,
Souriante, semblait murmurer quelque chose...*

De quoi vit le centre ? Chaque drogué reçoit une allocation hebdomadaire de la Sécurité sociale et la rétrocède au directeur, après avoir gardé quelques sous comme argent de poche. C'est le seul revenu de l'établissement pour assurer son fonctionnement, nourriture, chauffage, blanchissage, électricité... Pas de loyer, en revanche, c'est un squat, situé dans un quartier voué à la démolition. Pour le reste, Frankie multiplie chaque jour les miracles, se démenant pour obtenir des dons, des subventions, des exonérations, des aides diverses... Tant bien que mal, le navire flotte et passe les tempêtes.

Yves, Samantha et moi nous nous sentons bien dans le centre.

Je suis en confiance, ma soif de contacts humains est enfin comblée. Avocats, docteurs, directeurs, animateurs, bénévoles, parents parfois, nous échangeons nos idées et nos espoirs. Je me sens à l'aise, enfin utile.

Frankie m'encourage : « Tu as un bon contact. Tu sais être souriante, tu gardes ton sens de l'humour et tous t'apprécient. Tu es une bonne éducatrice... »

C'est peut-être la première fois que mon « action », mes efforts en tout cas ne se retournent pas contre moi, ne sont pas pris en mauvaise part. J'ai trouvé ma voie.

Quant à Yves, s'il ne participe pas aux activités thérapeutiques, il sait se rendre utile et même indispensable. Il est l'homme à tout faire, le bricoleur de service. Sa caisse à outils sous le bras, il répare le chauffage défectueux, l'aspirateur. Véritable fée du logis, il raccommode même les vêtements déchirés, se met à la machine à coudre pour confectionner

---

* « Les Etrennes des orphelins. »

des housses, des coussins, des oreillers, unique mobilier de cette bicoque toujours rutilante. Il semble toujours gai, toujours sifflotant, jouant avec les chats et les chiens de la maison. Nous trouvons parfois quelques heures pour nous retrouver dans notre grande chambre, heureux de parler français, de lire, de rire, de nous aimer, de jouer avec Samantha. Parfois, rentrant épuisée d'une réunion, je les trouve tous deux endormis parmi les ours et autres peluches...

Et Samantha ? Elle est la reine de la maison. Elle est chez elle partout, va et vient dans les escaliers, pénètre et s'installe dans toutes les chambres ; elle est l'amie des chiens et des chats... Adoptée par les drogués, elle est la petite sœur qu'ils n'ont pas eue ou pas su connaître, tous jouent avec elle, se surveillent en sa présence, font taire leurs discussions ou leurs querelles dès qu'elle surgit. Pour elle, le danger n'existe pas, parce qu'elle n'a pas peur, parce que tout lui semble naturel, qu'elle ne juge ni ne réprouve... Elle reçoit de chacun l'affection qu'il ne sait pas donner ailleurs. Un jour, Father me dira : « Tu peux partir si tu veux. Mais il faut nous laisser Samantha. Elle est devenue indispensable à tout le monde, elle les aide à s'en sortir... »

Parfois, quand je ne suis pas de garde, nous sortons le soir. Notre bonheur est d'aller passer un moment sur la péniche d'un Américain, ancrée sur la Tamise, et qui prépare de merveilleux plats végétariens. Mais, en fait, notre combat est devenu notre unique horizon. Nous préférons retrouver d'autres animateurs ou directeurs de centres. Nous ne savons plus que parler drogue, thérapie, aliénation, centres de réhabilitation. Nous sommes drogués !

Car la lutte est quotidienne, sans cesse à recommencer. Le moindre relâchement de notre part, et c'est le drame.

Ainsi, au lendemain d'une de ces rares soirées libres, coup de fil de l'hôpital : on a retrouvé Sally dans les toilettes d'une station de métro — cocktail de vodka et d'amphétamines. Elle est dans le coma.

On se précipite. Spectacle atroce que ce corps allongé derrière la vitre, visage décomposé, souffle irrégulier, peau sale et blanche, tachée de traces jaunâtres, l'hépatite...

Comment ne pas se sentir accusé, ne pas se reprocher de ne pas se donner assez, elle avait besoin d'une main, d'un cœur, peut-être seulement d'une oreille.

Quelques jours plus tard, Sally est rétablie. Je l'emmène avec moi à travers Londres, nous nous promenons dans le parc royal de Richmond. Les daims, les cerfs, les arbres centenaires, cet univers de paix tranquille semble rassurer Sally, bientôt elle se laisse aller, parle, vide son sac d'horreurs : l'inceste paternel à quatorze ans, la fuite du foyer, la découverte de Londres, sans ressources, sans espoir. Solitude, faim, sentiment d'abandon, et l'ami qui prétend vous sauver avec la première dose, et c'est l'engrenage fatal, pieds et poings liés.

Sally parle, parle, parle, et sa figure, qui, au fur et à mesure, se détend, semble promesse de guérison. La partie est gagnée, je l'annonce à Father.

Une semaine plus tard, nouvel appel de l'hôpital. Nouvelle overdose, seringue encore plantée dans la veine. Au réveil, elle parvient à s'enfuir de l'hôpital. Où est-elle, où va-t-elle traîner sa misère ? Elle est perdue...

Devant tous les drogués réunis, Frankie pique une colère terrible, à la mesure de son désespoir. Tous autour de lui, bouleversés par la peine infligée à leur père, restent silencieux, muets, frappés. Ils ont peur. Father explique, menace : « Si on la retrouve ou si elle revient : dehors, j'en veux plus. Qu'elle aille crever ailleurs. Je serai inébranlable. Vous ne venez pas ici pour mourir... »

Quelques jours plus tard, au petit déjeuner, Sally est assise aux côtés de Frankie : « Personne n'a à poser de questions. Sally est revenue. On est d'accord, elle et moi... » Frankie a parlé. Chacun pique du nez dans son bol, cachant ses interrogations et son sourire. Pour une fois, l'histoire finit bien...

Trois mois ont passé. Quel chemin parcouru ! J'ai presque envie de crier victoire ; en tout cas, vive l'Angleterre, terre de tolérance et de tradition, de respect et de fantaisie.

Presque envie ?

Au moment où mon chemin commence à se dessiner sur la carte de l'avenir, quelque chose se met à trembler dans mon paysage. Avec moi, décidément, rien n'*accommode* jamais, comme on dit d'une photo.

Ma relation avec Yves se détériore encore plus vite que nous l'avions prévu, corde mal tressée qui voit ses filins se rompre tour à tour. Il n'y a pas d'explication, nous l'avions toujours deviné. Mais l'entente fictive, les habitudes maritales, les rapports futiles et artificiels qui jouent à être profonds, les intérêts divergents, les faux regards, toute cette gêne inconsciente et pourtant si lourde, tout cela me fait plus peur que mal. Comment avons-nous pu rêver d'être un couple, nous dont les rêves à la longue se séparent toujours ? Ils n'ont que l'apparence du tronc commun, en réalité, ils sont d'essence différente. Ce n'est pas que tout nous éloigne maintenant, c'est que ce qui nous a réunis n'a pas tenu la distance.

Depuis si longtemps, nous nous préparions à arriver au terme de notre route en commun. Comment avons-nous pu accepter un beau jour de mettre des masques l'un pour l'autre ? Avions-nous à ce point peur de nos solitudes ? Je me dis qu'il a toujours préféré la fuite, et que j'ai toujours voulu lui échapper. Où aurions-nous pu nous rencontrer ? Alors pourquoi ce goût d'écœurement, ce malaise ? Est-ce seulement le temps perdu, ou la malédiction des choses mal faites ? Pourquoi aussi m'a-t-on inculqué cette idée absurde que, pour séduire, il faut nécessairement se contraindre ou se sacrifier ?

En tout cas, au moment où la scène s'arrête, où l'on range les décors, les acteurs voudraient continuer à jouer. Etaient-ils les seuls à croire à la comédie ? Comme si elle était notre univers, notre radeau, la bouée de nos perditions, notre horizon qu'il fallait atteindre avant de sombrer...

Par un homme, j'apprends le goût de cendres de l'amour brisé. Je suis blessée, amputée de quelqu'un qui pourtant n'était pas moi. Au moment où mon travail me donnait l'illusion de partager enfin quelque chose, où nous sortions enfin de nous-mêmes pour aller vers les autres, c'est trop triste.

Yves se raccroche à ses fantasmes de violence physique, comme s'il suffisait de transformer les corps pour transformer l'amour. Il me raconte ses rêves comme une promesse fanfaronne : « J'ai rêvé à toi toute la nuit. Tu étais nue sous une cuirasse d'argent, et chaque fois que je te touchais, je devenais toi. Alors, nous faisions l'amour sans plus savoir qui était qui... »

Et alors ? Au moment où tout déraille, il vaudrait mieux rester fidèle à ce qu'on est, quitte à perdre la partie.

Nos rêves successifs défilent. Partir à San Francisco, nous mêler aux freaks, goûter la paix et l'amour, jouer les enfants libres au soleil, avec la musique éternelle, les corps bronzés, les rouleaux sur les plages... Et voilà que nous faisons la guerre et plus l'amour.

Ou bien devenir reporters conférenciers, aller à la rencontre des peuples du monde pour y butiner d'autres sagesses... Ou encore, tirer notre révérence et nous en aller au hasard, sur les routes de France. Bâtir pour notre enfant une vie sans frontières, avec la route pour école. Tout cela, il me l'avait promis. Il vaut mieux ne rien promettre si l'on veut donner un jour...

C'est le 31 décembre que j'ai tourné la page. J'ai toujours aimé les symboles.

Quelques jours plus tôt, je lui avais dit : « Je sais, rien ne va plus entre nous. Pourquoi ne me dis-tu rien ? Nous nous étions promis la vérité. Et tu te caches. C'est trop moche. C'est indigne de nous... » Il n'avait rien répondu, mais, un peu plus tard, dans un sursaut d'honnêteté, il avait amené Anne, sa petite amie, et décidé de l'installer au centre.

A Noël, j'étais tombée malade. Une forte angine ou une grippe, je ne sais plus. J'avais besoin de lui. Pour une fois, c'était moi qui demandais l'armistice, une trêve au moins dans l'indifférence. C'est le moment qu'il choisit pour ne pas être là. Qu'il ne puisse m'entendre, soit. Mais pourquoi être méchant ? « J'en ai marre de ta gueule. J'en ai rien à foutre. Affirmatif ! Tu peux crever, je ne bougerai pas. Terminé ! »

« Tu peux crever ! » Les mêmes mots qu'à la mort de maman, à nouveau comme un coup de poignard. Mais c'est moi qui suis folle aussi ! Lui avoir permis deux fois ces mots atroces... Derrière sa voix haineuse, derrière son visage tordu par la honte et le mal, j'entends une dernière fois sa voix d'amour, je vois une dernière fois ses yeux de prière et de bénédiction...

Ma décision est prise. Il ne me le dira pas trois fois. Je partirai demain matin, et pour toujours.

La déception je l'accepte, on n'y peut rien. Mais pas la rancœur. En tout cas, c'est bien fini ; jamais plus, je ne me laisserai mener en automate ; jamais plus, quelqu'un ne pensera pour moi. Quand on n'a rien à partager, on n'a rien à faire ensemble. Mieux vaut se quitter avant que la haine ne s'installe entre nous, ressoudant alors un autre couple, cette fois cimenté à jamais.

A l'heure du réveillon, Samantha dans mes bras, je gagne le cœur de la ville. Samantha rit, s'exclame, participe à la joie. Les illuminations, ces cris, ces fous qui se baignent nus dans les fontaines glacées de Trafalgar Square, les douze coups du carillon de Big Ben qui déchaînent les ovations et libèrent les embrassades générales, la fraternité l'espace d'une année qui s'en va, les Noirs, les Indiens, les Pakistanais, tout le monde embrasse tout le monde...

Samantha rit, et moi je songe que l'année qui vient débute par l'effondrement du premier chemin que j'avais pris. Sur la carte du Tendre, on ne passe plus, la voie est bouchée. L'année qui vient moissonnera encore le labeur, les douleurs et la misère. Est-ce cela qu'on fête ce soir ?

Et la Nouvelle Année, à la suite brumeuse,
Laissant traîner les plis de sa robe neigeuse,
Sourit avec des pleurs, et chante en grelottant...*

* « Les Etrennes des orphelins. »

A l'aube, j'entre dans la chambre d'Yves et de son amie. J'ai préparé un joli plateau de petit déjeuner. J'y ai déposé un bouquet de fleurs et un petit mot : « Je suis ravie que tu sois plus heureux avec Anne qu'avec moi. Je vous souhaite bonne chance à tous les deux. »

J'ai rangé mes quelques affaires et celles de Samantha dans mon sac à dos. Ma fille a repris sa position sur ma hanche, et nous sommes parties droit devant nous sur les trottoirs. Aucune idée en tête. Aucune adresse en vue. Pas un penny en poche.

Je n'ai que mon amour d'enfant dans les bras. Nous ne serons jamais plus que deux sur cette terre, je m'en fais le serment avec une sorte d'allégresse. Je balance tous les hommes et les laisse où ils sont. Je les renvoie à la haine que j'ai reçue d'eux.

Il faut nous inventer, ma petite fille, toi et moi. Nous n'avons plus de passé, il me faut bâtir une vie de femme et de mère, et bâtir pour toi ta vie d'enfant heureuse.

Je lui parle tout haut dans la rue : « Ce n'est pas grave, tu vas voir. Nous allons vivre autre chose. Ton papa sera toujours ton papa. Mais nous ne pourrons plus être ensemble... »

J'avais crié cela sur la terre, et la nuit
Calme et blanche occupait les cieux pendant ma fièvre.

La tête me cogne. J'ai la fièvre, je suis courbatue, ma gorge me fait mal, mes jambes flageolent. Je m'assieds sur le trottoir. Samantha essuie les gouttes de sueur une à une sur mon front...

« Les fronts des femmes de douleur. »

Chapitre 10

« Ô mort mystérieuse ! Ô sœur de charité ! »

Qu'il croie aux vastes fins, Rêves ou Promenades
Immenses, à travers les nuits de Vérité (...)
Ô mort mystérieuse ! Ô sœur de charité !

« Les Sœurs de charité. »

Je viens à toi, Solette, tante Solette, une dernière fois. Toi qui m'as lancée sur les chemins d'aventure, toi la première grande personne à m'avoir fait comprendre que chacun n'avait que sa vie à vivre, et qu'il fallait oser le bonheur. Je reviens, une fois encore, te dire au revoir et merci. Au revoir, parce que tu es morte, « morte pour toujours, comme tous les morts de la terre, comme tous les morts qu'on oublie... » Mais moi, je ne veux pas t'oublier. Et merci, car justement tu es vivante en moi, et tu m'as faite vivante.

Parfois, ta mort me revient comme une chose douce, comme si, de là-haut où tu es, tu faisais descendre sur moi un peu de ta paix.

Pas comme la mort de maman que je croise toujours au long de mes longues nuits de veille. Parfois, conduisant mon camion sur les routes obscures, parfois — c'est en forêt le plus souvent —, un fantôme me fait signe. Un squelette blanc qui me poursuit à travers les arbres, qui m'appelle en me tendant ses bras d'os. Et j'ai peur et je vais plus vite, mais il me suit longtemps...

Jetée sur le pavé londonien, en ce 1er janvier 1975,

Samantha grelottant dans mes bras, un instant, j'ai failli renoncer. Oh, fermer la porte à la révolte, retrouver la chaleur du nid, même « sans plumes » ! Mais j'ai pensé à toi, Solette, toi qui m'avais encouragée à vivre ma vie. Et, peut-être pour toi, j'ai décidé de tenir le coup.

Quelques mois plus tard, tu débarqueras à Londres pour une visite de quelques jours, et nous fêterons « ma victoire », qui était un peu la tienne...

Plus tard encore, courant le monde, je t'écrivais souvent du bout de mes aventures. Et puis, quand je suis revenue, je t'ai retrouvée, la même, généreuse, attentive, et tu aimais toujours la vie. Tu étais fière de moi et, quand mon cœur s'appelait Amazonie, tu t'es battue à ta manière — avec la persuasion des doux —, tu t'es battue dans ta librairie, auprès de tes collègues — et même des passants ! — pour défendre mon livre...

Tante Solette, donc, aimait la vie. Elle adorait le sport, et particulièrement la haute montagne — escalades, hors piste, randonnées...

Depuis mon retour d'Amazonie, elle me parlait souvent de sa passion qu'elle voulait me communiquer : « Sur les sommets, on voit la vie de haut, on ne fait plus attention aux bassesses des hommes... »

Elle espérait m'emmener avec elle deux semaines durant, et un beau jour j'ai fini par me décider, en cette fin de printemps 1984. On ferait la grande excursion Chamonix-Zermatt, une semaine à skis, sac au dos, peaux de phoques... avec un groupe de ses amis.

La randonnée avait commencé dans les meilleures conditions. Il faisait beau, tout le monde semblait heureux.

Au matin du quatrième jour — au petit matin, car il faisait nuit noire quand nous quittions les refuges à 4 heures, en file indienne, chacun derrière sa lampe de poche —, au matin du quatrième jour, la neige était profonde, poudreuse, et je me suis retrouvée en fin de cordée. Peut-être aussi parce que Philippe, « le grand Philippe » qui avait un faible pour moi, m'avait retenue en arrière...

On a attaqué la montagne en oblique, et dans le plus profond silence. Quand c'est trop dur, on n'a même pas la force de parler.

Tante Solette, qui en temps normal marchait toujours derrière afin d'encourager les traînards, ouvrait cette fois la marche avec le guide de tête.

La neige était de plus en plus profonde, et déjà j'étais en sueur. Chacun peinait. J'ai entendu la voix de tante Solette, sa belle voix cristalline qui résonnait dans l'air glacial du petit matin, sa voix inquiète et rassurante à la fois qui demandait si tout allait bien. J'ai levé la tête vers elle. Au même moment, j'ai entendu un bruit de tonnerre, un bruit atroce, horrible. Le bruit de la mort qui s'avançait.

Une mer de neige descendait sur nous. Et tout aussitôt, dans ce mur blanc ou noir — je ne sais plus, les cauchemars n'ont pas de couleur —, dans cette montagne en mouvement, je n'ai plus vu personne.

J'ai essayé de faire demi-tour et de m'enfuir. Je suis tombée. Et toujours ce bruit qui résonnait dans mes oreilles. J'ai vu Philippe courir devant moi, j'ai hurlé : « Philippe, aide-moi, au secours ! »

Comment me suis-je relevée ? J'ai réussi à faire quelques mètres et j'ai retrouvé Philippe, et deux ou trois autres membres du groupe. Sur quinze au départ, nous étions cinq, sept... « Où sont les autres ? ai-je demandé. — Là... sous la neige... »

Affolée, j'ai regardé les visages de ceux qui m'entouraient. Je ne connaissais personne parmi ceux-là, en dehors de la petite Fanny, une sœur de Solette, mais pas de Solette.

Dans le malheur, je n'ai aucun sang-froid. Je ne voulais pas rester là, inutile et grotesque, envahie par la peur. J'ai demandé à Philippe : « Est-ce que je peux aller chercher du secours ? — Mais Bon Dieu, va ! Fais vite ! »

J'ai refait le chemin en sens inverse, essoufflée malgré la pente. Bavant, pleurant de fatigue, les doigts gelés. Le plus vite possible, puisant au bout de mes forces en me répétant : « Toi, tu souffres, elle, elle étouffe, elle peut plus respirer, elle va mourir... »

Je suis arrivée sur une route déserte. J'ai ôté mes skis, me suis mise à courir avec mes grosses chaussures lourdes. Il devait être 7 ou 8 heures du matin. J'ai aperçu soudain des phares de voiture et me suis précipitée au milieu de la chaussée. J'ai hurlé : « Une avalanche !... Tante Solette ! Vite ! vite... » C'étaient des Suisses ! Ils traînaient pour comprendre, ils traînaient comme leur accent : « Une avalanche ? C'est pas póssible ! C'est tróp tôt ! Il n'y a jamais d'aválanche à cet éndroit... »

Le temps qu'ils réagissent, et puis le temps d'organiser les secours, il était trop tard. C'est Fanny qui m'a raconté la suite. On a retrouvé tout le monde... Mais, sur les huit ensevelis, trois seulement respiraient encore. On a retrouvé le sac à dos de tante Solette, puis elle, longtemps après, qui ne respirait plus... Le petit guide, mort lui aussi, la colonne vertébrale brisée. Nous, ceux qu'elle avait entraînés avec elle, nous étions tous en vie. Comme si elle avait pris notre place...

Je n'ai pas pu la voir. On l'a emmenée dans un hôpital de Lausanne, et j'ai repris le train sans elle, direction Paris. Je n'ai pas pu la voir morte, comme pour maman. Je ne garde que leurs visages vivants...

Georges, son mari, m'a offert le pantalon de jogging de Solette.

Et depuis, plusieurs fois par semaine, je me force à courir pendant au moins une heure — il arrive toujours un moment où l'on se retrouve seul avec son corps, et peut-être, si j'avais mieux couru...

Mais quand je cours, Solette, tu es dans ma tête. Ce sont peut-être aussi tes jambes, sous ton pantalon, qui m'entraînent et me poussent un peu plus loin...

Chapitre 11

« Un désir de pleurer... »

Voilà que monte en lui le vin de la Paresse,
Soupir d'harmonica qui pourrait délirer ;
L'enfant se sent, selon la lenteur des caresses,
Sourdre et mourir sans cesse un désir de pleurer.

« Les Chercheuses de poux. »

Je marche devant moi. Droit devant. Sans argent pour le bus ni pour le taxi. Sans argent pour la nuit. Je marche dans Marylebone Road, dans Baker Street, dans l'odeur si particulière des rues de Londres. Tous ces gens autour de nous viennent de quelque part, vont quelque part. Les hommes se retournent sur moi, apitoyés. Mais nous ?

Je suis de nulle part, je ne suis plus à personne. Un homme m'a effacée à force de m'obliger à lui faire sa place. Mais je suis mère. C'est ma nouvelle force. Une maman ne pleure pas sur elle. Une maman n'a plus de temps, plus de droit. Seulement l'obligation d'être source de richesse, de sourires, de tendresse, un éternel Noël, un quotidien Noël, inépuisable caresse qui soulage la solitude et guérit le malheur.

J'ai mon enfant. Qu'importe si j'ai tout perdu, famille, compagnon, espoir. Tout raté.

Oxford Street, Regent Street, derniers lampions des fêtes finies, dernières vitrines qui me laissent indifférente. Maintenant, les rues délabrées de Soho, à l'image de mon cœur, vides. Plus de main à chercher la nuit, plus de visage à caresser dans le noir, plus de respiration qui dit au moins la vie qui bat au long de soi, coup par coup...

Une fois de plus, j'abandonne le monde de mon père en larguant les amarres. Mon milieu, ma famille, mon pays. Quand donc prendront fin ces faux départs, quand donc mettrai-je enfin le dernier accord à cette Symphonie des adieux inachevée ? En aurai-je fini de revenir un jour, comme les vieux matadors reviennent dans l'arène jusqu'à l'encornement ? Jetée hors de l'amour, sur des terres inconnues, mouvantes, précaires, quand donc cesserai-je de jeter des regards derrière moi sur mes territoires d'enfance ? Le passé ne meurt pas comme ça. Quel est l'imbécile qui a écrit qu'on ne guérissait jamais de son enfance ? Pourquoi l'avoir lu — et retenu ?

Quelque chose est cassé qui me rend méfiante à jamais envers le monde des hommes, hargneuse et décidée à faire mal avant que d'avoir mal. Une corde cassée, et je sonne faux pour toujours. Je ne me laisserai plus jamais prendre...

Il pleut sur Londres, et je me souviens. Une pluie froide de 1er janvier anglais qui nous gèle les os. Nous trouvons refuge dans l'église St Martin in the Fields. Mais où dormir ?

Près de Piccadilly Circus, je tombe sur une sorte d'asile de l'Armée du salut, accueil d'urgence pour les déshérités. Ce sera notre abri de nuit, après un bol de thé et une soupe maigre. 1er janvier, et nous sommes entourées de clochards, d'alcooliques, de Noirs, de vagabonds ou de drogués qui lapent leur soupe en silence, comme ces chiens battus qui ne font plus de bruit.

En échange de mes papiers d'identité, on m'a remis une couverture de drap rêche : première nuit de liberté, et c'est pas les étoiles ni la lune, c'est un matelas recouvert de plastique, dans l'alignement de quarante grabats humides. La porte du nouveau monde ouvre sur mes semblables, et ils sont cette poubelle. Il faut avoir le cœur bien accroché, les bateaux sont ivres, Rimbaud me l'avait dit. Je le savais, mais je n'avais jamais mis les pieds sur le pont...

Il faut trouver autre chose. Le lendemain recommence l'errance. A droite de la rue, devant les terrains vagues, des panneaux couverts de publicités agressives, des murs délabrés fleuris de dessins psychédéliques. Soudain, ces murs me rappellent Gill, une fille rencontrée il y a un mois ou deux et qui avait un fils de l'âge de Samantha. Elle m'avait raconté sa vie au milieu d'une communauté hippie de Lambeth, et décrit son squat — justement un immeuble éventré ensoleillé de peintures psychédéliques. Mais je ne sais ni son nom ni sa rue.

Ruelle après ruelle, boulevard après impasse, Samantha et moi marchons, bataillons, enquêtons, nous accrochons à cet ultime espoir. Au moment où j'allais renoncer, un jeune homme dégingandé, qui porte queue de cheval et dont l'allure n'est plus très stable, nous dépasse. Un hippie ! Je le suis... Il nous conduit à une vieille bicoque branlante, décorée, oh ! miracle attendu, de longs serpents multicolores. Les bateaux ivres vont à la mer...

La porte est ouverte. Dans la cuisine, Gill attablée, entourée de plusieurs enfants, Noirs et Blancs. Son regard nous fixe sans comprendre.

J'explique tout d'une traite. J'en rajoute dans l'horreur, c'est pas le moment de rater mon coup. Je sais qu'elle est ma dernière planche de salut, ma dernière passerelle. Il n'y a pas de solution de recours, plus qu'une balle dans mon canon. J'ai lourd à jouer. Rarement comme à ce moment-là, j'ai compris que je n'avais pas le droit à l'erreur. (Plus tard, en Amazonie, je ressentirai souvent la même chose.) Pas de réponse.

Je jette un œil concupiscent sur le royaume autour de nous qui va nous fermer ses frontières : une vieille cuisinière, une planche, sur deux tréteaux, qui sert de table, des caisses de bois en guise de sièges, des casseroles bosselées, de la vaisselle ébréchée, des restes de nourriture sur le feu : tout un monde de douceur, la maison qui ronronne, *Home, sweet home.* Derrière la fenêtre, un bout de jardin où bougent encore les têtes mortes de chrysanthèmes jaunes, et, par l'entrebâillement de la porte, une chambre, un homme sur des coussins, un livre sur les bras, un crayon à la main.

Il n'y a plus rien à dire. Je promène mon regard, j'attends la sentence. Elle vient, au bout d'un long silence : « Ici, c'est pas pour les réfugiés. Mais toi, c'est pas pareil. Tu es au bout du rouleau, et ta petite fille a l'âge de mon fils. Alors, on te garde... »

Lambeth est un quartier ouvrier à la Dickens. Mais dans cette vaste maison de dix pièces qui attend la mort, on m'attribue une chambre particulière au deuxième étage. Avec vue sur la Tamise et Big Ben à sa place, montant la garde devant le Parlement !

Les murs des couloirs célèbrent la Révolution illuminant le monde, ou les paradis de la drogue. La communauté comprend une dizaine de membres permanents, pour la plupart junkies bien « accrochés », parfois intellectuels marginaux en rupture d'Université, plus les occasionnels que chacun ramène au hasard des rencontres. Gill mène avec une adresse de funambule une vie amoureuse fort complexe ! Moi, je n'avais jamais vu ça, je ne croyais pas que c'était possible. J'observais de tous mes yeux, qui sait, ça pouvait ajouter des cordes à mon arc ! Personne ne semble faire attention à personne, mais chacun garde un œil sur la détresse de chacun. « Un pour tous, tous pour un. »

Je me refuse à vivre au crochet de la communauté qui m'accueille. Il faut trouver un moyen de gagner un peu d'argent. « De l'argent à tout prix », si je puis dire.

Commence alors une longue quête à travers le quartier. Chaque jour, je guette les offres d'emploi griffonnées sur de petits papiers accrochés aux vitrines des commerçants. J'ose, moi qui n'ai pas un sou et seulement quelques mots de mauvais anglais, entrer dans les boutiques et demander la liste des petits jobs. Epuisante course aux annonces dès le petit matin, succession inlassablement répétée des sourires, attentes, remerciements, dossiers à remplir, visites à toutes les agences pour l'emploi, rondes quotidiennes — le squat n'a pas le téléphone, on ne peut me contacter !

Enfin, la chance me sourit. Une usine de bacon recherche une employée. Je me présente avec Samantha. La faute impardonnable ! « Dommage, mademoiselle, les jeunes mères sont trop souvent absentes. Au moindre rhume de leur bébé, elles demandent un congé. Nous regrettons ! »

Etre mère, dans nos sociétés de rentabilité obligatoire, devient une tare ! Plus tard, je m'étonnerai qu'on s'étonne encore des natalités déclinantes, comme si ce n'était pas dans la logique même des choses !

En regagnant le squat par Lambeth Walk, je longe une petite rue piétonnière, flanquée de baraques de marchands des quatre-saisons. C'est l'heure de la fermeture du marché. Ultimes appels aux chalands, dernières soldes. C'est encore trop pour moi, je n'ai pas un seul penny en poche. Mais il reste sur le pavé quelques trognons de légumes, des fruits pourris, des cageots de déchets, des marchandises avariées. J'ai honte mais j'ai faim. Je tourne plusieurs fois autour des tas de détritus, enfin me décide. Comme un voleur, j'entasse, dans un sac de plastique ramassé, des courgettes blettes, des cœurs de salades, des restes de carottes, des concombres, des pommes à moitié pourries. Pas le temps de faire le tri. Autour de moi, d'autres misérables farfouillent avec frénésie, écartant les immondices comme des charognards.

Notre retour au squat nous vaut un triomphe, quand nous découvrons dans le sac quelques fruits intacts qui font le bonheur de Samantha et des autres enfants.

Désormais, en fin de matinée, le tour du marché devient notre rituel, que j'accomplis maintenant avec plaisir et même une certaine fierté, assurée de composer au moins mon unique repas quotidien et de revenir fêtée, les bras chargés d'offrandes fruitières...

Si Gilbert me voyait !

Enfin l'affichette tant guettée : « Urgent, recherchons vendeuse expérimentée, s'adresser ici. » Je m'invente sur-le-champ un curriculum d'urgence, et je pousse la porte vitrée de la boulangerie, le cœur battant à rompre. Derrière sa caisse, une grosse bonne femme rougeaude hausse le sourcil à ma question. Je me sens devenir écarlate, je bafouille, j'en perds mon dernier anglais, je mastique mes mots comme s'ils étaient en béton.

Elle hésite, demande quand même : « Avez-vous de l'expérience ? Combien d'années de vente ? Où habitez-vous ? » La voix est méfiante, l'œil me dévisage, sceptique, la lèvre se fait supérieure et hautaine. Les vendeuses, la tête plongée dans leur travail, n'en perdent pas une miette. Une idée me saute à l'esprit : « Oui, madame, j'ai travaillé longtemps dans une boulangerie, à Paris. »

Peu importe mon accent bizarre et mon anglais épouvantable, je me suis inventé la référence imparable, le sésame qui ouvre les portes de toutes les boulangeries du monde. Oubliés Jeanne d'Arc, Napoléon et Dunkerque. La France, c'est le royaume du pain, le paradis des boulangers, la Mecque du pétrin, le bonheur du fournil ! Interloquée, comme sous le coup d'une illumination subite, voilà qu'à son tour elle bafouille. « Bon... Bien... Entendu... Vous commencerez lundi, ma petite “ frog ” ! »

Dans la rue, j'ai envie d'embrasser les réverbères, je souris aux bobbies, je fais des bonds de cabri, comme à Rabat, au retour de l'école, quand je savais maman qui m'attendait. Et une vieille rengaine de ce temps-là me remonte aux lèvres...

La journée commence à 6 heures et finit à 14 heures. Pause d'une demi-heure durant les heures creuses. La patronne a bien insisté sur les trois points essentiels qui font l'image de marque de sa « bonne et respectable maison » : propreté, moralité (« d'autant que vous, les Françaises... »), exactitude. Ni retard, ni négligence dans la tenue, ni familiarité ! Je m'étais crue revenue à l'âge du pensionnat, mais j'étais prête cette fois à vendre mon âme au diable, à promettre la lune, il me suffisait de songer aux vêtements chauds que bientôt je pourrais acheter à Samantha...

La boulangerie est à cent cinquante mètres du squat. Dès l'arrivée, il s'agit de disposer les petits pains et surtout de préparer les sandwichs. Montagne de pâtés, énormes piles de pain de mie à trancher, à recouvrir d'une couche de beurre — la plus mince possible —, à fourrer d'une tranche de jambon translucide tellement elle est fine, ou bien de tomates, cresson, fromage, œufs durs selon des règles savantes : tout l'art, en effet — c'est la consigne, et la patronne ne plaisante pas —, consiste à dégarnir le centre tout en laissant dépasser au contraire sur les bords ce qu'il faut comme garniture, de manière à tromper le client sur l'abondance promise ! Autre difficulté : après avoir découpé les carrés de pain en losange, et les avoir empilés, il reste à les mettre sous papier Cellophane. Avec les doigts bien gras, le papier se froisse, se roule, se chiffonne, se colle, se plaque, bref, rend l'opération délicate. La boulangère veille au grain, comme si chaque feuille transparente était pour elle aussi précieuse qu'une feuille d'or !

Ensuite, ranger en piles les sandwichs par catégories dans les vitrines, rendre la chose artistique et appétissante. Reste à faire le ménage de la boulangerie, à dénicher les miettes des encoignures des vitrines, à nettoyer le sucre glace et la vanille collée, à effacer les traces de doigts des clients, à nettoyer les comptoirs, à laver à grande eau le carrelage, à faire la vaisselle des plats et des présentoirs. Il faut que cela brille, étincelle, donne confiance et envie. Nous disposons pour ce faire de quatre sortes de chiffons, de plusieurs bouteilles de détergent... Je m'y mets avec ardeur et entrain, avec aussi la vague sensation de ressembler à un éléphant jeté dans un magasin de porcelaine. J'essaye de me persuader que chaque activité humaine renferme un intérêt caché, et l'idée que je ne suis pas différente des autres, que, comme eux, je gagne ma vie, en me débrouillant seule, suffit à faire mon bonheur. Je rejoins le cortège des femmes employées, des femmes vendeuses, des midinettes ou des presque vieilles qui, chaque matin, se hâtent vers leur travail et qui, sans vraie responsabilité apparente et sans aucun prestige, font pourtant tourner le monde.

J'ai deux collègues de travail, comme moi « vendeuses ». La première est jeune, rousse, maquillée. Les ongles gigantesques et peints chaque jour de couleur différente, la minirobe qui moule ses formes abondantes, le babil incessant qui épluche les potins du quartier, ceux de la famille royale et des pop stars. Elle prend un air pincé quand la boulangère la rappelle à l'ordre, sa bouche fardée dessine alors un cul-de-poule parfait. Sympathique et franche, elle m'a prise en amitié, me jette des clins d'œil complices derrière le dos de la patronne, partage mes fous rires devant les têtes extravagantes de certains clients. Elle aimerait que je la prenne comme confidente et raffolerait sans doute que je la noie sous mes problèmes sentimentaux.

L'autre est une femme mûre. Le corps usé par les années de travail, comme dissimulé sous une sorte de sac qui ne parvient pas à cacher ses varices, de grosses chaussures en plastique, des cheveux qui ne rencontrent le coiffeur qu'une fois l'an, une vague moustache ombrant sa lèvre supérieure, des bras comme des cuisses, le teint rouge brique... elle est adorable. Une vraie mère pour moi, ouverte, gaie, aimante, toujours prête à donner un coup de main, à réparer les fautes avant que la patronne ne s'en rende compte. Je n'ignore plus rien de sa vie, de ses enfants, de sa famille, de son mari ouvrier depuis quarante ans dans la même usine. Peu à peu, se forme entre nous une équipe solide et fraternelle. J'aime ces femmes simples, pour qui travailler est une seconde nature, qui s'échinent huit heures par jour, non pas pour le superflu, mais pour vivre et faire vivre les leurs. Elles deviendront pour moi, au fil des semaines, de véritables amies. Nous rions de tout. Je ne suis pas à leurs yeux une hippie quelconque, mais suis devenue, par le travail partagé, l'une des leurs. Une femme ouvrière, une ouvrière modèle. Alors qu'elles ne m'auraient pas même jeté un regard si elles m'avaient rencontrée dans la rue ou le métro, moi, la fille perdue, la marginale qui ressemble à ces images d'horreur que décrit chaque matin leur *Daily Mirror* préféré. Par notre condition commune de femme au travail, j'acquiers la dimension mythique de femme du prolétariat. Je découvre à mon tour la fierté ouvrière, la culture de cette classe sociale, si structurée et si originale en Grande-Bretagne. A mon tour je ressens, je puis le dire, une sorte d'orgueil.

Par ailleurs, grâce à ce travail, je m'insère peu à peu dans la vie du quartier. Chaque matin, sur le chemin de la boulangerie, chacun échange avec moi des saluts, des gestes de reconnaissance ou même d'amitié. Le fruitier qui prépare son étalage, le boucher qui décharge ses carcasses, la vendeuse de journaux, l'éboueur...

Deux mots sur la couleur du temps, la fatigue, le moral, la santé de chacun suffisent à tisser un réseau de complicité. Londres m'ouvre d'autres portes, celles d'un de ses quartiers populaires et commerçants. Après l'univers des hippies et de la drogue, celui du petit peuple au travail. Je m'y sens à l'aise, heureuse et riche de ce qu'il m'apporte en dépit de la fatigue des longues heures de travail.

Et Samantha ? Un grave problème s'est posé. Qui pourra la garder pendant mes heures de travail ? Mes recherches ont été vaines. J'ai essayé les trois crèches du quartier, toutes surpeuplées, les listes d'attente s'allongent sur plus de deux ans — et d'ailleurs, le prix à payer dépasse mon salaire quotidien. Pendant trois semaines, ma petite fille reste seule à la maison.

Avant de partir, je prépare son petit déjeuner que je laisse dans sa chambre, près de son matelas. A son réveil, elle grignote et boit son biberon, avant de se mettre à jouer. Dans le squat, il y a toujours quelqu'un. La communauté entière a charge de prêter attention aux bruits et aux allées et venues de Samantha. Parfois, Gill, ou un de ses amants, ou d'autres membres du squat, passent une partie de la matinée avec elle. Certains même l'emmènent en promenade. Pour les hippies, je le sais, l'enfant est un roi, roi d'innocence et de pureté qu'il faut protéger et respecter. Même les drogués, rendus d'ordinaire violents par les hallucinogènes, même les voyageurs du LSD, se font doux agneaux devant elle. Et ma fille s'adapte. Comme toujours, je lui ai tout expliqué. De toute façon, ses horaires sont un peu ceux du squat. Elle n'est jamais couchée de bonne heure mais prolonge tard sa nuit. Inlassable, elle joue seule, inventant, sur notre grand matelas, de petits mondes fantastiques où un brin de laine devient une fontaine de fées, un mouchoir, une mer démontée, l'oreiller, un navire malmené par la tempête. A l'aise avec n'importe qui, dans n'importe quelle situation, je sais qu'elle se débrouille pour trouver partout sa place et bâtir son petit domaine.

Lorsque je rentre, abrutie de fatigue, je la trouve toujours dans notre chambre, encore en pyjama, isolée dans son monde magique, si absorbée qu'elle ne m'entend pas ouvrir la porte. Silencieuse, immobile, émue, je la regarde jusqu'à ce qu'elle devine ma présence et, lâchant tout, se précipite en riant dans mes bras : « *Mummy, mummy, sweet! Love, mummy !* » Je sais que mon absence n'est pas un drame pour elle. Tout en m'étreignant elle se frotte contre moi, comme un chat qui fait le dos rond.

Enfin, à force de recherches, je finis par découvrir parmi les clients de la boulangerie une jeune femme qui a deux enfants en bas âge et qui, pour améliorer l'ordinaire d'une vie difficile, accepte de garder chez elle ma fillette, de 5 h 45 à 14 h 15. Je suis soulagée, autant pour elle que par désir de ne rien devoir à personne, de me prouver que, seule, je peux m'en sortir. Les récents bouleversements, les transformations de notre vie ne semblent pas avoir affecté Samantha. Dès avant la séparation d'avec son papa, nous formions, elle et moi, une cellule autonome, avec notre langage, notre compréhension mutuelle. Un jour, je m'avoue que le seul vrai couple que j'aie jamais constitué, c'est avec elle que je l'ai vécu, que je le vis. Sa capacité d'invention, par la force des choses, est sidérante : une cuillère ou un bol, un animal, tout ce qui passe à portée de sa main devient objet d'intérêt, jouet, compagnon. Jamais désœuvrée, il n'est pas rare de l'entendre rire toute seule aux éclats des facéties qu'elle invente. Quel réconfort de passer une soirée avec elle, allongées toutes les deux sur notre grand matelas, une lampe de bureau posée à même le sol qui lance au plafond des ombres démesurées. Nous lisons. Moi, Virginia Woolf, Samantha, avec un sérieux appliqué, son premier abécédaire décoré de scènes d'animaux, côte à côte, la couverture remontée jusqu'au menton. Bientôt je sens son petit corps se détendre contre le mien, sa respiration devenir régulière. Ses longs cils ont de plus en plus de mal à se relever. Elle dort. Un petit pied se glisse sur mon ventre. Alors, parfois, mes yeux s'emplissent de larmes. Je pose mon livre en remuant le moins possible, éteins la lampe du bout des doigts. Je suis son regard, elle est ma citadelle.

Samantha a une préférence pour ma penderie, car son grand jeu est de s'habiller toute seule. Et, sans cesse, à toute heure du jour, elle passe de son pyjama à sa salopette et inversement, exigeant mon admiration. Comme elle est assez grande pour tourner les robinets de la baignoire, elle fait couler un bain pour son ours, qui d'ailleurs commence à ne plus avoir un poil sur le dos tellement elle les lui a coupés, après avoir rasé les moustaches et les cils des chats ! Elle a trois ans et découvre la vie. L'appartement est un univers en constante transformation. Elle casse des noix dans l'entrebâillement des portes en les claquant, elle découpe avec de petits ciseaux à bout rond tout ce qui lui tombe sous la main, elle va jusqu'à faire des trous dans mes vêtements pour le plaisir de les recoudre ! Dans un coin de la chambre, elle s'est arrangé une gigantesque cabane qu'elle a recouverte d'un vieux drap percé. Et là, dans ce capharnaüm d'objets hétéroclites, de trésors récoltés ici où là, elle règne en maîtresse sur un univers à la taille de Lily, sa poupée, un baigneur noir.

Parfois, elle m'invite à venir prendre un thé imaginaire dans son antre. Et me voilà contrainte, quelle que soit l'heure, à déguster du bacon dont elle fait une consommation effrénée. Au moins mon nouveau métier a-t-il un avantage énorme, qui me permet de passer de longs après-midi avec elle. Dans la découverte de notre amour...

Mon travail n'est pas toujours facile. Surtout aux heures d'affluence, entre 11 heures et 13 heures, une queue imposante s'allonge alors devant mon étalage de sandwichs. La plupart des clients ont un fort accent cockney, qui m'interdit de les comprendre. C'est un véritable cours de langue intensif auquel je suis soumise. Berlitz, manière forte ! Comme une actrice de théâtre, il faut faire face à un public qui s'amuse de mon incompréhension, de mes erreurs sur la nature du sandwich réclamé. Je réponds toujours, parfois à côté ! Je fais répéter les commandes, je réplique à ma façon aux plaisanteries. Toujours sur le qui-vive, je tente de transformer les équivoques en petites scènes clownesques qui détendent l'atmosphère. Il me faut encore tenir la caisse, rendre la monnaie et, la presse aidant, ce n'est pas chose aisée. Des employés de bureau, des dactylos, des hommes d'affaires se pressent. Ils ont repéré la petite Française et sa minijupe sous sa blouse de nylon blanc. Chacun rit de mes erreurs, et tout s'arrange toujours. Il n'est pas rare que la queue dépasse les limites du magasin et s'allonge sur le trottoir. Mes collègues envient le succès que j'ai auprès des businessmen en complet-veston et cravate-club, j'ai du mal à leur faire comprendre qu'ils ne sont pas mon genre !

La patronne, ravie que la « Frenchie » attire ainsi chez elle un surplus de clientèle, tient cependant toujours autant à la bonne tenue de sa boutique. Les relations avec elle sont complexes : tout en vantant le charme français qui « fait miracle », tout en me suppliant de ne pas perdre mon accent qui attire le client, elle m'aiguillonne sans cesse afin que mon succès ne retarde pas le débit. Difficile pour nous de réagir comme il convient, tiraillées que nous sommes entre la complicité et la frénésie commerciale. Elle est toujours dans nos jambes, encombrant le maigre espace, alors que l'affluence nous oblige à des déplacements rapides, des gestes brusques et précis.

De jour en jour, à force de voir les mêmes têtes, des relations s'établissent. D'ailleurs, habitude oblige, les visages connus simplifient le problème de langue : ma main, rien qu'à les voir, se dirige d'instinct vers la pile de leur « menu » favori. Et quand il m'arrive de les croiser le soir, je les salue d'un « *Hello, Mr. Ham and Cheese !* » ou bien « *Hello, Mr. Tomato-Salad !* ». Quant aux autres, je continue à répondre d'un sourire aux petites phrases amicales. Je connais maintenant les ritournelles, deux mots sur le temps qu'il fait, trois autres sur les événements petits et grands de la vie de chacun. Des femmes, des hommes essaient souvent d'engager par-dessus le comptoir un petit dialogue. Devinant l'oreille patronale aux aguets, j'interromps la conversation d'un sourire et enchaîne sur le client suivant, me souvenant à temps du seul dialogue toléré : « Combien vous dois-je, mademoiselle ? — Trente pence, madame, merci beaucoup. Et pour vous, monsieur, ce sera ? »

La bousculade passée, les petits vieux du quartier viennent chercher leur pain quotidien et surtout papoter. Je me fais des amis. Ainsi de ce couple d'âge avancé qui vit dans la maison mitoyenne de la nôtre. Ils me racontent le quartier d'avant les démolitions, confondant l'avant et l'après-guerre. Disent que les Allemands ont moins détruit que les promoteurs immobiliers. Me parlent de leurs quatre enfants, tous nés dans cette maison et dont ils n'ont plus guère de nouvelles. Me décrivent les saisons qui s'avancent sur leur petit jardinet. Ils ont peur des tours qui détruisent l'environnement habituel de leur vie et bouchent leur horizon. Ils craignent de ne plus voir le soleil, de ne plus pouvoir nourrir leurs plantes vertes. Ils refusent de quitter leur pavillon, alors que le décret d'expulsion vient d'être promulgué. Ils affirment : « Nous ne partirons pas. Si nos enfants revenaient, où nous chercheraient-ils ? Nous mourrons dans notre maison. Vous nous voyez, Sophie, dans un de ces grands bazars, avec tous ces escaliers à monter ? Nous qui avons déjà du mal à grimper notre perron de trois marches ? Et notre chat, où ira-t-il faire ses besoins, si nous n'avons plus de jardin ? Nous avons toujours vécu ici. Ce n'est pas à notre âge qu'on nous fera déménager. La mort viendra nous chercher dans notre maison... »

Ils nous invitent, Samantha et moi, à prendre le thé, préparé comme il se doit sur un joli plateau recouvert de dentelle, avec toutes les délicatesses britanniques. Les étranges voisins que nous sommes ne les dérangent pas : tolérants et accueillants, ils partagent notre refus du monde moderne. Pendant tout le temps que durera mon travail, ils viendront ainsi chaque matin jusqu'à la boulangerie, bras dessus, bras dessous, à petits pas. Chaque matin, ils me salueront de la même petite phrase, dans un français déformé par leur accent : « Hello, mademoiselle, bonjour et merci... » Rituel de gentillesse, mon plus beau sourire anglais du matin...

Si l'on est gourmand, travailler dans une boulangerie-pâtisserie peut être un supplice ou un paradis. Moi, j'ai choisi le deuxième terme de l'alternative. Toujours à jeun quand j'arrive à 6 heures au travail, je commence par me rassasier. En cachette. Car nous n'avons droit qu'à un sandwich ou un gâteau par jour. J'ai vite fait de me remplir la panse. Il m'arrive même de monter jusqu'aux toilettes pour déguster tranquillement, comme il convient, la pâtisserie choisie ! Après quoi, je dissimule tout ce que je peux dans mes poches, ou dans de petits sacs que je ramène à la maison pour Samantha et mes amis...

Au bout d'un mois, ma première feuille de paie anglaise ! Un vrai papier officiel, avec mon nom, les retenues sociales, le taux horaire : 4,80 F... Aussitôt, j'ouvre un carnet d'épargne à la poste, rêvant déjà de la destination de cet argent ; il servira à financer un voyage, mais que de petits matins encore avant d'amasser le pécule. Chaque jour, au moment de ranger ma caisse, et de me rendre compte que j'ai fait entrer en une matinée l'équivalent de ce que je toucherai en un mois, chaque fois un pincement au cœur, et chaque fois la résolution martelée : moi aussi, il faut que j'y arrive ! Il n'y a pas de raison qu'un jour je ne fasse pas aussi bien qu'elle. Ou mieux !

Il faut bien penser aux contingences matérielles... Ma fillette et moi n'avons plus grand-chose à nous mettre. Un après-midi, lors d'une « *jumble-sale* », « vente de vêtements d'occasion », organisée par la paroisse du quartier, nous reconstituons notre garde-robe pour une somme vraiment dérisoire. Un jean, une paire de bottes fourrées pour Samantha, un manteau, le tout pour une livre !

Malgré tout, j'ai fait mes comptes : je serai centenaire lorsque j'aurai amassé de quoi reprendre l'aventure avec Samantha. Il faut envisager d'autres travaux. Je fais des extras comme serveuse le samedi soir. La fièvre des mariages du samedi soir ! Même problème de compréhension qu'à la boulangerie, mais il faut savoir en plus reconnaître des dizaines de bières différentes, au milieu d'une sono qui crache ses décibels infernaux. Mais, outre la paie officielle, il y a les pourboires.

Je déniche un autre job plus intéressant, non seulement quant au gain, mais aussi parce qu'il m'offre la possibilité d'aller plus loin. Je travaille plusieurs après-midi et plusieurs soirs par semaine dans un centre d'accueil pour femmes battues. J'y vais avec Samantha que je couche dans une des petites pièces d'un local exigu et enfumé. Il s'agit d'offrir aux malheureuses victimes un hébergement provisoire, de les conseiller sur le plan juridique, de les accompagner dans leurs démarches au poste de police, chez les juges ou les avocats, de répondre surtout à leur désespoir et à leurs angoisses. Il n'y a qu'un moyen de les réconforter, c'est d'écouter sans sourciller le long chapelet des récriminations. La plupart arrivent avec leurs enfants dont il faut également s'occuper. Il y a mieux encore : tard le soir, en pleine nuit parfois, des coups violents ébranlent les portes verrouillées. Ce sont les maris qui viennent injurier leurs femmes. Ils profèrent des menaces, hurlent et réveillent la marmaille assoupie qui répond aux cris par des pleurs sonores. Certaines femmes portent sur elles les traces de coups, il faut parfois en évacuer sur un hôpital. D'autres arrivent chez nous enceintes — ce qui n'a pas empêché le futur père, la plupart du temps ivrogne, de continuer à battre son épouse. Des femmes ont quitté en panique le domicile conjugal et débarquent sans rien, ni argent ni linge de rechange. D'autres, au contraire, ont longuement mûri leur décision et croulent sous les valises et les paquets ficelés. Secourir toute cette misère est épuisant, pour le corps et pour les nerfs, mais si bon pour le cœur. Je me sens utile, appréciée, nécessaire, partie prenante de la lutte des femmes. Je tente de leur donner la force, si cela est leur volonté, de tout quitter, de refuser de vivre plus longtemps en chien battu. J'en oublie mes propres problèmes, mes drames personnels, tout occupée à essayer de donner un peu de moi-même. Ce n'est pas là œuvre de bienfaisance, mais solidarité active et partage humain.

Les rares après-midi où je n'ai rien à faire, j'emmène Samantha explorer les rues et les jardins de Londres. Son occupation préférée est de courir après les pigeons de Trafalgar Square. Elle passe des heures, criant, éclatant de rire, mimant une personne qui jette des miettes de pain afin d'attirer les oiseaux, gesticulant comme un clown lorsqu'ils viennent la frôler. Ou bien nous rendons visite à des amis... Je n'en oublie pas pour autant mes séances de judo. Deux heures par semaine durant lesquelles je me donne à fond. J'en sors épuisée mais heureuse...

Enfin, il y a les visites à la prison. De nombreux drogués dont je m'étais occupée du temps de Frankie y font de fréquents « séjours ». L'un d'entre eux est un jeune garçon poussé trop vite — il a mon âge —, orphelin qui ne connaît personne dans la capitale. Il m'a écrit, appel à l'aide désespéré que je ne peux pas ne pas entendre.

Il s'appelait Mark. Des mois durant, j'ai vécu dans l'obsession : comment le sauver ? Durs labours, pour de belles moissons : pour la première fois j'allais cueillir les fruits de mes efforts.

J'ai tenu à retranscrire ici quelques « feuillets de mes carnets de damné ». Qu'on me pardonne et leur longueur, et leur style heurté, cet épisode reste important pour moi.

« *Matricule 138522 est son nouveau nom ! Les heures de visite sont limitées, et encore certains jours de la semaine. Toute une expédition : il faut prendre un autobus jusqu'à l'extrême périphérie de Londres. Le trajet dure quarante-cinq minutes, à travers des quartiers de plus en plus désolés et miséreux. Peu à peu, le car se vide des gens " normaux " et nous restons entre nous, les " visiteurs de prisonniers ".*

« *Haute porte métallique peinte en gris froid, chicane de barbelés, miradors, attente de l'heure d'ouverture. Une petite porte dissimulée dans une plus grande s'entrebâille, laissant accéder les visiteurs un par un. Hommes et femmes sont séparés, minutieusement fouillés. De jeunes femmes, des mères avec leurs enfants en bas âge, turbulents et chahuteurs, de vieilles femmes, les bras chargés de paquets, une femme enceinte, lourde et fatiguée, tout un cortège de peine et de quotidien. Certaines semblent plus à l'aise, vieilles habituées sans doute qui ne font plus un drame de la situation. D'autres semblent démoralisées, les yeux cernés, les cheveux sales. D'autres encore, apprêtées comme pour un soir de bal, moulées dans des robes sexy. Les hommes d'âge mûr, les pères des jeunes prisonniers — ils sont rares —, rasent les murs, le regard perdu dans le vague. De nombreux jeunes, allure virile, attitude provocante, ce sont les amis des délinquants. L'ambiance est tendue, tous sont partagés entre la joie de revoir l'être cher et l'anxiété de ne pas, par un geste ou une parole maladroite, attirer sur eux-mêmes, et surtout sur leur ami, les foudres administratives. Comme si le seul fait de connaître des prisonniers les faisait coupable !*

« *Portes qui grincent, verrous qu'on ouvre, dédale de*

couloirs, enfin la grande salle bordée de guichets. Le bruit des clefs derrière notre dos. Fiches d'identité à remplir — il m'arrive souvent d'aider une ou deux femmes, presque analphabètes, affolées par ces formulaires —, cartes d'identité à déposer avec les paquets de nourriture et de linge. Ils seront fouillés de nouveau avant d'être remis, après inventaire, au prisonnier. Nouvel imprimé à remplir. Les mains tremblent davantage. La gorge se serre. Lorsque tout le monde a répondu aux questions, une porte s'ouvre, un à un nous pénétrons dans un autre couloir. Nouvelle fouille, sac à main, poches, corps même ausculté par des auxiliaires féminines revêches et autoritaires.

« Un autre corridor haché de grilles qu'on ouvre et ferme devant nous, une porte opaque blindée, nous y sommes. Mon cœur bat chaque fois très fort, inexplicablement. La dernière porte s'ouvre brusquement. Une grande salle peinte en blanc, un carrelage rutilant, de petits vasistas à barreaux, une quarantaine de tables minuscules flanquées de deux chaises en vis-à-vis. Devant chaque table, un homme immobile, assis. Les yeux écarquillés. Des hurlements s'élèvent. Les quarante prisonniers, dans un seul cri, appelant les visiteurs : " Here, I am ! Hep ! Harry ! Hep ! Suzan ! Come here ! " *Noms hurlés, exclamations, excitations, pleurs de joie, émotion, exubérance. Voix rauques, fortes, qui tentent d'attirer l'attention. On ne sait où donner de la tête. Le flot des visiteurs déferle, promiscuité, odeur de transpiration. Contentement d'y être enfin, et frustration déjà du manque de contact. Les prisonniers n'ont pas le droit de se lever. Ils doivent attendre. En quelques secondes, le désordre qui régnait à l'entrée des visiteurs s'est dissipé. Chacun, aiguillé par son affection et par les cris, a trouvé " son " prisonnier. Par-dessus la table, des femmes tendent leur visage, leurs lèvres. Rencontres brèves, intenses, l'espace d'un salut. Franches poignées de main du copain, sourires doux et calmes des mères. Les détenus adaptent à leurs visiteurs physionomies et comportements. Au brouhaha général du début a succédé un doux murmure de confidences et de peines qui s'épanchent. Quelques enfants pleurent, refusant d'embrasser, peut-être, un père déjà oublié. Puis tout s'apaise, il reste si peu de temps, il ne faut pas le gâcher.*

« “ Sophie, Sophie, thank you... Here ! ”

« Dans le tumulte général j'ai reconnu la voix fluette de Mark. Cependant je n'ai pas pu rallier sa table immédiatement. La tête me tourne dans cette course folle, l'émotion me paralyse. Je finis par le repérer parmi tous ces hommes vêtus du même pantalon de grosse laine grise, de la même chemise blanche. Je l'embrasse. Il serre ma main à la rompre, à la faire fondre dans sa main moite. Ses yeux ne me quittent pas, ils me dévorent, explorent chaque parcelle de mon être. Un regard qui crie. Mark a besoin de tout. Il veut que je lui donne tout : espoir, liberté, courage, goût de vivre, soif de se battre. Son visage est comme tordu par cette supplique. Le temps file. Mark s'agrippe à ma main, à mon bras. Il est pâle, les traits tirés par la cure de désintoxication. Il reprend son souffle, replongé qu'il est, à peine sorti de la drogue, dans cette autre horreur, le monde carcéral. Sa haine de la prison alimente son manque. Mes visites, ses seuls liens avec l'extérieur, le rattachent un peu aux amis, aux communautés et aux centres de drogués. Il m'écoute avec une application touchante, buvant mes paroles comme s'il voulait apprendre chaque mot par cœur. J'essaye d'inventer les questions qui pourraient lui faire croire que sa vie, ici, en prison, intéresse quelqu'un : son emploi du temps, ses amis, la date de son jugement...

« Mark est bouleversé par la présence de Samantha, fier aussi de s'afficher avec une enfant. Elle le détend et l'adoucit, chasse sa rancœur, comme s'il rêvait de l'amour d'une famille... Autour de nous, d'autres enfants ont fini par quitter leurs parents et par organiser des jeux dans la salle. Les gardiens se font surveillants d'enfants, sermonnant les plus entreprenants.

« L'heure de la séparation approche. Une sonnerie électrique retentit. Trente minutes, cela passe vite, poussière de malheur, couperet sanguinaire. Il faut partir. Les familles se lèvent, les détenus restent assis, c'est la règle, mains crispées sur le bois blanc de la table, visages fermés. Des femmes pleurent, des prisonniers masquent l'émotion qui les tord par des mots secs, des phrases hachées, des recommandations de dernière heure. Ne plus pouvoir se dire un mot, alors qu'il y a encore tant de choses à partager. Personne ne se résigne à

mettre un terme définitif à l'entretien. Alors, les gardiens se mettent à circuler entre les tables, d'un mot, d'un geste désignant la porte, poussant les gens. Etreintes brutales, passionnées. Bras en tenailles, corps qui s'épousent, bouches qui s'impriment, langues qui se cherchent, caresses furtives de dernière minute... Ils oublient qu'ils sont observés, oublient la pudeur, la retenue. Encore une main qui traîne, un regard long, si long, on marche à reculons.

« La porte. Le battant métallique retombe. Plus rien. On ne se souvient plus des promesses qu'on a faites, on pense à tout ce qu'on a oublié de dire. Il reste à attendre la prochaine permission de visite.

« Dehors, il pleut. La nuit est tombée. La réalité, comme un chien de meute sur une proie épuisée. Il fait froid. Le sinistre cortège, plus triste qu'un enterrement, jusqu'à l'arrêt du bus. Chacun a repris son masque. La prison, à nouveau, redevient la honte. Personne ne parle à personne. Seules deux vieilles se racontent leurs fils, des excuses plein la bouche. Mais aucune d'elles n'écoute vraiment, seulement le besoin de confier, à celle qui connaît la même honte, le fils qui a mal tourné. Je les imagine, ces deux femmes en noir, partageant leurs journées entre la prison où meurt le fils et le cimetière où elles vont fleurir la tombe du père.

« Après la visite, une lettre de Mark. Marquée au tampon de la censure, portant son matricule. Une calligraphie appliquée et enfantine. Elle commence par ces mots : " Unité, Liberté, Justice, Amour, Paix soient avec toi et ta fille pour toujours. " Ce vœu, ce trait de cœur et de générosité... J'ai bien du mal à comprendre le mal qu'un garçon comme lui peut faire à la société. Il me remercie, ainsi que Samantha, de l'aider à exister, d'aimer mes semblables. Il cherche à fuir les solitudes, les pressions, les frustrations, à ne plus se sentir indésirable. La lettre s'achève par un des plus beaux compliments qu'on m'ait jamais faits : " Avec des gens comme toi, il n'y aura plus de larmes. "...

« Mark a bénéficié d'une remise de peine et sortira demain à 11 heures. Mes visites m'ont convaincue que ces dix mois d'emprisonnement l'ont démoli. Il faut l'accueillir avec

affection et l'aider. Je réunis trois amis, anciens drogués comme lui, devenus animateurs sociaux. Notre but est le même, entourer de notre tendresse les premiers pas de Mark et l'empêcher de replonger dans le cercle infernal de l'héroïne. Tous les quatre, pressés devant le portail, nous guettons les bruits derrière le fer lourd. Les gonds grincent, la porte s'ouvre. C'est un car de police, sirène bloquée, qui transporte un détenu vers le palais de justice. A travers la fenêtre grillagée du véhicule, j'aperçois l'homme qui, l'espace d'une seconde, a planté ses yeux vides sur notre groupe. La porte s'ouvre à nouveau, la petite cette fois. Il est 11 h 05, cela doit être lui. Nos cœurs battent la chamade. C'est un homme en civil qui se dirige vers notre groupe. Que se passe-t-il ? Est-il arrivé quelque chose ? " Rassurez-vous, votre ami va sortir. Je voudrais seulement vous mettre en garde. La prison, la cure forcée l'ont beaucoup éprouvé. Soyez calmes avec lui, pas d'exubérance, pas de cris. Cela fait longtemps qu'il est enfermé, qu'il ne reçoit pas l'affection dont il a besoin. Le grand air, la ville vont le saouler. Ne le laissez pas seul. Ramenez-le au plus vite dans un appartement. Qu'il y reste quelques jours. Pas trop de marche non plus. Pas d'alcool, bien sûr. Pas d'énervements. Vous êtes sa dernière chance. Aidez-le... "

« Cinq minutes plus tard, Mark apparaît sur le seuil de la porte. Une fraction d'hésitation, ébloui par la lumière peut-être, il semble scruter les alentours comme si c'était la première fois de sa vie qu'il posait son regard sur la ville. Nous traversons la rue en courant. Il nous aperçoit. Sa bouche s'ouvre. Aucun son n'en sort. Des larmes jaillissent, droites. Je n'avais jamais vu pleurer ainsi. Il s'appuie contre le mur d'enceinte. Nous sommes sur lui, nous l'étouffons dans nos bras, sous nos baisers. " Vous êtes là ! Oh ! Merci... La dernière fois que je suis sorti de prison, à Liverpool, il n'y avait personne... " Il arrive à peine à parler, tant ses phrases sont hachées par les sanglots. Il pose sa tête sur nos épaules. Il nous serre. " Tu es là aussi, Samantha... Viens, viens vite m'embrasser. " Il s'accroupit, Samantha pose un baiser sur son nez. Il rit. Ne sait plus s'il doit pleurer, rire ou chanter. Il va de l'un à l'autre, nous enlace. " Sophie ! Tu vas m'apprendre à vivre, dis ? Avec toi, je n'aurai plus peur, tu verras... "

« Nous partons, nous tenant par la main, formant une chaîne. Il est au milieu de nous, la démarche encore incertaine. Il tremble comme une feuille d'automne, sursaute au moindre bruit. Il répète toutes les trente secondes : " Libre, je suis libre... "

« Maintenant il court, Samantha sur les épaules. Il entre dans une pâtisserie. Commande une glace et la déguste debout. Se barbouille comme un enfant, rit tout seul. Rit à la vie qui s'ouvre, à l'espoir qui renaît. Il aborde les passants et leur annonce la bonne nouvelle. Il chantonne " Freedom, freedom ". *Il flotte dans les vêtements qu'on vient de lui restituer. Ceux de son arrestation. Il marche, tenant par le bras deux d'entre nous de chaque côté. Il nous regarde l'un après l'autre, longuement.*

« Il redécouvre l'amitié, la vie, la ville, se raccroche à nous. Nous hélons un taxi, luxe inhabituel pour les marginaux que nous sommes. Et nous le raccompagnons jusqu'au squat qu'il habitait avant, dans Camden Road.

« Le thé fume dans les tasses. Nous sommes côte à côte, apaisés, silencieux. La paix est revenue. Je n'oublierai jamais ce moment... »

Dans la communauté où nous logeons, Samantha et moi, une discussion revient souvent : comment gagner de l'argent sans travailler ? Nombre de hippies vivent des allocations d'aide sociale qu'accorde généreusement le Welfare, la Sécurité sociale anglaise. Gill, son frère Matthew vivent de cette façon et me poussent à les imiter. Etant française, il ne s'agirait pour moi que de trouver un concubin anglais. Un jour, par lassitude ou peur du ridicule, je finis par céder et demande à l'un des hommes de passage au squat de m'accompagner. Il ne dispose d'aucune ressource susceptible de subvenir aux besoins de sa soi-disant concubine, et par là même me permet de bénéficier des allocations du Welfare.

Un inspecteur doit venir chez moi contrôler l'indigence de mes conditions de vie. Avant son arrivée, sur la recommandation de Gill, je déménage mon matelas dans un cagibi, sous l'escalier, cache nos vêtements, dissimule la vaisselle de la cuisine, ne laissant en évidence sur le gaz qu'une boîte de conserve censée faire office de casserole. Samantha et moi sommes habillées comme des miséreuses. Aucun lainage, des chaussures de tennis de couleurs différentes, déchirées. Toute une mise en scène soigneusement réglée par Gill qui connaît la musique ! Emu par tant de dénuement, l'inspecteur m'octroie un carnet à souche d'aide aux indigents — l'*Order Book* —, qui permet de se rendre chaque semaine à la poste et d'y toucher une certaine somme, largement supérieure à ce que je gagne à la boulangerie ! Il m'alloue également des bons permettant d'obtenir gratuitement, dans des boutiques réservées, les « produits de première urgence » : un lit d'enfant, des vêtements, de la vaisselle, une batterie de cuisine, une chaise, une armoire...

Richesse et liberté aux frais de la princesse, que dis-je, de la reine elle-même !

Ces combines sont en fait monnaie courante, si j'ose dire. Toute unc frange de la jeunesse anglaise ne vit alors que du Welfare, parfois en poursuivant des études, le plus souvent en s'adonnant à la drogue. Quant à moi, c'est décidé : j'abandonne la boulangerie.

Je m'inscris aussitôt dans une école de secrétariat intensif, dactylo et interprétariat. J'étudie d'arrache-pied, heureuse de retrouver les joies universitaires, l'ambiance des cours.

Des stages de perfectionnement sont prévus. Je crains le pire, mais suis bientôt rassurée : lors des entretiens précédant l'embauche, la question qui revient le plus souvent, avant même le nombre de mots/minute que je sais taper, c'est de savoir si je suis capable de préparer un thé correct !

Je traîne dans les milieux journalistiques, rencontre des jeunes femmes qui veulent voyager, et même, pour certaines, abandonner leur emploi, afin de « vivre leur désir ».

Le récit de ces préparatifs me met l'eau à la bouche...

C'est dans cette atmosphère d'euphorie qu'une nouvelle vient briser la joie de la communauté. Le frère de Gill, Matthew, vient de mourir, la jaunisse des héroïnomanes.

Avec Samantha, je cherche à fuir de plus en plus la

maison frappée par le destin. Nous profitons de notre liberté nouvelle pour sillonner la Grande-Bretagne, pays de Galles, Ecosse, Kent, les côtes...

Mes chèques du Welfare peuvent être regroupés et retirés en une seule fois, bien après leur date d'émission. Je ne suis même pas tenue de revenir chaque samedi à Londres pour les encaisser. Ne plus être sédentaire, quelle libération ! Oui, quelles retrouvailles avec la liberté ! Nos excursions deviennent des expéditions, et nous parcourons le pays en auto-stop, du nord au sud.

Mon journal intime exulte et s'emballe à nouveau :

« *Je peux vivre et bouger. Ouvrir les horizons de l'ailleurs. Disponible aux hasards, je veux entreprendre de bâtir notre vie, à Samantha et à moi, sans limites ni contraintes. La pluie et les nuages ne me font plus peur. Dans l'inconnu, le monde m'attend et m'appelle. J'ouvre enfin les yeux. La route ! La route ! Magie du mot qui m'invite, qui m'aspire au-dehors. Le vent du large souffle (...). Je veux rencontrer des êtres libres, solides, des gens du voyage. Je désire partager avec une communauté humaine les grands espaces de la liberté. J'ai faim de rencontres nouvelles, de peuples nouveaux. Loin des normes, des routines, je veux créer une île, pour Samantha et moi, au carrefour des routes nomades. Je suis mûre pour mon île. J'embrasse la liberté, elle m'enveloppe dans sa cape bariolée. Je suce le lait des étoiles...* »

DEUXIÈME PARTIE

« LES POINGS DANS MES POCHES CREVÉES... »

Je m'en allais, les poings dans mes poches cre-
vées ;
Mon paletot aussi devenait idéal ;
J'allais sous le ciel, Muse ! et j'étais ton féal ;
Oh ! la la ! que d'amours splendides j'ai rêvées !

« Ma Bohème. »

Chapitre 12

« Droit sur ses hanches solides... »

Le juste restait droit sur ses hanches solides :
Un rayon lui dorait l'épaule...

« Le Juste restait droit. »

Un article du *National Geographic* — vieux de dix ans peut-être —, et qui parlait d'un rassemblement de gitans dans le nord de l'Angleterre, venait de réveiller en moi un vieux rêve de voyage. Avec, en plus, cette fois, ma fascination pour ce peuple sans terres et sans ancrage, entrevu seulement entre deux brouillards, dans les faubourgs tristes des cités ouvrières du Nord. Ma décision est prise, j'irai.

Je suis fatiguée des hippies, des paradis artificiels qui ne durent que l'espace d'un réveil. Mon opinion est faite : fondus dans les brumes des villes, toute ambition perdue, ils ont fini par accepter leur sort, et leurs allocations sociales. Satisfaits, incapables de vouloir plus loin que leurs centres et leurs squats. J'ai compris qu'ils ne sont pas l'avenir de la société, mais le revers de la médaille ; qu'ils n'ont pas de futur, qu'ils acceptent les strapontins vides qu'on leur offre, et regardent, l'œil vague, défiler l'horizon borné de la drogue en écoutant se répéter sans fin leurs musiques faciles.

Je n'ai pas trouvé chez eux l'imprévu, le renouveau, ni l'errance. Je cherche la communauté humaine qui me reconnaîtra, où je m'insérerai cœur et âme.

J'ai tout donné pour être acceptée, il ne m'est plus difficile de partir. Mais vers où, vers qui ? A l'heure des départs, au moins, le rêve se réveille...

Londres me retient cependant comme un boulet au pied : illusoires revenus financiers, réseaux de relations qui empêchent de se trouver soi-même, trottoirs sans surprise et lieux connus, et jusqu'à ces étrangers qu'on a l'impression d'avoir déjà vus, routines quotidiennes qui mangent la vie. Papillon égaré qui va de fleur en fleur et ne butine rien, je sais qu'il faut reprendre l'envol. Et tant pis si c'est le vent mauvais qui m'emporte...

La revue précisait que le rendez-vous était annuel. A Londres, personne ne connaissait le nom de la petite localité, mais qu'importait. Une fois dans le comté, je trouverais bien. Il faisait un temps maussade et gris, la pluie battait la campagne, les brouillards glacés s'accrochaient encore en cette fin de printemps anglais. La route fut plus longue que belle.

Samantha sous le bras, de saut de puce en saut de puce, j'avançai vers le lieu de mon rendez-vous. Les gens qui nous prenaient en stop allongeaient leurs figures dès que je prononçais le nom de « gypsy », évoquant les chapardeurs de poules et les manieurs de couteaux, quelquefois même les voleurs d'enfants ou les violeurs de filles. Leur peur ne faisait que conforter mon désir.

Au hasard des chemins — au cœur de la nuit souvent, épuisée par la route, je demandais qu'on nous débarque —, une grange ou un pont de fortune, plus souvent les abords d'une station-service, nous ont accueillies.

Je possédais déjà la bonne technique : contre l'humidité, quelques morceaux de cartons jetés sur le sol, à défaut, de vieux journaux emportés en prévision. Le petit sac de couchage de Samantha que je lui avais confectionné dans un vieux sac à moi, égayé de bouts de tissus multicolores. La nuit, je glissais Samantha et son sac à l'intérieur du mien, pour elle double protection contre le froid, pour moi, nécessité de sa présence contre mon corps, besoin affectif de la serrer dans mes bras pour m'endormir tranquille. En guise d'oreiller, mon sac à dos, un anorak roulé en boule...

Enfin, c'est Appleby, quelque part près de la frontière écossaise. Les mines de plus en plus effrayées de nos convoyeurs — leur hostilité n'avait fait que croître au fur et à mesure que nous approchions : « C'est plein de “ *dark skins* ”, c'est pas bon pour vous... » — avaient cependant fini par faire sourdre une vague inquiétude. Et s'ils étaient dangereux ?

Au village — une longue rue entre deux commerces, des pubs fermés — ce n'est pas la fête promise. Quelques visages bronzés attestent que c'est bien là, mais les gitans semblent avoir filé à l'anglaise. Renseignements pris, j'apprends que le rassemblement est organisé à quelques kilomètres de là, en pleine nature.

Mon sac sur le dos, ma fille sur la hanche, je prends la direction indiquée. Nous voilà englouties dans un flot de roulottes, de voitures, de caravanes, de cyclistes ou de cavaliers...

Soudain, la route triste s'illumine. Les herbes folles s'inclinent vers moi, les fleurs du printemps rient dans les prés, les papillons m'escortent dans l'odeur chaude du foin coupé. Je me sens conquérante, je pénètre un continent secret vers lequel je suis en marche depuis toujours, je retrouve enfin le goût de l'aventure et de l'incertitude. On me regarde, on me dévisage. Je suis l'étrangère à la peau blanche, qui m'envoie ? J'ose quelques questions anodines, je ne comprends rien aux réponses — patois anglais, dialectes gitans ? — j'opine du chef au hasard, je me sens ridicule.

Une barrière de vieilles tôles de voitures défend l'entrée du camp. Par centaines, entre les bosquets, des toits de caravanes semblent se hisser au-dessus des haies, lâchant leurs fumées dans le ciel. Des chevaux au pré, des automobiles dispersées, des roulottes bâchées de toile verte...

Après tant de jours de voyage, tant de fatigue sur les épaules, la panique me gagne. Je devine qu'on parle de moi, et toujours aucun moyen de comprendre. Impossible de reculer. Glacée, pétrifiée, incapable de dire un mot, de faire un geste, j'ai envie d'avancer et de m'enfuir, écartelée entre l'espoir et la répulsion, la peur et la certitude. Ici vivent les réprouvés, que vient faire ici la petite fille des villes à qui l'on a cru bon d'apprendre que la raison domine la violence ? Je viens de si loin et je n'ose même plus regarder devant moi. J'ai perdu mon pays, je frappe à la porte, et personne ne va m'entendre.

Je serre Samantha contre moi. Elle est mon ultime recours, ma force revenue : je fais mine de m'occuper d'elle, câline, tranquille. D'instinct, je sais que si je révèle ma peur, je suis perdue.

C'est le moment, il ne faut pas rater « le contact ». Je m'avance, sourire aux lèvres. Dans ma poitrine, ma peur s'est recroquevillée, prête à bondir. Et s'ils allaient me rejeter ? Je caresse les cheveux de Samantha. Quelques enfants s'avancent, une femme, puis deux, puis trois. Je dis : « Nous avons froid. Je voudrais quelque chose de chaud pour ma fille... Moi, j'aimerais bien une tasse de thé... »

Nous nous sommes retrouvées dans une caravane, assises autour d'une petite table, un bol fumant dans les mains. Je souris, je me sens envahie de sourires vastes comme le ciel, sans fin ni contraintes. Ma seule réponse, remerciements, appels, traits d'union.

La partie n'était pas gagnée pour autant. Méfiantes, elles demeuraient, et je devinais qu'elles se demandaient quelle pouvait bien être cette espèce d'hurluberlue avec son bébé blond, ou pis, cette hippie, peut-être — je savais que les gitans détestent cette « race » —, sans mari, sans caravane. Mais la peur avait changé de camp. Le chat mouillé, le chien mordu, ne se laisserait pas dévorer.

J'avance un pion : « Je viens vous voir parce que je déteste les blancs... » Alors, d'un ton exalté, saccadé, je vide mon sac, sincère, soulagée. Et j'attends le verdict. Je dis : « Si vous m'acceptez, je reste. Si vous le voulez, je pars... »

J'ai pris l'avantage, je le sais. Les questions commencent à fuser : « Où est ton mari ? Que veux-tu ? Tu viens chercher un homme ? Qui est le père du bébé ? » Et puis, les blagues, les méchantes blagues au-dessous de la ceinture : « Venez voir, les hommes, il y a ici une fille qui a besoin de vos services... »

Moi, je ris, je fignole mon histoire : « Non, je ne cherche pas d'homme, je suis une voyageuse, une gitane française, et si je n'ai pas de roulotte, c'est que je suis trop pauvre pour en avoir une. » Et je ris pour bien montrer que je n'ai pas peur des blagues, et que je n'ai pas peur du tout...

Le chemin de l'accueil passe par Samantha. Les gitanes s'affairent autour d'elle, lui donnent un croûton de pain, elles la coiffent, la mouchent, veulent savoir son prénom. Reste à gagner leur confiance. Je devine qu'il faut les étonner, les épater, prendre le dessus. Pas évident d'avoir la repartie facile, de lâcher des plaisanteries encore plus salaces que celles qu'on me balance, d'inventer le mot qui les laisse quelques secondes bouche ouverte, sans voix.

« Elle n'a pas froid aux yeux, la petite », et l'amitié est en marche, née de l'admiration. Par moments, je prends conscience que je suis seule au milieu de plusieurs milliers de gitans prêts à se refermer dans leur hostilité, faible femme lâchée parmi les tigresses prêtes à lever leur patte.

Le même soir, je me suis retrouvée avec Samantha au fond d'un camion, et le roi des gitans n'était plus mon cousin. Ils m'avaient hébergée parce que j'étais plus pauvre qu'eux, je saurais plus tard que telle est la loi des gitans.

Je n'étais plus l'étrangère, je n'étais pas touriste. Je n'étais pas en pèlerinage, mais c'était le Pérou. Mieux, c'était le Maroc. J'étais maman, Samantha était Anne-Sophie, nous étions là-haut, au cœur de l'Atlas. Il ne manquait qu'un papa...

Le « rassemblement » était en fait une gigantesque foire aux chevaux. De tous les coins d'Angleterre, les gitans s'étaient donné rendez-vous pour acheter, vendre ou échanger leurs bêtes.

Le lendemain, je me suis promenée un peu partout au milieu des roulottes. Plus rien à voir avec ces espèces de taudis ambulants, plus horribles encore que le mot de « camping-car » qui les dénigre — c'étaient des vraies roulottes en bois, plus belles que je n'en avais jamais rêvé. Cylindriques, comme d'énormes tonneaux posés sur de grandes roues de bois cerclées de fer, peintes de couleurs riantes, jaune, vert, rouge, avec des panneaux de bois sculpté, des rideaux multicolores, des dentelles...

Les roulottes sont regroupées, impeccablement alignées, brancards posés sur des tréteaux, ou réunis en étoiles autour d'un foyer. Façades ciselées de cuivres rutilants, charnières dorées, gravures rehaussées de couleurs, sculptures naïves de fleurs ou d'animaux qui embellissent les panneaux. La moindre pièce de bois est peinte de filets colorés, d'enluminures. Tout est travaillé, ciselé, ouvragé : les petites cages de barreaux torsadés qui, accrochées aux flancs de la roulotte, abritent des poules, ou des ustensiles divers ; les réserves à marchandises suspendues à des crochets en fer forgé ; le toit de la cheminée ; les freins, les essieux, les roues, les brancards. Un décor de feuilles d'acanthe, de filets d'or et d'écarlate, de chevaux d'argent galopant...

Le plus souvent bâties et décorées par leurs propriétaires, véritables œuvres d'art, les roulottes portent généralement, sur un panneau de bois, un médaillon, dont les lettres enlacées forment la signature adornée de l'artiste. Fascinée, je passe des heures à détailler ces merveilles. Les roues, grandes et belles, aux douze rayons qui partent en étoiles, eux aussi souvent incrustés de cuivre, avec leur moyeu creux peint en vif. Les fenêtres aux carreaux taillés en relief — fleurs, fruits, pampres de vigne, épis de blé, feuillages...

A l'intérieur, sur les tablettes des fenêtres, des objets de verre filé, cristaux et porcelaines de couleur ; des rideaux de dentelle ou de velours encadrant les couchettes, des armoires vitrées, des fleurs artificielles, de vieux buffets. Un royaume de miroirs, de tissus et de cuivres, de chandeliers ouvragés, de bois dorés, où tout est propre, rutilant... Et, le plus souvent, trésor qui trône au cœur de tout ce luxe antique, la télévision, posée sur une table en formica ! Je me répétais que c'était là que je voulais « faire mes amitiés », que je réussirais à forcer la porte de ce monde, que la liberté et la solidarité étaient privilèges de gitans.

Mais je ne savais pas comment leur adresser la parole. Alors, je prenais des photos, ils me laissaient faire, preuve que je ne leur faisais plus peur, peut-être même m'avaient-ils adoptée.

Je les trouvais beaux, les femmes avec leurs longues chevelures, retenues par un foulard noué en pointe sur la nuque, leurs longues robes, les femmes minces et souples, ou bien en chair, mais toujours bien dans leur peau, le regard profond et direct, le rire qui fuse... Plus qu'à leurs vêtements, c'est à leurs traits, leurs bijoux, leur attitude qu'on les reconnaît Tsiganes. Un air de voyage, de dépaysement, longues boucles d'oreilles, pendentifs en or, bagues massives à chaque doigt ; visages marqués par le grand air et le vent, la pluie et le soleil, corps lourds et gras hérités des grossesses. Mais, surtout, quelque chose d'indéfinissable et qui n'est qu'aux gitanes : une sorte d'aplomb, de sûreté, peut-être dans le regard, dans la façon de poser les mains sur les hanches, dans le sourire entreprenant, charmeur ou provocant.

Les hommes avec leurs cheveux raides, noirs ou plus souvent roux, le visage creusé de rides profondes, l'allure fière dans leurs costumes traditionnels — pantalons de velours larges retenus par des bretelles, gilets sans manches, ouvragés, ornés d'une chaîne de montre, foulard noué autour du cou, feutres déformés rivés à l'arrière du crâne. Parfois, des brodequins sans chaussettes, mais dont les lacets s'ornent de nœuds à chaque crochet. Le plus souvent de haute taille, colosses roux avec des taches de rousseur, ils portent des tatouages multicolores et des bottes pointues. Ils parlent un dialecte bizarre, sorte d'argot celtique mêlé de patois et de mots anglais déformés...

Quant aux enfants, innombrables, ils grouillent, cheveux d'or en épis, vêtus d'habits trop grands ou trop petits, ou bien nus, la marque blanche de leurs tricots sur la peau, manigançant entre eux des jeux incompréhensibles. Les petits s'accrochent aux volants de leurs mères, ouvrant de grands yeux curieux sur tout ce qui se passe autour d'eux. Un gosse marche avec peine, les pieds perdus dans d'immenses brodequins militaires, un perroquet gris posé sur le poing.

Moi, éperdue de reconnaissance, je cherche à dire avec mes yeux ou mon sourire ma gratitude, ma vénération. Ils ne me chassent pas. Je suis parmi eux, différente comme eux, étrangère, exilée, vagabonde, inattendue. Voyageuse sans caravane, mais sœur de race le temps d'un rassemblement, partageant les jours de travail et de fête. J'ouvre mes oreilles à tous les sons étranges, voix aiguës des femmes, interrogations mystérieuses, chiens qui aboient, bruits de bassines en émail. J'emplis mes yeux de tous ces spectacles jamais imaginés, ou trop longtemps rêvés : simple feu qui se consume, gamin qui joue avec un lance-pierres, lessive qui bout dans une grande casserole, je partage cette vie nouvelle, je reconnais ces odeurs de dîners sur le feu, ces cris rauques, ces regards, cette bousculade de la vie qui vit. J'ai traversé enfin la carte postale, je suis dans la réalité tendre et brutale. Amicale, intimidée, j'ai envie de pleurer et de crier de joie. Cet adolescent qui répare ses pots en étain et ses marmites de cuivre, tatoué comme un Indien de gravure, les quatre as sur la première phalange de chaque doigt, sur le thorax des aigles gigantesques, des dragons crachant des flammes, c'est mon frère. Ce vieillard fripé au torse blanchâtre, à la peau noire, qui attise le feu sous une bouilloire accrochée à une pique en terre, parmi des ustensiles de cuisine venus du fond des âges — une poêle gigantesque à long manche courbe —, c'est mon grand-père des songes.

Les chevaux ont réuni pour quelques jours des hommes d'horizons divers. Aux gitans se mêlent des fermiers des environs, des éleveurs venus de loin, d'élégants propriétaires et des paysans madrés.

On présente les bêtes, on maquignonne, on achète aux enchères — vieille tradition encore vivace qui fait oublier les travaux saisonniers : chez les agriculteurs pour le houblon ou la récolte des légumes, chez les casseurs de voitures quand il n'y a rien d'autre à faire.

Dans une prairie à l'écart, une multitude de bétaillères ont amené les bêtes. Des cordes tendues à un mètre du sol délimitent un couloir de présentation où les hommes feront courir les chevaux tenus par un licol. Tous ont l'air grave et sérieux, anxieux même.

C'est affaire d'hommes en effet. Cannes à la main, ou fouets de cuir, chapeau sur l'œil, chemises blanches aux manches retroussées, en bretelles, ils vont et viennent, discutent, critiquent ou applaudissent, encouragent ou chahutent le propriétaire qui sue à grosses gouttes en courant et en excitant son cheval avec des cris stridents. Quand les applaudissements se déchaînent, il se rengorge, il bombe le torse, il lance des regards fiers. Essoufflé, il enlève parfois sa chemise, découvrant un torse blanc comme neige couturé de cicatrices et décoré de tatouages.

Plus loin, la foule compacte, serrée, passionnée, où tout le monde se pousse et se bouscule, où l'on hisse les enfants pour qu'ils voient le spectacle. Plus loin encore, les chevaux qui attendent leur tour dans des enclos délimités par des cordes, étrillés par de jeunes garçons énergiques et vigoureux. Sur les berges d'une petite rivière, ce sont des enfants qui montent à cru d'autres chevaux, et les conduisent au bain, se lançant avec eux dans l'eau, dans des gerbes d'éclaboussures et des cris de joie.

Tout le jour, sur place, ou l'après-midi dans les pubs, des groupes d'hommes échangent des informations, les derniers cours, des jugements mirobolants, des promesses de vente. Ce n'est qu'au bout de longues heures de palabres qu'ils toperont, marché conclu...

Peu à peu, sans que personne ne me demande quoi que ce soit, je sens que je m'impose, silencieusement. J'affecte d'avoir l'air sûre de moi, bien dans ma peau moi aussi, attentive à faire passer mon seul message : aucune agressivité ne m'habite, je suis venue en amie...

Au bout de quelques jours, le rassemblement va prendre fin, certaines roulottes prennent déjà le chemin du retour.

J'ai remarqué un homme. Une sorte de patriarche tranquille, massif dans sa chemise à carreaux, carré d'épaules, comme taillé à la hache des derniers bûcherons, bien posé sur ses gros brodequins. Ses gestes sûrs et lents témoignent d'une autorité affirmée, comme son allure simple et majestueuse, le canotier sur l'œil, une herbe dans la bouche...

Il me fascine. Je n'ai pas osé l'approcher, sauf à distance de photo — j'ai pris des centaines de clichés de lui —, mais sans le regarder dans les yeux.

Le matin de ce dernier jour — je sais que c'est le dernier pour lui aussi car je l'ai vu rassembler ses chevaux, et le cœur m'a fait si mal quand j'ai compris — je me suis approchée à quelques mètres, et je l'ai regardé en face. Ce n'est pas lui que je regrette, mais tout son monde qui va partir, le Tsigane libre des routes, le manieur de chevaux, celui qui sait bâtir sa maison et la faire rouler, celui qui rassemble en lui les plus belles traditions de son monde. Et son assurance rassurante, et sa bonté qui attire autour de lui les enfants et les bêtes...

Il lève les yeux sur moi et il dit : « Si tu veux, je t'emmène... » Puis il s'éloigne. Il est déjà à dix mètres quand je crie « OK, d'accord ! » Aussitôt, je cours chercher mon sac et je reviens m'asseoir à côté de lui, derrière le cheval attelé. Mon cœur bat à rompre...

Il n'y a personne dans la magnifique roulotte rouge et or. Je me retrouve gitane sans avoir eu à le demander. Et nous partons. Je ne pose aucune question, quel besoin de savoir où on va, ce qu'on va faire, qui il est ? Samantha rit sur mes genoux, moi, je ne dis rien, j'écoute la petite musique au fond de moi qui joue un air de bonheur. Un air que je ne connaissais plus...

Le camp s'est vidé. Les voitures, les caravanes et les roulottes tracent un long cortège chatoyant qui bientôt se trouve bloqué sur les routes trop étroites. On s'interpelle, on se salue, on échange les derniers messages, on serre les dernières mains comme si l'on hésitait à se séparer. Une dernière carriole, surchargée de cartons éventrés et de bassines de plastique, parcourt les champs pour ramasser les ordures. Deux gitans en guenilles, l'air dur et souffreteux, fouillent les feux et les poubelles en quête de nourriture ou de trésors oubliés. La fête est devenue triste comme un lendemain...

Bientôt, nous reprenons notre cheminement entre des murs de pierres empilées où poussent ronces et orties, arbustes. Je vais vivre le quotidien du vagabond, vivre le voyage au rythme du cheval. Je vais recueillir la leçon venue du fond des siècles, je suis à l'école de la vie, avide, appliquée, innocente, comblée...

Nous avons roulé tout l'après-midi. Le soir, il a pris Samantha endormie et l'a déposée délicatement sur une espèce de couchette latérale et il m'a dit : « Si tu as sommeil, tu peux dormir là », en m'indiquant le lit qui occupait le fond de la roulotte. Un lit superbe. En bois sculpté, entouré de petits rideaux coulissants, avec un édredon moelleux, des oreillers brodés. Encadré de colonnades ouvragées surmontées de chapiteaux sculptés, un lit à baldaquin aux rideaux couleur d'or ! Je suis la princesse en roulotte en route vers sa vie...

Je suis allée me coucher sans rien demander, j'ai soufflé la lampe à pétrole, et me suis endormie comme un ange vagabond. Quand il a eu sommeil, il est venu s'allonger à côté de moi.

Au petit matin, je me suis réveillée gitane. Nous nous étions aimés dans la douceur et la simplicité. Espace imprévu de liberté, prélude à un départ vers d'autres horizons, harmonie de la nature et de la vie. Il me semblait que je l'aimais depuis longtemps, qu'il était un bon grand-père avec de bonnes rides rassurantes, sillons creusés par la souffrance et la tendresse. Mais je n'avais jamais fait l'amour avec un homme aussi âgé et j'avais eu du mal à vaincre mes préjugés. Je m'étais répété pour me convaincre : « Je n'ai pas le droit d'avoir peur. Si je veux changer de vie, il faut oublier mon éducation. Je n'ai plus le droit de ne pas avancer... »

Il ne s'agissait pas de désir physique, mais je savais qu'il était bon, j'avais ressenti son affection, et j'avais besoin à mon tour de faire un geste, de donner quelque chose...

Plus tard, il me faudra vivre la réalité de la femme seule. De la femme qui veut voyager. Répondre à l'agression des hommes, payer le prix pour faire face au monde. Donner ma pièce au péage autoritaire dressé sur mon chemin. Il m'arrivera, je le dirai, pauvre parmi les pauvres, sans homme pour me protéger, de donner — de laisser prendre — la seule chose que j'ai, mon corps. Je le ferai parfois, comme on laisse un os à un chien, avec assez de mépris pour préserver l'essentiel, mon cœur et mon âme.

Avec lui, artiste de sa vie, paysan habité de finesse, de douceur et de calme, le mal n'est pas au rendez-vous. Sous le toit lambrissé de la roulotte rouge et or, si ce n'est pas l'amour, c'est une prière reconnaissante à la vie qui monte en moi...

Nous avons roulé comme ça une dizaine de jours, au gré des chemins, il n'y avait plus de temps, plus d'heures, plus de jours.

Le matin, le bruit de tout ce qui brinquebalait dans la roulotte me réveillait. Je n'ai jamais su quand il se levait pour atteler les chevaux : c'était avant l'aube, de manière à éviter le propriétaire irascible et la chaleur du jour. Je le rejoignais sur le siège, on parlait ou on ne parlait pas, on regardait défiler la campagne, bercés par le balancement régulier de la croupe du cheval, par le rythme des sabots sur le macadam, par le mouvement de la queue de la bête chassant les mouches. Il restait des heures sans parler. J'aimais cette sobriété, l'économie des gestes, la parole rare. Parfois, il m'expliquait sa vie au jour le jour : il avait travaillé ici ou là, repeignant une pièce, relevant un mur ou une clôture, retapant une roue de charrette ou plantant quelques clous, mille petits bricolages en échange d'une pièce ou d'une soupe. Il avait toujours une anecdote amusante sur chacune des fermes où il s'était arrêté. Il achetait aussi des vieilleries qu'il retapait avec art et qu'il revendait à des antiquaires — étains, cuivres, vieux meubles, objets divers. Parfois, nous nous arrêtions pour quelques heures, il sortait de la roulotte tout un attirail d'outils avec lequel il improvisait une forge ou une enclume, un atelier de menuiserie...

Rarement, il posait une question, mais je lui ai pourtant tout dit, dévidant par à-coups la pelote emmêlée de mes misères. J'ai commencé par mon rêve de voyage et ma fascination des gitans, j'ai commencé par l'amour et j'ai fini par la haine : « Je n'aime pas mon père, je n'aime pas ma famille, je n'aime pas le père de ma fille, je n'aime pas les bourgeois... » Il écoutait sans rien dire, son espèce de canotier penché sur l'œil, hochant la tête de temps à autre. Il était étonné et il comprenait en même temps. « *I see...* », disait-il parfois.

Moi, j'ai appris qu'il était marié, qu'il avait là-haut, dans le nord, une femme et beaucoup d'enfants, mais que j'étais sa première aventure. « Toi, je t'aime. Pas seulement pour dormir. Tu es la fille que j'aurais aimé avoir... » J'ai compris aussi qu'il était plutôt une sorte de fermier qui prenait son temps, et le vent comme il venait, enraciné et nomade à la fois...

On s'arrêtait peu avant la tombée de la nuit. Il s'occupait des chevaux d'abord, du feu ensuite, puis du repas —

charcuteries, bouts de viandes grillées, fruits. Je le trouvais très beau, son visage buriné éclairé par la flamme, levé sur les étoiles tel un héros de western solitaire et tendre. Parfois, on retrouvait des compagnons de route et c'était un grand moment. Je me tenais assez près de lui, mais pas trop, parce que ça ne se fait pas. Eux riaient, ils se racontaient des histoires et s'échangeaient des informations, surtout sur la police. Car c'était le grand problème, le seul problème. Presque chaque soir, les policiers nous retrouvaient, on apercevait de loin les gyrophares de leur voiture. Aussitôt, il se préparait à les accueillir. Il disait seulement : « *They are coming* », et il rejoignait son cheval. Le cheval était son salut. Toujours, il inventait une histoire nouvelle : l'animal s'était blessé — c'étaient chaque fois des circonstances rocambolesques —, il ne pouvait plus marcher. « Tenez, monsieur, regardez cette pauvre bête. Attention à vous, elle souffre, et ça la rend méchante... Moi, je ne peux plus y arriver... Tenez, voici le harnais, essayez vous-même... » Il avait un truc : il appuyait je ne sais comment sur la jambe du cheval et la faisait gonfler en quelques secondes... Chaque fois, quelle que soit l'attitude des policiers — ils nous traitaient souvent de sales nomades ou de voleurs, parfois ils étaient violents — chaque fois, il répondait avec une grande douceur, comme un pauvre hère habitué depuis toujours à ce que les malheurs du monde lui tombent sur la tête. Ou bien, l'œil malicieux, il recréait une vieille complicité bon enfant, mélange d'ironie, de respect et d'affirmation de force. En fin de compte, les policiers s'en allaient, retournés, apitoyés, émus, séduits par sa verve ou sa bonne volonté. A peine avaient-ils disparu qu'il éclatait de rire, les accablant de toutes les injures de la terre, et c'était un joli poème.

J'admirais cette fabuleuse composition chaque fois nouvelle, cette extraordinaire faculté d'invention et de création, cette présence d'esprit, ce calme tranquille qui remportait la victoire. J'admirais tout de cet homme, la façon dont il parlait à son cheval, sa manière de regarder ceux qui nous dépassaient et de dire, sans un mot, son mépris de ce qui va trop vite, ses réflexions sur la nature. Il parlait lentement, au rythme de la marche sans fin, il disait les Tsiganes, leurs clans, leurs luttes, les tentations de la sédentarisation, leurs difficultés et leur bonheur. Il ouvrait la porte de la prison où mes rêves s'étaient endormis. Il était mon guide, mon modèle. Mon père...

J'avais remarqué que les gens que l'on côtoyait nous regardaient avec une curiosité parfois mêlée d'inquiétude, surpris par un geste de tendresse, un regard qui les interrogeait, mais ils n'osaient pas poser de questions.

Alors, un soir, dans un pub, pour me mettre à l'aise sans doute, il nous a inventé tout un passé. J'étais son enfant qu'il avait eu en France pendant la guerre, et qu'il avait perdu depuis. C'est moi qui l'avais cherché partout, dans tous les pays possibles, moi qui avais réussi à retrouver mon père prodigue dont je ne savais que le nom. Maintenant, on vivait ensemble, il était tellement heureux qu'il ne pouvait s'empêcher de m'embrasser tout le temps. L'assistance avait les larmes aux yeux... Il brodait à l'infini sur ce thème, inventant des péripéties tristes ou gaies, avec un véritable génie de la fantaisie et du picaresque.

Tout le monde participait à la joie de ces retrouvailles émouvantes, et c'était à qui offrirait la tournée générale pour fêter l'événement. Comme on nous avait crus amoureux, cela donnait du piment au spectacle. Et moi j'étais fière d'être tsigane, bouleversée d'être admise, reconnue — souvent, on nous trouvait ressemblants ! —, comme identifiée depuis toujours à ce monde qui, enfant, m'appelait. Nous n'étions plus gitans maudits et pourchassés, mais rois retrouvés d'une vieille légende, aussi émus que si notre conte était l'histoire vraie de ma quête !

Parfois, sous son canotier, il chantait à tue-tête. Avec Samantha, il était gentil et doux, mais il ne s'occupait jamais d'elle. En revanche, il s'arrangeait pour que j'aie tout mon temps pour elle, dans les meilleures conditions, au moment précis où il le fallait...

J'ai mille souvenirs de ces jours. Mais je n'oublierai pas ce ruisseau qui baigne cette prairie couverte de boutons-d'or. Des saules fatigués inclinent leur chevelure. Il m'a chargée d'aller ramasser du bois mort. Ce fut ma première halte de gitane. Mon premier feu de camp sur ma route du monde.

Ou ce soir, encore, où deux charrettes misérables se sont approchées de notre campement. Des familles en guenilles, l'air renfrogné, pitoyables. Ce sont des « *tinkers* », ferrailleurs-chaudronniers-chiffonniers, sous-prolétariat de misère vivant à la façon tsigane, rejetés comme eux. Mon compagnon se lève et les invite à partager notre feu et notre omelette, « notre fumée et notre grand air », comme il dit. En cette occasion comme en toutes, il se montre ouvert, accueillant et bon. Ils dormirent comme des clochards, sur de vieux cartons, bercés par les coassements des crapauds et les ululements d'un hibou, nous étions entre nous !

Le lendemain matin, un rayon de soleil à travers les volets clos me réveille. La roulotte est en marche, j'entends le pas clouté de mon compagnon sur le goudron, aux côtés du cheval. Univers de bonheur éclairé de lumière et bercé du même pas lent de l'homme et de la bête, je referme les yeux. Je les rouvre quand la roulotte s'arrête, par la fenêtre je vois mon compagnon pénétrer dans l'épicerie du village. Soudain, la roulotte reprend la route, le cheval se met au trot. Affolée, je bondis jusqu'à la porte, à demi nue, pour saisir les rênes. Le trot s'allonge. Que faire ? Le frein ? Comment actionner cette espèce de volant en or ? Pourvu qu'on ne verse pas dans ces ruelles étroites, qu'on ne croise personne ! J'entends le pas de mon compagnon qui nous poursuit, jurant, criant des ordres à la bête. Il nous rattrape enfin, se jette au cou de l'animal, lutte et l'arrête ! Nous tombons dans les bras l'un de l'autre...

Ainsi, j'apprends la vie à chaque seconde, la vie passionnante, et inattendue, évidente après coup. Je participe d'un rêve et d'un espoir, admise dans le quotidien, j'oublie mon passé, enfin vivante, écoutée, entière, rendue à moi-même. Tout mon être est action de grâces, à cet homme, aux Tsiganes, à leur culture...

Dans l'odeur du crottin, au rythme lent des chevaux, je lui ai raconté mes envies de terres lointaines. Un jour, il me répondit d'une voix bizarre : « Oui, Sofia. Je sais bien que ma roulotte ne va pas assez vite pour tes vingt ans. Il faut que tu ailles courir le monde, à la recherche de tes rêves. Mais quand tu en auras assez vu, quand tu seras fatiguée, tu reviendras. Avec Samantha, avec d'autres enfants que tu auras peut-être. Ma roulotte sera toujours là. Elle t'attend... »

Et puis, les kilomètres accumulés ont fini par faire un chemin. Un jour, nos routes se sont séparées. J'ai sauté de la caravane avec mon sac et ma fille, je n'ai rien dit, rien demandé. Nous avions prévu cette séparation. Je savais qu'il approchait de sa famille. Il ne fallait pas se retourner.

Adieu, homme du voyage, des routes et des poursuites. Et des départs. Je sors de ta vie comme j'y suis entrée, sans bruit, sans phrases, sans explications. Je plonge dans le silence, vers d'autres chemins, d'autres êtres. J'avais encore mille et mille questions à te poser... peut-être une prière à te faire...

Une parenthèse de bonheur et de tendresse se fermait. Je venais de vivre quinze jours merveilleux qui m'avaient réconciliée avec mes rêves — le voyage pouvait être une fête.

J'avais retrouvé la liberté, vécu une belle histoire avec mon « père grand-père ». En réalité, il n'avait que quarante ans, mais à l'époque, pour moi, un père n'avait pas d'âge... Et, s'il n'était pas un vrai gitan, il avait le cœur ouvert au voyage et habité de liberté. C'était un homme droit. Je me sentais forte à nouveau. J'avais pu vivre avec un homme une relation sans bassesse et sans tristesse, sans mensonge et sans médiocrité... J'étais contente de vivre ma vie. Et j'emportais plus qu'un souvenir à chérir, plus tard, quand tout serait fini. Un soleil tendre et éternel qui a suspendu sa course et m'éclaire à tout jamais.

Il s'appelait Dennys. Chaque année depuis, quand vient Noël, nous échangeons des cartes de vœux. Un jour d'un autre mois de juin, au grand rassemblement des gitans, je sais que nous rassemblerons nos souvenirs...

Chapitre 13

« Ainsi qu'une femme à genoux... »

La mer dont le sanglot faisait mon roulis doux,
Montait vers moi ses fleurs d'ombre aux ventouses jaunes,
Et je restais, ainsi qu'une femme à genoux.

« Le Bateau ivre. »

Dennys m'avait donné l'amour. Et il m'avait laissé l'amour des gens du voyage. L'idée d'aller un jour vers les gitans de mon pays se mit à tarauder mon cœur. Une année encore à Londres, puis Samantha et moi avons repris la route vers un autre rassemblement, le pèlerinage des Saintes-Maries-de-la-Mer.

Cette fois, nous allions vers le soleil, et la route fut belle... Enfin, la Camargue, terre indistincte entre le ciel et la mer, l'étang et les dunes, ponctuée de panneaux blancs annonçant fièrement les manades. Tamaris, bouleaux maigres, flamants roses, ibis, moustiques, terres de marécages et de sécheresse aussi, de poussière torride tout au long de cette route qui navigue sur une mer de sable, de bruyère et de lagunes...

Pour moi, après le brouillard de Londres, tout respire le bonheur de l'été. Pour Samantha, c'est une fête que ces chevaux autour de nous. L'homme qui nous a pris en stop ne comprend pas très bien les cris de joie qu'elle pousse,

« *Horsie, white horse...* », ne comprend pas très bien quelle est cette petite fille étrangère qui appelle *Mummy* cette jeune femme à l'air si français...

Changement de décor à l'arrivée. La ville n'est qu'un gigantesque embouteillage, un univers de parkings où se côtoient les véhicules les plus divers, fourgons et camionnettes de toutes les tailles, caravanes luxueuses ou misérables, ordonnées non selon un ordre hiérarchique, mais selon l'appartenance à une même « famille », le clan commun. Au centre, celle du chef de famille, souvent le plus âgé. Autour, agglutinées, les autres, depuis la Mercedes rutilante hérissée d'antennes de TV, jusqu'à la roulotte hippomobile, en passant par le break Peugeot rafistolé et le fourgon Saviem bringuebalant. Tout autour, paillassons, tables pliantes, fauteuils, tout un matériel de camping, cuisinières à gaz accolées aux véhicules, et étranges machines à laver, cordes à linge ou niches à chiens, l'univers familier de la route ressuscité à chaque halte.

Les caravanes brillent, astiquées comme des meubles, et l'on peut deviner rien qu'à les voir les intérieurs propres et ordonnés — l'univers tsigane est organisé à l'extrême, il faut que chaque chose trouve sa place et son heure.

Une atmosphère de kermesse règne sur la ville surpeuplée. Les touristes attirés par cette tour de Babel — pour l'heure pressés autour de l'église, assaillis par les diseuses de bonne aventure — se mêlent aux commerçants qui cherchent affaire, dans une odeur de pizzas, de merguez et de sardines grillées... Un vieux pépé en chapeau de paille, chemise brodée, rayée de magnifiques bretelles étoilées, chaussures blanches aux pieds, la moustache fine et coquine, l'air rasé et séducteur, contemple les siens d'un air satisfait et heureux : des garçons forts et charpentés comme des maçons, des filles brunes et sensuelles, des gamins habillés comme des princes d'opérette. Il nous hèle : « Eh, les belles aux yeux bleus, venez partager les spaghetti du voyage... »

Derrière mon assiette haute comme une montagne, mon verre toujours rempli, je raconte Dennys et les gitans anglais, et mon discours est ponctué de rires approbateurs. Ils nous offrent un lit dans la roulotte, et nous nous endormons bercées par le ronronnement lent, monotone et lancinant du groupe électrogène qui alimente la caravane, bourdonnement de la sécurité et du réconfort retrouvés...

A l'occasion du pèlerinage, les gitans ont revêtu leurs habits de fête. Les femmes portent de longues robes multicolores, les enfants de magnifiques vêtements de dentelles et de fanfreluches — certains garçons en costume andalou, boléros sur chemises à jabot, pantalons moulants, chaussures à talons hauts, et leurs petites compagnes en robes à pois serrées s'évasant aux pieds en volants virevoltants, miniatures d'adultes qui ont les mêmes droits, qui savent danser un flamenco glacé et brûlant avec les gestes parfaits de la souffrance ou de la provocation, comme habités déjà de la passion et du mal d'amour, déchaînant les applaudissements... Parmi les Tsiganes circulent des hommes basanés aux moustaches avantageuses, parents d'allure mais pas de sang, les gardians de Camargue.

Toute la nuit, tout le jour, en attendant le pèlerinage proprement dit, se déroule la fête profane, rythmée par les guitares et les chants flamencos.

Parmi toutes les immatriculations étrangères, peu de voitures anglaises. J'en repère trois cependant, et je m'approche pour reconnaître, tout émue, une famille rencontrée à Appleby. Je suis reconnue à mon tour, dans l'exubérance des retrouvailles des gens du voyage, dans l'effusion des embrassades et des cris. Samantha et moi sommes fêtées, cajolées, caressées. On nous offre un dîner pantagruélique où se mêlent curieusement les recettes des quatre coins de l'Europe, on nous invite à dormir. Nous avons retrouvé l'amitié avec la liberté...

On m'initie bientôt aux différents clans qui forment le monde tsigane, frères mais souvent frères ennemis, selon l'origine, l'histoire, la langue, le mode de vie, la « culture ».

Mes amis sont Manouches — on les appelle aussi des « Sintis » — et viennent des pays germaniques. Les hommes portent une fine moustache, et généralement un gros chapeau, un gilet et un oignon. Ils sont forains, récupérateurs de vieux métaux, et musiciens — davantage violonistes que guitaristes —, chaque Manouche se prétendant le conservateur de l'authentique musique tsigane.

Les Roms sont moins nombreux aux Saintes-Maries-de-la-Mer, mais ils se sentent porteurs des traditions les plus solides. Venus par l'Europe centrale, ils se subdivisent en nombreux sous-groupes : kalderach, tchourara, lovari... Les femmes ne quittent jamais leurs longues robes multicolores, leurs pendentifs en or, leurs riches colliers. Les hommes sont le plus souvent chaudronniers-rétameurs et vivent autour des villes... (Les lovari, autrefois maquignons, se sont reconvertis dans la vente des voitures.)

Les Gitans, appelés « kalé », les plus nombreux aux Saintes-Maries, sont les rois du pèlerinage. Venus d'Espagne, Andalous ou Catalans, ils se sont souvent installés « à demeure » dans le Midi. Pleins de faconde et d'enthousiasme, ils cultivent en priorité un art musical différent, essentiellement fait d'improvisation personnelle. Méprisés par les Manouches, qui les appellent les « gratteurs de guitare », ils s'en moquent — peut-être parce qu'ils ont pour eux la loi du nombre, peut-être parce qu'eux aussi ne sont pas en reste de mépris pour les autres, eux aussi se prétendent dépositaires de la tradition la plus authentique.

Chaque groupe a ses vedettes : Manitas de Plata et sa guitare pour les Gitans, Coucou Doerr et son violon pour les Manouches, mais ces gloires individuelles restent au service du clan.

Il y a aussi tous ceux qui ont abandonné le voyage. Sédentarisés, ils vivent dans des cités d'urgence, parfois, pour les plus aisés, dans des appartements, mais, le temps du pèlerinage, ils retrouvent eux aussi leur âme tsigane, tel ce restaurateur connu de la côte qui, une fois l'an, ressort sa caravane...

A la différence d'Appleby, rares sont ici ceux qui vivent encore dans des roulottes à chevaux que les autres contemplent avec des regards d'envie. Tous se saluent par de longues accolades, avec des mots codifiés, afin de ne pas attirer la malchance. « Je te trouve avec Dieu, dit celui qui arrive. — C'est Dieu qui t'envoie », répond l'autre...

Moi, je porte les cheveux noués en natte, et, avec ma jupe

ample et longue, j'essaye de ressembler à une diseuse de bonne aventure. J'ai d'ailleurs une amie manouche qui m'initie : « Les *gadjé* sont tous idiots. Ils sont prêts à croire n'importe quoi. Il suffit de leur accrocher le cœur. Tu les regardes en face, tu les intimides, tu leur tiens la main et tu ne la lâches plus. Alors, ils te laissent tranquille... » Et je l'accompagne, comme elle je racole les touristes, les coinçant contre un mur. Mélangeant les langues, triturant de vagues médailles de la Vierge, nous lisons les lignes de la main, promettant des malheurs qui finissent en bonheur pour peu que l'on ait du courage ; il faut savoir faire peur tout en laissant la porte ouverte à l'espoir.

Le pèlerinage est un lieu de frottement, mais aussi l'unique occasion de contact entre les clans rivaux. On vient régler les comptes l'espace de quelques jours.

Dès la première nuit, la musique préside à ces retrouvailles : un chant gitan remplit la nuit des Saintes, un chant venu de l'âme ancestrale, tantôt effréné, tantôt lent, chantant la solitude et le malheur de l'homme, un chant ponctué, accompagné, porté par la foule. Le « *cante jondo* », le « chant profond ». Les femmes lascives, les femmes serpents, tendent leurs corps à l'appel de la voix, l'offrant et le reprenant sans cesse, tandis que les hommes tapent dans leurs paumes ou frappent la terre à petits pas secs. Soudain, l'un d'eux se lève, lance un long cri qui fait taire les guitares, un cri guttural et puissant, le cri de sa race à lui. Commence alors un long récit de voyage et de malheur encore, longue plainte de mélancolie brute et douloureuse, illuminée d'éclairs d'espoir. Ce n'est pas un défi lancé aux autres, mais au contraire le cri solitaire qui veut effacer les vieilles querelles. Alors les guitares andalouses se joignent à lui, l'accompagnant à son rythme, alors un violon manouche entre dans la danse, et c'est un chœur nouveau, unique, de nulle part et de partout, qui prend possession de la nuit.

Je sais, parce qu'on me l'a dit cent fois, que ces nuits illuminées de feux de joie, de chants, de cris et de danses ne sont que le prélude à la fête sacrée. Pour l'heure, tout est permis. L'alcool, l'arnaque, les jeux d'argent — spectacle fascinant que ces mains trapues et carrées, couvertes de chevalières énormes, qui déposent délicatement des jetons ou des pièces sur le tapis vert... —, le commerce — chacun trouve dans son imagination des trésors à vendre, tel ce gamin proposant de petits sifflets imitant le chant des oiseaux... C'est une foule joyeuse et bruyante qui entraîne tout le monde dans sa danse, les gitanes multicolores apprêtées pour le flamenco comme celles, tout de noir vêtues, qui portent le deuil éternel des membres défunts de la tribu, comme les midinettes en bikini rentrant de la plage, comme encore les hippies pourtant bien mornes au regard de la fête. Eux ne parlent à personne, cherchant par ailleurs un campement de fortune sur le sable ou dans les embrasures des portes... Chacun pourtant vit dans l'attente ces dernières heures qui précèdent le recueillement et la prière...

Un vieux Manouche, yeux pétillants dans un petit visage de rides, au bras le tatouage des camps de la mort — le Z couleur d'encre de Chine que suivent les sinistres numéros —, raconte pour les jeunes et pour moi l'histoire des Saintes. C'est l'exception, car les Tsiganes n'ont pas d'histoire écrite et d'ordinaire ont oublié leur passé. Il dit, et cela remonte très loin, mêlant l'histoire et la légende, la religion et les lois de son peuple.

Il dit le long exode depuis l'Inde et les régions afghanes, la halte en Bohême, la marche vers l'Ouest à travers l'Europe centrale, enfin l'arrivée en Camargue. Il dit que les Tsiganes ont été les premiers à vivre sur cette terre bénie, venant d'une île perdue dont ils ont perdu le nom. Est-ce le mythe de l'Atlantide ?

Une femme parmi eux, Sarah, prêtresse et princesse, a recueilli les saintes femmes après leur naufrage, les deux saintes Marie, tantes du Christ, Salomé et Jacobé.

Elle s'est faite leur humble servante, Sarah la Noire — Sarah la Kali —, Sarah la Bienveillante, qui apaise et réconforte, Sarah la Voyageuse, Sarah l'Egyptienne. Grâce à elle, la nouvelle croyance atteindra le peuple errant. Comme eux, le Christ ne possède rien, comme eux, sur ses pieds nus, il va de ville en ville. Son message est d'amour et de justice, et lui ne refuse personne. Comme eux, il a souffert, il a été rejeté par les siens, renié. Il est la bonté, la beauté, et la belle

Sarah s'attache à son culte. C'est depuis elle, derrière elle, que les Tsiganes ont reconnu le Dieu d'amour, et c'est depuis que, chaque année, ils viennent l'honorer à travers sa servante consacrée.

Bouleversée, j'écoute le vieillard raconter le monde à travers sa foi, distribuant aux siens, par-delà les clans, des raisons de croire, d'espérer et d'aimer.

Oui, telle est la belle histoire d'amour qu'il redit une fois de plus, le vieux Manouche : Sarah la Noire, Sarah la Bohémienne, anoblit à jamais les réprouvés, hôtes et serviteurs à leur tour des saintes Maries. Comme pour illustrer ce nouveau monde sans classes, le vieil homme mêle à l'histoire des siens l'hommage à un puissant de l'histoire de France, le marquis de Baroncelli, haute figure camarguaise qui a donné vie au pèlerinage. Tous l'écoutent autour des braises qui font les visages rouges, les femmes ont sorti leur chapelet, l'émotion a gagné tous les cœurs, la poignante histoire du peuple est l'histoire de chacun. A mon tour, devant ce récit où les humbles se font rois, et les marquis serviteurs des humbles, j'oublie mes haines et les barbelés de mon univers de classes, replongée soudain dans l'émotion des veillées de prières de mon adolescence.

A nouveau, je crois, oui, à nouveau, j'ai envie de prier, et quelque chose de puissant, de surnaturel est au milieu de nous. Un élan m'emporte, et je m'adresse à Sarah la Sainte de toute ma foi d'enfant : je lui confie les premiers pas de Samantha et ceux de notre long voyage qui ne fait que commencer...

Comme je me lève pour m'en retourner, silencieuse et habitée de paix, vers ma caravane, j'aperçois une petite sœur de Jésus assise au milieu des gitans, sandales nues, petit voile bleu roi, et qui, elle aussi, prie sans doute.

La nuit a la douceur des prières d'amour...

Le 24 mai au matin débute le pèlerinage proprement dit. La messe ne rassemble que les autochtones, les Tsiganes préférant se réserver pour l'après-midi, la « descente des châsses ».

Mais, déjà, le recueillement imprègne les gestes : même si

tous s'agitent un peu partout, la joie s'est faite silencieuse. Et c'est avec lenteur qu'on sort les plus beaux vêtements des coffres, et comme en cachette que les femmes qui savent écrire griffonnent maladroitement leurs vœux sur des bouts de papier qu'elles glisseront à côté des reliquaires...

Les Tsiganes gagnent l'église bien avant l'heure pour être sûrs d'avoir une place.

Déjà, le sanctuaire vibre des chants qu'on répète, des prières marmonnées, des conversations à voix haute, des cris des enfants. Déjà, l'air est irrespirable, chargé de la fumée des cierges et des odeurs d'encens...

Chacun attend à sa façon la présentation de la statue de Sarah, puis des châsses jumelles de Salomé et Jacobé, les deux Maries.

Portée à bout de bras, sainte Sarah jaillit la première de la crypte où elle repose d'ordinaire, Sarah, la servante trônant sur sa plate-forme, femme noire emmaillotée dans une accumulation de robes chatoyantes, satin, soie, lamé or. Dans les cris, les invocations et les supplications, un élan gigantesque semble pousser la foule en avant, c'est à qui touchera la sainte et l'embrassera le premier. Au-dessus de ce brouhaha, des cantiques s'élèvent, miraculeusement repris avec ferveur, sans que se taisent les cris d'exaltation : « Vive sainte Sarah ! Vive les saintes Maries ! » On dirait que les pierres de l'antique basilique romane vont s'écarter devant les vagues de l'enthousiasme et de l'adoration. La sombre nef que n'éclaire aucune fenêtre se retrouve comme illuminée de l'intérieur, rayonnante d'une sorte de clarté diffuse : les chants sont feux de joie, les cris sont flammes, les regards torches d'espoir.

Une trappe, au-dessus du maître-autel, vient de s'ouvrir. Les poulies et les engrenages se mettent à grincer, dévoilant les châsses. Les cris redoublent : « Les saintes ! Vive les saintes ! » Frissons, hurlements, larmes, les châsses commencent leur lente descente du ciel vers la terre. Une forêt de bras agite les cierges allumés, forêt lumineuse et vacillante qui s'élance à l'assaut du ciel, à la rencontre des saintes. Dans une bousculade indescriptible, on tend les enfants, les gamins tentent d'agripper les cordages et de se hisser, et ce sont autant de vagues successives qui semblent venir mourir contre le chœur...

On distingue maintenant les deux coffres de bois accolés, décorés de peintures naïves qui évoquent le naufrage des saintes et leur débarquement en terre de Camargue.

« C'est le moment, me glisse à l'oreille mon amie manouche. Si tu as un vœu, il faut toucher la châsse avant qu'elle ne touche l'autel. Alors, ton vœu se réalisera dans l'année. » Mais je ne suis pas la seule à croire aux miracles, la foule s'est faite cohue hurlante et assaille les reliquaires...

Durant vingt-quatre heures, les châsses resteront là, offertes à l'adoration de la foule, objets d'espoir et de reconnaissance. Seuls, en famille ou par clans, les Tsiganes viendront les toucher tour à tour, les embrasser, leur confier secrètement ou publiquement soucis, misères ou simples projets. Objets d'une confiance aveugle, les saintes enfermées dans leur or écoutent depuis des siècles les misères d'un peuple à la foi profonde ; elles l'accueillent et le réconfortent en silence. Lorsque j'aperçois « mon » vieux Manouche, accolé aux deux châsses, sa joue contre le bois peint, en train de confesser longuement sa peine ou son rêve au cœur immense des deux saintes femmes, les larmes me viennent aux yeux. Entouré de sa famille silencieuse, confiante et respectueuse, il saura parler au nom de tous...

Un nouveau cantique vient d'éclater, *Prouvençai e catouli*, un cantique que les gitans veulent couvrir de leurs voix en reprenant plus haut *Li gitans soun catouli.* C'est le signal de la procession de Sarah.

Portée sur les épaules des gitans, la statue sort de l'église et se dirige vers les gardians à cheval qui l'attendent. Les gardians veillent jalousement à leurs prérogatives quant au contrôle des opérations du pèlerinage. Au garde-à-vous sur leurs chevaux blancs, en chapeau, lavallières et vestes noires, ils s'apprêtent à accompagner jusqu'à la mer, à travers les rues étroites et tortueuses, Sarah la Noire, Sarah l'Exilée, la Romanichelle, l'Errante maudite, la Bohémienne. Sarah la Sainte, aussi, sur son lit de fleurs, scintillante sous ses parures somptueuses, resplendissante de sa noirceur éclairée des diadèmes offerts par les jeunes Tsiganes mariés de l'année, escortée comme une reine par l'évêque, la relique de son saint bras portée par le coadjuteur, Sarah en majesté sous sa carapace d'argent usée par les baisers des fidèles, Sarah devenue symbole de force, de courage et de revanche pour le peuple des Tsiganes, Sarah participante à la royauté céleste.

La foule suit la sainte en route vers la mer, tantôt stoppant, tantôt galopant, reprenant d'un seul chœur les cantiques immémoriaux, cohue d'hommes et de femmes au teint basané derrière cette statue elle aussi basanée, inconsciente du jeu des préséances et de prestige qui règle le ballet d'adoration et qui discipline l'honneur de toucher ses reliques. La statue oscille, transmise de bras en bras, disparaissant sous ses manteaux brodés, laissant le soleil ou l'ombre jouer sur sa peau et ses habits de lumière.

Les touristes se hissent sur tout ce qu'ils trouvent afin de mieux photographier l'étrange cortège, tandis que les enfants s'agrippent de toutes leurs forces aux brancards de la plate-forme où trône la sainte.

Visages noirs des porteurs dans leurs aubes blanches, contraste et symbole.

La procession longe la jetée, passe devant les caravanes où les femmes se signent, accède enfin à la plage noire de monde. Une immense clameur s'élève et couvre le bruit des vagues. Les chevaux, poitrail en avant, fendent la marée humaine, pour frayer un chemin au fragile esquif de la sainte. Les cavaliers avancent dans l'eau, puis, se retournant, ouvrent un demi-cercle autour de la statue. Alors, les gardians se découvrent, tandis que Sarah, sur le dos des hommes, s'avance à son tour dans la mer. La foule la suit, robes et pantalons trempés, frappant dans les mains, bondissant dans l'écume, plongeant dans l'eau, soudain consacrée, objets familiers, épis de blé ou rameaux d'olivier...

Aussitôt, la sainte regagne la chaleur sombre et étouffante de sa crypte, la foule se disloque, chacun retourne à son campement.

La soirée ne sera qu'une longue veillée de prières : à tour de rôle, les Tsiganes viendront rendre visite à leur confidente, déposant de petites branches sur les châsses, avant de les ramener comme porte-bonheur.

Il règne une chaleur insupportable, les visages sont

couverts de sueur, tandis que crépitent les flashes et que fondent les cierges. Une autre procession interminable se forme, et lentement défile devant une vitre sale : la boîte où les gens du voyage viennent déposer leurs intentions, papiers, secrets, photos, morceaux de tissu, souvenirs d'amour ou prières... Dans ce pauvre tronc de verre, un immense appel à l'aide, toutes les misères et les peines du monde, et l'espérance jamais morte. Certaines femmes s'arrêtent et crient leur colère — leurs vœux de l'an dernier n'ont pas été exaucés, elles se sentent trahies et n'hésitent pas à le dire !

Dehors, la nuit tsigane reprend ses droits, la prière se fait flamenco sauvage ou joyeux, les clameurs pieuses se sont tues, le délire des enfants de la route a repris. Autre forme d'hommage à Sarah, tantôt sainte, tantôt bohémienne...

Le lendemain, 25 mai, la grand-messe sera suivie de la procession des saintes Maries. Les pèlerins venus des villes alentour se sont joints aux Tsiganes, la fête appartient cette fois au pays tout entier : même procession que la veille, parcours identique, les statues prennent la mer sur de petites barques en bois couvertes de fleurs. Les capes des saintes claquent au vent marin, le clergé les accompagne sur d'autres barques décorées de guirlandes, l'évêque bénit la mer et la foule qui s'agenouille dans l'eau. Puis les statues regagnent la nef avant d'être remontées jusqu'à la trappe de la forteresse, dans le grincement des poulies, devant les bras de la foule tendus pour un dernier adieu...

Depuis mon retour d'Amazonie, je suis revenue chaque année participer à ce qui est devenu *mon* pèlerinage.

Les traditions, me semble-t-il, s'estompent peu à peu. Puisse la mer ne pas toutes les emporter d'un coup de vague...

Comme je regagne mon campement, mon enfant endormie dans les bras, mon vieux Manouche s'approche de moi : « Je t'ai vue pleurer hier en criant “ Vive Sarah la sainte ! ” Sophie, tu n'es plus *gadji*, tu es fille du voyage, toi aussi, et mon clan est le tien désormais. Demain, je ferai un vœu pour toi, et Sarah l'exaucera... »

Sa voix tranquille, âpre et rugueuse en même temps, m'ouvre l'âme et y coule la paix. Ce vieillard responsable de tant de vies a su dépasser l'apparence de la fille perdue et, au-delà du jugement, m'accueillir.

Les Tsiganes m'acceptent et m'invitent à partager leur existence. Ma vieille foi d'adolescente un instant remontée, réveillée par l'appel du cœur de cet autre peuple de Dieu, nous a unis par-delà les barrières et les destinées. Toute la nuit, je voyage avec Sarah sur le flot des épaules...

La fête est finie. Les caravanes vont quitter la ville et reprendre leur errance ancestrale. J'ai vécu ces quelques jours les larmes au bord des paupières, en proie à une émotion indescriptible.

Et voilà que je regarde avec envie et respect le campement qui s'efface, les roulottes qui vont disparaître au coin de la rue, vers leur quotidien d'errance et de liberté. Samantha et moi nous nous sommes retrouvées, nous sommes filles de Dieu et sœurs des Manouches. Mais nous sommes seules.

Impossible de les suivre. Tôt ou tard, il me faudrait devenir l'épouse d'un fils, la fille de la tribu, et vivre l'existence close et limitée de la femme tsigane. J'ai trouvé une famille, mais pas encore mon port d'attache, j'ai tant de choses à voir, tant de gens à rencontrer encore.

Mon cœur est lourd de la joie et de la foi reconquises, de l'espérance aussi.

Mais mon destin est encore de solitude...

Chapitre 14

« Le jeune homme dont l'œil est brillant, la peau brune... »

Le jeune homme dont l'œil est brillant, la peau
brune,
Le beau corps de vingt ans qui devrait aller nu,
Et qu'eût, le front cerclé de cuivre, sous la lune,
Adoré, dans la Perse, un génie inconnu...

« Les Sœurs de charité. »

Comment oublier ?

Je n'oublierai pas la petite handicapée, transportée de bras en bras par les gitans au visage grave, après avoir été extraite de la vieille auto de ses parents, hissée jusqu'à la sainte, afin de toucher ses vêtements terrestres et son visage céleste. Comment oublier ce visage de joie de la fillette aux douleurs ?

Petite enfant aux cheveux si propres, au corps cassé par la maladie, aux habits neufs pour cette occasion unique. Comment oublier le cortège qui s'arrête pour toi ? Les bras de tatouages et de muscles des gitans qui portent ce fardeau malingre et douloureux, les larmes versées par ces hommes et ces femmes qui partagent ton espérance ? Je n'oublierai pas le regard confiant de tes parents, tandis que tu t'éloignes dans la cohue et l'affection tsigane. Moi aussi, j'implore la sainte pour toi, petite fille affligée, et pour les gens du voyage repris par l'errance magnifique et triste.

Un à un, mes amis me quittent, et moi, je serre dans mes

bras cette boule de vie qu'est mon enfant, ne sachant où aller. Je me sens écartelée aux points cardinaux des séparations de la route.

L'ombre crénelée de l'église des Saintes-Maries-de-la-Mer n'abrite plus que quelques routards. Pourtant, je ne me résous pas à quitter la ville. Une nuit encore, je veux sentir l'air frais de la mer souffler sur les terres de Camargue et j'installe, pour Samantha et moi, un campement de fortune sur la plage.

Le lendemain, traînant ma petite fille par la main, j'arpente les rues maintenant désertes du village, refuge des sans-terre, carrefour des routes hippies, point de rencontre des freaks — eux aussi attirés aux pieds des tours de l'église par la célébration des gens du voyage, eux aussi rejetés, car les Tsiganes ne les aiment pas. Ils ont renié le fondement de la vraie vie, la valeur essentielle : la famille. « Ce sont des parasites, ils méprisent l'argent et font l'amour avec n'importe qui... »

Sur la place de l'église, je propose à la vente quelques jouets en bois que Dennys m'avait appris à fabriquer. Un dîner pour Samantha ?

Visages cuivrés, torses nus, bras tatoués, les hippies sont accroupis. Si différents des drogués de Londres, comme habités à leur tour par le dénuement des fils du vent. Au milieu d'eux, un homme jeune au regard fier, dégagé, farouche. Une longue boucle en vieil argent ciselé scintille à son oreille gauche. Ses cheveux longs, blonds et frisés s'échappent d'un chapeau de cuir usé, il porte un petit gilet brodé ouvert sur une poitrine cuivrée. Son visage est creusé de sillons profonds. Dans la lumière du soleil couchant, on dirait un héros de bronze. Je m'approche, l'air négligent, et je détaille les tatouages qui zèbrent sa peau, qui racontent sa vie : des prénoms de femmes, des serpents, des épées, une tête de mort dans un drapeau.

Je m'accroupis à ses côtés un long moment. Silencieuse, observant Samantha. Puis je plante mes yeux dans ses yeux et je le fixe longuement. Sans ciller. Je parle la première, je veux seulement qu'il comprenne que je suis du même univers que lui : « Garde mon sac... J'ai à faire... Je reviens... »

Et je m'éloigne, abandonnant tout notre trésor : appareil-photo, un peu d'argent, papiers d'identité — le sac qu'on ne quitte jamais. Je n'avais rien à faire, mais c'était l'idée qui m'était venue pour le mettre en confiance.

Plus tard, nous avons ri bien souvent de l'affaire. Car c'était un voleur professionnel qui, justement, « gagnait sa vie » en revendant tout ce qu'il trouvait dans les sacs qu'il dérobait. Il me racontait, hilare : « Quand je me suis vu assis, avec ce sac qui me tombait du ciel, avec toi qui partais et que je ne connaissais pas, j'ai été pris d'une incroyable envie de détaler. J'avais gagné ma journée sans avoir à travailler, ça ne m'était jamais arrivé, la manne qui tombe du ciel... Mais je t'ai attendue. Il le fallait. Tu m'avais tapé dans l'œil. Tu m'as eu... Quelque chose en toi m'empêchait de faire mon travail. Tu m'attirais, j'avais envie de te connaître... Ou, peut-être, je cherchais une femme ?... »

Quand je suis revenue, il n'y avait plus de place, le trottoir était occupé par des hippies. Je me suis avancée d'un pas tranquille, et j'ai tapé sur l'épaule d'un gars assis près de lui : « Excuse-moi, mais c'est ma place. Je dois m'asseoir là... »

Il s'est levé sans demander d'explications, et je me suis accroupie à côté de *mon homme.* Je ne disais rien, je regardais les gens passer, et nous avons fini par lier connaissance.

Werner était allemand et parlait très mal le français. A l'aide d'un sabir improvisé — j'avais aussi étudié l'allemand en troisième langue, et il m'en restait quand même quelque chose —, on a réussi à communiquer et à savoir l'essentiel. Tous deux nous étions « du voyage », même si nous ne cherchions pas la même chose. Moi, j'allais vers les gitans par désir de m'intégrer à eux ; lui venait les retrouver car il guettait le touriste, celui qui court les rassemblements comme n'importe quelle manifestation où il pourra remplir son appareil-photo.

Pour Werner, la proie facile, « le travail tranquille ». Il n'était donc ni hippie ni gitan, seulement un Allemand zonard, délinquant qui avait fait de la prison pour un gros coup et qui ne voulait plus retourner dans son pays. Y était-il recherché par la police comme il le prétendait parfois, ou seulement pris en haine par ses compatriotes ? Toujours est-il qu'il sillonnait l'Europe : France, Espagne, Italie, Angleterre, Yougoslavie, vivant au jour le jour de combines et de rapines, mais aussi crachant le feu, croquant les verres à pleines dents, soulevant les tables à pleines mâchoires. Les gitans n'étaient pour lui que d'involontaires rabatteurs de proies, au mieux des acheteurs de marchandises.

Eux, je le saurai plus tard, le tenaient en suspicion — un vieux contentieux jamais réglé...

A partir de ce jour, je le suivrai. Samantha s'est attachée, elle aussi, à cet étrange compagnon. Elle aime ses grands éclats de rire.

Tous les trois, nous jouons comme des enfants sur la plage dorée des Saintes-Maries-de-la-Mer. Sur le sable où les éclats de mica et de silice reflètent les étoiles. Devant la mer aux formes d'épouse endormie, je deviens la femme de Werner, nos corps bercés par l'air marin, caressés par le souffle de la terre. Les nuits suivantes, dans un lavoir, sous un arrêt de bus, à l'abri de la pluie sous des voitures, le long d'un mur, à même le trottoir, sur un banc de jardin public... nous parcourons les routes de notre passion neuve. Je suis heureuse. Totalement. Parfaitement. Comme je ne le serai plus. Une union totale de la tête et du corps, communion de mes espoirs et des réalités. La vie de mes rêves, le rêve de ma vie.

Sans domicile fixe, sans attache, à mon tour je « fais la route ». Chaque jour, tout est incertain, tout est possible.

Enfin, le voyage, le vrai, celui du quotidien dur, de la marche et de la faim ! On n'a plus de regrets dans les bras d'un homme qu'on aime. Je marche pieds nus, les sandales à la main, vêtue d'une longue robe à encolure carrée et à manches ballons dont les volants se succèdent jusqu'à mes pieds. Mes cheveux volent dans le vent, s'éparpillent sur mes épaules. Je tiens par la main cette enfant, si blonde, si belle. Aux côtés d'un homme à l'oreille percée, le bagage si léger, le cœur si léger, femme libre. Au fur et à mesure que nous avançons sur les chemins de hasard, je sens comme une allégresse remonter du plus profond de moi et venir rayonner sur mon visage. L'inconnu peut surgir de l'horizon, d'une rencontre, d'une situation, à tout moment la chance, tremplin nouveau pour l'avenir.

Notre trio, pourtant classique — un homme, une femme et un enfant —, prend à mes yeux l'allure d'une provocation : petit balluchon pour chacun, vêtements usés, chargés de la poussière des routes, nous affichons notre dénuement comme la marque de notre indépendance, comme la preuve que nous avons conquis la liberté !

J'aime sentir les regards des autres peser sur nous, les interrogations que je pressens. Certains se retournent sur notre passage, quelquefois s'arrêtent. On peut lire la peur dans leurs yeux, le dégoût parfois, plus souvent l'envie. Werner, comme dans un rêve, marche très lentement, soudain me serre dans ses bras, m'appelle d'une voix qui fait résonner, dans les rues, pour la première fois, ce prénom qu'il m'a donné : « Sonia ! » Comme si j'étais loin, comme s'il avait une foule de choses à me dire soudain... Parfois, il monologue tout haut, sans doute en allemand, et je ne comprends rien, mais je suis d'accord. Mon compagnon vif et coléreux, doux et amoureux, marche sous les étoiles. Et je suis à ses côtés...

Werner ne connaît pas l'Angleterre, nous irons donc en auto-stop. Voyage facile en cette période de l'été, les touristes auraient le cœur bien dur à ne pas s'attendrir devant Samantha qui lève le pouce.

A Londres, Werner m'explique sans préambule les résolutions que le bonheur lui a dictées : « Je ne veux plus gagner ma vie en étant un voleur. Maintenant que j'ai une femme et un enfant, je dois penser à eux... »

Un temps, en effet, aux Saintes-Maries, il avait continué son métier. « Je vais travailler », me disait-il parfois. Et je le voyais partir vers quelque rassemblement de touristes. Une heure plus tard, il revenait avec son butin : argent, magnétophone, appareils-photos, passeports... J'ai voulu savoir comment il procédait. Il a fini par m'accepter, j'étais seulement priée de ne le connaître à aucun prix, cantonnée dans un rôle de spectatrice assise aux premières loges. Sans doute ne me jugeait-il pas à la hauteur. D'ailleurs, je n'avais aucune envie de devenir actrice et de participer à ce « travail ». Je ne me sentais pas menacée de suivre son exemple, je voulais seulement comprendre comment quelqu'un comme lui pouvait s'en sortir. Je ne me posais aucune question sur le plan moral. J'étais intéressée, fascinée même par ce que je considérais comme l'apprentissage d'un milieu social tellement éloigné du mien, mais qui existait et que je touchais du doigt. Mon problème n'était pas de juger. Je me répétais ma chance : moi, je n'avais pas eu à lutter contre une famille délinquante, je n'avais pas connu les ravages de l'alcool, l'exemple du vol ou de la violence brutale. Je me savais protégée, hors d'atteinte, je n'avais aucune crainte de basculer... *Je reconnais là ma sale éducation d'enfance* * *!*

La liberté de Werner, son indépendance, sa débrouillardise me séduisaient. Sa petite valise, son sac de paille à grandes anses étaient ses seules richesses. Il y jetait un blue-jean de rechange, sa serviette-éponge, sa trousse de toilette et son savon. Il était propre, toujours impeccable, cheveux libres mais soignés... Bref, si je n'avais eu aucun mal à le suivre, c'était aussi parce que, avec lui, j'avais vraiment quitté la famille et les morales bourgeoises. Et puis, c'était le premier à m'appeler Sonia, un prénom que j'adorais depuis toujours et que j'ai adopté, puisqu'il sera le mien jusqu'à mon retour d'Amazonie...

Werner, donc, ne veut plus être un voleur : « Voilà, j'ai mon idée..., m'explique-t-il. Autrefois, j'ai travaillé le cuir. Je vais m'y remettre, fabriquer des bijoux, des bricoles. On va acheter de l'encens, du patchouli, et on s'installera dans la rue. C'est mieux pour un père de famille ! » ajoute-t-il, entre le sérieux et le rire.

Près de la tour de Londres, dans la boutique d'un grossiste en cuir qui propose un choix extraordinaire de peaux et de matériel, Werner, indifférent aux réactions des vendeurs ou des clients, exprime à haute voix ce qu'il pense de tout et de tous, critique ou approuve. Enfin, la liberté de paroles et d'attitudes que je croyais impossible, tellement à l'encontre de l'hypocrisie des hommes que j'ai vus vivre. Celui-ci

* « Une saison en enfer. »

construit son existence sur d'autres valeurs que celles qu'on m'a apprises, culbutant les morales et les préjugés. Il ne cherche pas le mal, il fuit les compromissions, les humiliations, il refuse avec détermination les voies « normales » de la vie. Il ne s'oppose pas au monde, il veut seulement suivre son propre chemin. En l'observant, dans ce magasin poussiéreux où se mêlent les odeurs du cuir et celles des planches et des étagères de sapin, où s'entassent sur des tables vermoulues de gigantesques rouleaux de peau, dans cette atmosphère vieillotte et pleine de charme, je devine qu'il revient de loin. Mais, pour moi, il a gagné. Moi qui suis incapable, malgré tant d'années d'études et quelques diplômes, de gagner ma vie, moi qui, en pleine force de l'âge, ne sais rien faire de mes mains, j'ai toujours été fascinée par les artistes. Celui-ci a le don, en outre, de sentir ce qui plaît, il connaît la matière, il connaît les gens, il connaît la vie. Il sait la misère et le bonheur. Après avoir réglé la facture avec des pièces jaillies comme par miracle des quatre coins de son gilet et de son pantalon, Werner, tout naturellement, demande au patron de nous faire cadeau d'un carton que Samantha a déniché sous une table, rempli de chutes de cuir multicolores.

Il s'agit, maintenant, de nous procurer les outils nécessaires au travail de Werner. Sans vocabulaire technique, mon compagnon doit mimer ce qu'il veut, exercice où il excelle et, finalement, au cœur d'un quartier pauvre, chez un vieux cordonnier à l'allure de patriarche anarchiste, nous dénichons ce qu'il faut.

Mais, nos porte-monnaie sont vides, la « famille » ne dispose plus que de soixante pence *. Il reste à fabriquer notre richesse, Werner le dit dans une jolie formule : « Dans une grande ville, c'est facile d' " acheter de l'argent ". Mais sur la côte, ce sera encore mieux. Les touristes en vacances ont le cœur large... »

L'argent est, à ses yeux, une denrée sans plus de valeur qu'une autre, qu'on peut donc acheter par le travail ou par l'astuce. Le lendemain matin, nous prenons le métro et descendons à la dernière station, sur la route de Brighton.

---

* Un penny vaut douze centimes environ.

Comme nous n'avons pas de quoi payer nos trois billets, Werner glisse discrètement dix pence au contrôleur qui ferme les yeux. Parvenus au terminus, il faut encore marcher longtemps, au long de rues qui n'en finissent pas, mon compagnon poussant la petite voiture de Samantha, sorte de relique récupérée dans la maison abandonnée où nous avons passé notre dernière nuit. Nous l'avons chargée de toutes nos richesses : sac à dos, duvets, ballots de cuir et d'outils, et un panier contenant notre nourriture et nos papiers. Samantha dort, la tête penchée sur mon épaule, au rythme de mes pas...

Werner a accueilli, comme un bonheur de plus, la mère que je suis. « Une famille toute faite », disait-il...

Outre un certain côté pratique — apitoiement plus facile des passants devant la petite fille du voyage, protection de la police —, Samantha représente à ses yeux une sorte de sécurité ou d'apaisement ou, tout simplement, une joie qu'il croyait impossible. Attentif, souvent ému, il s'occupe d'elle avec précaution et une sorte de sagesse innée.

Malgré notre étrange roulotte miniature, plusieurs voitures nous embarquent et, de saut de puce en saut de puce, nous progressons vers notre but. Je me souviens avoir dû partager avec Samantha le siège d'une fourgonnette en compagnie d'un énorme chien couché sur mes genoux. Moi qui ai toujours eu une sainte horreur des animaux, voilà que cette gueule baveuse dans mon cou, ces pattes sur mon ventre, ces griffes dans mes cuisses me paraissent le comble du bonheur, puisque Samantha est si heureuse. Je ne savais pas encore que les animaux, pour elle, étaient les rois du monde. Elle peuplera ses souvenirs de nos dix ans de voyage, presque exclusivement avec la faune des bêtes rencontrées en cours de route. Là où je me souviens avoir vécu avec elle tel ou tel épisode dramatique, elle n'a retenu que le chat ou le lynx, les lapins ou les fourmis, les bisons ou les castors que j'ai totalement oubliés !

La route réserve d'autres surprises... Lors d'un campement de fortune, alors que nous faisons réchauffer sur un réchaud minuscule un reste de semoule au fromage, la jeune fille d'une maison voisine vient nous proposer du thé que nous buvons à tour de rôle dans notre unique quart en métal.

Samantha a l'air d'adorer cette vie vagabonde qui multiplie les bonheurs et les jardins publics peuplés d'animaux, de toboggans et de bacs à sable !

Brighton, sur les bords de la Manche, est une station balnéaire qui grouille de vie, du moins en saison.

Nous n'avons plus un sou, même pas de quoi nous nourrir ce soir. Nous gagnons le centre de la ville, et là, au débouché d'un passage réservé aux piétons, nous étalons tranquillement nos objets. Des voitures ralentissent, des passants nous adressent un sourire timide ou amusé, mais personne n'achète. Bientôt, le vent humide qui souffle de la mer nous chasse vers les galeries marchandes. Nos gains sont maigres — quinze pence, et encore s'agit-il d'un paquet d'encens vendu au loueur de transats, dont le stand est à un mètre de nous — lorsqu'un flic nous déloge...

Troisième station : les « *lanes* », les ruelles de la vieille ville. Werner se met à façonner le cuir à même le trottoir, spectacle fascinant. Je crois rêver. Du matériau informe jaillissent bientôt tout un lot de bijoux, tours de cou, bracelets, sacs, sacoches, bourses. Il perce, troue, coud, peint. La création simple, directe parce que nécessaire. L'homme est artisan par urgence, artiste seulement quand il a le temps. Werner sourit aux passants, à Samantha qui joue, à moi qu'il regarde en inclinant la tête, des reflets pervenche dansent dans ses yeux...

Il pleut. Nous dénichons enfin une petite pièce nue et sombre, au débouché des ascenseurs conduisant aux parkings souterrains d'un « *shopping center* ». Nous y passerons la nuit tranquilles, le centre ferme à 19 heures. Mais la tête du gardien chargé de la surveillance, qui débarque à l'improviste de l'ascenseur et qui tombe sur trois hurluberlus en petite tenue, est assez cocasse, même si tout se termine pour le mieux.

Le lendemain, le réveil est brutal : « Vous avez cinq minutes pour déguerpir, espèces de clodos ! »

L'officier de sécurité nous secoue, la voix violente. Ensommeillés, nous traînons un peu, ramassant sans trop de hâte notre barda, et voilà qu'il engage la conversation, soudain amadoué par les tatouages de Werner, passeport habituel pour gagner les confiances. A son tour, il nous montre les siens, avant de nous glisser à l'oreille où nous cacher les nuits suivantes !...

Pour vendre, nous installons notre matériel au gré des possibilités de la ville, car nous sommes traqués, en butte aux policiers en civil qui nous délogent sans cesse. Nous jouons à cache-cache avec eux.

Cette fuite perpétuelle me fatigue. Nerveuse — Werner est allé investir notre maigre gain dans une nouvelle paire de ciseaux —, je fume cigarette sur cigarette, les yeux rivés sur mon étalage, sursautant au moindre bruit de pas, n'osant relever la tête de peur d'apercevoir, au-dessus de moi, les colonnes des jambes d'un policier que prolonge un torse imposant surmonté d'un casque démesuré ! Mais les bonnes âmes de la rue nous ont adoptés : sans raison, un livreur de bière m'offre deux bouteilles, un vendeur de sandwichs nous cherche pour nous prévenir que les flics approchent...

Ainsi, la journée n'est qu'un perpétuel qui-vive ! Elle se passe en courses-poursuites entre la digue et le centre de la ville. Nous ne voulons pas céder. Eux, nous guettant sans relâche, s'appelant au talkie-walkie, laissant parfois l'un des leurs à nos côtés, nous traquent à pied, à bicyclette, en voiture. De quoi décourager les meilleures volontés !

Werner les accueille désormais en pastichant, à tue-tête, un refrain entendu en France : *Et merde pour les flics d'Angleterre qui nous ont déclaré la guerre...*

Werner a donc renoncé à la délinquance, « pour Samantha et moi », dit-il. Mais il nous reste la mendicité pour parer au plus pressé. Sur un petit papier, un bref message de détresse : « Etudiants suisses, sans argent... »

Assis dans la rue principale, le petit écriteau posé devant nous — Samantha, allongée sur son duvet, dessinant tranquillement —, nous tendons notre escarcelle et nous récoltons enfin de quoi dîner le soir.

Au snack où nous nous précipitons, une vieille dame a tout compris : « Ah ! si j'avais pu vivre comme ça à votre âge ! Vous avez bien raison, c'est merveilleux, une vie comme la vôtre. Mais, après tout, moi aussi je peux. Allez, je pars avec vous. Je laisse tout tomber. Hop ! En route... » « La vieille dame indigne » enthousiasme mon compagnon, tandis que Samantha, indifférente, procède à un inventaire minutieux de son sac à main...

La nuit est maintenant tombée sur le vieux centre de Brighton. Samantha dort dans sa poussette rafistolée. Nous, nous poursuivons notre quête — la manche marche bien durant les chaudes soirées de l'été.

Werner a pris les choses en main. Il interpelle les gens, se lève, va à leur rencontre, les aborde dans leur langue respective, leur fourre notre papier sous le nez... « *Good evening, sorry... Excuse me...* » Et le voici, avec force gestes, allées et venues, lancé dans l'improvisation théâtrale, acteur sans pareil, maître dans l'art de créer un attroupement. « *Bellissimas Españoles... Quinze pence, por favor... Muchas gracias !* »

C'est Werner qui fixe les prix, à la tête du client. Et pas question de négocier. Des jeunes gens s'avancent, Werner se précipite littéralement sur eux. Il a reconnu de loin des compatriotes. L'un d'entre eux donne deux pence que Werner, avec un mépris souverain, lui rend sur-le-champ. Son allemand se fait dur et brutal, il crache des mots secs : « Vous êtes touristes. Vous avez beaucoup d'argent. Vous pouvez la garder votre ferraille. On ne se débarrasse pas de Werner comme ça. Salut ! » Et, claquant les talons, la main levée, il parodie le salut nazi...

C'est ce soir-là qu'il m'a raconté son passé allemand : milieu ouvrier, père alcoolique, mère enfuie, années de prison... « Maintenant, j'ai choisi la route. Jamais je ne retournerai dans mon pays. Ils me coffreraient. Je hais les Allemands, ils ne pensent qu'au fric et à l'ordre, ils ont tué la fantaisie. Moi, j'ai tout sur moi, et ça me suffit : mon duvet, ma brosse à dents, ma serviette de toilette... »

Certains passants lisent le papier consciencieusement, d'autres font mine de le déchiffrer avant de le rendre avec un hochement de tête négatif. Werner, alors, s'incline et laisse l'adversaire se retirer « avec les honneurs ». Mais chacun a droit à son petit discours prononcé sur un ton adapté aux circonstances, tantôt agressif, tantôt sermonneur, tantôt compatissant. Chaque visage lui inspire une attaque différente : « Tu es française ? Non ? Pas possible ! Regarde Sonia, elle est pourtant belle comme une Française ! » Et la jeune Anglaise rougissante s'exécute — treize pence ! — en s'excusant : « Toute la monnaie que j'ai sur moi... »

J'apprends que la municipalité embauche pour nettoyer les plages. A l'aide d'un petit trident métallique, il s'agit de piquer les papiers gras dispersés sur le sable. Les gants sont fournis gratuitement ainsi que de grands sacs de jute, on peut même travailler sept jours sur sept. Je me propose, pour apprendre que les candidatures doivent être déposées six mois à l'avance ! Malgré tout, je continue à consigner méticuleusement les renseignements, les Tsiganes m'ont appris à être toujours aux aguets, ouverte aux possibilités de débrouillardise.

Werner boit du cidre pour se donner du courage, interpeller comme il convient les gens pressés qui accélèrent encore le pas dès qu'ils nous voient. Parfois, il s'accorde quelques minutes de repos et, assis sur les marches, caresse, sans un mot, les chiens qui passent à portée de sa main.

Werner n'est jamais à court d'inventions. Chaque rencontre donne lieu à une scène nouvelle. « Dis-moi un nom de ville, tu vas voir mon accent. — Helsinki », dis-je au hasard. Le voici qui abandonne le papier « allemand » pour aborder un groupe. Il jargonne dans un anglais précaire : « Bonsoir, amis. Un moment, s'il vous plaît. Nous sommes finlandais. C'est loin Helsinki, et nous n'avons plus rien. On nous a tout volé. Vous n'auriez pas un peu d'argent, au moins pour la petite ? »

L'un d'eux donne une pièce à Werner qui se tourne vers les autres, un sourire aux lèvres : « Et vous, pourquoi vous faites pas comme votre copain ? »

Voici trois jeunes filles qui s'éloignent en emportant notre précieux panonceau, croyant qu'il s'agit d'un tract. Werner s'élance derrière elles en riant aux éclats : « Ce n'est pas à vendre, c'est mon outil de travail, il faut me le rendre... J'en ai besoin pour gagner ma vie... »

Passe un brave Allemand, Werner à nouveau se fait

agressif : « Viens ici, toi, le gros. Lis donc ça, c'est bon pour tes études d'anglais... »

Une jeune femme, élégante et belle, timide et perchée sur des talons aiguilles, qui file à toute vapeur : « Eh, ma chérie, il faut lire. Même si tu es belle, je ne suis pas Barbe-Bleue... »

Un couple s'avance sur le pavé. L'homme refuse de nous voir, mais la femme revient vers nous, fouillant dans son sac avant de nous laisser toute sa monnaie. Lorsqu'elle rejoint son compagnon, une dispute éclate qui enchante Werner.

Quand un étranger cherche à masquer son refus derrière le fait de ne posséder que des devises ou de manquer de monnaie, Werner réplique, en cambiste averti : « Cela ne fait rien, attends... Je vais à la banque. »

Ou bien il tire de ses poches, à la surprise du passant, une liasse de billets, ou encore, honnête homme en effet, il se précipite à la banque.

Aucune situation ne le déroute. Il fait face à tout avec une intelligence immédiate et un goût du théâtre évident. Son sens de la repartie, sa présence d'esprit forcent la sympathie.

Deux Arabes, sans que nous leur ayons réclamé quoi que ce soit, nous tendent un gros billet. Je m'en étonne : « Ce sont des hommes de notre milieu, m'explique Werner, des débrouillards de la rue. A nos sacs, à notre allure, ils nous ont reconnus comme étant des leurs. Ils ont dû faire une belle journée, alors ils arrosent. A charge de revanche ! C'est la solidarité des nécessiteux... »

Toutes les rencontres ne se passent pas aussi bien, et nous essuyons plus de refus que de réussites. Certains nous reconnaissent, « ils ont déjà donné », et se fâchent parfois. J'ai envie de décrocher, mais Werner, insensible aux remarques aigres, continue son « travail », malgré les insultes ou les cris, incapable de se laisser impressionner, interpellant déjà le passant suivant comme si de rien n'était.

Pour le moment, mon rôle est des plus modestes : outre celui de spectatrice émerveillée, Werner m'a confié la tâche de rédiger un nouveau papier lorsque l'ancien a trop servi, sali par le passage de main en main.

Peu à peu, l'argent rentre, petit pécule qui permet de respirer. Werner est heureux. « J'aborde plus facilement les passants quand je suis bien. Je travaille mieux quand j'ai fait un bon repas, le bonheur des corps exerce une séduction irrésistible. Si je suis content, je peux séduire ou apitoyer à volonté. »

A force de croiser les mêmes têtes — au départ les gens n'ont pas de visage —, nous finissons aussi par nous faire des relations... plus amicales. Tel revient nous voir, nous donne à nouveau quelques sous, nous offre des cigarettes, s'inquiète de savoir si tout va bien. Tel autre nous invite parfois au pub.

La police continue sa chasse aux misérables, appliquant maintenant une nouvelle stratégie : rondes incessantes dans les petites rues passantes du centre-ville. Dès qu'un bobbie apparaît sur le trottoir, Werner dissimule le « papier-appel » et prend son air dégagé, allumant une cigarette en sifflotant.

L'un des policiers nous a à l'œil. « C'est à vous cette petite fille ? Gare à vous si elle mendie. La loi l'interdit. Vous risqueriez gros... »

La vue d'un képi ou d'un casque rend Werner de plus en plus nerveux. Cette surveillance, supposée ou réelle, l'obsède. Il craint, en effet, s'il est arrêté, une enquête auprès de l'ambassade d'Allemagne. Il serait alors extradé vers son pays d'origine où il devrait purger les années de prison qu'il n'a pas faites.

Chaque soir, avant de sombrer dans le sommeil dans un coin de notre parking favori, les narines chargées d'odeurs d'essence et de cambouis, je songe au véritable feu d'artifice de rencontres qui illumine nos journées, et cette pensée me console de tous nos déboires. Je comprends qu'au long du jour ce que nous cherchons, ce n'est pas l'argent, mais des sourires et des dialogues. Epopée grandiose et minuscule à la fois, à l'image de ces rues grouillantes qui se vident à heures fixes, comme des artères perdant leur sang.

Werner nous emporte, Samantha et moi, dans un monde à bout de souffle, nous offrant chaque jour notre lot de découvertes ou de tensions. Je le regarde vivre à toute vitesse, comme poursuivant son existence, et je l'admire ; non seulement sa débrouillardise a raison de tout, mais sa perception, hors du commun, de la réalité du monde lui permet de rire et de s'amuser avant les autres.

Il cueille les jours un à un, les effeuille à peine et les jette, comme s'il tentait de rassembler les bouts de papier emportés par le vent d'une grande lettre où seraient consignés les secrets et les bonheurs de vivre. J'aime aussi sa connaissance instinctive de la rue et de la psychologie des piétons, du milieu des vendeurs à la sauvette, des pick-pockets, des ivrognes. Son pays est la rue, effrayante ou rassurante. C'est devenu le mien. Moi, j'ai confiance en lui. Je m'efforce de retenir les leçons incessantes que dictent son allure et ses attitudes. Moi qui n'avais jamais réussi à faire le partage entre une paix intérieure et une anxiété sans raison, j'apprends à goûter l'instant, dans ce monde si rapide de la rue où nul ne sait de quoi sera faite la seconde suivante. La rue, c'est un ciel d'orage que Werner décrypte. Il pressent le danger et nous entraîne ailleurs. Je fais mon apprentissage. Nous sommes pauvres, et cette réalité transforme totalement la perception que j'avais de chaque chose. Etre démuni entraîne un autre regard, une approche nouvelle. Tout ce qui passe sous les yeux devient à la fois agression et nostalgie, espoir et regret. Et quel plus beau terrain de migration que la rue ? Chacun y est, irrémédiablement, pour les autres un étranger. Cela aussi, Werner me l'a enseigné : personne n'y pourra jamais rien. Je reconnais l'un des messages les plus importants que les Tsiganes m'ont laissés. Et je regarde le monde, la rue, la vie avec au plus profond de moi cette peur de l'autre mêlée à cette vieille soif d'amitié...

Quelques jours plus tard, Werner décide de quitter Brighton, sans autre raison que le désir d'aller ailleurs. Au bord de la route, Samantha jouant dans le vent des camions et des automobiles qui nous frôlent, à nouveau nous tendons le pouce.

Une Jaguar s'arrête. Un homme d'affaires charge notre balluchon hétéroclite et poussiéreux. Il va à Londres. « Et vous, où allez-vous ? — L'Italie », répond Werner qui ne m'avait rien dit. D'un coup, le soleil réchauffe la campagne gorgée de pluie, le ciel est tout bleu, nous partons vers le sud !

Notre convoyeur nous dévisage d'un drôle d'air. Je le devine vaguement jaloux de cette liberté ouverte devant nous. Nous sommes à l'orée de quelque chose, il se sent à la fin d'une possibilité. Il sourit d'un air si mélancolique, si las, déjà ! Sur le fond sombre de ce qui l'attend, nos silhouettes se dessinent pour lui comme des ombres chinoises inversées et lumineuses. Nous sommes les propriétaires bénis de notre vie, de notre temps, de nos jours. Lorsqu'il nous abandonne, je le vois s'éloigner sur l'autoroute sans surprise des conventions.

Mais, déjà, Samantha s'extasie sur une colonie de fourmis obstinées qui tentent, malgré la circulation, de poursuivre leur chemin volontaire. Ce n'est pas plus difficile que cela, finalement...

Et puis, l'exaltation retombe. Nous n'avons plus un sou en poche, pas même de quoi payer le ferry. Werner est devenu taciturne. A vrai dire, depuis quelque temps, notre entente se désagrège. Avec lui, tout est violent, excessif, la joie comme le doute, et nos disputes nous laissent usés, vidés, saouls de larmes. Seule, je dois faire la manche, et c'est moi qui, pièce après pièce, amasse le prix du bateau — véritable exploit à mes yeux.

A Calais, je le sais pourtant, nous n'aurons plus rien à partager, qu'une rupture dans le port gris et triste. « Je reprends mon sac de couchage », me lance seulement Werner en débarquant.

J'ai compris. C'est bien la fin, pas besoin de discours. Nos deux duvets qui, jusqu'alors, voyageaient ensemble dans le même sac à dos ! Le couperet est tombé. C'est l'aveu de désunion.

Le duvet ! Chacun va reprendre le maigre bagage, à la fois maison et lit, couverture et manteau, le seul bien que nous ayons partagé.

Le premier camion débarqué sera pour moi.

Chapitre 15

« Comme une mousse de champagne... »

Amoureuse de la campagne,
Semant partout,
Comme une mousse de champagne,
Ton rire fou...

« Les Reparties de Nina. »

Le chauffeur descend vers sa terre natale. Sa voix a la chaleur des pays du soleil, affectueuse et attentionnée.

« Madémoissel, souriez, voyons... nous descendons vers España. »

Installée avec Samantha dans la cabine rouge et luxueuse, je n'entends pas. Je vois encore, derrière la vitre, Werner qui dessine avec ses bras des moulinets incompréhensibles. M'appelle-t-il ? ou m'envoie-t-il au diable ? Sa bouche déformée lance des cris que je n'entends plus.

La nuit est venue. Les phares du camion éclairent mon unique horizon. Pas de lumière ce soir, la lune n'est plus avec nous.

Pourtant, je sais les paysages autour de nous. Le plat pays qui est le mien. Je sais les plaines mornes des Flandres et de l'Artois. Mes racines, que je refuse. Les miens, je ne veux plus les voir, et pourtant je pense à eux, là, tout près de moi. Je sais les cimetières immenses. Croix après croix, ils crient que je leur appartiens, que dans cette terre gisent ceux qui se sont aimés, ceux que j'ai aimés, ceux qui m'ont faite. Je me sens mal, malgré moi dans mon pays qui me refuse. Malgré moi, ma patrie, cette terre étrangère que je rejette et qui me rejette, lieu où jamais je ne me suis sentie acceptée, ni seulement comprise. Chaque kilomètre me fait mal. Ce que j'ai voulu vivre, le Nord me l'a refusé, ceux de ma race aussi. Si je les ai quittés, c'est par impossibilité de vivre. Quelle ironie cruelle fait que je me retrouve là ce soir ? Ils ne m'ont laissé que la révolte contre l'angoisse et le refus.

Mon compagnon, mon ami, mon amour, me manque. Werner. Je crie ta douceur, ta rudesse envolées. Est-il possible que tout sombre à cause de quelques sous qu'on n'a pas ? Ou bien est-ce moi qui toujours, quand l'amour se met à bouger en moi, prends mes jambes à mon cou ? Comment apprivoiser l'amour, cet animal sauvage, lui faire sa place, l'accepter ? Faut-il apprendre à faire la part des choses, comme on dit des pompiers qu'ils font la part du feu ? Comment être riche et forte pour deux ? Répondre à la peur par le sourire ?

Nous nous sommes quittés sans un rendez-vous, sans une adresse. Je sais si peu de lui, il ignore tout de moi, même mon vrai nom. Je lui avais seulement raconté, vaguement, ma vie d'avant. J'avais nommé Lille, quelques amis, une ou deux rues où j'aimais me promener. Peut-être ne songe-t-il même pas à me retrouver ? Peut-être est-il déjà en route vers d'autres rencontres ?

Moi, je l'attendrai. Je lui avais nommé, en passant, une pâtisserie-restaurant tunisienne, dans le vieux Lille. C'est là que j'irai attendre mon amour. Des jours et des nuits. Il viendra mon oiseau de feu, mon aigle. Je l'aime. Je n'ai d'autre lieu où dormir que son épaule...

Sur les pavés du Nord, les gros pavés de l'enfer, un camion de trente tonnes, ça fait des bonds d'animal de rodéo. Comme un picador le taureau, le chauffeur aborde les virages avec passion et agressivité. Son levier de vitesse est une cravache, le moteur le poitrail musclé d'une bête qui hurle. Quand il accélère, j'entends un galop de cheval.

« Madémoissel, souriez, nous allons vers l'España... »

Le péage d'Arras approche, je réponds seulement :

« Vous avez raison. Merci beaucoup. Mais laissez-moi

au péage, je repars en arrière, à Lille. » Il me regarde sans comprendre...

Je finis la nuit, pelotonnée contre ma fille, dans les toilettes d'une aire de stationnement de l'autoroute. J'ai fermé le verrou pour qu'on ne nous dérange pas. Tant bien que mal, nous nous enroulons en fer à cheval autour de la cuvette, comme font les chiens, à même le ciment froid : j'ai connu des lits plus douillets ! Là-bas, un toit, celui de mon père. Mais j'ai juré de vivre ma vie « à la force des poignets ». Mon enfance est finie, ma révolte rejetée. Impossible d'aller pleurer misère dans la maison que j'ai fuie...

Le lendemain, nous sommes à Lille, assises devant une table de la pâtisserie tunisienne. Comme nous n'avons pas le sou, je ne commande rien. Je regarde les clients entrer, consommer, j'écoute la musique lancinante du Moyen-Orient. Un long tablier bleu s'approche de nous, s'assoit à notre table, avec deux verres de thé à la menthe et une corne de gazelle enroulée dans une serviette en papier :

« Ça, c'est pour la petite... »

Nous parlons. De fil en aiguille, il me propose de nous héberger dans l'appartement qu'il occupe avec sa famille au-dessus du restaurant. Au même moment, comme dans un rêve, un rêve doux qui monte, voilà que s'avance, d'un pas tranquille, ce jeune homme au chapeau de cuir que je connais bien, dans son étrange accoutrement qui me paraît de prince. Il ne craint rien. Il vient me chercher, bien sûr, Werner basané de soleil et de vent, tatoué de liberté. Il prend son temps, comme un berger qui sait bien où s'en est allée paître sa brebis perdue. Nous allons parcourir la ville et les rues, nous monterons jusqu'aux remparts du monde. Mon bien-aimé, mon dangereux solitaire, mon compagnon. Samantha, heureuse, embrasse son « Wéné », comme elle l'appelle. Je ne demande pas comment il s'est procuré les billets qu'il tire de ses poches, j'accepte la fête de pâtisseries qu'il m'offre...

Le même soir. Dans la rue de Béthune, la rue piétonnière, ou sur la grand-place, Werner a décidé de célébrer nos retrouvailles à sa manière. Pour la première fois devant moi, pour nous, le grand jeu. Mesdames et messieurs, voici Werner le cracheur de feu.

Avec lui, nous avons participé aux longs préliminaires : d'abord, trouver de l'alcool à brûler. Une droguerie, des bouteilles de plastique grises aux étiquettes bleu roi. Il marche vite et je le suis difficilement, Samantha sur la hanche. Depuis qu'il nous a retrouvées, il parle peu, ou pas. Enfin, dans la décoration florale de la zone piétonnière, il s'arrête devant un arbuste planté dans un grand pot, délimitant une terrasse de café. Il coupe avec soin une branche fine et longue de cinquante centimètres, il taille les pousses et les feuilles. Son mince bâton à la main, il cherche maintenant du tissu. Un bout de chiffon traîne au bord d'un trottoir, il le fixe sur la tige de bois. Il est serein, calme comme un artisan préparant ses outils. Sur la grand-place, face aux immeubles anciens de la Vieille Bourse, Werner dépose notre barda ; il observe le va-et-vient incessant des clients qui entrent et sortent du Furet du Nord, la célèbre librairie de la ville qui attire en permanence une foule de tous âges et de toutes conditions. De chaque côté, d'autres terrasses de café, un vendeur de brioches et de pizzas, des passants, des badauds, des flâneurs. Un rêve pour Werner. Sans rien dire, comme s'il effectuait ces gestes pour lui seul, il décapsule lentement la bouteille en arrachant le lien qui tient le bouchon avec ses dents. Son allure insolite fait se retourner les gens. Certains ont déjà repéré Samantha dans sa poussette, berceau et maison tout à la fois, veillant sur nos affaires, ses bouclettes d'or volant en tous sens. Werner, concentré, mystérieux, étrange et toujours silencieux, enlève sa chemise aussi naturellement que s'il était à la plage. Il pose son chapeau au pied d'un spectateur, on a compris : c'est pour la monnaie. Le Furet du Nord continue à cracher avec à-propos son flot de visiteurs tenant à la main le traditionnel sac de plastique blanc barré d'orange.

Werner porte le goulot de la bouteille à ses lèvres, renverse la tête en arrière, joues gonflées, muscles de la poitrine tendus comme des cordes. Son cou grossit sous l'effort, les artères saillent, violettes. Une odeur d'alcool plane au-dessus du cercle qui s'agrandit de seconde en seconde.

Werner craque une allumette. Le silence est lourd, comme avant l'orage... Il met le feu au chiffon imbibé, l'approche de sa bouche, bascule son visage en arrière et propulse avec violence sur la flamme l'alcool avalé. Une immense traînée de feu illumine l'air et la place. Werner alors, d'un geste brusque, éloigne le bâton de son visage. Sans un regard pour le public qui applaudit, il retourne à sa bouteille, reprend dans sa bouche une nouvelle provision d'alcool. Le cercle, d'instinct, s'est élargi. Certains ont reculé devant la langue de feu, mais d'autres poussent pour s'approcher. Nouvelle traînée d'étoiles et de soleils. Maintenant, Werner ruisselle de sueur, la température semble avoir grimpé de plusieurs degrés. Des femmes crient, des enfants, bouche bée, entre les jambes des adultes, dévorent des yeux ce forain des rues. Aux étages, des vendeurs du Furet du Nord se penchent aux fenêtres.

La ville des Flandres retrouve sa kermesse héroïque, ses foules à la Breughel, ressuscitées dans l'instant par ce vagabond de nulle part. Par la magie de l'art et du feu, Werner a su faire lever un espoir de fête, parenthèse d'oubli pour les passants moroses. Un chien aboie, on se moque de sa frayeur. Werner déambule dans le cercle, souverain, ailleurs. Le regard des femmes rivé à lui ne l'émeut pas, les exclamations, les encouragements, les réflexions admiratives ou ironiques semblent brûlés par le brasier de sa bouche. Il est le maître du feu, le sorcier qui l'apprivoise, celui qui crache et dévore les flammes, dragon réveillant le peuple endormi. A la fois le preux chevalier qui terrasse le feu, le diable qui le fait surgir. Et moi, au milieu des autres, je suis sa fiancée effacée, et je suis le témoin de sa grandeur, et j'assiste à son triomphe...

Soudain, j'ai peur, le visage de Werner est de plus en plus pâle, ses traits cireux se creusent. Des quintes de toux le font presque vomir. Il redresse la taille, agite à nouveau la bouteille, prépare d'autres incendies. Impuissante et terrifiée, je suis seule à deviner la ruine physique qui guette mon compagnon. Autour de lui, des traînées d'alcool mouillent et marquent le bitume. Des gouttelettes retombent parfois sur un spectateur qui recule, angoissé.

Le feu fait peur, l'homme qui le possède aussi. Tatoué, torse nu, Werner incarne en même temps le primitif et le saltimbanque. Il n'a pas besoin d'attirer la foule par des harangues, il laisse venir à lui un peuple fasciné, conquis par le merveilleux du baladin, l'homme d'ailleurs venu pour faire battre les cœurs. Comme les Tsiganes montreurs d'ours ou violonistes des rues, Werner est l'illusion, l'imaginaire venu des profondeurs, qui fait irruption dans l'esprit clos des habitants des villes. Il y a de la nostalgie dans cette fascination : tradition médiévale de la troupe itinérante ? Féerie de la vie passée ? Premier émerveillement de l'enfant au cirque ? On lance aussi des regards sur la femme et l'enfant de l'artiste dans leurs guenilles, leurs robes d'un autre temps, attendant le retour de l'homme, humbles, dociles, effacées. L'humeur taciturne de Werner, lui d'ordinaire si volubile, ajoute encore à l'impression de mystère qui pèse sur moi.

Spontanément, quelques-uns des marginaux assis sur les marches d'accès à la librairie se lèvent, ils veulent aider Werner à faire la quête. Les pièces sonnent dans les chapeaux. Werner recueille la monnaie dans le sien. D'un hochement de tête, il remercie les garçons qui viennent de l'aider puis, d'un signe, m'invite à le suivre à travers la foule qui s'écarte devant le singulier cortège.

Il s'est recoiffé. Ses yeux, comme embués de larmes, regardent loin, très loin. Je n'ose parler. Dans une boulangerie sur le point de fermer, Werner achète la plus grosse miche, la rompt avec une sorte d'exaltation et se met à engloutir la mie qu'il laisse dans sa bouche afin d'imbiber l'alcool, la salive polluée, l'odeur nauséabonde. Des haut-le-cœur agitent son corps. Il crache la mie en même temps que sa bile, se tient les côtes...

« Saloperie... ça dévore, ça brûle tout... Si on en avale une goutte, c'est l'enfer... » Puis dans un rire : « C'est ça, la vie d'artiste. »

J'entraîne notre petite troupe jusqu'au square de la rue Nationale, où trône le fameux « P'tit Quinquin ». Un carré de pelouses, quelques arbres qui s'arrachent vers le ciel à la grisaille de la ville, notre domaine pour ce soir.

Sur la place taillée en mesquines pelouses,
Square où tout est correct, les arbres et les fleurs,

Tous les bourgeois poussifs qu'étranglent les chaleurs
*Portent, les jeudis soir, leurs bêtises jalouses**.

En guise de bourgeois poussifs, une faune plus accueillante : des clochards souriants et serviables nous aident à préparer notre couche pour la nuit. Samantha s'adresse à la statue du Quinquin lillois qu'elle appelle « bébé », s'étonnant à grands cris de son mutisme ! Nous abandonnons nos affaires à la garde de Fred, un vieux barbu de la cloche, digne d'une carte postale, et, main dans la main, marchant au rythme léger et sautillant, incertain et fragile de ma petite fille, nous allons nous restaurer...

Les jours suivants, le quartier piétonnier m'apporte son lot d'inévitables rencontres, anciennes compagnes d'école, amis de mes parents. Interloqué, vaguement effrayé, on n'ose pas m'aborder, mais on m'observe avec des yeux de hibou, on hésite à me reconnaître, on fait un effort de mémoire. Tout nous sépare maintenant, et d'abord la peur de ce que je suis, de mon ami à côté de moi, On est loin, ô mes amies d'autrefois, de la bague de fiançailles de nos pères ou de nos frères, des cosmétiques et de la mode, de l'appartement et des réceptions ! Nous sommes maintenant sur les rivages opposés de notre amitié ancienne, et nous ne comprenons plus les signes de main que nous nous faisons. Non, je n'ai pas changé, mes amies, j'ai simplement affirmé ce qui était en germe en moi. Je n'ai pas laissé étouffer la passion que j'avais à douze ans, à quinze ans. Je suis la même, en plus vrai, en plus intact. Heureuse et libre. Je n'ai plus ni routine ni carcan, même si j'ai eu du mal à faire reculer les frontières à l'intérieur desquelles on voulait me former. M'enfermer. J'ai dépassé la peur, j'accepte la différence. Il me faut aider Samantha à grandir, l'écouter, lui éviter ce qui m'a paralysée dans le passé. Nous avons à grandir, elle et moi, si jeunes encore...

* « A la musique. »

Le lendemain, à l'aurore, nous quittons notre square, refuge d'une nuit, pour gagner les abords de l'autoroute. Un militant politique, ancien compagnon de soixante-huit rangé des révoltes, nous prend en stop.

Trois heures plus tard, Paris. J'aime cette ville, femme âgée qui n'en finit pas de séduire et de se fâcher. J'en aime l'odeur et l'air, le ciel toujours différent, l'aspect canaille de ses rues, l'ironie frondeuse de ses habitants, le sang chaud de leurs disputes.

Nous débarquons comme il se doit à Saint-Michel, filons vers Saint-Séverin et ses marches, où mon compagnon sait qu'il retrouvera des amis. Ils sont là en effet, les clochards copains.

C'est là que vit et souffre la fraternelle confrérie secrète où chacun, de passage à Paris, s'arrête : « Sergio le gitan », « King-Kong, le maître chinois » du quartier, Roger devenu « Roger le Triste » depuis que sa femme s'est fait violer et assassiner. Il y a René, un autre encore, si taciturne que tous l'appellent « le muet ». Certains nous quittent avant la nuit, un savon à la main, pour aller faire à la Seine un peu de lessive, souvent leur unique chemise. Les marches de l'église sont une île, un vaisseau qui vogue pour « les copains d'abord ». Le litre de vin circule, on déchire les mégots pour récupérer le tabac et bourrer une vieille pipe. Werner expulse Roger avec douceur, l'accompagnant jusqu'au coin de la rue : il a posé subrepticement la main sur mon genou ! Les autres l'insultent, veulent lui faire la peau : on ne touche pas à la femme d'un copain !

« Porc, cochon, enfant de putain » sont les injures les plus classiques, « Allez, passe ta route », la conclusion unanime.

« Sergio le gitan », à la frontière du petit malfrat et du Tsigane en rupture de clan, clochard au grand cœur, est le frère de sang de Werner. Sur ses poignets, comme deux tendons d'acier, les cicatrices de son échange « à la vie, à la mort » avec mon compagnon. Tous deux, allures nobles et viriles, n'en finissent pas de fêter leurs retrouvailles. Les yeux de charbon et ceux de mer du Nord, le noir et le blond, à coup de grandes accolades. La vie de la rue fait ainsi les amitiés solides. Se frappant le dos, ils se traitent « d'hommes » ou de « frères ». Le Chinois « King-Kong », replet et mystérieux derrière ses yeux fendus et son crâne chauve, emmène Samantha par la main jusqu'à la fontaine où il remplit la gourde de ma petite fille. A leur retour, « King-Kong » porte comme un trésor un bidon de plastique enveloppé d'un linge sale, la soupe chaude faite avec les restes d'un canard laqué qu'il a récupérés chez « un frère ». « King-Kong » se sait indispensable, il est le « maître chinois », celui qui commande et protège dans le périmètre où il règne. C'est lui qui arrête les bagarres, réconcilie les brouillés, calme les enragés, console les tristes, nourrit aussi bon nombre des vagabonds de « chez lui ». Il partage maintenant la soupe en marmonnant : « Sans moi, rien ne tournerait rond dans le quartier... »

Une bouteille de vin âcre circule à nouveau. Après avoir bu, chacun essuie le goulot d'un revers de manche. La cloche a ses règles, sa hiérarchie, ses lois, Werner m'initie peu à peu, il connaît les rites. Si Samantha et moi sommes acceptées, c'est bien sûr parce que nous avons été amenées par lui. Ce groupe a une certaine cohésion, ce qui est rare, grâce à la personnalité du « maître chinois ». Mais le monde des clochards est aussi celui des vieux loups solitaires, qui se respectent parfois mais se jugent le plus souvent avec sévérité, ne se regroupant que l'espace de quelques minutes, pour partager les marches d'une église ou un quignon de pain. La lutte est rude pour les places privilégiées de la mendicité, et la cloche est en fait un univers de conflit : il faut tenir son lieu de quête, ses privilèges sur telle église ou tel poste de secours, guerre quasi permanente que renforce l'esprit d'indépendance et de liberté.

René, long échalas à la maigreur squelettique, s'est vu condamné à sacrifier son beau chandail de laine — don sans doute du Secours Catholique —, car il a cassé la bouteille de rouge ! Sans souci de se priver ainsi d'une protection valable contre le froid, il éponge le sol, afin de nettoyer « notre coin ». On ne peut quand même pas vivre dans la saleté et les éclats de verre !

« Une de perdue, dix de retrouvées ! » plaisantent les collègues. Puis chacun s'éloigne, après avoir laissé à Werner, en signe d'adieu et d'amitié, une petite trace de tendresse, un cadeau : boussole, broche en forme de trompette, peigne cradingue, ou bien des rillettes et du pain sortis de plastiques ou de journaux au fond desquels ils attendaient leur heure.

Par le quai de Montebello, en face de Notre-Dame illuminée, Werner m'entraîne jusqu'au pont de la Tournelle. Nous poussons notre fidèle voiture d'enfant où dort Samantha, coincée entre nos sacs. Une des roues a perdu son pneu de caoutchouc blanc, et, déséquilibrée, la voiturette laisse échapper une plainte, un cliquetis lugubre qui n'empêche pourtant pas Samantha de dormir.

Le pont de la Tournelle est réputé pour son calme. Nous y passerons plusieurs nuits tranquilles en effet, sous la voûte empierrée, en compagnie de trois autres habitués qui ne protestent pas contre notre « visite ». L'un d'eux traverse tout Paris pour récupérer chaque soir, dans la même poubelle, un *Monde* dont la bande-adresse n'est même pas détachée : « Tu comprends, j'aime qu'il soit plié de neuf... »

De ses longues pérégrinations à travers la ville, il ramène chaque nuit des nouvelles d'autres quartiers, d'autres clochards. Un soir où peut-être le vin rouge avait coulé d'abondance, il me fait ses confidences :

« J'étais professeur de philosophie, autrefois. Ah ! je peux te dire, gamine... la Sorbonne et les grands lycées, je connais. Henri-IV, Louis-le-Grand... Quand j'enseignais, fallait les voir. On entendait les mouches voler ! Un beau jour, j'ai tout plaqué, ça fait vingt ans que j'ai choisi ce pont... Ils me connaissent, les poulets !... »

Chaque soir, il nous prête ses vieux *Monde* pour nous faire un lit à l'abri de l'humidité qui suinte des pavés. Le lendemain, il vient récupérer sa « chambre d'amis » escamotable — il replie soigneusement nos journaux, les ficelle avec les siens et les rempile dans un carton qu'il range dans un des interstices du pont, jusqu'au soir suivant.

Sa générosité est proverbiale, il aime partager la nourriture qu'il récupère dans nombre de restaurants et de bureaux d'Aide sociale. Il trimbale toujours un sac plein à craquer, rempli de boîtes de pâté, de fruits et de vin. Il ne manque pas d'allure, avec ses longs cheveux blancs soigneusement peignés, son costume trois pièces, élimé mais toujours boutonné comme il convient et, hiver comme été, un manteau par-dessus un imperméable. Au fond d'un de ses sacs, il m'a même montré une cravate toute tachée, mais en soie.

« La vie, tu comprends, petite, faut être libre. Faut manger, dormir et être libre. Quand on crève, on se ressemble tous. Alors, avant, faut s'organiser. J' suis vieux, mais j'ai encore ma vie... »

Il m'explique encore comment s'y prendre avec la police, la façon d'aborder les gens pour en obtenir ce qu'on veut. Comment mener sa barque sans dommages, pour vivre tranquille... Il me décrit Paris, pas celui des belles avenues et des lumières, mais le Paris souterrain et obscur de la rue, le Paris de la cloche, où ceux de Bastille affrontent ceux de Saint-Germain, où les hauteurs de Belleville et de Ménilmontant sont des citadelles à prendre, le Paris éternel de Montmartre à Montparnasse.

« Paris, c'est mon poumon. Je le perds, je crève. La campagne, moi, j'ai essayé. Ça me fout des boutons... »

Le lendemain, nous avons rendez-vous avec « Sergio le gitan » au square du Vert-Galant. Mais il n'est pas là, l'exactitude ne fait pas partie de la morale des rues. Qu'importe, les chemins des clochards se croisent toujours. Nous profitons de ce passage au Pont-Neuf pour confier au jardinier du square, un vieil Algérien que Werner connaît bien, une bonne partie de nos bagages. Dans la petite pièce où il range ses outils, il les gardera plusieurs mois. Nous n'emmenons que le strict nécessaire, les duvets, une marmite militaire fermée, la poussette, nos « outils » de travail, quelques habits : tee-shirt déjà assez usagé ; une petite culotte pour Samantha, des chaussettes aux élastiques absents et des chaussures anglaises. Pour Werner, son vieux gilet de cuir sans manches ; un jean brodé pattes d'éléphant, ses sandales et son chapeau de cuir. Une minirobe pour moi qui marche pieds nus, la cheville droite enserrée d'un bracelet de fer et de perles multicolores.

Samantha, durant nos rangements, s'est endormie au soleil sur un de nos vieux duvets posés dans l'herbe, le pouce à la bouche. Nous la confions à « Marcel le bronzé », qui n'a plus qu'une dent — mais en argent ! — et qui parle couramment allemand. Veillera aussi sur elle « Jacques le clodo », vagabond depuis que sa femme l'a chassé, gardant appartement, économies et enfants, et qui n'a jamais eu une seule pièce de monnaie, et qui ne s'achète donc jamais rien. Il boit l'eau des fontaines récupérée dans une bouteille fendue en plastique. Pour le reste, nourriture et vin, il dépend entièrement de la bonne volonté des autres. Aussi est-il un peu « l'homme à tout faire » : il sert les copains, fait les courses pour eux, porte les bouteilles consignées et ramène la monnaie, au centime près, docilement. En dehors de ses heures de « service », il aime « se cultiver » à écouter les concerts de Notre-Dame, à lire tous les journaux, magazines, livres même, qu'il trouve dans les poubelles sans en sauter une ligne. Il parle sans arrêt de chercher du travail, mais il n'a jamais « le moral qu'il faut » pour cela. Alors, il laisse le temps passer. Toute sa fortune se résume en un sac en plastique où il transporte une couverture de nylon... Mais il est toujours doux et gentil, et je sais qu'il veillera sur Samantha.

Werner a sorti de son passeport sa petite carte blanche — il en a tout un stock, ramené d'Angleterre :

« Nous sommes deux étudiants alemands, avec auto-stop d'España. A rentrer en Alemagne. Il ne nous reste plus d'argent pour acheter le manger et payer le dormir. Peut-être avec deux ou trois francs pour aider nous. DANKE. »

D'installation en installation, de la Concorde au Palais-Royal et retour, nous poursuivons notre quête. Aux policiers en faction devant le ministère des Finances, Werner fait mille facéties, mille grimaces, plaisanteries qui finissent par leur arracher un sourire. Mais nous n'osons pas nous frotter aux CRS qui gardent, ce jour-là, le Conseil d'Etat. Sous les arcades du Palais-Royal, nous arrêtons tout le monde, Parisiens comme touristes. Werner a d'habitude une nette préférence, une clientèle bien « ciblée » : les hommes en complet-veston, genre cadre supérieur, ou les étudiants attardés, les professeurs décontractés, soixante-huitards nostalgiques. Ceux-ci sont particulièrement sensibles au vieux rêve hippie, et en voici un vrai qui vient à eux !

Le vendeur de journaux qui tient le kiosque, à l'angle de la rue Saint-Florentin et de la place de la Concorde, nous hèle.

Sans un commentaire, il nous donne cinq francs chacun. Werner m'explique :

« Cela fait plusieurs fois que, quand je fais la manche dans le coin, il me donne du fric. Sans jamais rien me dire. On m'a raconté que c'est un ancien trimardeur. Certaines vieilles cloches se souviennent encore de lui, paraît-il. Un jour, il aurait décidé d'abandonner. Et il a trouvé un boulot. Depuis, il n'a rien oublié. C'est " King-Kong " qui le connaît... »

En remontant vers le Louvre, nous tombons sur Roger, celui que Werner la veille a chassé de notre groupe. Il a posé son lit sous les arcades à l'angle de la place des Pyramides, et il dort en ronflant bruyamment.

« Il n'a pas encore digéré la mort de sa femme, me dit Werner. Son malheur le bouffe... »

Accroupis à côté de cet homme, pâle et sans défense, nous attendons qu'il ouvre un œil. Il se réveille, un sourire éclaire un instant son visage dévoré de barbe, que recouvre aussitôt toute la tristesse du monde.

« Ah, c'est vous les gars, vous m'avez foutu une drôle de frousse... »

On ne distingue plus ses traits, il est tellement sale. Werner commentera plus tard :

« Les autres sont propres, de peau, de vêtements, ou presque. Ils sont heureux et même fiers de leur vie. Roger vit comme eux, mais c'est pas la même chose. Il pense, agit et existe en fonction de son passé, de ce qu'il vivait avant le drame. Il n'a jamais rompu. Le couteau du Portugais a tranché un lien, mais dix, mais cent autres continuent à tirailler Roger. Sa vie de clochard n'est pas la sérénité choisie, mais une déchéance mal vécue. Il souffre... »

Pourtant, après un silence, Werner ajoute :

« Faut pas qu'il continue comme ça, le Roger ; il ne se débrouille pas assez, il nous mendie toujours. Cela ne va pas. Il fera long feu avec nous... »

Je trouve mon compagnon bien dur. Mais la cloche est une société et, en tant que telle, elle exige des règles et un minimum d'organisation. Pour Werner, Roger est un parasite. Ne contribuant pas à la survie de la communauté, il ne peut qu'être toléré. Je tente d'adoucir Werner. Pour toute réponse, il salue au passage, d'un grand coup de chapeau accompagné d'une révérence, la statue de la Pucelle qui, impassible, chevauche son cheval d'or...

Werner m'initie aux différentes techniques de la manche parisienne : dans les gares ; à la terrasse des cafés ; à la sortie des bouches de métro, aux Halles...

J'apprends non seulement à me débrouiller, à amadouer le cœur des braves gens, mais aussi à accepter l'hostilité et l'indifférence d'une société qui sait que nous la rejetons et qui a peur de nous.

Werner a ses repères — telle boutique désaffectée —, ses « copains » — tel boucher en gros. Cette fois, par exemple, nous repartons avec cinq kilos de merguez dans un immense sac en plastique. Werner a pris son temps, caressant de mots le patron, la bouchère, tournant compliment sur compliment. Sa drôlerie, sa spontanéité, sa bonne humeur ont fait le reste.

Nous regagnons le parvis de Saint-Séverin et entraînons toute la bande vers le quai Conti, après un crochet par le Vert-Galant afin d'y récupérer Samantha, souriante entre ses deux anges gardiens que j'invite, en remerciement, à partager notre festin. Au bas des escaliers qui trouent le parapet et l'alignement des boîtes à bouquinistes, nous allumons un feu. De vieux cageots, des branches de bois mort, dans ce Paris d'asphalte, sortent on ne sait d'où. Triomphant, René brandit une grille de métal. Quelques pavés ramassés le long du mur, et voici notre barbecue prêt, au bord de la Seine. Une odeur de graisse grillée monte jusqu'au quai et fait se pencher, dans la lumière bleutée des réverbères, quelques têtes de touristes. Pour eux, nous sommes le « Gay Paris », le Paris pittoresque des clochards gaillards, et la Samantha qui circule entre nos jambes est un petit Poulbot, une graine de Gavroche...

Autant la soirée avait commencé dans la bonne humeur, l'excitation d'être réunis pour un repas de fête, autant la tension monte maintenant. Werner est en rage : les copains ont été incapables de réunir les quelques francs nécessaires à l'achat d'un litre de vin. Mais aucun n'a de quoi, tous sont fauchés ce soir. Werner décide de quitter « la compagnie » et d'aller à Saint-Michel « acheter de l'argent ».

La soirée est douce, les terrasses des cafés regorgent de monde. Paris est en bras de chemise.

Au coin de la rue Monsieur-le-Prince et de la rue de

l'Odéon, un petit bistrot — à la devanture peinte en jaune. A la terrasse, quelques tables de fer, des consommateurs qui sirotent un verre en écoutant un vieil Argentin et sa guitare.

Werner avise un couple attablé, lui genre cadre du samedi soir, elle belle jeune femme à la dernière mode :

« Ta table, pour cent francs, je te la soulève. Tu m'entends ? Je te la soulève avec mes dents ! Ma bouche. Sans y mettre les mains. D'accord ? Alors, poussez-vous, messieurs et mesdames. Place à l'artiste... »

Les gens s'écartent. Des sourires, déjà quelques applaudissements. Le guitariste encourage Werner en musique :

« *Adelante, chico, anda, anda...* »

Avec de grands gestes d'acteur, prenant son temps, Werner ôte son chapeau, me tend son gilet de cuir. Il dégage la table des chaises qui l'entourent. Le jeune bourgeois — après tout, le spectacle est pour lui — tire un billet de son portefeuille, une fortune, aussitôt avalée par la poche de mon compagnon. Werner s'accroupit devant le rebord métallique, distend les lèvres, ouvre une bouche comme un étau. Ses dents brillent. Il saisit la table à pleines mâchoires, cherche l'emplacement idéal, l'équilibre. Un essai, un échec. Il attaque sur une autre face. L'attroupement déborde sur la rue. Des spectateurs insolents frappent dans leurs mains ; quelques plaisantins lancent des « olé ! ». Werner s'arc-boute — mouvements de bouche, de langue, de nez. Bien caler les dents... Une écume blanchâtre apparaît à la commissure des lèvres. Il ne parle plus, mais lance de grandes plaintes gutturales pour attirer les regards ou se donner du courage. Le silence s'est fait, impressionnant. Les muscles de Werner se tendent, son pouce semble tripler de volume. Il transpire à grosses gouttes.

Les pieds de la table tremblent, mais ne décollent pas du sol. Werner plie davantage les jambes. Nouvel essai. La table s'élève, un centimètre, deux. Qui, de l'homme ou de la table, va céder ? Ses bras sont tendus à l'horizontale pour équilibrer le corps. Il la soulève encore, parmi les cris, les jambes flageolantes. La table monte, monte. Werner, dans un dernier effort, se redresse. Ses jambes le hissent. La table reste horizontale, de plus en plus haute devant lui, comme une marguerite des champs cueillie au bord du chemin.

Il est beau ! La foule applaudit et rit.

Mais Werner n'a pas fini. Il incline la tête en arrière, le plateau suit l'inclinaison de la tête, en perpendiculaire. Le meuble tremble. Werner vacille, écarte les jambes, se plante au sol comme un pieu. Ses reins se cambrent à l'inverse de la table. Il semble maintenant danser pour maintenir l'équilibre.

Les yeux médusés des spectateurs, l'admiration des filles, je suis enivrée par mon homme, par sa puissance, par son talent d'artiste.

Ses bras repoussent la foule. Il va tenter quelques pas. Un passant retire précipitamment une chaise qui encombre le chemin de Werner. Un pas en avant, un autre en arrière. Le musicien reprend sa guitare et propose le rythme endiablé d'une salsa brésilienne. Mon compagnon essaie de le suivre. Un pas à gauche, un pas à droite. Et cette table toujours qui tremble et s'incline et se redresse et frémit, entre les mâchoires d'acier de celui que j'aime, de celui dont je suis éprise ce soir comme jamais. Les regards des badauds ne le quittent pas, ses muscles tendus à rompre, sa pomme d'Adam saillante, ses cheveux trempés. Je tremble pour lui que la table ne s'écrase sur son visage, ne lui torde le cou. Et toujours ses épaules qui tressautent sous l'effort, l'équilibre de plus en plus instable.

Soudain, au bout de longues minutes, dans le brouhaha général et enthousiaste, Werner décide de s'écarter, de reculer vraiment. Et brusquement, il ramène la table sur le trottoir dans un grand fracas. Il plaque avec violence ses mains sur la tôle du plateau, le bruit résonne entre les façades des maisons. Le public sursaute et lance des « vivats ! ». La bouche de Werner de plus en plus crispée, ses lèvres écartelées et blanches gardent les traces de l'effort. Il s'essuie d'un ample mouvement de poignet. Puis, se tournant vers le public, tend aussitôt la main. Certains glissent des billets, d'autres s'éclipsent, rappelés par Werner. Chacun veut fêter l'artiste, l'invite à sa table, mais il ne s'attarde pas. Après un verre, il disparaît. Solitaire, magnifique, moi dans son sillage, époustouflée par cette nouvelle corde à l'arc de mon baladin des rues.

La fontaine Saint-Michel. Rassemblement de la pauvreté, de la marginalité parisienne et internationale. Werner ce soir n'y vient pas retrouver de vieilles connaissances, mais travailler.

Après le spectacle, c'est à moi de passer le chapeau pour la quête, sourire aux lèvres, ma petite fille endormie dans les bras. A ceux qui me refusent, Werner lance une bordée d'injures en plusieurs langues et tous, aussitôt, de sortir leur porte-monnaie.

Place Saint-André-des-Arts, rue de Buci et à Mabillon, il lance encore ses flammes dans le ciel de Paris. Autant de peine pour Werner, autant de sous dans nos poches. Samantha, quoi qu'il arrive, dort ou bien ouvre des yeux écarquillés. Sage, affectueuse, tranquille, elle intrigue ceux qui passent, dans sa petite poussette d'où dépasse la gerbe blonde de ses boucles.

Et nous cheminons ainsi d'un lieu à l'autre, heureux d'être ensemble, Werner tendant son petit carton au hasard des rencontres.

Ivresse, douceur folle de vivre. C'est la sortie des cinémas, mais Werner a décidé d'arrêter la musique. Il m'entraîne dans un café dont il connaît le patron.

Sur le zinc, patiemment, avec amour, il se met à ranger par piles de dix ses pièces de monnaie — tout notre trésor ainsi étalé, sonnant et trébuchant comme l'or d'un Moyen Age retrouvé, attendant d'être échangé contre des billets de banque.

Lui seul a droit de toucher cet argent — durant toute notre cavale, je n'aurais jamais un sou en poche... —, c'est lui qui l'a gagné, c'est lui le chef de famille !

Sous l'œil étonné des derniers consommateurs, je m'associe au triomphe de l'artiste.

Dans un coin discret du café, le patron nous a préparé une fête, apportant lui-même les assiettes garnies. Cette nuit n'est pas comme les autres : Werner célèbre ses succès. Et moi un rêve : en l'honneur de l'Année Sainte, un pèlerinage international des Tsiganes aura lieu à Rome, fin août. Et j'ai réussi à convaincre Werner de m'accompagner. Je vais retrouver ceux qui habitent mon cœur.

Voilà pourquoi cette journée n'a été qu'une course à l'argent. Ce soir, je tremble de bonheur. Les lumières du café clignotent, Samantha rêve sur mes genoux. L'absurdité et l'inutilité de vivre me désertent peu à peu. La vieille bête carnivore de l'angoisse s'éloigne à petits pas. Alors, me retournant sur le héros de mes jours et de mes nuits, je lui demande simplement :

« Comment dit-on bonheur en allemand ? »

Chapitre 16

« Riant à moi, brutal d'ivresse... »

Riant à moi, brutal d'ivresse,
Qui te prendrais
Comme cela, — la belle tresse,
Oh ! — qui boirais...

« Les Reparties de Nina. »

Alors a commencé notre descente vers Rome et les Tsiganes. Un mois — peut-être davantage, je ne sais plus —, un mois riche de tant de choses, images, souvenirs, douleurs.

Aujourd'hui, ces jours demeurent en moi comme une boule de feu où tout se mélange, feu d'artifice, étincelles et flammes qui m'ont brûlé le cœur. Etape de ma vie, magique et magnifique, et douloureuse aussi.

Magnifique, ce chemin d'étoiles, d'une découverte, l'autre, l'invention à chaque étape, la vie avalée à pleine gorge, mille images somptueuses sur la route, même au cœur des bas-fonds, et les rires, tant de rires, jusque sur les lèvres de ceux pour qui chaque seconde est une conquête sur la mort.

Douloureuse, notre route vers le soleil fut aussi une descente aux enfers. Werner s'était mis à boire. Et peu à peu, le grand Viking blond se transforme en gros bonhomme rouge, qui transpire, les yeux globuleux, la face bouffie. Il gueule dans la rue, il prend à partie des inconnus, les bouscule sans raison...

Avant l'épreuve — cracher le feu, manger le verre,

soulever les tables avec sa bouche —, il lui fallait « se remonter », « prendre la forme ». Et puis c'est devenu — redevenu sûrement, car j'ai toujours pensé que c'était chez lui hérédité du malheur, vieille habitude ou vieux exemples remontés du temps de son père, de son passé allemand, ce qu'on appelle la destinée... — une drogue de mort. Chacune de nos étapes, surtout à partir de l'Italie, comme autant de stations sur mon chemin de croix. A peine étions-nous arrivés dans une ville que Werner se précipitait au cœur des vieux quartiers en quête de nouvelles, à la recherche d' « amis ». En fait, chaque bistrot était prétexte à boire un verre... et de verre en verre, Werner s'enfonçait dans l'alcool. Parfois, il devenait violent, agressif, méchant. Parfois même il revenait nous prendre, titubant, tanguant d'un trottoir à l'autre, et mon beau héros des rues n'était plus qu'une loque humaine...

Le temps des querelles était venu, bientôt, parfois, le temps des coups. Souvent, nous nous sommes séparés. « C'est trop dur avec toi et la petite, je reprends mon duvet... » Et je lui tendais son passeport, sûre qu'il allait nous planter là, sans aucun scrupule...

Et puis, quelques heures après, il nous retrouvait toujours, déclarant sans aucune gêne :

« J'ai le temps ! Et puis, le stop, c'est mieux avec une femme et une petite fille. Après un temps il ajoutait : Aussi... je suis amoureux de toi ! »

« Pitoyable frère ! Que d'atroces veillées je lui dois* ! »

Combien de fois, ces soirs d'abandon ou de violence, me suis-je demandé ce que je faisais avec cet homme. Comment moi, fille de mon père et de ma mère, fille de Dieu et de ses écoles, comment pouvais-je suivre ce vagabond, ce cracheur de flammes, ce pilleur de bourgeois ?

Il faut comprendre.

Werner, c'était aussi, sur mes chemins de solitude, soudain la fantaisie débordante, le magicien voleur d'étincelles, le

* « Illuminations. »

baladin qui serpente les routes, rires en bandoulière et cœur en fête.

Il aimait les gens, il allait vers eux, génial inventeur d'histoires que son imagination embellissait de mille enluminures d'or. Il abordait les passants dans l'intention de leur soutirer quelques sous, bien sûr, mais il embrayait aussitôt sur n'importe quoi, et comme par enchantement il avait deviné ce qui allait passionner son interlocuteur.

Le sens de l'humour et de la repartie joyeuse qui n'empêchait pas la colère, la haine parfois si on osait lui marcher sur les pieds, je ne savais pas que c'étaient armes de vainqueur et fruits de la séduction. Le génie du contact, le contraire d'Yves qui restait enfermé en lui-même, coincé.

Cette sociabilité me fascinait. Aimable et blagueur, impulsif et drôle, Werner aimait rire et faire rire. Il savait transformer l'hostilité qu'on lui témoignait parfois de prime abord en amitié, et cette sympathie conquise rejaillissait sur moi, l'amour qu'il faisait naître chez les autres entretenait le mien. Le constat que je n'étais pas la seule sous son charme renforçait mon amour.

Et puis — ou peut-être avant tout — Werner et moi, ce fut un coup de foudre. Il était beau, j'aimais sa liberté d'allure, l'or cuivré de sa peau, ses yeux verts et ses blonds cheveux bouclés — Yves aussi avait des cheveux longs, mais pas fous comme les siens, « ennuyeux » —, son corps pas vraiment mince, mais confortable et douillet, sa voix, ou plutôt cet accent unique qui faisait du français, dans sa bouche, un langage neuf et musical, et sur son corps sans poils ce décor de tatouages qui dansait avec ses muscles — prénoms de femmes et serpents, drapeaux et têtes de mort.

Et nous avions vingt ans — le plus bel âge de la vie comme on sait, mais je ne l'avais jamais su. Pas de gêne entre nous, nous pouvions nous promener bras dessus bras dessous...

Mais plus que de lui peut-être, j'étais amoureuse de la vie qu'il me révélait.

Ce n'était pas la délinquance qui m'avait séduite. Il ne fut jamais mon compagnon de délinquance, le vol n'était pas mon aventure, mais son côté habile, l'invention permanente et folle, la rue comme un théâtre, la vie riche sans argent. J'étais émerveillée qu'on puisse vivre sans argent, gagner sa vie non pas à coups d'heures de labeur, mais à force d'art et de lumières. Cracher le feu, je trouvais cela superbe, et superbe la manière, tout ce théâtre et ce cinéma. Car Werner ne faisait jamais rien à moitié, il faisait au contraire toujours plus que ce qu'il annonçait, et j'aimais justement que, pour une fois, avec un homme, les fruits passent la promesse des fleurs. Il avait d'ailleurs l'air d'un vrai saltimbanque, avec son gilet de cuir ouvert sur la poitrine.

J'admirais son aisance dans la débrouillardise — les pires situations stimulaient sa verve joyeuse, comme un défi à relever. Pour la première fois, gagner de l'argent pouvait être drôle, on pouvait le faire en se promenant et en riant. L'argent oubliait sa malédiction en perdant son masque austère et rébarbatif, et ce mystère obligé qui l'entourait chez nous, où l'on ne savait jamais ce que gagnaient ceux qui en gagnaient. Ici, plus de secret, je voyais, je touchais, j'étais au courant de tout. Ce n'était plus la récompense tardive à la privation — longues études, heures de labeur...

L'imprévu, l'invention, ces atouts qui empêchaient de subir la vie, qui provoquaient la réussite, Werner ne les avait pas appris dans les écoles. Et c'était le plus fascinant à mes yeux. Il était celui qui m'ouvrait les portes, qui m'apprenait ce que personne n'avait songé à m'apprendre : vivre. Il était l'initiateur, ma vraie école, mon université à moi.

Il était très important d'apprendre par lui la vie de la rue, les lois du voyage. Dans mon attachement, sans doute y avait-il aussi la conscience vague que sans lui je n'aurais pas pu faire la route : c'est long et difficile, c'est toute une intégration, un apprentissage auquel je n'étais pas préparée. Je n'aurais pas pu vivre cette vie seule, je ne savais rien d'elle, j'avais besoin d'un protecteur — c'était peut-être le côté intéressé de l'affaire. Werner m'indiquait les nouveaux chemins, il me conduisait vers des milieux que sans lui je n'aurais jamais osé approcher — délinquants, alcooliques, clochards, paumés... —, vers d'autres solidarités. Si je suis restée avec lui plus longtemps qu'avec les autres, peut-être était-ce parce que j'avais plus à apprendre avec lui. Il reste, dans ma vie, celui qui m'a le plus appris.

Le temps qui depuis a passé m'a conduite pas à pas vers l'autonomie... et aujourd'hui, après dix ans de routes et de bosses, je n'ai plus besoin des hommes pour « faire la route » — jusqu'au jour où je pourrai vivre avec un homme « gratuitement », pour le simple plaisir et le bonheur de partager la vie. Alors, j'aurai plus à lui donner qu'à apprendre de lui...

Cette vie n'était pas seulement nouvelle, mais aussi l'opposé de celle que j'avais menée avec Yves, qui n'aimait pas les gens, ou qui ne savait pas aller vers eux. Alors, bien sûr, on parlait peu, on ne rencontrait personne. Maintenant, c'était un défilé ininterrompu de figures de tout poil, on parlait beaucoup et dans toutes les langues, et le plus rébarbatif ou le plus hostile était celui qu'il fallait conquérir. Les rencontres semées sur mon chemin m'empêchaient d'être triste ou déprimée, faute de temps pour penser à moi-même.

Gai, avenant, communicatif et joyeux, le contraire d'Yves. Le contraire aussi, faut-il le rappeler, de mon père !

J'allais oublier : la vie romantique, sans le sou sous la lune, au bras d'un maître du feu, qui reculait chaque jour les frontières et faisait voler les étincelles, loin des murs figés d'une maison familiale aux meubles massifs et passifs — paysages dansants et riants contre « natures mortes ».

Nous n'avions pas seulement le même goût du voyage, mais aussi la même approche. Moi, jusqu'alors en rêve, lui en noir et blanc, au quotidien. D'ordinaire, on part en « vacances-voyage » quand on a mis un peu d'argent de côté ; on part et on revient quand on a tout dépensé. Nous, nous partions sans le plus petit ducaton en poche, et nous revenions avec de l'argent « acheté », inventé. La vie de rêve, sans programme, loin des rails où on avait toujours voulu me voir circuler. Le futur n'existe plus, avec ses craintes et ses angoisses, parce que le présent apporte sa moisson de découvertes quotidiennes. *Je ne regrette pas ma vieille part de gaieté divine**...

J'avais trouvé un mari-voyageur, un papa-voyageur aussi.

Au début, encore dans l'idée de « l'homme-toujours », j'envisageais un voyage qui coulerait sans fin à son bras, avec

---

* « Illuminations. »

d'autres enfants peut-être... La séduction de Werner, c'était aussi le couple Werner et Samantha : je riais dans mon cœur quand les badauds s'extasiaient sur la ressemblance de « Sam » avec son « papa » — même blé dans les cheveux, même ciel dans les yeux, même allure nordique... — et lui était aux anges. Nous ne disions rien, c'était notre secret, notre contrat de mariage à nous, notre enfant conçu sans péché ! Et je pensais en souriant aux malédictions de mon père : « Marie-toi, sinon ta vie est finie, une femme seule avec un enfant ne trouve pas d'homme ! » La vie m'apportait un premier démenti (que la suite ne ferait que confirmer, l'enfant handicap n'existe que dans la tête des peureux de la vie...). Werner était heureux et fier de porter Samantha, de lui offrir des cadeaux, de jouer avec elle, et cette complicité m'enchantait.

Et moi pour lui ?

Je crois que lui aussi était amoureux de moi. Sans doute étais-je différente des femmes qu'il avait eues dans sa vie, et il aimait aussi que je sois une maman, il répétait souvent qu'il avait eu de la chance de trouver « sa famille toute faite ». A ses yeux, j'étais une maman agréable, pas rébarbative, à l'écoute de sa fille, et qui lui donnait l'éducation qu'il aurait rêvée.

« J'avais en effet, en toute sincérité d'esprit, pris l'engagement de le rendre à son état primitif de fils du soleil — et nous errions, nourris du vin des cavernes et du biscuit de la route, moi pressé de trouver le lieu et la formule*. »

Au gré des camions, nous glissions peu à peu vers le sud, Sens, Auxerre, Avallon, Saulieu, Chalon-sur-Saône, Tournus, Mâcon. Le voyage au quotidien, c'est avant tout savoir multiplier les combines. Combines pour le stop d'abord ! pour dormir chaque nuit ensuite : Werner était un roi pour dénicher des granges ou pour ouvrir les portes des maisons inhabitées — mais alors, il ne volait rien ! Pour nous laver, les lavoirs publics, les ruisseaux, les toilettes des cafés ! (et

* « Illuminations. »

pour laver nos gamelles sales. Au début, il m'arrivait de me laisser chasser par un patron irascible ; maintenant, j'avais la bonne technique, je commandais d'abord un café au comptoir, ensuite, client oblige...).

Je me souviens de quelques trucs de Werner.

Un magasin de chaussures, par exemple, et aussitôt Werner s'en va inspecter minutieusement les poubelles, en quête de vieilles paires que les clients abandonnent généralement lorsqu'ils sortent du magasin. Il les revendra sur le premier marché. En attendant, accrochées par les lacets, elles s'empilent et font un étrange chapelet à son épaule.

Une enseigne de la Croix-Rouge ou du Secours Catholique ? Werner pousse la porte aussitôt. A l'aise, humble et attendrissant, il demande de la nourriture pour notre enfant. Le résultat est assuré...

Lorsque la poussette est à bout de course, Werner s'adresse au premier garage et demande un boulon ou une soudure. Le mécanicien, goguenard ou ému, s'exécute et la plupart du temps ne nous demande rien. Ainsi, de fil de fer en remontage, notre véhicule nous accompagnera jusqu'au bout, véritable antiquité brinquebalante et sonore...

Mais ce fut avec les Italiens, amateurs de « combinazione », que Werner révéla son génie inventif.

13 h 15 précises, l' « Hospedale Civile » à Gênes. La grille... Quelques escaliers... C'était l'heure de la chapelle de l'hôpital... Le petit cloître où six hommes attendent, déjà assis à l'ombre de lauriers et de palmiers en caisse. Une porte s'ouvrait, une tête, la même que chaque jour, comptait les présents. Quelques minutes plus tard, un moine en longue soutane marron, cordelière à la taille, sandales aux pieds, suivi par un petit moinillon qui trottinait à ses côtés en portant une marmite de spaghetti, commençait à distribuer une soupe, un quignon de pain parfois. Tous se jetaient dessus, moi la première, consciente des regards qui m'observaient derrière les persiennes closes — j'étais la seule femme de la bande.

17, 18 heures, c'était l'heure de la tournée des sacristies de la ville (plus tôt, les prêtres font la sieste et ne seraient pas disponibles pour la charité). Nous nous arrêtions dans chaque église, il était bien rare que nous en ressortions bredouilles : de deux cents à trois mille lires, sans compter les dons en nature — vin, pain, fromage.

L'Année Sainte, le pèlerinage gitan était sans doute pour quelque chose dans cette étonnante générosité. Nous nous faisions volontiers passer pour des Tsiganes nordiques en route pour le rassemblement.

La générosité italienne n'empêchait pas les mauvaises surprises : un après-midi que nous faisions la manche, près de la station maritime, Werner aborde un homme dont le profil correspondait exactement à ceux qui d'habitude donnent à coup sûr : allure stricte du cadre pressé. Werner lui tend notre papier, l'homme sort aussitôt son portefeuille. Je calcule déjà le billet qu'il va nous tendre, mais c'est sa carte de commissaire de police ! Il nous demande de le suivre, et nous entraîne à grands pas vers un poste de police à l'entrée de la gare. Werner tente de l'amadouer par mille mensonges, sur un ton larmoyant et repentant, montrant Samantha et moi, se frappant la poitrine. Excédé, le policier, d'un revers de main rageur, finit par nous chasser comme des moustiques importuns. Penauds et refroidis, nous sommes repartis sans un mot...

Mais la combine des combines, en Italie, c'est « la vente du sang » aux hôpitaux : vingt mille lires pour un quart de litre. Le plus calmement du monde, Werner m'explique, comme si cela allait de soi, qu'il l'a toujours fait. Un peu pâle, il revient une demi-heure plus tard avec un ticket qui lui donne droit de consommer gratuitement dans un bar. Il me montre la carte sur laquelle les médecins ont inscrit la date et la quantité de sang prélevée afin d'éviter qu'il ne revienne trop souvent « vendre sa vie ». J'observe le papier, y lit, effarée, toute une géographie des villes italiennes. Mais Werner a plus d'un tour dans son sac : en l'occurrence, tout un lot de cartes sous des identités différentes ! Horreur ! Quel besoin d'argent ou quel désir inconscient le pousse en même temps à se détruire ? La tête me tourne. Mais où suis-je donc ? En Europe ? Dans quel continent sous-développé ? La misère atteint un seuil qui me glace. Mais Werner est parfaitement à l'aise, dans ce monde inhumain des derniers stades de la misère. Avec les pauvres hères qui attendent leur tour, les crève-la-faim, les indigents, les loqueteux, muets dans leur dignité, tous ceux qui n'ont plus rien à attendre de cette vie de déveine. Même leurs yeux ne parlent plus. Que sont nos émotions de riches devant la souffrance humaine qui mène à la déchéance ? J'apprends que la douleur des pauvres se conjugue en silence...

Quelques étapes de notre descente : Cette nuit dans un jardin public, où, réfugiée sous un grand arbre, je me sens heureuse, malgré tout. Et malheureuse en même temps, car je viens d'écrire une longue lettre à papa. Je n'ai qu'un père sur la terre... Nous sommes loin, cœur et esprit, occupations, univers... Pourtant, je n'ai que lui. Je ne relis pas trop la lettre, car je sens déjà la vieille boule rouler dans ma gorge, la marée oubliée des larmes. J'appelle son cœur du fond de mon chagrin.

Au-dessus de nous trois, les branches de l'arbre se balancent lentement. Leurs feuilles noires scintillent à la lueur d'une enseigne de bar...

Sur la route de Nantua à Annecy. De loin, Werner a repéré un camion Unic immatriculé en Italie. « Ça c'est bon », me lance-t-il en se précipitant au milieu de la chaussée avec de grands gestes de détresse. Le conducteur freine. Le lourd semi-remorque met plusieurs dizaines de mètres à s'arrêter, créant aussitôt, sur cette route étroite, un encombrement, entre les façades noires des maisons pressées de ce petit village jurassien. Le chauffeur nous accepte dans sa cabine décorée des fanions de toutes les équipes de football de la Péninsule...

En Italie, le stop est un plaisir :

« *Dove andate ?*

— *Genova !* »

De péage en péage, de Fiat luxueuse en camion brinquebalant, nous approchons rapidement de notre but, Gênes. La sympathie rebondie et complaisante des Italiens est à l'image de ce petit vieillard pauvre qui nous tend un billet de dix mille lires, tout froissé et plié en quatre, qu'il a sorti de sa poche avec un grand sourire. Werner l'empoche aussitôt avec force remerciements.

« C'est ça l'Italie... » me glisse-t-il tout heureux.

Comme dans chaque ville, nous entasserons dans une consigne de la gare nos affaires personnelles...

Dans chaque ville encore, Werner arpente les vieux quartiers, pèlerinage obligé à son milieu, une routine qui reprend chaque fois, vieille habitude des gens de la route que de chercher partout des complices...

Dans un petit restaurant mal famé. Le vieil homme qui dîne à notre table interpelle le patron :

« Ne les charge pas trop, ils n'ont pas d'argent, ça se voit bien. » Et chacun de se mêler ainsi de nos affaires.

« La petite a des boutons. Faut l'emmener chez le docteur. On ne peut pas la laisser comme ça. Eh ! la mamma, faut lui couper ses spaghetti, à la bambina... »

La vieille femme qui nous apostrophe depuis le fond de la salle n'attendait pas la réplique :

« Ferme ta gueule et mange, la vieille... » Puis, à la cantonade : « J'en ai marre de l'Italie. C'est toujours comme ça dans ce pays, on peut jamais être tranquille. Tout le monde se mêle de tout. »

La sortie de Werner ne décourage pas pour autant les habitués du restaurant qui poursuivent conseils et commentaires.

« Moi, je vais y aller à la pharmacie acheter une crème pour la bambina. Par la Madone, je vais m'en occuper, moi, de cette gamine !... » Et ainsi de suite, dans chaque ville...

Gênes encore : à la nuit tombée, dans une pension cradingue à la hauteur de ce que nous pouvons nous offrir — au troisième étage d'un immeuble délabré, petite chambre minable, dont le bidet renferme des excréments mal dissimulés par une serviette, meubles recouverts de journaux qui ne masquent même pas la crasse et la poussière. Les vitres peintes et écaillées donnent sur une petite ruelle où travaillent des prostituées. En robes de léopard échancrées jusqu'aux reins, un sein à l'air, ou bien nues sous un manteau de fourrure, en panties à dentelle, le maquillage outré, je les entends parler entre elles, répondre aux hommes ou faire des commentaires après leur départ. Je saisis les bribes de conversation dans des langues diverses, m'amusant à reconnaître les divers accents, savant jeu d'oreilles qui m'occupe une partie de la nuit. Le bruit de leurs talons aiguilles résonne jusqu'au petit matin dans l'étroite venelle. L'immeuble d'en face est à quelques mètres de nous. Par la fenêtre ouverte, j'observe un couple misérable en train de se quereller pendant que les enfants dorment dans l'unique pièce. Des cordes à linge vont de leur fenêtre à la nôtre. Si chacun tendait le bras, on pourrait se toucher. Et je les regarde sans pouvoir leur dire un mot...

Le lendemain, dans le même café que la veille, Werner déballe son outillage d' « artisan » et se met à travailler le cuir. Comme il demande au patron s'il pourra ce soir lui laisser son matériel — il préfère dormir dehors la nuit prochaine —, deux hommes se concertent. Puis se lèvent. Saisissant la scie que leur tend le patron, ils nous entraînent dans un immeuble voisin avec l'intention de scier le cadenas d'un appartement abandonné. Et nous voici installés comme des rois dans un charmant quatre pièces en plein cœur du vieux Gênes ! Les meubles sont poussiéreux, l'électricité coupée, l'eau tarie, mais qu'importe !

Il y a encore, bien sûr, la manche ou la vente dans la rue. Dans la célèbre « Via Pré », étroite et misérable ruelle du quartier populaire bourdonnante comme une allée de souk arabe, nous nous installons près d'un grand stand qui propose tout le déguisement du parfait hippie, depuis le patchouli jusqu'au foulard indien, en passant par les pipes et les bracelets de cuir. Les vendeurs sont des Nord-Africains. Après dix minutes, l'un d'entre eux vient nous demander de déguerpir au plus vite — nous leur causons, paraît-il, un tort considérable. Ils nous menacent d'appeler la police, car ils ont, eux, une autorisation de vente en bonne et due forme, dont nous sommes, évidemment, totalement démunis. Werner ne se laisse pas démonter :

« Si vous appelez la police, attention à vous. Demain votre magasin sera fermé, votre bazar brûlé. J'ai des amis qui n'aiment pas qu'on m'embête. Vous voyez ce que je veux dire ? »

Morte de peur, mais fascinée, j'écoute Werner m'expliquer la loi de la rue. « Dans la rue, si tu n'es pas le plus fort, t'es perdu. C'est comme la jungle !... »

Rageur, Werner s'installe à quelques mètres, et, prenant à témoin l'attroupement, continuant d'injurier les Arabes et provoquant contre eux la colère de l'assistance :

« Et maintenant, qu'est-ce qu'elle va manger, notre petite fille ? Ils veulent nous empêcher de gagner notre vie ! »

A l'intérieur du groupe de vendeurs qui nous avaient agressés, une dispute éclate entre les pro et les anti-Werner. Celui-ci jubile en me lançant des clins d'œil de victoire. Lorsque l'atmosphère se calme, il me glisse :

« C'est comme ça qu'il faut se débrouiller. Les monter les uns contre les autres. Et faire son trou au milieu de la zizanie... »

L'atmosphère du quartier est éprouvante. Des bagarres éclatent à tout bout de champ, de véritables tumultes, des émotions populaires qui secouent la foule. Nous sommes sans cesse aux aguets. Notre frêle étalage menace de s'effondrer ou même de disparaître aux mains de plus pauvres qui en profiteraient pour nous voler.

La générosité italienne ne se dément pas. Certains refusent de nous donner quelques sous, mais c'est pour nous inviter au café, parfois même au restaurant. Tel autre offre mille lires à Samantha pour qu'elle puisse s'acheter des « *gelatti* ». Un autre jour, un Italien à moustaches, bedonnant et affable, nous entraîne dans un restaurant de luxe. Il rit à gorge déployée des mimiques de ma fille aspirant ses pâtes à pleine bouche, joue avec elle, la prenant sur ses genoux tandis qu'elle lui tire les poils de sa moustache. A la table voisine, un homme vêtu comme un acteur d'opérette, costume de satin brillant, chaussures vernies, chemise à jabot de dentelle, chevalière et gourmette en or, nous observe attentivement depuis un moment. A la fin du repas, il approche sa chaise, se présente tout d'abord comme un peintre, avant d'avouer, en se penchant sur la table, qu'il est « mafiosi », envoyé de Rome pour prendre livraison d'un « colis » à l'arrivée d'un bateau venant de Chypre ! Il échange avec Werner un regard de connivence et, trinquant avec lui, frappant sa paume du plat de la main, lui fixe un prochain rendez-vous à Rome...

La Spezia, l'espace de quelques heures de manche. Pas glorieux. Werner décide que Pise sera meilleure car plus touristique — un routard autrichien rencontré dans un café de Gênes lui a vanté la manche à Pise et Livourne. Et cette simple indication a suffi à l'emballer.

Ainsi va le monde de la route, on croit la première personne rencontrée, on se confie et on bluffe en même temps, on quitte tout ce à quoi l'on tient sur un coup de tête. Les causes de déplacement sont aussi fragiles que les relations que l'on tisse. La route dévore tout. Elle devient but à elle seule, avec son corollaire obligé : l'argent.

En Italie, je me suis mise à regarder mon homme avec les yeux de Giuletta Masina dans *La Strada.* Moitié voleur de mon âme, moitié ivrogne au grand cœur, il me prend et me partage. Nous n'avons pas la moto-caravane d'Anthony Quinn, rien qu'une poussette déglinguée, mais nous aussi nous parcourons les faubourgs sales de l'Italie en quête de trois sous. Au coin des rues, contre l'enchantement éphémère de secondes magiques, les passants oublient leurs chagrins en riant parfois de nous. Les images du film ne me quittent pas, non que je cherche une identification, une mystique de la misère, mais bien parce que je retrouve dans notre aventure des similitudes qui m'émeuvent et m'effraient. C'est celle des derniers vagabonds sans foi ni loi, des réprouvés, des moins que rien. Des derniers saltimbanques, des mendiants hors du temps. *La Strada* a le pouvoir de me faire saisir que nous restons des êtres humains. Sans doute, au carrefour des rues, à pied, aux terrasses des cafés, durant tous ces jours, nous ne sommes parfois que des objets pour ceux qui nous regardent. Mais, lorsque Werner crache le feu, fait ses tours de force dans les rues, et que je frémis pour lui, je le perçois de plus en plus souvent comme la réplique de la frêle et innocente victime du film. Malgré l'image virile, malgré les rires et les « vivats » du public, Werner m'apparaît maintenant comme un être déboussolé, malheureux et finalement vide de raison d'exister. A chacun de ses pas, il s'accroche à moi comme Zampano à sa gamine, je suis son continent, sa demeure, sa dernière servitude. Sa raison de lutter, son désir de protéger. Je suis son premier spectateur et sa complice, celle qui reconnaît les défaillances invisibles au public et seule connaît le prix du danger qu'il court. Muette, bouleversée, je suis la progression de sa frénésie, l'achèvement de sa misère.

Werner, ombre du rêve qu'il entretient autour de lui et que les autres prennent encore en plein cœur.

Pise, c'est encore une scène inoubliable.

Sur une place dévorée par les terrasses de cafés renommés, où sont attablés des bourgeois tranquilles, des vacanciers et de jeunes désœuvrés, Werner, dans un italien bancal mais incisif, prend à partie les consommateurs :

« Qui me donnera cinq cents francs, soixante mille lires ? En échange, je mange mon verre. Allez, vite, décidez-vous... Vous pouvez vous mettre à plusieurs. Toi, là-bas, avec ton blazer de yachtman, tu donnes combien ? Et toi, la madame emperlée ? Tiens, ton billet, je le mets là, sur cette table ? Il attend ses copains. Je ne bouge pas avant les soixante mille lires... Je ne veux pas crever pour moins. Tiens, toi, la monnaie que vient de te rendre le garçon, pose-la là sur la table. Voilà, ça vient... Encore un effort, braves gens ! ne soyez pas mesquins. Ce que vous allez voir n'est pas seulement extraordinaire, c'est unique au monde ! Les risques, croyez-moi, c'est pas rien : perforation de l'estomac, hémorragie interne, et tout le bordel !... Toi — il s'adresse à la caissière du bar — tiens-toi prête à appeler l'ambulance... »

Tous les regards sont sur lui. L'auditoire est suspendu à ses lèvres. Par sa faconde étourdissante, par le défi qu'il semble lancer à chacun, je devine que Werner est dans un état d'excitation propre à lui faire commettre bien des erreurs. Manger du verre est pure folie. Je crains un instant qu'il ne veuille berner son public et s'enfuir avec le magot. (Moi, avec Samantha dans les bras, et la poussette, on me rattraperait aussitôt, je sais bien qu'il m'abandonnerait dans le dédale des petites rues.)

Mais il y a pire : s'il voulait en finir ?

Des rumeurs commencent à s'élever dans le public impatient et incrédule. Werner reprend son boniment. Hors de lui, il déambule au milieu les tables, haranguant celui-ci, saisissant la pile de billets de l'autre, comptant à haute voix la somme demandée qu'il feint de n'avoir pas atteinte.

« Je sais que vous ne me croyez pas. Jamais vous n'avez rien vu de semblable... Regardez-moi. Toi, la mignonne, regarde l'intérieur de ma bouche. Je n'ai rien de spécial. Disleur. Plus fort, merde. Ils ne me croient pas, les vaches ! »

Il se retourne brusquement. Attrape un verre ballon à moitié plein, sagement posé devant un client abasourdi. Il l'approche de sa bouche, comme s'il allait boire, et soudain il croque. Le verre éclate. Il ne reste dans la main de mon compagnon que le pied qu'il repose sur la table dans un geste violent et théâtral. Il en mâche un éclat, le broie, le mastique encore. Des brisures s'éparpillent sur sa poitrine, des morceaux entaillent ses lèvres. Il mâche toujours. Ses dents mènent un train d'enfer. On entend distinctement les crissements du verre écrasé. D'un grand geste de la tête, il avale. Je vois sa pomme d'Adam qui monte et descend. Il ouvre la bouche comme un four et parcourt l'assistance tandis qu'une écume rosâtre lui coule des lèvres. Puis, avec la même brusquerie, il se saisit d'un autre verre, le croque et en repose les restes : il manque seulement, dans la partie supérieure, une corolle en forme de dentition, comme les traces des dents dans une pomme. L'apéritif s'écoule doucement, par la brèche ainsi découpée. Les cris des spectateurs sont si assourdissants, leur étonnement si comique, que je ne peux m'empêcher d'éclater de rire, d'éclater d'un rire nerveux, soulagé, irraisonné. Werner me lance un regard de colère.

Sur une autre table de la terrasse, il ramasse à la volée la coupe de champagne d'un couple peut-être heureux. Ce sont des Français, si j'en crois leurs exclamations :

« Ah ! Ben ça alors !... »

« Roger, fais attention ! Il prend ton verre, il va te le manger... Roger, ton verre ! »

Trop tard, il n'y a pas loin de la coupe aux lèvres de Werner, qui en boit intégralement le contenu, champagne oblige, avant d'en croquer l'enveloppe, consciencieusement, religieusement presque, prenant la peine au passage de ramasser sur son gilet un éclat planté dans le cuir, qu'il porte à la bouche et se met à mâcher avec la même lenteur. Son visage n'exprime rien. Ses lèvres sont maculées de sang, de débris de verre, de cristaux. Un homme, baraqué et blasé, ricane au fond de la terrasse. Werner s'approche, menaçant et furieux, lui prend dans les mains le demi de bière qu'il allait boire, l'arrache littéralement, y fait une large entaille par où la mousse s'écoule. Werner est au comble de la rage. Il mastique encore les derniers éclats qui encombrent sa bouche.

Plus personne ne bouge, n'a envie de partir, n'ose se lever. Certains regardent, abasourdis, incrédules, les restes qui gisent sur le marbre des tables. Ceux qui ont assisté à la scène debout, soit qu'ils entraient dans le café, soit qu'ils en sortaient, restent plantés dans l'allée, pétrifiés. Tous attendent la suite. Va-t-il recracher les morceaux, vomir, saigner ? Un groupe d'adolescents téméraires s'approche de lui. Il les regarde sans les voir, les yeux perdus dans un monde où nul n'a accès, visiblement près de s'effondrer. On lui demande d'ouvrir la bouche. Werner s'exécute. Je reste vigilante, prête à intervenir, silencieuse mais morte de peur. Quelle est ma place dans ce spectacle tragique et dérisoire ? Werner a pourtant l'air de savoir ce qu'il fait. Il ramasse alors les billets, tranquillement, avec une lenteur calculée. Il les compte. Un sable de cristaux de verre brille encore à ses lèvres. Il grimace lorsqu'il tente de s'en débarrasser d'un revers de main, elle aussi striée de coupures légères...

A chaque seconde, je m'attends à ce que jaillisse un flot de sang. Werner lève les bras au-dessus de la tête, les mains soudées, dans un signe de victoire, comme un boxeur.

Sans un mot, il s'éloigne, majestueux, aérien, magicien, mon dompteur de rue. Je demeure quelques instants interdite, comme l'ensemble des clients du café, encore sous le coup de l'extraordinaire numéro de hargne et de bravoure qu'il vient d'exécuter. Puis je me lance à sa poursuite, et le rejoins à toutes jambes, mon baladin aimé, mon orage ivre de sa force..., avec encore au ventre cette terreur de le voir mourir cette nuit. Seule avec lui, que ferai-je quand les spectateurs auront depuis longtemps disparu ?

« Maintenant, il faut manger », dit-il en agitant les billets.

Nous atteignons enfin la Ville Eternelle. A la vue des collines et des trésors archéologiques, remontent en moi les cours d'histoire ancienne, les heures mélancoliques des déclinaisons latines.

Werner connaît Rome comme sa poche et se dirige à merveille dans l'extraordinaire toile d'araignée des transports en commun. D'autobus en autobus, nous sillonnons les quartiers et les bars, toujours à la recherche des « amis ». Je retrouve la constance et la patience formidables du routard : se renseigner partout sur les possibilités, les tuyaux, les relations.

Entre la Piazza di Spagna et la Piazza Navona, la zone populeuse où Werner a décidé d'établir notre « quartier général ». Pour les nuits, notre choix s'est arrêté sur la villa Borghèse. La richesse des jardins, la beauté de cet environnement de rêve, cette campagne à la fois antique et nouvelle, en plein cœur de la ville, tout me serre le cœur : j'ai le sentiment de goûter pour la dernière fois la joie de notre existence à trois.

Sous les palmiers que dessinent les faisceaux des projecteurs, notre campement sur l'herbe évoque les haltes des nomades dans une oasis. D'autres voyageurs partagent avec nous le calme du soir, petit peuple égaré sur les restes tétanisés d'anciennes civilisations, sous les étoiles éternelles... Au loin, la façade du palais Borghèse resplendit sous les illuminations. Notre table de nuit, un chapiteau de colonne corinthienne aux feuilles d'acanthe ! Notre toit, une petite tonnelle de vigne au-dessus de nos têtes, trouée par le scintillement des astres ! Notre lit, des herbes sèches au parfum sauvage !

La chaleur accablante nous oblige à quitter nos vêtements, les souffles brûlants courent à même la peau. Le temps est immobile. Les grillons seuls rappellent que le monde existe...

Mais je ne sais toujours rien de la fête tsigane — et ceux à qui je pose la question semblent tout ignorer de ce pèlerinage. Un employé de la Stazione Termini me renseigne enfin : les dates ne correspondent pas à ce que je pensais, la réunion ne commencera que dans dix jours.

De place en place, de fontaine en fontaine, Samantha et moi

déambulons, sans attaches, toutes amarres rompues, buvant la vie. La chaleur étouffante nous jette dans les fontaines, parmi les statues et les gloires, et les chevaux cabrés. Le baroque débridé en perd ses restes de solennité. Il m'arrive d'apporter dans un petit sac savon et shampooing et, sous l'œil médusé des passants, d'entreprendre le décapage de Samantha, qui n'apprécie guère l'opération.

J'aime cette ville où tout est évident pour tous, où l'étonnement ne tourne pas à la critique, où le rire est contagieux. On est loin de la Rome culturelle et touristique, mais la richesse et la simplicité de ces contacts humains m'en apprennent plus sur l'âme humaine. Quel guide jamais m'aurait signalé cette « mamma » qui m'entraîne à San Silvestro pour allumer un cierge au pied de la statue du saint :

« Il faut remercier le ciel, quand on a un enfant si beau ! »

Dans ce décor, Werner, le soir venu, peut enfin donner toute sa mesure. La Piazza di Spagna, avec son monumental escalier, ses rambardes de pierre qui gravissent la colline jusqu'à la Trinité des Monts, est le lieu d'un rassemblement hétéroclite de vendeurs d'artisanat, de croqueurs de portraits, de marchands à la sauvette, de photographes à l'affût des touristes. Werner est chez lui. Il connaît beaucoup de monde, parle à chacun, rit et plaisante. La foule est dense, visiteurs autant que jeunes Romains en mal de rencontres. Werner décide de donner son numéro favori.

Debout sur la balustrade, le voici soudain en proie à une sorte de rage créatrice. Ses pitreries, sa malice, ses mimiques improvisées, sa verve intarissable ont vite drainé vers lui la foule des curieux. Le lieu, il faut dire, est propice à un spectacle grandiose. Debout, assis sur les marches, le public attend. Un orage menace de crever. L'air est tout électrisé, et des vibrations terribles semblent ébranler le ciel et menacer les humains. Werner a bu. Il invective la foule, bouscule les gens. Il sort son couteau qu'il brandit, debout sur la balustrade de pierre, perdu dans le ciel romain. L'obscurité est comme trouée par des rails de lumière et lui, perché entre l'abîme et nous, au bord du vide, semble prêt à bondir comme un funambule de la nuit.

Une fois de plus, je suis abasourdie par son génie du

spectacle. Sa voix désarticulée hurle dans la nuit, rebondissant de façade en façade :

« Je travaille pour nourrir ma famille. Donnez-moi de l'argent. Je suis le fils de la nuit, le cracheur de feu de la vieille Europe... »

L'atmosphère est à la fièvre, de nombreux hippies font circuler bouteilles et joints. Soudain, la flamme jaillit, cassant la belle symétrie de la place, grimpant comme une langue folle sur la façade de la Trinité des Monts. La hardiesse de Werner est à la mesure de l'attente du public. Ses acrobaties enthousiasment la foule.

A mon tour, j'entre dans la danse et déballe un petit inventaire d'artisanat que nous avons conservé. Et c'est la voix d'une étrangère qui sort de moi :

« Je suis la femme de l'artiste, achetez un souvenir de lui. Ce matin même, il a fabriqué ces bijoux pour vous. »

Et la flamme toujours recommencée brûle l'escalier monumental de la Piazza di Spagna. Werner continue à interpeller les gens, à leur réclamer de l'argent. Les guitaristes hippies qui tentaient de profiter de l'aubaine ont dû cesser de jouer. On ne les écoute plus. Une quête spontanée s'organise, chacun veut collaborer à la « survie » du saltimbanque et de sa famille, chacun est venu relayer Werner et exiger, supplier son voisin de donner de l'argent. Les chapeaux circulent, les mains se tendent, un bruit de ferraille envahit la place.

Abandonnant ma réserve, je me joins au mouvement :

« Donnez, donnez-nous quelque chose. Pour lui, là-haut, qui se brûle les poumons, pour vous, pour cette nuit folle dont vous vous souviendrez toujours. »

Une sorte de délire collectif semble posséder la foule. Au loin, les roulements du tonnerre et les éclairs, ici, la nervosité à fleur de peau de tous les assistants. Rome a pris une couleur de métal, on attend la dague qui va jaillir de son fourreau pour le meurtre collectif.

Soudain les sirènes de police convergent vers la Piazza di Spagna. Les gyrophares déchiquettent l'obscurité. Des voitures de police surgissent, dans des crissements de pneus, coups de freins, portières claquées, demi-tours enragés. La nuit est hantée de violence. Werner continue à cracher sa lueur d'enfer qui répond aux phares des policiers. Le troupeau humain, tassé sur les marches, oscille entre la crainte et la révolte, chacun, j'en suis sûre, pense à un soir de fin du monde.

Mon déballage d'artisanat a disparu depuis longtemps. Un touriste allemand m'en a acheté le quart pour une somme mirifique. Lorsque Werner descend de la balustrade et me rejoint au bas de la place, un touriste espagnol s'approche de lui et lui demande la permission de prendre une photo — il voudrait un cliché de mon ami au bord du vide, auréolé de flammes. La discussion qui s'engage est aussi délirante que ce que nous venons de vivre, et délirant le prix fixé par Werner pour un tel privilège ! Les spectateurs donnent leur avis et participent à la négociation. Voici l'Espagnol au grand cœur entouré, bousculé, bientôt menacé par un public totalement acquis à Werner. On le touche, on veut l'intimider, finalement l'accord se fait sur la base de trois mille lires !

Comme un fou, Werner escalade quatre à quatre les marches innombrables jusqu'à la plus haute balustrade de pierre. Et il crache de nouveau sa gerbe d'or, ce feu qui jaillit du fond de lui-même et dans lequel il semble s'immoler, aux pieds de l'église qui semble se tasser, tandis que des gouttelettes incandescentes tombent dans le vide. Et Werner, majestueux et solennel, redescend sous les acclamations, indifférent à cette foule qu'il a conquise, et que maintenant il refuse.

Il s'approche de moi, me voit pour la première fois de la soirée, me sourit et me glisse à l'oreille :

« C'est un beau jour aujourd'hui, on continue... »

Il interpelle un touriste allemand :

« Compatriote, paie-moi le taxi, il faut que je continue à gagner ma vie. Tu peux venir avec nous, je vais Piazza Navona. »

Comme un honneur qui lui serait fait, fier d'appartenir au même pays que ce nouveau conquérant de Rome, l'Allemand sort un gros billet. Et, comme des rois fortunés, nous partons à travers les encombrements inextricables de cette nuit qui n'en finit pas de sombrer dans le délire. La voiture est saturée des odeurs mêlées d'alcool à brûler, de chair grillée, de transpiration. Nous roulons toutes fenêtres ouvertes et l'air brûlant de l'été romain se plaque à nous comme des mains de désir.

Bâtie sur l'emplacement d'un cirque antique, la Piazza Navona est occupée en son centre par l'extraordinaire fontaine « des fleuves » — un lion et un cheval marin prêts à bondir hors de l'eau, à massacrer la foule inconsciente qui se presse aux terrasses des cafés. C'est un public de choix pour mon acteur royal. Car, ce soir, il est le roi, la rue est son théâtre, Rome est sa coulisse. Il transforme le monde, volubile, abondant comme les sources jamais taries des quatre fleuves, flot incessant, puissance marine, raz de marée... Comme un apôtre de Pentecôte, il parle toutes les langues, interpelle chacun, réinvente son boniment de forain. Il pénètre dans une pizzeria, et réussit à convaincre les consommateurs de sortir dehors afin d'assister au spectacle ! Il me prend des mains la poussette où dort Samantha, petit ange absent des folies de la nuit. Il circule entre les tables en criant :

« Nous sommes des bohémiens allemands, nous n'avons rien que nos corps. La terre est mon pays. Regardez ma famille, nous mourons de faim. Mais pour vous, pour vous seuls, je trouverai encore la force, ce soir, de vous éblouir. Mon attraction est unique au monde. Mon ventre est du feu et je le ferai exploser pour vous. Regardez cette enfant qui sommeille, dans cette poussette, c'est ma fille... demain il me faudra la conduire à l'hôpital. Je n'ai pas le premier sou pour payer ses médecins. Je suis seul avec elle, la terre nous a pris tout le reste. Ne croyez pas à ma force apparente. Je suis un vieillard que les routes du monde ont usé. Aujourd'hui je suis ici, demain je serai à l'autre bout du globe. Profitez de cette nuit, c'est l'ultime que je vous accorde. Nous n'avons plus que ce soir pour tenter de vivre. Donnez votre argent. Ouvrez vos cœurs. »

Et tous, fascinés, le dévorent des yeux. La magie est repartie. Werner incarne le rêve des foules, il est le vagabond, le raconteur de coups en qui chacun est prêt à reconnaître ses fantasmes inavoués. Enchaînés par les mots, ils cèdent un à un. Jamais comme ce soir je n'ai senti combien il était important pour moi que l'homme que j'aime soit aimé de la foule.

Werner déchire sa chemise, la froisse en chiffons qu'il enflamme. Un spectateur — il s'est dévoué pour avancer l'argent de cet achat ! — approche l'alcool à brûler... Et le vieux numéro recommence ce soir, plus beau que jamais. La flamme tourne autour de sa tête, se glisse entre ses jambes, l'environne comme un nuage. Indompté, agressif, boule de concentration, jambes écartées et tendues, thorax gonflé d'air et de feu, il arpente la place, dominant les spectateurs de ses gestes tranchants, de ses yeux ivres. La flamme droite dans la nuit dévore le visage halluciné du premier rang. J'exulte, ivre de bonheur, folle amoureuse. Mon homme, seul face à la foule, la tient entre ses lèvres. Il est la foudre, et je comprends alors ce qui l'attache à cette vie : les regards de la foule qui l'admire, le respecte, l'envie. Par deux fois le feu a pris sur sa peau nue — il « risque sa peau », mon homme, il travaille sans filet, oublieux de tout le reste. J'aime ça.

Mais je suis rejetée du côté des badauds, petit point anonyme du cercle des subjugués. Aussi, quand il me lance son chapeau pour que je fasse la quête, j'ai du mal à trouver le boniment exact qui fera tomber les sous. Je me sens maladroite. Je n'ai pas l'habitude, encore sous le coup des images que vient d'offrir Werner, et pourtant, moi aussi, j'aimerais donner tout ce que je possède.

« Une petite pièce, messieurs-dames, pour l'artiste et sa famille. »

Ma maladresse met Werner en fureur :

« Bonne à rien, tu fais mal ton travail. Tu crois que je me brûle la gorge, l'estomac et les doigts pour tes beaux yeux ? Pour toi ? Pour eux ? Ces salauds pleins de fric... Je fais déjà mon travail, si tu crois qu'en plus je vais faire le tien ! Oblige les passants à te donner quelque chose. »

Sa hargne rebondit de moi aux badauds. Il m'arrache le chapeau des mains.

« Vous êtes des voleurs. Vous venez de voir un spectacle, et vous voulez pas payer. Je n'avale pas l'alcool à brûler pour mon plaisir. Je vais crever dans la force de l'âge et sans un rond. Allez, filez-moi votre fric. »

Son ascendant — peut-être aussi le souvenir des instants qu'il vient de leur faire vivre — impressionne les gens ou leur fait peur, en tout cas ils donnent alors sans compter.

Werner décide de rentrer et je le suis comme une ombre vers le jardin de la villa Borghèse. Dans une rue calme, une luxueuse Mercedes s'apprête à rentrer au garage. Un couple l'occupe. Werner se précipite, tirant de son gilet le petit papier magique :

« *Senor, un momento por favor.* »

Il mélange les langues, mais sa voix est si autoritaire qu'un billet de mille lires glisse dans sa poche. Werner ne s'en contente pas, il demande le paquet de cigarettes de l'homme qui le lui donne, trop heureux de se débarrasser à si bon compte de cette étrange rencontre. Il est 4 heures du matin, la nuit peut enfin nous unir...

La Via Appia Antica, à la sortie de Rome. Nous avons opté pour le Sud, la Campanie, puis plus loin encore peut-être, avec cependant, présente à l'esprit, l'échéance du 25 août, date du pèlerinage tsigane...

Naples. Ses bidonvilles délabrés et sordides, Naples frissonnante des incessantes allées et venues d'une foule misérable.

Total dépaysement, pour qui vient d'Italie du Nord : conduite folle des voitures, concerts d'avertisseurs, disputes en pleine rue, putains peintes comme des guirlandes, contrebande. Le soir, dans une rue qui mène au port de commerce, cherchant un havre où dormir en sécurité, nous longeons les entrepôts. La plupart sont clos de hautes grilles, doublées de barbelés, véritables casemates où dorment, surveillées jour et nuit, les richesses qui transitent par la ville. Werner avise un gardien qui regarde mélancoliquement, flanqué de deux molosses, le trafic automobile en proie à la fièvre.

« L'ami, connais-tu un endroit où ma famille pourrait dormir cette nuit à l'abri des brigands ? Nous venons de loin. Dans votre entrepôt, cela serait peut-être possible ? »

Après d'interminables palabres, où compte plus le goût de la discussion que les raisons du refus, l'homme débloque les verrous. Par un passage étroit, nous nous glissons à l'intérieur d'une petite cour encombrée de zincs de café, de formica et de camions. Le gardien a bien du mal à retenir les deux chiens qui meurent d'envie de nous égorger tout crus, avant de se résigner à les enchaîner. Il ouvre alors la porte fermée à clé d'un poids lourd :

« Grimpez là-dedans. Faites votre nid. Mon collègue du jour vous sortira demain. Bonne nuit, les tourtereaux ! »

Un petit air de malice dans les yeux, la portière qui se referme... à clé ! Prisonniers ! Au chaud certes, à l'abri sans doute, mais un peu à l'étroit ! Des grattements, des plaintes aboyées résonnent dans la cour, les chiens relâchés jappent à notre porte. Toute la nuit, je sentirai leurs rondes incessantes, leur souffle. Dans quelle mesure faire confiance au veilleur de nuit ? L'incertitude est la fille du voyage. Cependant, Samantha dort tranquillement, coincée entre les deux sièges avant de la cabine, Werner et moi occupant, repliés sur nous-mêmes, le reste de l'exigu local.

La santé de Werner se détériore. Je me sens impuissante. Cet athlète de vingt-cinq ans — première fois que je sais son âge — est miné de l'intérieur par un mal que j'ignore. Je le devine de plus en plus fragile. Château de cartes menacé par le premier souffle d'air. Un matin, après une nuit passée sur la jetée du port, il ne peut se lever. Ses gestes sont lents, il ruisselle de sueur, puis, l'instant d'après, glacé, il tousse à fendre le ciel, gémit comme un enfant. Je ne sais que faire... Il secoue sur le pavé mouillé sa tête de grand sauvage du Nord, tremblant de tous ses membres. Je supplie un passant d'appeler une ambulance du « Pronto Soccorso »...

Le long des couloirs de l'hôpital, il titube, se raccroche aux épaules des deux infirmiers. Le médecin qui l'ausculte diagnostique une broncho-pneumonie et ordonne une hospitalisation immédiate. Werner refuse :

« Vous ne pouvez pas comprendre. Je ne peux pas quitter le voyage... »

A bout d'arguments, l'interne de garde prescrit un traitement de cheval et ordonne à Werner de revenir chaque matin pour une série de piqûres.

Samantha, qui jusque-là gazouillait dans un coin de la salle, se met alors à tousser. Le docteur se précipite sur elle, l'ausculte, se retourne vers moi avec un air de catastrophe :

« Vous êtes fous, tous les trois. Votre mari est très atteint, il peut mourir. Mais votre petite fille ne va pas mieux. Quelle idée de dormir sur le port ! Ce n'est pas une vie ! »

Inquiète, je n'arrive cependant pas à discerner dans ces propos alarmistes la part de réalité et la part de condamnation obligée de notre style d'existence. Je sais parfaitement que Samantha n'est pas malade. Je ne suis pas inconsciente au point d'ignorer sa santé. Elle est mon unique trésor sur la terre et elle reçoit les soins que tout enfant peut attendre dans notre monde. Mais je me refuse à faire d'elle un pilier de salle d'attente, un de ces enfants pâles qui passent leurs jours dans la crainte de la prochaine maladie, conditionnés qu'ils sont par l'angoisse de leurs parents.

Werner exige une grande quantité de médicaments. Requinqué par la piqûre qu'on lui a faite, il s'exprime avec davantage de facilité, tente de convaincre le docteur, lui expliquant son métier de saltimbanque. Nous quittons finalement l'hôpital, sous la réprobation générale, murmures choqués qui accompagnent notre passage. Werner passe de longues heures à se reposer au soleil, dormant dans la chaleur étincelante du Midi italien. Moi, pendant ce temps, je fais la lessive dans le port, dans de vieilles bassines empruntées à des pêcheurs. A proximité de notre trio convalescent, un ouvrier soude de grands arceaux pour construire une barque. Sur un feu, des hommes viennent réchauffer leur repas. D'autres, à l'aide de cordages et de poulies, hissent une barcasse hors de l'eau. Des marins, de retour de la pêche, frappent des calmars sur les pierres du quai. Ils nous en offrent, régal à consommer ainsi sur place et tout cru. Des ouvriers peignent la coque de navires en cale sèche. Des marins réparent les trous d'un filet, qu'ils ont tendu entre leurs doigts de pied. Images mille fois répétées de la vie calme d'un port traditionnel.

J'aime cette Italie de toujours, au pied du volcan vengeur, ce peuple qui vit dehors, chômeurs aux mille occupations...

Les cafés du port sont une fête permanente, le contact avec la population un plaisir. Samantha n'arrête pas de déguster les glaces que tous viennent lui offrir, quand ce ne sont pas des jus d'orange qu'elle apprend à boire, tout étonnée et ravie, avec une paille, à l'ombre d'un palmier.

La vieille dame qui tient les WC publics sur le front de mer : elle me fait ses confidences tandis que Werner écrème la ville à la recherche d'argent.

Le fonctionnement de son établissement avait tout d'abord retenu mon attention : il est dépourvu de chasses d'eau. Derrière chaque client, elle remplit d'eau de mer un petit sac en plastique et le déverse ensuite dans la cuvette, inondant, à chaque fois, la lunette de bois et le carrelage.

« Ça fait plus propre... » me glisse-t-elle dans un clin d'œil, tout en passant une serviette douteuse. Il n'y a pas non plus de papier hygiénique. De longs rubans de papier d'emballage, découpés avec des ciseaux et accrochés à un clou, en font office. Ni lavabo ni savon... Giuletta, ma nouvelle amie, vit dans ces lieux depuis bientôt quarante ans, flanquée de deux petits chiens noirs, auxquels elle parle durant son travail, leur racontant les potins de la ville, les scandales politiques qui ébranlent le gouvernement, ou le temps qu'il fait. Accolé à l'édifice, un banc public fait face à une petite place ensoleillée. S'y tient tout au long du jour un vieil homme, complice de Giuletta, qui prend « le bon air ». Il est veilleur de nuit dans une usine, et comme il n'a pas de domicile, il vient passer là ses jours, sur ce banc, à proximité de sa vieille amie, qu'il doit courtiser discrètement. Travaillant la nuit, il se repose ici, dort quelques heures, s'alimente un peu dans les petits cafés des environs. La sympathie va vite. Nous partageons souvent nos repas, et les tranches de melon qu'il nous offre ont le goût merveilleux de l'amitié. Par eux, je trouve enfin un abri pour nos nuits. Ils ont convaincu un pêcheur de nous laisser la petite cabane où il range son matériel. Dans l'odeur de poisson, nous passons nos dernières nuits d'amour...

Samantha sur la hanche, j'arpente les rues de Bari, puis celles de Brindisi, observant l'Italie éternelle, les femmes qui fabriquent les pâtes ou préparent les bocaux de tomates. Je réfléchis.

Je me parle tout haut, cherchant à m'encourager : l'expérience que j'ai vécue aux côtés de Werner n'a pas été vaine. Ma jeunesse brouillonne et curieuse a, grâce à lui, assouvi une immense partie de ses désirs d'errance et de vagabondage. Un jour, l'avenir me renverra l'image idéalisée de ce temps d'errance partagé avec mon baladin ! Je me surprends à cracher sur le capot d'une auto qui me suit avec insistance. L'apprenti Don Juan fait demi-tour. Cette assurance nouvelle m'encourage. Ma force est intacte, et plus tranquille. Il reste à la canaliser vers des buts qui me soient propres, choisis et voulus par moi seule. Au bout de mon chemin avec Werner, je sais que je ne rencontrerai que la délinquance et l'alcoolisme. Il faut bifurquer avant pour aller à la rencontre de soi-même.

Le 25 août approche, le rassemblement tsigane... Là est mon but immédiat. Werner se résigne à me suivre, et, d'étape en étape, de crises de mauvaise humeur en réconciliations, nous gagnons Rome...

Chapitre 17

« Et tout soleil amer... »

Mais, vrai, j'ai trop pleuré ! Les aubes sont navrantes.
Toute lune est atroce et tout soleil amer :
L'âcre amour m'a gonflé de torpeurs enivrantes.
O que ma grille éclate ! O que j'aille à la mer !

« Le Bateau ivre. »

Mon désir de participer au rassemblement tsigane, autre face du vieux désir d'assimilation. Après Appleby, après les Saintes-Maries, je veux poursuivre ma rencontre. Werner, lui, ne fait que côtoyer les Tsiganes, certains d'entre eux tout au moins avec qui il entretient des « relations d'affaires » — fraternité tacite du besoin, de l'œil vif, de la main rapide.

Mais, malgré nos disputes de plus en plus fréquentes et violentes, rien maintenant ne me détournera de la voie que j'ai choisie.

En ce matin du lundi 25 août 1975, je suis seule avec Samantha dans le bus, direction la périphérie de Rome. Changement d'autocar, changement de décor : plus rien soudain, pas même une vague banlieue, pas même une campagne souriante, une sorte de désert sinistre. Pour m'orienter, je n'ai qu'un plan aux indications sommaires tracées sous la dictée d'un Tsigane, à la gare de Rome, sur un petit morceau de journal déchiré.

A pied, par une piste d'ornières, poussant tant bien que mal la voiture d'enfant de Samantha, j'avance dans ce décor de décharge publique au milieu des cartons éventrés et des odeurs de pourriture portées par la chaleur écrasante. Ce condensé de l'horreur, cette invitation au viol et à la délinquance, c'est donc la route de honte et de misère qui va me conduire jusqu'au lieu du rassemblement pieux, jusqu'à ceux en qui j'ai mis mes ultimes espérances ! Cruauté de l'Histoire : même en pèlerinage, même en cette Année Sainte, même en attente d'être reçus par le pape, les Tsiganes demeurent des réprouvés, des exclus qu'on relègue derrière les dépotoirs et les décharges des villes, et qui n'ont rien à attendre d'un monde qui les rejette depuis des siècles. Ma détermination à les rejoindre en est toute ravivée...

La poussette cahote sur les graviers de la route, j'ai du mal à maintenir ma petite fille en équilibre. Des camions délabrés chargent des pierres et des détritus, ou déchargent, un peu plus loin, leurs improbables matériaux.

La plaine serait déserte s'il n'y avait ces ouvriers et d'autres occupés à réparer la piste défoncée, silhouettes lunaires dans ce paysage de désolation et de chaleur. La route serpente entre de petites collines et semble ne pas vouloir finir. Samantha et moi, progressant tant bien que mal au milieu des nuages de poussière qui nous asphyxient, sommes la cible des touristes qui arrêtent leurs voitures pour nous prendre en photo. Un jeune homme en moto fait demi-tour pour nous filmer. Sommes-nous la dernière image quasi biblique des saintes voyageuses, ou celle de romanichelles en voie d'extinction ? Je ne cherche pas à me déguiser. Je m'habille selon mon cœur gitan. Tant mieux si la pauvreté, l'indigence font de moi, derrière ma voiture à bout de souffle, une Tsigane aux yeux de ceux qui passent. Ma fille comme espoir et mes pas comme destin.

Au détour du prochain virage, qu'est-ce qui m'attend ? Comme à l'approche du camp d'Appleby, l'angoisse revient, lancinante. J'ai appris à aimer ce sentiment, comme un souffle coupé, comme une peur qui ne viendrait pas des légendes méchantes que les « braves gens » font courir sur les bohémiens, mais fruit plutôt de la grande nouveauté de ce « débarquement » sans ancrage, sur une terre inconnue de moi.

Le rassemblement, soudain...

Sur le vallonnement ininterrompu, les caravanes posées au hasard. En fait ce désordre apparent cache le jeu des alliances et des solidarités familiales, au-delà des frontières.

A l'entrée, une petite roulotte ; devant elle, deux femmes qui arrêtent les véhicules pénétrant dans le camp. Elles relèvent le numéro minéralogique, veulent savoir le nombre d'occupants, les nationalités, avant de souhaiter la bienvenue.

Ainsi, ce sont des femmes qui tiennent l'un des postes clés de ce rassemblement et je veux y voir comme un encouragement. Je ne suis pas seule. Religieuses ? Peut-être ! En tout cas non-conformistes, sans peur et sans reproche face à ces teints cuivrés, aux fortes moustaches, et aux accents puissants de ces hommes qui, au volant de leurs grosses voitures, traînent derrière eux les caravanes où s'entassent les femmes et les enfants.

Samantha et moi figurons maintenant, pour la première fois, sur les registres des « Gens du Voyage ». J'éprouve le besoin d'ouvrir mon cœur à ces femmes, et je parle de l'Angleterre, de la forme d'existence que je mène, des espoirs qui m'ont conduite jusqu'ici. L'une d'elles me demande :

« Où allez-vous dormir ? Vous n'avez pas de caravane... »

— Je ne sais encore. Ce soir, je rentrerai sans doute à Rome. Mais demain et les jours suivants, je resterai. Où pourrions-nous nous installer, ma fille et moi ? Vous allez bien nous trouver un petit endroit tranquille... »

Un lien se tisse, une fraternité, et je devine déjà, dans ce regard plus appuyé, cette interrogation discrète, cette attention aux autres, déjà toute l'ambiance du pèlerinage qui me touche au cœur...

Je me laisse envahir par l'immense joie d'être là. Dévorant des yeux tout ce que je vois, assise sur trois briques entassées, Samantha sur mes genoux ! Elle rit, suce son pouce, ses cheveux blonds renvoient des éclairs au soleil. La fraîcheur d'un vieil olivier tombe sur nos épaules. Je savoure chacun de ces instants comme une promesse de renaissance...

Soudain, une main effleure ma tête. Je lève les yeux. Debout à côté de moi une religieuse, vêtue de bleu délavé, un petit voile de même couleur dans les cheveux, une ceinture de cuir, des sandales aux pieds, et sur le visage un air de bonté qui ne juge pas, qui ne méprise pas, qui ne questionne pas. Ni pitié, ni aumône, mais la seule confiance, la simple et chaleureuse assurance d'être. La « Petite sœur de Jésus » m'invite dans sa roulotte où elle fait chauffer du lait pour Samantha. Je laisse jaillir mille interrogations sur elle, sur son ordre, sur sa vie, sur le pèlerinage. Elle répond avec douceur, m'explique l'histoire de sa congrégation, sa vie en roulotte parmi les nomades pauvres, ces déracinés sans frontières au milieu desquels elle parvient à mener son existence contemplative, tout en portant témoignage de sa foi, en évangélisant et en venant en aide à toute détresse visible ou secrète.

Samantha rassasiée, me sentant acceptée et accueillie, je puis enfin partir à la découverte du camp.

Les voitures stationnées sont impressionnantes — Mercedes, grosses Citroën, breaks reluisants venus des quatre coins de l'Europe... Luxueuses sont les caravanes aussi, comme si n'était venue ici que la fine fleur tsigane, l'élite qui a pu s'offrir le long déplacement.

Curieusement, les vêtements évoquent la dernière mode « *gadjo* », les élégants de Paris ou de Milan ne feraient pas mieux... Quelques femmes roms font exception, fidèles aux longues robes bigarrées et aux foulards multicolores. Le premier moment de déception passé, je me raisonne : je suis venue chercher ici quelque chose qui doit dépasser les apparences. Le Tsigane a quand même d'autres moyens de signaler sa trace : les fils à linge où sèchent d'immenses lessives, entre deux véhicules, deux arbres ou deux poteaux électriques !...

On m'interpelle, on m'invite de roulotte en roulotte.

Derek Tipler est un authentique Tsigane — de mère croate

mais de père anglais (sa famille s'est réfugiée en Grande-Bretagne pour fuir les persécutions nazies). Sa vie est une extraordinaire aventure qui commence dans le journalisme — à la BBC, à Paris, au Nigeria... — avant de se poursuivre...

Mais un gigantesque plat de spaghetti interrompt le récit.

Il faut dire que sa table est une véritable tour de Babel. Entre les plats, par-dessus les assiettes, sa femme « Darling », sa fille « Boutcharni » (en tsigane danubien « la travailleuse »), son fils encore tout jeune, eux et moi échangeons des propos tantôt en français, tantôt en anglais, voire en allemand, en italien parfois. Aussitôt qu'ils parlent tsigane en revanche je dois m'avouer vaincue. Derek Tipler, qui a traduit l'Evangile en langue romani, sort du fond d'un coffre un petit opuscule bleu. Le titre évoque déjà les grands espaces : « O LASO NEVIMOS SAR RAMOSARDYA LES O MARKO ». Cette étrange écriture, magique pour moi, j'aimerais tant la déchiffrer...

Le récit reprend le lendemain :

Speaker à Radio-Vatican, après avoir épousé une belle Autrichienne, il renonce bientôt à sa vie de « *gadjo* », au métier, aux honneurs, pour rejoindre les siens, les fils du vent, les Tsiganes des grands chemins. Il a décidé de consacrer sa vie à la défense de la culture tsigane. Il parle même de « tsiganité »...

L'allure, le maintien de Derek sont extraordinaires. A côté de son assiette, il a posé sa canne. Il a la fierté absolue de ses racines, de l'originalité de son peuple. Et il le sait. En fait, son passage dans le monde des « *gadjé* » l'a amené à prendre conscience des trésors de la tradition orale de son peuple.

C'est « chez eux » qu'il a appris à regarder les siens avec respect et honneur. Ses enfants sont élevés dans ces sentiments nobles. Autour de verres décorés de filets d'or, je m'initie à ce monde qui n'est « mystérieux » qu'aux yeux de ceux qui préfèrent ignorer ce qu'il est. Je ne pouvais pas trouver meilleur guide pour aller vers ce peuple. Sa femme, blonde et ravissante, habillée à la romani de façon somptueuse, couverte de lourds bijoux d'or ouvragés, m'a tout de suite acceptée comme une fille de la maison. Tous deux m'ont prise en affection, cherchant à m'orienter, à me protéger. Samantha, aussi blonde que l'épouse, a l'air, elle aussi, d'un enfant de la maison. Nous nous reverrons souvent durant le pèlerinage et leur accueil ne se démentira jamais...

Au cours de mes pérégrinations dans le camp, je fais la connaissance encore d'un Manouche italien. Moustaches fières, chevalières d'or et gilet noir où s'accrochent des médailles en métal précieux. Pendant que ses petits-fils jouent autour des caravanes de son clan, il me raconte, assis sur un fauteuil de camping :

« Demain, trois Tsiganes, dont un de mes fils, iront jouer de la musique dans les prisons. Un “ rachaï ” les accompagnera. Sur le camp, j'ai organisé une grosse collecte pour offrir des cigarettes aux prisonniers. Vois-tu petite, il ne faut jamais lâcher les siens. Toute misère demande secours. Faut prier le Bon Dieu... »

La piété simple de ce vieil homme — sur ce rassemblement plane d'ailleurs un recueillement particulier — remue en moi quelque chose de très lointain, comme le tressaillement d'une confiance divine endormie, qui n'exclut pas la révolte devant trop de misère.

J'aime l'atmosphère du camp, il n'y a pas de « *gadjé* » ! Les Tsiganes sont entre eux, et les mains tendues et les harcèlements mendiants des enfants ne sont pas de mise, à la différence des Saintes-Maries-de-la-Mer.

Plus loin, dans un coin du camp, près des caravanes immatriculées en France, un étrange entassement de contrebasses et de violons brisés, une montagne de pièces de bois gisant à même le sol, comme un entrepôt de luthier. Une grande famille réunie autour des véhicules, fortes carrures d'hommes manouches parmi lesquelles circule la silhouette frêle d'un vieillard vif et rêveur.

La famille Doerr ! Des Pyrénées, elle est venue jusqu'ici afin d'honorer son dieu et de fêter le pape. Mais l'art n'a pas de frontières. Ici sera achevé le violon commencé entre Lourdes et Perpignan.

Les Manouches musiciens, les pieux et innombrables Doerr sont arrivés au terme de leur périple. Le soir se dessine et je songe, devant ces violons jetés dans l'herbe rare, aux longs cheminements de ces êtres habités par le feu sacré de la musique, comme si des générations de violonistes venaient battre, comme une vague éternelle, ce camp de nomades.

D'une porte ouverte monte la longue plainte d'un violon. Le son pur d'un instrument réparé ? Non, c'est un enfant d'une dizaine d'années qui joue ! Assis en face de lui, un vieil homme le regarde, dodelinant parfois de la tête en signe d'encouragement, et dans ses yeux passent tout l'orgueil, la nostalgie, la beauté de sa jeunesse, quand lui aussi apprenait d'un autre grand-père la secrète aventure de la musique manouche. Moi aussi, je touche au port. Une larme roule sur ma joue, le violon l'accompagne comme un cœur qui pleure...

Le soir même, je regagne Rome avec Samantha. Je ne voudrais pas me laisser submerger par ma joie, me perdre dans mon rêve de partage, sans tenter une fois encore de recréer avec Werner des liens de connivence, sans partager avec lui le même désir de vie.

Et je le retrouve dans un café. Il est là, barricadé derrière cette même allure d'indépendance, cette même attitude farouche et fière qui masque, moi seule le sais ou l'espère, un cœur blessé.

Aussitôt, le voilà qui m'entraîne dans les rues du cœur de la ville, afin de faire la manche. Mais décidément, ce soir est à l'orage, au tumulte, aux cris. Werner boit. Comme toujours, chaque café est l'occasion d'une halte. Je tente de le retenir, pas même de le raisonner, seulement de m'interposer entre lui et l'alcool. J'évoque la vie rêvée que nous pourrions avoir ensemble tous les trois. Il ne m'écoute pas. Il m'invective. La coupe est pleine, il faut l'accepter et décider de partir.

Quelques pas encore, et je me retourne pour suivre des yeux la silhouette de Werner. Je le vois disparaître dans la foule, je n'aperçois plus que son chapeau de cuir, celui de notre rencontre.

Soudain, une bousculade vient vers moi. Le chapeau de Werner s'enfuit par une petite rue adjacente. Une femme crie :

« Au voleur ! Au voleur !... Il m'a pris mon sac... Arrêtez-le... »

La dernière image que je garderai de lui, si nous ne devons pas nous retrouver, sera-t-elle celle d'une fuite éperdue ? Terrible image : mon héros devenu voleur de petits chemins !

Je me sens dépossédée, volée moi-même de mon bien le plus précieux, trahie : j'admirais un homme et c'était un détrousseur de petites vieilles ! Mon sang se fige dans mes veines. Des larmes ruissellent sur mon visage. Je n'ai plus rien. La belle journée finit en cauchemar. Du fond de l'abîme, je n'ai plus la force de crier vers vous, Seigneur. Ce n'est pas seulement la désillusion, mais un coup de poing brutal qui plaque la misère et l'abandon dans mon cœur...

Mes pas me mènent, hagarde, jusqu'à la Stazione Termini, l'une des gares de la capitale. Devant la consigne, rouge et congestionné, Werner m'attend. Il sait que je vais venir retirer mes affaires. Roulant des yeux injectés de violence et d'alcool, il marmonne pour lui seul des propos incohérents. La foule dense nous entraîne vers les quais. Que faire ? Je me souviens soudain que c'est lui qui garde la clé de l'armoire où sont enfermés nos trésors, qu'il a sur lui tout l'argent que nous avons amassé ensemble — celui du moins qui n'est pas encore parti en alcool.

Je n'ai pas le temps de m'attarder sur cette pensée que déjà la pitié m'envahit. Cet homme perdu et titubant, c'est le mien. Une fois encore, je vais vers lui. Prête à secourir celui que je nomme toujours, dans le secret de mes cachettes nocturnes, mon amour. Lui, d'un revers de bras, me frappe au visage. Mon nez saigne. Les gouttes de sang jaillissent, étoilant le macadam de la gare, maculant ma chemise. Mon poing est parti sans même que mon cerveau en ait donné l'ordre. Comme un ressort. La guerre est déclarée sans préavis. Les poings, les pieds frappent au hasard. Un attroupement se crée autour de nous. Toute pudeur m'a abandonnée, comme si la foule n'existait pas. Je prends à partie les badauds interloqués, ironisant sur les mérites de l'alcool et les bienfaits d'un mari soûlographe. Je crie, réplique aux coups de Werner qui tourne autour de moi, de plus en plus chancelant. J'esquive ses poings. Il tangue. Mais, moi, solide sur mes pieds, je danse ma danse de rage, déchaînée, hors de moi et du monde, hurlant mon amour envolé dans les vapeurs d'alcool, mon espérance bafouée. Je laisse aller la haine qui est sœur d'amour, mes vieilles colères contre la violence de l'homme qui terrorise et finit toujours par immoler celle qui l'aime. Je ne sens pas les mains de Werner qui agrippent mes cheveux, ses pieds qui me labourent, ses poings qui résonnent. Notre sac, ultime possession commune, valse de l'un à l'autre. Et soudain, frappant mon visage de plein fouet, il s'ouvre et nos affaires se répandent devant les yeux des spectateurs. Si je n'avais pas le cœur déchiré, je sourirais peut-être de mes petites culottes jetées, dispersées, piétinées sur le sol sale d'une gare de Rome. Mais la scène ne prête pas au rire. Comment échapper à la violence aveugle de Werner ? J'entends vaguement les badauds, j'entends, malgré les chocs dans mes oreilles à chaque coup de poing, quelques bonnes âmes exprimer « leur totale réprobation » sur un ton de jubilation mal dissimulé — le spectacle, pour une fois, mérite le détour. Je n'ai plus la force de parler, de hurler mon dégoût et ma hâte d'en finir avec cette bancale histoire d'amour où chacun s'est trompé de direction. Je pleure à grandes eaux, fontaine d'horreur et de tristesse, ruisseau du désespoir, flots, torrents, averses et tempêtes qui se déversent dans cette gare noire.

Le Terminus, le bien nommé ! Point d'arrêt d'une histoire qui eût pu être belle. En finir ! Je glisse à terre, me recroqueville sur moi-même, tandis que Werner laisse pleuvoir sur moi des coups de pied dont l'intensité diminue. Je me traîne sur le sol, ramassant un à un les vêtements que je trie, ceux de Samantha, les miens, les siens. Je serre contre ma poitrine les pauvres habits tout tachés de ma petite fille, je les presse comme des trésors sans prix.

Samantha ! Durant le quart d'heure qu'a duré notre combat, je l'avais oubliée... Elle dort, blottie dans sa poussette, indifférente au tumulte, miraculeusement préservée du spectacle horrible de sa mère battue, de sa mère saisie à son tour par la haine ! Je me sens laide, barbouillée de rancœur et de crasse. Werner m'a pillée, ravagée, je suis en friche, démolie. Quand viendra l'homme qui, patiemment, humble maçon conquérant, saura remettre pierre sur pierre pour fonder l'enclos d'un autre amour ? Non, l'amertume a pris définitivement possession de moi. Je ne connaîtrai plus jamais que cette hargne née de la peur, avec la violence pour réponse. N'aurai-je vraiment rien d'autre jamais à offrir que ce visage déformé par « l'éternelle » déception ?

Werner, adossé à une armoire métallique, reprend souffle, comme s'il rameutait les chiens de sa haine avant le nouvel affrontement. Il est une heure du matin, l'assistance se presse toujours autour de nous, il ne reste que les hommes. Ils s'amusent, mais pas un doigt ne se lèvera pour me porter secours. Werner, par intermittence, hurle en italien :

« C'est ma femme ! Elle est méchante. Elle veut me quitter. Elle n'a pas le droit. C'est ma femme... Elle ne comprend que les coups. »

Soudain, le cercle s'écarte. Deux policiers nous saisissent l'un et l'autre par le bras, sans ménagement. J'ai à peine le temps d'agripper la poussette de Samantha, nous sommes traînés jusqu'au poste des carabiniers et séparés sur-le-champ.

Chacun dans une cellule, ma petite fille endormie bien sûr à mes côtés. Derrière ces barreaux, assise sur un bat-flanc de bois, dans cette minuscule pièce aux odeurs nauséabondes, enfin le calme est revenu. Je berce Samantha dans mes bras, elle ouvre un œil sur sa maman penchée sur elle et replonge aussitôt dans la douceur de la nuit. Mes larmes se font reconnaissantes : quoi qu'il puisse m'advenir, cette enfant me reste en gage du bonheur à construire. Cette petite fille née de mon ventre, avec laquelle rien ne peut jamais être grave car rien ne m'est donné que notre alliance.

A tour de rôle, en dehors de la présence de l'autre, les policiers nous font venir, Werner et moi, pour consigner nos déclarations. Un bureau jaunasse, quelques affiches décolorées au mur, une table de bois, des tabourets, le ronronnement d'une machine à écrire, l'odeur des transpirations et des uniformes — la salle de police classique peuplée de gueules sorties d'un film de Fellini. Le policier m'offre une cigarette. Ma main tremble et je lance d'un trait :

« Je veux partir avec ma fille. Ce n'est pas mon mari.

Regardez mon passeport. Je n'ai rien à faire avec lui. Il refuse que je parte mais c'est fini. Vous comprenez ? »

Le hochement de tête du policier ne me condamne ni me rassure. Etouffés par l'épaisseur des murs, me parviennent malgré tout les cris de Werner qui hurle en écho :

« C'est ma femme. Je n'ai qu'elle. Rendez-la-moi. Sinon je casse tout ! Je la veux. C'est ma femme... »

Il doit s'agripper aux barreaux, les secouer de toutes ses forces, car les tremblements résonnent jusqu'ici. J'ai peur qu'il ne lui arrive malheur. Je crains également qu'à la suite de l'enquête auprès de l'ambassade l'Allemagne ne demande son extradition. A cause de moi ! Alors je supplie qu'on le relâche, expliquant qu'il s'est enivré parce que je veux le quitter, que c'est le désespoir qu'il l'a rendu violent. J'insiste tant, jurant qu'il n'a rien fait de répréhensible, que je réussis à les convaincre de le relâcher. Je demande, comme une faveur, qu'on me laisse passer la nuit dans la cellule avec ma petite fille, dans la petite pièce protégée de barreaux. Nos deux têtes côte à côte sur notre sac à dos, nous sombrons dans le sommeil.

Werner se laissera traîner dehors. Mais il refuse de partir sans moi et, plusieurs fois dans la nuit, tentera de pénétrer dans le commissariat, chaque fois refoulé par les policiers...

Le lendemain à cinq heures, un policier me secoue par l'épaule et murmure à mon oreille :

« Il est tôt. Mais votre mari... Enfin votre ami... Quoi, l'homme d'hier soir... Il s'est endormi après avoir vomi son vin partout. Il ronfle maintenant. Là, à cinq mètres, près de la porte... Profitez-en pour filer si vous voulez. »

Sans demander mon reste, Samantha sur ma hanche et mon sac déchiré sous le bras, je me glisse telle une ombre fuyante, le long des murs, dans les rues désertes de Rome.

Les rues ensommeillées, le ciel aux paupières encore lourdes, premiers ou derniers passants fatigués, la ville s'ébroue. Des taches roses et dorées bougent sur les vieilles façades. Je me hâte, cherchant à mettre le plus de distance possible entre l'aurore et le cauchemar de la nuit. Une odeur de pavé lavé, de légumes frais, de lessive humide baigne l'atmosphère d'une douceur inconnue.

La température plus douce me fait frissonner. Enfin libre,

débarrassée de mes hantises, libre de revenir vers les Tsiganes, libre de vivre mon voyage ! Le cœur serré, je songe aux mille occasions perdues de mon amour, incapable de balayer d'un coup la nostalgie de ce mode de vie, essayant néanmoins de faire de cette aventure avec mon baladin un souvenir à chérir. Cela s'appelle, peut-être, vieillir ?

La place Trévi, somptueuse et déserte, ses chevaux cabrés, ses coquilles gigantesques, son eau bouillonnante, spectacle de splendeur dans une solitude presque parfaite. Les tons des pierres virent avec le soleil qui se lève.

Dans la fontaine brillent les pièces de monnaie que les touristes jettent pour attirer « la bonne chance ».

J'enlève mes chaussures, je relève mes jupes et je pars à la pêche. Depuis hier, Samantha et moi n'avons rien avalé. Nous n'avons pas une lire en poche, Werner a tout gardé. Il faut trouver au plus vite de quoi donner à manger à ma fillette, de quoi payer notre transport jusqu'au camp tsigane. Ensuite, nous verrons bien...

« Il faut acheter l'argent là où il est », répétait Werner. C'était d'ailleurs une vieille envie que j'avais, refoulée depuis l'adolescence. A Salzbourg — lorsque à seize ans j'étais allée travailler dans une usine allemande — j'avais été fascinée par les fontaines illuminées, par les beaux lions éclairés de lumière et, déjà, je voulais cueillir les pièces d'argent dans les fontaines. Mais j'avais eu peur des passants.

Cette fois, j'étais bien obligée de me « jeter à l'eau », ma fille avait faim.

L'eau des fontaines faisant loupe, déformant mes bras, grossissait les pièces qui scintillaient, et cela faisait tout un ballet étrange, tout un jeu d'eau surréaliste. Et moi, je me disais : « Je grandis, je réalise mes rêves... La réalité m'oblige à vivre enfin mon désir. » Comme un conte de fées qui serait vrai, un conte du temps lointain où je me racontais : « Si j'étais pauvre, je ramasserais les pièces dans l'eau des fontaines. »

Je remercie la fontaine généreuse d'un large sourire et poursuis ma déambulation dans Rome, à la recherche d'autres bassins, d'autres centimes ! Lorsqu'un passant — heureusement, à cette heure, ils sont rares — s'arrête pour observer mon manège, je fais semblant de me laver les pieds !

Au fil de la matinée, après avoir trié sur un comptoir les pièces rouillées, je fais mes comptes. Il m'en reste assez pour acheter à Samantha une petite pizza.

L'après-midi, je me dirige vers un quartier que Werner m'avait indiqué comme étant celui des drogués. Par terre ou dans une poubelle, j'ai ramassé le papier d'argent d'une tablette de chocolat. Une à une, j'y enveloppe mes pilules contraceptives. Serrant dans ma main cette petite poignée scintillante, j'aborde les passants qui me semblent en manque et propose ma marchandise :

« Amphétamines. Cinquante lires, c'est pas cher... Fais vite... »

(J'avais bien pris soin de choisir mes « pigeons », repérés parmi les jeunes touristes aux cheveux blonds de préférence, qui s'avançaient le nez sur leurs guides ou sur leurs cartes...)

Miracle, je liquide mon stock et prends la poudre... d'escampette, me jurant de ne jamais remettre les pieds dans ce quartier, convaincue que les amateurs de voyages déçus n'ont pas le sens de l'humour !

Ce n'est pas la fortune... Mais c'est assez pour nourrir mon enfant, rejoindre le camp tsigane et briser définitivement mes liens avec Rome et Werner.

Dans le bus qui nous conduit encore une fois vers la périphérie pouilleuse de la ville, Samantha, à côté de moi sur le siège, joue avec une vieille ficelle et un anneau trouvés dans le caniveau.

Moi dans ce bus, je pense à cet homme, saltimbanque de mon cœur, qui m'a fait rugir de hargne après m'avoir arraché les mots les plus fous. Je sais qu'il va reprendre sa route solitaire, je sais qu'il va, inexorablement, sombrer.

Werner de la rue, ton sourire de charme et tes jurons de comédie me poursuivront encore longtemps, mais il faut vivre. Werner ! Le flot nous a rapprochés, le flot nous éloigne. Je t'ai rencontré au rassemblement gitan des Saintes-Maries, nous voilà aujourd'hui au pèlerinage tsigane de Rome et je te quitte. Moi aussi, je roule ma vie. Je pars. Notre amour entre deux pèlerinages ! Les amarres n'ont pas résisté à tes tempêtes. Combien d'aurores se lèveront sur des villes endormies avant que je ne me prenne encore au piège des tendresses absolues ?

« Oh la vie d'aventures qui existe dans les livres des enfants, pour me récompenser, j'ai tant souffert, me la donneras-tu ? Il ne peut pas. J'ignore son idéal. Il m'a dit avoir des regrets, des espoirs : cela ne doit pas me regarder. Parle-t-il à Dieu ? Peut-être devrais-je m'adresser à Dieu. Je suis au plus profond de l'abîme, et je ne sais plus prier *... »

Une image me hante : le bras de Werner, déjà tatoué de tant de prénoms amoureux. Le mien y figurera-t-il un jour ? Je ne le saurai jamais. Nous ne sommes que deux errants sans adresse, et l'univers est trop vaste pour que ceux qui ont raté l'amour se retrouvent deux fois. Nos étoiles au fond du ciel nous rappellent chacun vers nos constellations...

---

* « Une saison en enfer. »

Chapitre 18

« Mon cœur, c'est sûr, ils sont des frères !... »

Oh ! mes amis — Mon cœur, c'est sûr, ils sont des frères (...)
O malheur ! je me sens frémir, la vieille terre,
Sur moi de plus en plus à vous ! la terre fond,
Ce n'est rien ! J'y suis ! j'y suis toujours.

« Fêtes de la faim. »

Août 1975.

Quelques pins malingres dispensent une ombre rare. Mais les tentes sont nombreuses. Ils sont là plus de trois mille, rassemblés à Torrevechia, le camp de la via Torresina, à cinq kilomètres du Vatican, venus de partout, de pays lointains ou proches, certains en avion comme ces gitans espagnols arrivés le matin même.

Chacun, à sa manière, a voulu se préparer à l'audience solennelle que Paul VI va leur accorder. Comme pour se purifier, ils ont organisé de grandes cérémonies de réconciliation avec les autres tribus, et même avec les « *gadjé* ». Les visites aux prisonniers, l'évocation des huit cent mille Tsiganes victimes de la barbarie nazie ont réveillé les consciences. Fort de leur unité, de leurs martyrs et, pour une fois, de la volonté de faire connaître leur droit à la différence, les Tsiganes règlent la vie du camp avec un extraordinaire souci d'ordre et de dignité.

Devant les hordes de journalistes qui, miracle, s'intéressent à eux, ils exposent calmement leurs problèmes quotidiens, leurs difficultés constantes avec les autorités des divers pays d'où ils viennent : assistance scolaire ou médicale, travail, contrôles policiers, nomadisme, persécution des minorités... Autant de problèmes qu'ils abordent sans complaisance mais également sans haine. Ces conférences de presse improvisées, ces interviews sans fard m'impressionnent. Leurs revendications, leur refus d'être rejetés rejoignent mon refus, ma rupture. Comme eux, j'ai choisi le nomadisme, l'exil. Je me fais toute petite, humble et modeste pour me glisser dans le camp, Samantha ballottée dans sa poussette. Bouleversée par la nuit que je viens de vivre, par cette déchirure qui malgré moi me fait mal, je renoue les contacts établis lors de mon premier passage sur le lieu du rassemblement. Je m'efforce aussi d'en créer d'autres...

Ce matin, une longue théorie de cars emmène les Tsiganes à la basilique Saint-Pierre, cœur du Vatican. Une messe en langue romani doit y être célébrée, qui marquera la réconciliation. L'atmosphère de fête, les habitudes de liberté des fils du vent n'empêchent pas le recueillement. Le Tsigane peut passer sans aucune difficulté de l'exubérance la plus bruyante à la dévotion la plus marquée. Le pèlerinage est un événement et, en même temps que reconnaissance officielle, une parenthèse de vacances, une sorte de « paix des braves ».

Au cœur de l'immense basilique, lorsque deux voix graves entonnent le Notre Père en flamenco, l'émotion me saisit. Comme par enchantement la foule bruyante et colorée met fin à son doux désordre. Ces voix de caverne, comme venues des entrailles de la terre, ces voix tremblantes et fermes à la fois de deux hommes en noir dont on devine un cœur de marbre mais qui bat plus vite ; cette peur au ventre de chanter devant tant de frères rassemblés, mais raffermie par la conscience de la dignité et la force de ce qu'ils clament : les barrières tombent, à qui veut la fraternité est offerte. Moi aussi je suis heureuse, je parle plusieurs langues, abordant chacun, souriante et confiante, comme si j'avais enfin trouvé des êtres humains assez humains pour m'accepter, me reconnaître, m'estimer peut-être. Et je sais que, avec deux mots, ou un regard, je puis me faire de véritables amis à retrouver sur les routes d'Europe, le jour que le hasard choisira.

Retour au camp... Les feux allemands, italiens ou français qui rassemblent les Tsiganes des différentes nationalités brillent comme les étoiles d'une même bannière. Oui, le cœur me cogne de bonheur...

C'est alors qu'apparaît Werner. La surprise passée — après le coup au cœur aussi ! — c'est la peur au ventre : à son allure, je comprends qu'il a bu. Beaucoup. Derrière lui, fidèle comme un chien en laisse, son gros sac de paille. Dès qu'il a franchi l'enceinte du camp, il déballe des habits, des bijoux, un auto-radio ; butin sans doute d'une voiture volée, à ses yeux appât pour amadouer mes amis. De fait la marchandise, passant de main en main, disparaît rapidement. La vente de ces objets, je le sais, n'est qu'un prétexte, même si Werner affecte toujours de chercher avant tout, dans chaque situation, un avantage pécuniaire. S'il est venu, c'est pour moi. Il savait où j'irais chercher refuge après notre séparation. Il vient m'y reprendre de force.

Il n'est pas long d'ailleurs à oublier son apparente indifférence. Sans transition le voilà qui crie sa jalousie, comme une chienne hurle à la lune ses chiots emportés. Il crie sa femme perdue, provoquant instantanément de nouveaux attroupements. La petite société du camp ne tarde pas à être au courant et cela crée une animation, des commentaires sans fin. Moi qui tentais de m'immiscer humblement, de m'intégrer pas à pas, sans tapage, moi qui m'étais inventé avec Samantha une belle histoire fleur bleue de voyageuses venues prier le pape, me voilà projetée au cœur du plus vieux débat du monde, sujet et cause du scandale, objet de l'attention de tous, centre du tumulte :

« Vous comprenez ! C'est ma femme. Elle m'appartient. Elle veut me laisser. Aidez-moi à la reprendre. Elle n'a pas le droit de s'enfuir. Le devoir des femmes est de suivre leurs maris. »

Sûr de son auditoire, Werner arpente à grandes enjambées la place de l'église encombrée de caravanes, le temps du pèlerinage. Furieux, amoureux, il prend l'assistance à témoin, va de l'un à l'autre en gesticulant, s'approche d'un Manouche à l'air embarrassé :

« Et toi, qu'est-ce que tu dirais si ta femme te quittait comme ça ? »

Werner, qui sait toujours quelle corde faire vibrer chez les êtres, a compris que ces hommes au cœur simple, chassés de partout et de toujours, n'ont que leur famille à qui se raccrocher. Mais lorsqu'il m'empoigne brutalement, me traînant derrière lui, c'est à mon tour de saisir l'occasion, m'adressant au vieux Manouche :

« Aidez-moi. Ne me laissez pas avec lui... Je reste avec vous, c'est vous que j'aime... »

Je tente de planter mes yeux dans ceux des spectateurs, j'agrippe par la manche de leur veste deux Tsiganes que j'interpose entre lui et moi. Je ne sais d'où me vient la force nécessaire, le culot aussi, qui m'entraînent loin de ma timidité coutumière. L'effacement n'est plus de mise. Il faut agir, et vite. Faire en sorte de me mettre sous la protection du rassemblement tout entier. Mon ancien compagnon me menace, tous muscles dehors. Soudain, au milieu des cris et des invectives, tonne une voix d'homme. Un petit homme, âgé déjà, court sur pattes, de forte corpulence, mais qui dégage une impression de force inébranlable, vient vers nous. Sur sa tête un invraisemblable chapeau de cuir cache mal une calvitie déjà avancée. Sa moustache, quant à elle, n'a pas blanchi. Drue, courbe, puissante, noire de nuit, elle barre son visage de part en part. L'excitation s'est calmée depuis qu'il a parlé, tous s'écartent devant lui, se taisent, et même Werner ne dit plus rien. L'homme s'avance, les mains coincées dans ses bretelles, l'œil brun éclairé d'assurance tranquille. Il demande :

« K'atar avés, séj* ?... » Puis, dans un sourire :

« Explique-moi, petite, tout ce bruit à cause de toi ? »

Derrière le ton bourru, j'ai deviné le cœur d'un père. Pour clarifier la situation, je sors mon passeport, et

---

* K'atar avés, séj ? : « D'où viens-tu, fille », en romani kalderash.

demande à l'homme de vérifier le bien-fondé juridique de mon refus de suivre Werner.

Mais que peut dire un papier — fût-il authentique ! — à un Tsigane qui ne sait pas lire ? L'homme attend mes explications, devant les groupes amusés et soulagés par la tournure des événements.

« Oui, c'est vrai. Il a été mon ami jusqu'à hier. Mais maintenant c'est fini. Je ne veux plus retourner avec lui. Il boit. Il me bat. Nous ne sommes pas mariés. Je veux partir. Je veux le quitter. Aujourd'hui je viens habiter parmi vous. Si vous me refusez, je m'enfuirai avec mon enfant. Je n'aurai plus que la rue, alors... »

D'autres cercles se forment. Les hommes, debout, reprennent leurs palabres. Ils adorent ce genre d'histoire : un homme, une femme et tout autour, présence lourde, eux qui vont trancher.

Ce qui va se passer maintenant est grave, je le sais. Werner est maintenu à distance par deux Tsiganes, tandis que moi-même, à l'opposé, je me retrouve isolée, entourée de femmes. Au milieu, sans un regard pour l'un ou pour l'autre, l'assemblée des hommes du camp de Torresina va décider de notre sort. Des femmes tournent autour du cercle des hommes. Elles n'ont pas voix au chapitre durant le temps que va prendre la concertation, mais elles s'arrangent pour glisser un mot, en passant, mine de rien, à l'oreille de leur mari. Sur le marchepied d'une caravane, une très vieille femme rom retire la cigarette qui lui brûle les lèvres, crache dans l'herbe sale et crie en direction de l'assemblée des hommes des mots en dialecte kalderash. Je ne comprends évidemment pas, mais déjà les regards posés sur moi me semblent plus humains, plus compréhensifs. J'observe le camp en discussion, mais je n'écoute plus vraiment. J'ai l'impression de vivre un rêve, ces cris, tous ces gens qui donnent leur avis, les jeunes qui m'entourent et m'observent sans un mot. Mon sort est entre leurs mains, et ce sont leurs lois, leurs traditions qui vont en décider. Et je pense, avec un sentiment d'exaltation étrange en cet instant où mon destin balance, que déjà je fais partie de leur société, puisque c'est son jugement qui va trancher.

Soudain le cercle des hommes se disloque, aussi brusquement qu'il s'était formé. En un éclair, j'ai compris leur verdict : trois ou quatre gaillards entourent Werner, le saisissent par les bras et, après une courte lutte, l'expulsent du camp. Le reste des hommes passe devant moi sans un mot, sans un regard...

Aussitôt un groupe de femmes m'entourent — certaines me tendent des assiettes d'émail garnies de nourriture. La femme du vieux Rom qui m'avait questionnée tout à l'heure s'approche de moi, et, dans un grand geste solennel, désignant tour à tour Samantha, moi-même et sa caravane, m'invite à la suivre. Le volant qui termine sa longue jupe balaie la poussière. Deux tresses dépassent de son foulard noué sur un visage irradié de rides. Un lourd collier d'or pend entre ses seins affaissés. Pourtant je devine qu'elle est l'âme du groupe, la mère d'une immense famille, le port mouvant de ces errants aux attaches multiples.

Peu à peu, on me parle : Werner, à leurs yeux, c'est l'anti-Tsigane, celui qui rejette la famille, qui a quitté son milieu pour vivre solitaire et sans loi. Circonstances aggravantes pour eux, il est inclassable. Même si les gitans font souvent affaire avec le milieu de la petite délinquance, même s'ils sont appelés à croiser Werner aux périphéries du camp, dans les quartiers interlopes des villes, ils n'accepteront jamais qu'il puisse interférer dans leur vie privée. Mais pourquoi acceptent-ils de me garder, moi ? Sans doute ont-ils le cœur chaviré par notre état, à Samantha et à moi. Sans doute est-ce la « bambina » aux cheveux d'or, avec son pantalon trop grand que retiennent des bretelles décorées d'étoiles, avec son chandail trouvé je ne sais où et qui en a déjà tant vu, est-ce regard si bleu, qui ont conquis ces cœurs farouches. En réalité, les Tsiganes nous ouvrent leurs portes car ils possèdent au plus haut point le sens de l'hospitalité. L'accueil, pour eux, c'est un réflexe, un plaisir, avant d'être un devoir. Je l'avais compris en Angleterre, vérifié aux Saintes-Maries, voilà que maintenant, au moment du danger, j'ai su comment faire. Je me suis réfugiée auprès d'eux car mon instinct m'avait avertie qu'ils ne me chasseraient plus. Même si, à première vue, je reste la bâtarde sans père connu, avec une enfant sans père aussi, la véritable répulsion qu'ils éprouvent pour les ruptures familiales ne peut les empêcher d'héberger une pauvresse qui traîne. Le plus rejeté, le plus malheureux demeurera toujours le plus proche. Les gens du voyage ont pitié de moi, les plus pauvres tiennent à leur dernière richesse, savoir offrir aide et soutien à plus démuni qu'eux. On ne rejette pas quelqu'un dans le besoin ou la misère. Quand on n'a presque rien, on a appris à donner, la générosité devient sans limites...

Nous approchons maintenant du campement de la vieille femme, cinq ou six caravanes disposées en étoile autour d'une sorte de place centrale. Sur un grand feu bout une lessiveuse. Des enfants se poursuivent avec des cris d'écorchés vifs, comme si tout, dans ce monde du grand air et de la confraternité, depuis les jeux jusqu'aux disputes, ne pouvait qu'être marqué du sceau de l'exagération et de l'effusion lyrique. La vieille Rom, dont les anneaux d'or accrochés aux oreilles s'agitent au rythme de la marche, laissant apparaître des trous dans les lobes agrandis par le métal, me désigne un camion bleu roi, au toit légèrement surélevé. Il sert à tracter la caravane et à entreposer le matériel — groupe électrogène, cuisinière à gaz, bassines, chaises à rempailler ou à vendre. Sur son ordre, un homme s'approche et dépose un matelas sur la tôle du plancher. Voici mon lit, ma chambre à coucher, ma citadelle. J'y pose notre sac, avec la sensation, enfin, d'appartenir à un même univers de sentiments.

« Surtout, ne te promène pas seule sur le terrain, sitôt la nuit tombée. Tu provoquerais des conflits. Des hommes te cherchent et leurs femmes sont prêtes à te tuer, par jalousie. D'autres te veulent pour femme... »

Elle m'explique alors que, ici, les hommes sont très libres — alors même que leurs femmes sont enfermées, et que les lois du mariage sont très strictes (virginité contrôlée avant les noces, divorce interdit...). Mais ce sont les « femmes blanches » qui les débauchent, « elles lèvent la jambe avec n'importe qui ». Elle me parle de tout ça dans un langage cru et imagé qui me fait rire, après la tension des instants que je viens de vivre.

Sous la protection des femmes du clan, il ne me reste plus qu'à attendre le jour, où s'éteindra comme par miracle l'agressivité nocturne. Alors seulement je pourrai déambuler, libre de menaces, à la rencontre de mes nouveaux amis...

Le camp est vaste, clair et propre. Des boueux, deux fois par jour, emportent les ordures. On a aussi prévu de grands lavabos, des éviers de campagne, à l'étonnement des Tsiganes qui, pour la plupart, n'ont pas l'habitude de fréquenter les terrains de camping « officiels ».

Certaines caravanes s'abritent du soleil sous des paillotes de jonc. Comme toujours, sur des fils tendus, sèchent d'innombrables lessives. Mais derrière cette apparence uniforme, le camp rassemble en fait tous les stades et toutes les évolutions d'un monde sans âge et sans frontières. Entre une Gitane, élégante et raffinée dans sa tenue à la dernière mode, et une Rom, pauvre et vêtue de tissus fleuris, le visage dévoré par le foulard, les gamins accrochés à ses jupes, il y a tout un abîme.

La femme tsigane se tue au travail dès l'instant qu'elle est mariée. Outre les tâches de la maison, elle doit faire la manche, dire la bonne aventure, vendre au porte-à-porte, assurer des rentrées financières régulières. Le costume traditionnel lui vient de sa famille mais il est à elle, tandis que les bijoux d'or qui la parent constituent les réserves du clan. Si l'allure des Gitanes peut sembler plus fruste que celle des femmes manouches, c'est justement cette primitive et originelle grandeur qui m'attire en elles. Et l'œil implacable de cette vieille qui fume son mégot ou sa pipe, assise sur un bidon de lait renversé, est à mes yeux comme le garant d'une tradition séculaire qui préserve la race de toutes les compromissions modernes...

La famille reste la cellule de base de la communauté tsigane : trois générations, parfois quatre, vivent sous le même toit. Un couple a près de dix enfants, sans compter les enfants adoptés — plus il y en a et plus on est content — mais ce sont encore les jeunes femmes qui s'occupent de tout, aidées par les grand-mères. Car les hommes, eux, se contentent d'être à table, de discuter en se laissant servir. Ils parlent de leur travail, des moyens de se procurer de l'argent...

On m'interpelle à tout propos, m'invitant à partager les repas. Bouteilles de vin, mortadelle, fromage, parfois un plat relevé : tomates et piments où flottent des boulettes de viande. On mange sans couverts, trempant son pain dans la sauce et léchant ses doigts. Un bout de conversation, un échange de politesses ou de sourires, avant de repartir vers une autre caravane... Samantha et moi n'arrêtons pas de manger : à peine passons-nous devant une roulotte qu'on nous demande de venir partager quelque chose. C'est la coutume tsigane, on ne laisse jamais quelqu'un dans le besoin. Mais ainsi, de fil en aiguille, nous avons connu presque toutes les familles du camp. (Il fallait quand même faire attention aux liens qui unissent les familles entre elles, et surtout à ne pas s'afficher avec une famille ennemie sous peine de semer la zizanie.)

Quant au problème des hommes, contre lequel m'avait mise en garde la vieille Rom du premier soir, j'ai réussi à le résoudre sans trop de mal : d'abord je ne me séparais jamais de Samantha ; ensuite je parlais à tout le monde, et plus aux femmes encore peut-être ; et enfin, avec tous, je levais l'équivoque en répétant : « Ce n'est pas un homme que je cherche ici... Je viens de très loin, de l'Angleterre, pour prier le pape, et " prier le Seigneur ", comme vous. » Je ne sais pas si l'on m'a toujours crue, mais cela faisait en tout cas plusieurs sujets de conversation qui détournaient les hommes de leur « abordage », en même temps que s'éloignait ma propre peur.

Samantha est le prétexte, l'objet de mille soins, de tendresse et d'amour. Le camp entier semble au courant des problèmes que nous avons eus avec Werner, et tous viennent me souhaiter bonne chance, offre d'aide toujours accompagnée, quand elle provient d'un jeune homme, d'une demande en mariage immédiat !

C'est alors que je fais la connaissance de Torino Ziegler. C'est un Manouche de l'est de la France, qui partage son existence entre la place du Tertre à Montmartre, la Camargue et Strasbourg. Il est peintre et vit de ses œuvres, toujours perdu, me semble-t-il, dans son rêve aux couleurs d'aquarelle. Une femme l'accompagne, Sterna, belle et plus « gitane » que nature — et pourtant « *gadji* » — qui écrit des poèmes et a pris l'allure romantique de l'emploi.

Torino, sous son large chapeau de feutre noir, est la douceur même. Des heures durant, je l'écoute murmurer plus que raconter l'immense beauté du monde...

Aujourd'hui est jour de baptême. Réunies dans la chapelle du camp, plusieurs familles sont venues présenter leur dernier-né à l'Eglise. L'enfant, enveloppé jusqu'aux oreilles dans la dentelle blanche, est placé dans une corbeille en osier décorée de tulle, comme la plus précieuse des offrandes. La générosité tsigane, son exubérance démonstrative une fois encore se donnent libre cours. On lance en l'air des sacs entiers de dragées et les gamins se battent pour les attraper, roulant au sol et bourrant leurs poches de friandises. Le soir même, veille du grand jour où l'on ira à la rencontre du pape, une grande fête est organisée en l'honneur des nouveaux baptisés. Des plus riches aux plus pauvres, les « gitans » partagent les mêmes raisons de réjouissance, l'entrée dans l'Eglise et la reconnaissance du pape, que chacun célèbre à sa façon. Les hommes chantent, tandis qu'un peu plus loin des femmes splendides dansent au son d'une sono, sur une musique tout droit sortie du Club Méditerranée.

Le grand jour attendu par les milliers de pèlerins est arrivé. Seuls manquent à l'appel les Polonais, qui n'ont pu franchir les frontières, pas plus que les Yougoslaves d'ailleurs. Les régimes communistes, dans leur volonté de sédentariser les nomades, refusent de reconnaître le fait tsigane, et encore plus de tolérer leur adhésion à l'Eglise catholique.

Mais les autres sont tous là, Scandinaves, Allemands, Espagnols, Italiens, Français, Anglais, Hollandais, Belges, tout un regroupement cosmopolite qui mélange les tribus et les clans...

C'est tout un peuple qui s'est mis en marche vers Castel Gandolfo, résidence d'été du Souverain Pontife, à trente kilomètres à l'est de Rome. A pied, à cheval, par cars pleins à craquer, interminable cortège hétéroclite escorté par une procession de voitures particulières. Les « rachaïs » (les

« prêtres ») conduisent l'assemblée des exilés et des réprouvés vers le recueillement. Le Tsigane a la fête dans le sang, aussi chaque halte est-elle prétexte à célébrer cet instant unique. On m'explique que dix ans auparavant, à Pomezia, à l'occasion d'un autre pèlerinage, le pape était venu saluer les gens du voyage. Aujourd'hui c'est à eux de rendre la politesse en allant vers lui.

Paul VI a tenu à rendre hommage à la nation tsigane — ils sont neuf millions de par le monde. Chaque groupe s'est fait représenter afin de témoigner sa reconnaissance à l'Eglise catholique. Pour un temps, les rancunes, les discriminations et les persécutions sont oubliées.

Dans les jardins de la résidence papale, devant l'esplanade, des gitans calabrais laissent éclater leur joie et leur fierté, et c'est une explosion permanente de chants, de danses rythmées par les accordéons, les tambourins, les guitares ou les harmonicas...

Entourée de ma famille adoptive — une famille manouche des Pyrénées —, j'ai le privilège d'être admise dans l'immense salle d'accueil. Plus de trois mille personnes s'y pressent, dans la ferveur. Bientôt s'élèvent des prières, Dieu et la Sainte Vierge évoqués de mille façons, et dans mille dialectes, mais dans une même foi confiante — dans le brouhaha des sons informes, revient sans cesse le mot Devel (Dieu en langue romani). Une ondulation, comme le mouvement qui couche les blés chauds de l'été, remue cette foule tendue dans l'attente du chef de la chrétienté qui daigne les recevoir. Dans cette atmosphère de délire, de cris, de chants, d'appels, malgré les enfants pleurant dans les bras de leurs mères, j'ai pourtant l'impression d'un seul regard fixé sur le siège pontifical désespérément vide.

Soudain le pape apparaît, vêtu d'une longue soutane blanche — un air de paix, un sourire bon et accueillant illuminant son visage fatigué —, sous un tonnerre d'applaudissements.

« *Viva el papa ! Viva el papa !* »

Saisie, muette et tremblante, je me laisse emporter moi

aussi par l'enthousiasme, la foi et l'affirmation de cette piété surgies du fond des âges.

Monté sur un podium, Paul VI, en plusieurs langues, lance à son tour de vibrantes formules de bienvenue :

« Vive les Tsiganes ! *Viva i Gitani ! Hoch die Zigeuner ! Arriba los Gitanos ! Long live the Gypsies !* »

Devant l'hommage ainsi rendu à son identité, la foule crie son émotion. Chez les plus grands et les plus forts, les larmes noient les yeux. Moi aussi, je sens rouler mes pleurs, et les mains de Samantha se crisper sur ma nuque.

Dans le calme enfin revenu, le pape reprend sa litanie et égrène ses vœux pour la communauté tsigane. Mieux. Il assure qu'en ce temps revenu des déshérités ils sont le cœur de l'Eglise, les plus proches du Christ. Il promet de créer un centre d'aide international auprès duquel les nomades pourront s'adresser en cas de difficulté. Il évoque la vie d'errance du Christ sur les routes de Palestine. Il affirme sa tendresse particulière pour les Tsiganes qui ont tant souffert dans le passé. Il appelle solennellement les gouvernements à adopter une attitude de secours et d'accueil envers les gens du voyage. Il souhaite une réconciliation qui réunisse enfin les communautés tsiganes aux « *gadjé* ». Enfin, en langue romani, le pape accorde sa bénédiction à ceux qui sont là, à ceux qui sont loin, à tous les Tsiganes de la terre. Les cris reprennent aussitôt, et c'est dans une explosion de lyrisme que des personnalités tsiganes sont présentées au pape et lui offrent des présents. Certains s'allongent à terre et baisent les pieds du Souverain Pontife. Le père Fleury, aumônier des Tsiganes français, présente Coucou Doerr, un Manouche connu pour ses talents artistiques, qui offre une de ses toiles après avoir joué sur sa guitare un morceau de sa composition. Des journalistes se pressent, s'agglutinent, se bousculent pour photographier le vieil artiste pleurant d'émotion, dans les bras de Paul VI qui lui donne l'accolade fraternelle. Le pape embrasse encore des enfants puis, porté à dos d'hommes sur son siège, traverse la salle au milieu d'une bousculade indescriptible, peu à peu recouvert par les glaïeuls que les fidèles jettent sur lui. Les violons chantent sans fin des hymnes d'allégresse. Déjà des anecdotes circulent, on répète les paroles que le pape aurait dites à tel ou tel, on commente le geste de ce musicien qui, en réponse à Paul VI lui demandant son nom, a simplement relevé la manche de sa chemise et montré son tatouage de déporté.

Moi, j'avais troqué mon jean pour une longue robe. Ma fille accrochée à ma hanche, je devais avoir l'air plus gitan que nature aux yeux des journalistes présents, à en juger par la photo de Samantha et de moi qui paraîtra le lendemain matin en première page du *Popolo.* La légende me présente comme une « gypsie » d'Angleterre venue assister au pèlerinage. Il faut avouer que, connaissant la musique, j'avais su tenir ma partie. Je m'étais faufilée parmi les journalistes, toujours accompagnée de Samantha, me glissant dans la tribune réservée à la presse pour prendre à mon aise les meilleures photos. On m'avait bien repérée, mais on avait préféré me regarder seulement d'un air un peu étonné, sidéré par tant d'audace et de débrouillardise. Je n'avais ni carte de presse ni autorisation officielle, cependant j'étais partout, là où il fallait. Souvent accueillie d'ailleurs par un clin d'œil complice, chacun tenant à souligner mes talents de combattant dans cette guerre sauvage...

Le soir même, au camp, une autre fête tsigane célébrera l'événement, loin des journalistes, entre nous !

C'est ce soir-là que, bavardant avec Derek Tipler — le magnifique « gitan » anglais que j'avais connu une semaine plus tôt — qui essaie de me faire comprendre les difficiles rapports unissant les Tsiganes aux « *gadjé* », un projet naît dans mon esprit : je suivrai les nomades tsiganes, je les accompagnerai, non seulement de pèlerinage en rassemblement, mais je partagerai leur vie quotidienne. J'apprendrai à les connaître pour les faire aimer.

Comprendre, vivre, aimer : le tiercé n'est payant que dans l'ordre...

Chapitre 19

« Un beau matin, chez un peuple fort doux... »

Le hasard n'existe pas, la chance non plus, au long des routes de l'errance. Au départ de Rome, le stop ne marche pas pour Samantha et moi. Et ce sont finalement des Tsiganes qui ont repris la route qui nous recueillent. Anciennes connaissances du pèlerinage pour la plupart, elles n'hésitent pas à arrêter la camionnette ou la caravane, immobilisant du même coup la longue file des véhicules derrière eux.

La première roulotte nous mènera au-delà du mont Blanc. Le souci du pain quotidien n'a pas l'air de susciter la moindre angoisse. Chemin faisant, les adolescents du clan « cueillent » tomates, raisins, pêches, pommes et même un agneau que, prudents, on ne convertira en méchoui qu'à plusieurs kilomètres de là ! Lorsque nos routes se séparent, et que je vois s'éloigner les cinq caravanes, en convoi, avec leurs petites cheminées en parasol sur le toit, une profonde nostalgie m'envahit. Les ronflements des diesels semblent vouloir s'attarder dans l'étroite vallée, et, dans les regards tristes de la séparation, c'est Rome qui n'en finit pas de mourir.

Pendant cette première journée de voyage, les confidences ont filé. Au volant du camion qui traîne la roulotte, Didine, une forte Manouche de l'est de la France, conduit de main de maître le lourd véhicule. Cigarette après cigarette, l'espace d'une étape de voyage, d'un court instant de vie, elle me confie son cœur avant de l'emporter... Mais qu'importe ! Dans la fumée, les rires, les jurons à l'encontre des autres automobilistes comme à l'encontre des enfants chahuteurs, elle m'a donné le plus intime de ce qui la fait vivre...

Sur le bord de la route de montagne, je sors mon cahier personnel dont les deux pages centrales sont déjà préparées. Au stylo à bille, à grosses lettres — remplissant les vides par un quadrillage de gribouillis — j'ai inscrit, non pas ma destination, « Lourdes », mais la formule « Merci beaucoup ». Vieille recette utilisée depuis de longues années pour mes déplacements en stop : elle évite d'affronter l'automobiliste, elle cherche à lui témoigner, au contraire, une reconnaissance avant l'heure ! Et qui le libère du même coup de la banalité d'un itinéraire imposé.

Le premier véhicule : au volant une jeune fille d'à peu près mon âge, à l'arrière son fils âgé de quatre ans, tous deux habillés selon l'inimitable mode de la bourgeoisie française : mon milieu vient à ma rencontre. Bien vite pourtant, nous ne sommes plus sur la même longueur d'ondes : nos choix, à partir de nos origines communes, ont divergé. Elle a continué sur les pentes des routines ancestrales, soirées, études, mariage, famille ; elle a verrouillé ses rêves de liberté, épousant la vie de sa mère qui, elle-même, avait épousé celle de la sienne. La chaîne est longue, souvent pénible et douloureuse, mais acceptée. L'autorité et la réputation règnent sans partage dans le ciel étroit du devoir. Je l'écoute, et je frissonne : comme je suis loin déjà ! Nous parlons, évoquons son passé, nos espoirs — Tsiganes contre résidence secondaire, liberté contre mari moins esclave des activités innombrables qui l'assaillent, banque, golf... Entre cette jeune femme, dont, au début de ma vie, rien ne me séparait, avec qui j'aurais pu jouer, partir en vacances, entre elle et moi, un fossé profond s'est creusé. Soudain, je n'appartiens plus au monde de mon enfance, j'ai basculé, même si j'erre encore à la recherche de planètes inconnues. Comment lui faire comprendre ? Les Tsiganes ? Le mot seul l'effraie :

« Vous vivez avec les Romanichels ? Mais, vous n'avez pas peur ? Et votre fille ? Vous ne craignez rien pour elle ? »

Les « gitans » dévorent les enfants, violent les femmes

qu'ils rencontrent, volent tout ce qu'ils trouvent quand ils ne tuent pas, impossible d'aller contre les stéréotypes...

J'aime mieux rire. Rire sur cette route des Alpes que nous dégringolons dans le soleil du soir. Rire comme la femme libre que je suis, rire de tout et de rien, de ma fille qui joue sans souci avec ce petit garçon à la tenue bleu marine et blanc. Rire avec cette jeune femme, jolie, qui m'observe sans comprendre, interloquée. Dans quelques secondes, le soleil aura disparu, son disque rouge déchiré par les arêtes aiguisées des Alpes, et la nuit nous recouvrira. Le hasard n'existe pas, mes rencontres ont parfois une saveur étrange et douce comme un fruit inconnu...

Une nuit, sur le bord de l'autoroute, une dame-pipi me fait ses confidences :

« Je suis heureuse de mon métier. Chacun sa fierté. Moi, tu vois, c'est la propreté. L'émail des cuvettes... Un bouquet sur une table, cela change tout ! Un joli napperon dessus... »

Comme j'évoque mon besoin de grands espaces, elle me rétorque :

« Mais, qu'est-ce que tu en connais, de mes espaces ? Toi, tu cours le monde... Eh bien, pour moi, le monde il descend dans ma boutique. Les hommes et les femmes ont tous besoin de faire pipi. Moi, je les vois tous rappliquer. J'en entends, des langues, moi ! J'en vois, des femmes, des hommes... Des habitués même ! Et leur univers est plus vaste que le tien. On m'apporte les nouvelles à domicile. Avant les journaux, je sais ce qui se passe. Je pourrais écrire un livre sur tout ça... »

Lourdes enfin, étrangement boursouflée par ses hauts immeubles, encastrée dans le lourd massif, petite ville qui se gonfle régulièrement comme une rivière en crue.

Après une nuit à la « Cité Secours Saint-Pierre », où nous serons hébergées gratuitement, et nourries, après une bonne nuit dans une petite pièce où sont dispersés six lits, Samantha et moi pouvons attaquer gaillardement le mardi 2 septembre 1975.

Dès le matin, je vais repérer l'emplacement des camps tsiganes. Ils arrivent tous en même temps ; je retrouve des amis Manouches rencontrés à Rome, entre autres deux hommes de la famille Doerr — on dirait des jumeaux, avec leur petite taille, la même corpulence solide, la même moustache fière et leur ribambelle de bambins, turbulents, crieurs et malins. Samantha tient par la main l'un de ses petits amis de Rome, la Puce, au visage si proche de l'Inde que l'on est surpris de l'entendre parler français, avec cet accent si rocailleux des manouches pyrénéens. Ils se sentent ici chez eux et ils nous font, à Samantha et à moi, les honneurs de « leur » ville et de « leur » pèlerinage.

La première halte est pour le marché. L'atmosphère est détendue, on s'appelle, on rit, on est joyeux de se retrouver — les mêmes familles ou presque viennent à Lourdes depuis 1957, date de la création du pèlerinage par le père Barthélemy. Grandes tapes sur les épaules, embrassades bruyantes, à chaque pas il y a quelqu'un à saluer. Des femmes splendides, couvertes de bijoux d'or, cachent dans leurs bras d'énormes pains larges et appétissants. Tout est beau ici, depuis les étalages de fruits et de légumes jusqu'aux gestes de chacun, au chatoiement des couleurs, à la noblesse des attitudes.

Nous quittons le centre de la ville pour rejoindre « les caravanes », autrement dit le camp réservé à l'ensemble des gens du voyage. En fait, seuls les « Yenishs » l'ont adopté, les Roms, les Manouches, les quelques Gitans se contentant du camp du bas de la ville, ou bien dormant sur les bords du lac. (Les Roms, chaque année, s'installent sur un terrain parfaitement interdit. Chaque fois, me raconte-t-on, la police tente de les déloger, et chaque fois, ils s'incrustent avec une telle force d'inertie qu'ils finissent souvent par avoir gain de cause.)

Contrairement à ce que j'avais cru à Rome, je m'aperçois que les haines demeurent vivaces. L'éclatement du monde tsigane est si grand que de nombreuses familles, même unies par un réseau d'alliances, refusent de se rencontrer, et même de vivre côte à côte. Il n'y a pas une entité tsigane, mais une fragmentation interne qui traverse même les tribus. Les gens du voyage vivent dans la peur, non seulement des « *gadjé* », mais aussi des autres voyageurs. C'est d'ailleurs l'une des difficultés de la route : les tribus différentes ne s'arrêtent jamais sur le même emplacement... et quand on sait les difficultés de stationnement des « Bohémiens » ! Les Manouches, les plus anciens pèlerins de Lourdes parmi les Tsiganes, s'installent plus volontiers près du lac, là où ils pourront jouer de la musique, gagner quelques sous dans les restaurants de touristes.

Mais l'arrivée progressive des Yenishs, envers lesquels ils éprouvent une grande méfiance, les conforte dans leur refus du camp prévu pour eux. Les Yenishs, d'après les renseignements que je glane peu à peu, sont un groupe de « voyageurs », très nombreux dans l'est de la France et la région rhodanienne, et ils viendraient du Palatinat. Déracinés par la guerre de Trente Ans, ils auraient erré longtemps à travers l'Europe avant de s'installer en Alsace. Après 1870, ils optèrent définitivement pour la France et se répandirent dès lors dans diverses régions. On sait peu de choses sur eux, si ce n'est que leur langage renferme quelques mots d'hébreu greffés sur une base de patois alsacien — surtout les mots qui désignent l'argent, la police, la prison. Ces très anciennes bandes d'asociaux ont poursuivi, à travers le temps, leur fuite et leur errance, ne s'adaptant à aucune forme de la vie sociale.

Ce sont de grands gaillards, blonds, costauds, un peu buveurs et querelleurs. Les Tsiganes sont partagés à leur égard entre la crainte et le mépris. « Ils ramassent les déchets des “ *gadjé* ”... ils se nourrissent de chien ! » En effet, récupérateurs, ferrailleurs, les Yenishs vivent souvent à proximité des décharges qu'ils exploitent. Marginaux ou déclassés, ils n'ont rien à voir avec le monde tsigane, mais comme ils vivent eux aussi d'errance, ils le côtoient, principalement à l'occasion des pèlerinages ouverts aux gens du voyage. Des mariages ont parfois lieu entre les deux communautés, mais jamais sur des bases égales : par exemple, une femme yenish ne s'achète pas à ses parents, aussi un jeune Rom sans fortune peut-il alors, sans bourse délier, emporter son épouse. Les rapports entre les deux communautés restent cependant ceux d'étranger à étranger, et les frontières demeurent étanches. A preuve l'existence des trois camps, éloignés les uns des autres, qui regroupent les Tsiganes par affinités ou par alliances familiales. L'unité dont certains parlent avec émotion n'existe donc que pour un œil inexpérimenté. Même à l'intérieur d'un camp, une géographie de clans, de familles, de territoires interdits se dessine, dispersion surprenante chez un monde en perpétuelle errance. Pour chacun, l'autre — Tsigane, Yenish, ou « *gadjé* » — est toujours l'étranger. Le Rom traite le manouche de « rouleux », de « moins-que-rien », mais reçoit en retour son lot de qualificatifs désobligeants. Tant qu'on reste ensemble, on appartient au même groupe, dès qu'on en sort, on en perd le prestige, on redevient un étranger. La fierté d'appartenir à un clan est inversement proportionnelle au mépris avec lequel on est reçu partout ailleurs. Moi qui croyais aborder un continent, j'ai rencontré un archipel d'îles isolées ! A moi de savoir naviguer entre elles...

A 20 heures ce soir, une procession aux flambeaux ouvrira le pèlerinage. Je m'y rends en compagnie du clan Doerr. L'obscurité qui envahit la cité mariale souligne davantage encore l'extraordinaire impression d'embrasement général. Chacun porte un cierge dont la flamme est protégée par un cornet de carton sur lequel il a inscrit ses prières. Le long cortège des flammes vacillantes s'étire depuis la grotte jusqu'à l'esplanade. Au hasard des lueurs, je sais reconnaître maintenant les Roms, les Manouches, les Yenishs même, et les quelques Gitans mêlés à d'autres pèlerins. La pénombre semble trouée par des milliers d'yeux brillants au milieu de visages au teint si mat qu'on les dirait nés de la nuit.

Les Tsiganes se sont habillés pour la circonstance. L'or des bracelets et des colliers ruisselle sous la flamme des cierges. Des chants, des cantiques, des « vivats » relancent l'ardeur des pèlerins. Les enfants, adorables bambins aux yeux bridés et au teint cuivré, portés par des hommes étriqués dans leur costume de fête, brandissent eux aussi des cierges. La ferveur est plus poignante encore qu'aux Saintes-Maries — ici, pas de touristes, pas de folklore, mais une foi profonde, mêlée aux superstitions les plus folles. On est venu pour prier, ou dans l'espoir d'une guérison. Des hommes, des femmes, les yeux mi-clos, murmurent une prière que le tumulte emporte, supplique à « la Lourdes », la « Bonne Vierge », celle qui console, conseille ou pardonne. Marie est le personnage central de la religiosité tsigane, bien plus proche que le Dieu des Gitans, le « Devel ».

Abandonnant le clan Doerr et ses violons, je me porte en tête du cortège. Le rachaï Yoshka — pour les « *gadjé* », c'est l'abbé André Barthélemy, pour tous ici, c'est Yoshka, c'est-à-dire Joseph en romani-hongrois — a consacré son sacerdoce et sa vie entière au monde du voyage. C'est lui d'ailleurs le vrai père du pèlerinage de Lourdes, lui dont on reconnaît de loin la haute silhouette, les cheveux argentés, les yeux vifs derrière de larges lunettes, lui qu'on retrouve aux quatre coins des « routes de Gitanie* ». Il a fait beaucoup pour la reconnaissance du fait tsigane, et, par sa charité inlassable et son dévouement, il est devenu l'ami de familles entières. Entouré d'un profond respect par toutes les tribus et tous les clans, il est la référence, l'appui et le soutien. Il a vécu, il vit comme les Tsiganes, il a choisi de partager avec eux tous leurs instants.

Souvent même, il est appelé pour régler des litiges que la « Kriss », l'Assemblée des Tsiganes, n'a pas voulu ou su résoudre. Personnage central du monde morcelé qu'est la nation tsigane, parcourant les routes d'Europe centrale ou même d'Amérique pour porter son message, il sait en même temps, sans démagogie et avec amour, rester objectif, indépendant. Déjà, aux Saintes-Marie-de-la-Mer, déjà à Rome, je l'avais croisé. Ici encore, durant tout le pèlerinage, je le verrai, mais jamais n'oserai l'aborder. Pourtant, comme j'aimerais l'interroger sur la passion de sa vie !... Plus tard peut-être ?

Les cérémonies du lendemain et des jours suivants — traditionnelles pour tout pèlerin à Lourdes : présentation à la grotte, chemin de croix, messe au sanctuaire... — prennent avec la présence des Tsiganes une allure, une force, une sincérité qui bouleversent l'ensemble des pèlerins, des prêtres, des Lourdais eux-mêmes. La spontanéité de la foi tsigane, ajoutée à l'exubérance naturelle de ce peuple, donnent en effet à ces cérémonies une dimension spirituelle que je n'avais jamais approchée, malgré mes années d'éduca-

---

* *Routes de Gitanie,* le beau livre qu'il a publié au Centurion en 1982.

tion chrétienne. Comme aux Saintes-Maries-de-la-Mer, j'ai la chair de poule. Et les cortèges de se dérouler ainsi à travers la ville, croix de fleurs en tête, tandis qu'un peu partout les bannières claquent au vent. Certains brandissent, fixées sur de longues perches, des roulottes miniatures. Des hommes avancent en arc de cercle, reprenant, après les violons, les cantiques à la Vierge. Les femmes portent des médailles ou des statuettes qu'elles frotteront contre la roche de la grotte, cette pierre toujours brillante à force d'être caressée par des mains innombrables. Devant les présentoirs à cierges illuminés de milliers de bougies, les uns frôlent les barrières de la main pour se porter chance — ainsi l'exige la superstition tsigane —, d'autres la muraille de la grotte. Les hommes se découvrent, beaucoup tombent à genoux. Les prières, les chants s'élèvent et semblent résonner contre les montagnes tandis qu'on dépose dans le sanctuaire des fleurs tressées en couronnes ou en croix.

La foi tsigane est, si l'on osait le mot, une foi païenne. Elle n'a rien à voir avec un projet sur l'humanité. Dieu, simplement, est le Créateur, il a tout fait, il est responsable de tout et tout dépend de lui. Il s'agit donc de lui plaire, de le charmer, de le séduire et de se faire pardonner. Entre le Tsigane et Dieu s'instaurent des rapports presque marchands, donnant donnant.

« Mon garçon est un chenapan, il est en prison, mais tu sais comme je l'aime, et il est mon garçon. Bon Dieu, fais-le sortir de là tout de suite ! »

Pour attirer sur soi les faveurs du Très-Haut, on achète des images pieuses, des statuettes, qu'on met en bonne place dans les caravanes, derrière une bougie. A tout instant du jour, quand le besoin s'en fait sentir, on prend la statuette à témoin — d'ailleurs, elle n'est pas la représentation d'une sainte ou de la Vierge, elle est la sainte elle-même. Marie devant la grotte de Massabielle devient ainsi « la Lourdes », celle qui, durant l'année, protège des malheurs et des maladies.

La vie nomade s'organise presque naturellement autour des pèlerinages. Il existe des sanctuaires spécialisés, il en est un, par exemple, qui guérit seulement les maux de dents ! Les médailles pieuses occupent, de ce fait, une grande place dans la superstition tsigane et les exemples abondent de personnes qui, ayant perdu leur médaille, se retrouvent en butte aux pires tourments. Le diable, enfin, tient une place importante, qui livre un combat serré avec le Bon Dieu...

Quant à moi, j'oubliais une fois de plus, après les Saintes-Maries-de-la-Mer, ma vieille révolte contre Dieu et ses servantes. Ce n'était plus seulement l'émotion qui m'entraînait à la prière. Sans doute les magnifiques cérémonies, les descentes aux flambeaux et les beaux chants en Rom ou en Manouche m'avaient-ils enivrée. Mais aussi, j'étais intéressée par cette manière d'aborder la religion. C'était moins formel, bien sûr, moins guindé que dans mon enfance, et j'adorais ces manifestations de confiance, d'effusion et de joie de vivre. Mais au-delà, je trouvais aussi que c'était une manière plus personnelle de vivre avec Dieu...

Moi aussi j'étais en pèlerinage, moi aussi je revenais à mes sources...

Après chaque cérémonie, Samantha et moi regagnons les camps tsiganes. Et j'essaie de m'intégrer dans la vie quotidienne : j'observe les vanniers, les rempailleurs de chaises au travail, d'autres Manouches qui préfèrent vendre de la volaille — ils sont venus avec toute leur basse-cour... Je goûte du hérisson, le « nigloo », appoint délicieux pour les tsiganes. Le « nigloo » est d'ailleurs toujours au centre d'un rituel vieux comme le monde errant. Certains chiens sont dressés pour les capturer — on leur fait sentir un morceau de foie ou des excréments de l'animal, et la chasse commence. A même la table d'une famille manouche, j'ai vu jusqu'à dix « nigloos » alignés. Leur préparation demande beaucoup de soins : il faut d'abord les gonfler à la pompe à vélo, puis, à l'aide d'un couteau, les racler afin de faire tomber les piquants, enfin les cuire à même la braise. Souvent aussi, on enduit le hérisson de terre glaise avant de le jeter dans le feu. On cassera ensuite la glaise sèche et fendillée dans laquelle les piquants restent incrustés. Passé le premier moment de recul, la chair est délicieuse. Le repas traditionnel exige que les femmes restent assises à même le sol pendant que les hommes, attablés entre eux, parlent sans fin de leur métier.

Je retrouve encore d'autres amis rencontrés à Rome, notamment une famille de brocanteurs-antiquaires des Deux-Sèvres, ou encore la vieille « grand-mère Carlos » qui, dit-on, a plus de cent ans. Née sans doute en Yougoslavie, elle est l'ancêtre vivant de sa tribu, une tribu qui parcourt les routes du monde, et qui est innombrable : on trouve des « Carlos » en Amérique du Sud, en Scandinavie, en Afrique du Nord... Elle-même est magnifique, figure typique de la Rom tchouari, avec sa jupe immense, son foulard noué sur la tête qui laisse dépasser de longues tresses, son visage étoilé de rides, sa cigarette qui brûle en permanence ses lèvres sombres et épaisses. Ses gendres, déjà de beaux vieillards, l'ont maintenant prise en charge. C'est un monument de la Gitanie.

Je les trouvais superbes, les femmes et les hommes de cette tribu. Peut-être parce qu'ils sont tous des pères ou des mères et qu'ils portent l'amour en eux ? Superbes surtout les femmes, avec ce mélange indéfinissable de fierté, d'indépendance et de féminité. Et j'aimais leur aplomb, leur intelligence, leur malice, et leur façon de rire ou de pleurer, sans fausse honte.

« Enfantes et géantes, superbes, noires dans la mousse vert-de-gris, bijoux debout sur le sol gras des bosquets et des jardinets dégelés, jeunes mères et grandes sœurs aux regards pleins de pèlerinages, sultanes, princesses de démarche et de costume tyranniques, petites étrangères et personnes doucement malheureuses *. »

Dans le camp, la tribu Carlos ne compte pas moins de seize caravanes ! Certaines voitures étant immatriculées dans le Nord, je me présente comme une cht'imi. Bonne carte d'introduction qui me permet de faire la connaissance de

---

* « Illuminations. »

Bossa*, une fille Carlos, vieille femme bossue mais gentille, épouse d'un Kéké Demestre au chapeau de toile rivé sur le crâne. Bossa découpe un jambon pendu à la porte d'une caravane, entourée d'une horde de gamins dépenaillés. Elle est à demi paralysée, mais il ne viendrait à l'esprit d'aucun Tsigane de se séparer d'une handicapée — au contraire tout est fait pour soulager son sort, et pour l'intégrer à la vie du clan.

A partir de ce moment, je deviens l'amie de la famille. Trava, qui fume et crache comme un homme en câlinant ses petits-fils, sa sœur Sara, un peu confite dans l'alcool, femme de Yoshka Gorgan, un Rom tchouara. Et les autres, Gorgan, Iotsa... Il serait impossible de reconstituer un arbre généalogique, mais il est malaisé de s'y reconnaître dans une simple parentèle, tant les ramifications sont complexes. Mariages consanguins, alliances internes, ruptures, les pièges ne manquent pas et la tête me tourne rapidement à démêler les histoires de Boukoulé, Pani-Gorda, Béténi..., d'une de ses filles Divoika, de Damiga-Tampo, de la vieille Kralovitch ou du fort Colombard !

Mais comment oublier le douloureux récit de Pantina, la fille de Trava ? Sur sa poitrine, danse un fer à cheval en or, elle en a bien besoin pour rattraper tout le bonheur enfui. Dans un français orné de mots romani, elle m'a raconté la mort tragique de son mari et de son fils, tués à coups de fusil alors qu'ils se rendaient dans une ferme pour se faire régler des travaux exécutés. J'ai droit à tous les détails : les corps enterrés, la voiture dissimulée sous une meule de paille, le camp tsigane étonné de ne pas les voir revenir, la gendarmerie qui classe l'affaire. La longue enquête pour faire reprendre les recherches. La découverte du drame...

De récit en récit, de confidence en confidence, je me fais peu à peu une idée de la vie des Tsiganes rom. Je connais maintenant la « loi des mariages », par exemple, le prix en pièces d'or que le mari doit payer aux parents pour avoir la

* En romani, bossa signifie « pieds nus ». Ces surnoms, donnés aux enfants, les Tsiganes les gardent souvent toute la vie.

fille, les âpres discussions autour du montant — il peut atteindre vingt pièces d'or, que l'on suspend au cou de la jeune fille ; et les alliances, et les serments anciens, car les unions se décident souvent dans les premières années de la vie et les mariages sont célébrés très tôt, parfois dès l'âge de quatorze ans.

Quand le futur époux n'a pas les moyens d' « acheter » sa femme, il lui reste encore une chance : se proposer comme « gendre », mais alors il devra accepter de servir de véritable domestique à ses beaux-parents, traité exactement comme une bru — une Bori —, elle-même irrémédiablement vouée au service de sa belle-mère.

Les oreilles et le cœur grands ouverts, j'écoute et m'imprègne de ces récits pendant que Samantha apprend les jeux favoris des petits Roms, « les jeux de sous » qu'ils pratiquent avec une passion folle. Les récits des femmes ne me lassent pas, surtout quand il s'agit de coutumes totalement ignorées de moi. Ainsi du « solar », sorte de « jugement de Dieu » auquel une « kriss » peut condamner quelqu'un. Dans un lieu saint, devant une bougie ou une statue, la kriss demande au Tsigane soupçonné de quelque méfait un « jurement » solennel. S'il ment, il mourra sur-le-champ ou un malheur le frappera instantanément. Faute de candidat, la vérification n'a jamais pu être faite. Celui qui ne peut se soumettre au « solar » — s'il est déjà connu pour avoir menti, par exemple — sera souvent, après une forte amende, expulsé du clan.

Aujourd'hui le camp est plus silencieux que d'habitude : un enfant vient de mourir. Sur cette famille amie où hier encore j'allais pêcher avec un morceau de pain des tomates et de l'ail dans une grande bassine, le deuil s'est jeté sans prévenir. Je vais embrasser la mère et, sans rien dire, m'assois à ses côtés. Les femmes du clan sont là, tout autour, assises ou debout. Lorsqu'un homme vient se joindre à l'assemblée, une femme se lève, et cède sa place. L'homme ne dit rien, ne serre pas la main, fait juste un petit signe de tête, et met son regard droit dans les yeux de la mère. Parfois, quelqu'un lance, désignant le mort, comme une prière : « Qu'il soit pardonné. »

Personne ne répond. Les regards restent fixes, l'émotion passe. Les femmes, bien sûr, sont plus expansives, et beaucoup pleurent sans retenue. Moi-même, bouleversée, je ne peux retenir mes larmes.

« Pourquoi l'ont-ils mis si vite dans le frigidaire ? demande l'une, voulant sans doute parler de la morgue.

— Oui, c'est trois jours normalement, répond quelqu'un, sinon il peut ressusciter.

— On lui a fermé les yeux. Trois fois, ils se sont réouverts. Moi je vous dis qu'il est vivant, ce petit qu'ils ont mis dans le frigo. Il est vivant. »

Des exclamations de douleur rythment le silence. Puis, la discussion s'envenime, personne ne veut accepter ce qui s'est passé. Les hommes, un peu plus loin, font beaucoup de bruit, tout le monde évoque le drame. Le père, immobile et pétrifié, la mère, perdue dans son chagrin, autour d'eux, le cercle silencieux, chacun dévorant des yeux le couple malheureux, maintenant assis sur les marches de sa roulotte. Je m'attendais à des manifestations de chagrin bruyantes, gestes vers le ciel, cheveux arrachés. Au lieu de quoi, le calme impressionnant de la douleur, la tension extrême du désespoir. Personne ne s'approche des parents, la simple présence suffit à dire la peine partagée. Une gamine apporte des tasses de café, deux par deux. Elle sert d'abord les hommes, puis la mère, enfin les femmes. Toute la nuit, devant la caravane, trois bougies brûleront. A l'intérieur, la veillée se prolonge — il est de règle de ne pas dormir tant que le corps n'est pas enterré, afin d'empêcher les esprits de venir et d'emporter l'âme du mort. Ainsi tout le monde consomme-t-il force tasses de café ou bouteilles de bière.

Derrière la petite vitre de la roulotte, Samantha et moi regardons longtemps les trois petites flammes se coucher, se redresser dans le vent, dernière tentative fragile pour retenir la vie, pour fêter le disparu, pour l'aider dans son long voyage solitaire...

Chaque soir, devant le feu, la chaleur d'une famille me réchauffe. Je respire la nuit de Lourdes, je contemple les étoiles, et l'une d'elles, pour moi, s'appellera toujours Philomène. C'est une amie que j'avais rencontrée aux Saintes-Maries et que j'ai retrouvée à Lourdes. Coco, son petit garçon, joue avec Samantha, elle est venue seule prier « la Lourdes » tandis que sa famille sillonne le centre de la France. Elle est là au nom de tous les siens. Avant de nous séparer, elle m'avoue :

« Le pèlerinage à Lourdes, c'est ça qui nous tient toute l'année. On n'a que ça, nous. C'est tout pour nous. »

Et plus bas encore, comme un secret murmuré, elle ajoute en me serrant dans ses bras :

« Ecoute, petite, j'ai un beau-fils. Regarde-le, là-bas, à côté du papa. Sa peau est bien noire, mais son poil aussi. Il a déjà le camping tout prêt. Il est forain, il vend des draps. Allez, petite, marie-le-moi, tu seras bien, tu auras tout : de belles robes, de quoi manger, de quoi dormir. Tu feras les marchés. Comme ça, le Coco et la Samantha pourront continuer à jouer ensemble. Et, un jour, pour eux aussi, on fera la noce ! »

Cela me tente, pour elle, pour la famille, pour la vie du voyage. Philomène, j'aime ta vie, ton indépendance, mais je ne veux pas m'enchaîner, et ma fille, encore moins. Mais comme je ne peux pas te le dire, je t'embrasse et je ris. Mon rire part dans la nuit, comme ruisseau qui coule...

Mais le surlendemain déjà, le camp va se disloquer. J'ai le cœur gros, Samantha et moi y étions si bien. Une femme manouche, rencontrée à Rome, puis retrouvée ici lors d'une procession au sanctuaire, me supplie :

« Reste avec nous. J'ai une belle-sœur, “ la Perle ”, qui n'a pas le permis de conduire. Tu pourras rester avec elle. Elle a des filles de ton âge. Tu conduiras la caravane. Elle va partout, en Hollande, en Allemagne, en Belgique. Tu voyageras avec elle. Je ne sais pas où elle est en ce moment. Donne-moi vite ta réponse, dis-moi oui. La prochaine fois qu'elle téléphone, on lui dit de venir, ou bien toi tu iras la rejoindre. »

Quelques jours plus tard, la belle-sœur appelle — il y a

toujours un café qui sert d'intermédiaire. Il est convenu que j'irai la rejoindre avec Samantha.

Mieux qu'une aventure nouvelle, je sais que déjà commence une nouvelle histoire d'amour.

Chapitre 20

« Loin, bien loin, comme un bohémien... »

Je ne parlerai pas, je ne penserai rien :
Mais l'amour infini me montera dans l'âme,
Et j'irai loin, bien loin, comme un bohémien,
Par la Nature, — heureux comme avec une femme...

« Sensation. »

Clermont-Ferrand est le lieu de notre rendez-vous. « Prends le train, petite. On sera à la gare ! »

Dans le wagon, je tente d'imaginer l'accueil qui nous sera réservé, la vie que nous aurons à mener. La spontanéité de l'offre ne m'étonne pas, je sais la solidarité des Manouches.

Sur le quai, deux femmes fortes, puissantes, le cheveu luisant, juchées sur des talons immenses, la cigarette au bec, accompagnées de deux adolescents moulés dans des jeans à pattes d'éléphant. Elles nous accueillent avec des cris et des exclamations de joie. Les voyageurs se retournent sur nous, Samantha et moi sommes évidemment des Tsiganes qui regagnons notre camp. Et cette méprise me pousse à vouloir encore plus cette expérience, à aller jusqu'au bout de ce qui se propose à nous.

A l'extérieur de la gare, près d'une 504 break vert sombre, des femmes jeunes fument et parlent à voix forte. Nous approchons, mes bagages portés par les femmes, les deux jeunes hommes maintenant ostensiblement leurs mains dans leurs poches. On se précipite sur moi, on couvre Samantha de baisers, et j'ai droit moi aussi aux trois bises rituelles. On s'émerveille de notre allure, de la bonne mine de Samantha, on semble tout savoir de notre vie.

Je sais bien que si je veux devenir membre du groupe, il me faut accepter d'être la bonne à tout faire, mais je comprends aussi que c'est la seule possibilité de vivre de l'intérieur, de toutes les fibres de ma peau et de mon cœur, la réalité tsigane. Et je n'ai aucune envie de jouer à l'ethnologue, ni à l'entomologiste observant sa fourmilière.

Comme des oiseaux migrateurs, les Manouches du camp préparent leur envol. La Toussaint approche, et avec elle l'angoisse de l'hiver, de l'immobilisme forcé, l'arrêt du voyage qui s'endort avec les derniers rayons du soleil. Le camp est secoué d'une agitation frénétique. Je comprends alors toute l'urgence qu'il y avait, pour « la Perle » — la belle-sœur que je viens dépanner — à trouver quelqu'un pour conduire la caravane. Samantha déjà participe aux jeux, elle poursuit, dans l'aboiement des chiens, un petit Manouche aux fesses rouges qui pousse de longs cris stridents.

« La Perle » m'envoie récupérer les objets prêtés à diverses familles :

« Va trouver “ la Viviane ”. Elle a une caravane bleu ciel, avec des écussons derrière. Tu ne peux pas te tromper. Elle a trois gosses. C'est une rousse décolorée... Demande-lui de me rendre mon fait-tout ! »

Le camp compte plus d'une centaine de caravanes, et un bon nombre sont peintes en bleu ciel ! Il me faut m'adresser à des inconnus, tenter de décrire « la Viviane » que je n'ai jamais vue — son seul nom ne suffisant pas car les Tsiganes en portent souvent plusieurs, chacun d'eux correspondant d'ailleurs à un usage précis, sans parler de celui réservé aux seuls « *gadjé* ». Enfin, à l'autre bout du camp, près de la décharge publique, elle semble m'attendre sur le seuil de sa caravane — le téléphone tsigane ? C'est une femme belle, les bras écartés, déhanchée, sensuelle et pourtant secrète, et qui semble vouloir protéger le monde clos de sa demeure fragile. Elle nous invite à « monter », Samantha et moi, offre à l'une une sucette, et à l'autre une orange dont elle jette les épluchures dans le feu pour le plaisir d'entendre le pétillement de l'écorce. Je m'étonne que Viviane, qui a l'air si jeune, ait déjà trois enfants. Son fils unique dort tout nu, enfoui dans un édredon de plumes, veillé par l'image de la Vierge dans son globe lumineux...

Les groupes déjà se disloquent. Avec l'hiver, chacun veut gagner par étapes le stationnement prévu pour cette période, mais le retour sera long. Dépassés par le vent qui gémit, par l'automne qui recouvre la nature, les Tsiganes prennent le temps.

« La Perle » m'explique alors ce qu'elle attend de moi : « Tu vois, cette Renault, avec la caravane à Falka, tu vas la conduire jusqu'à Lille. Là, nous, on s'arrête. L'hiver là-bas, c'est bien. Il y a de bons bureaux pour nous à la mairie, des assistantes sociales qui passent régulièrement. La Falka, on va lui avoir les allocations. Jeune et déjà veuve, la pauvrette. *Kamlo Devel! Debleskri Dai!* (Gentil Dieu ! Mère de Dieu !) »

Passant du rire aux larmes, se signant ou pressant son abondante poitrine en signe de désespoir, « la Perle » évoque notre prochain port, Lille ! Ainsi le hasard va me ramener chez moi, mais dans un camp nomade ! Les voies du destin sont impénétrables, et ce retour aux sources a un goût de provocation et de revanche qui ne me déplaît pas.

Pour le moment, nous ne représentons qu'une petite partie du clan éclaté pour l'été, mais les quartiers d'hiver vont réunir la famille entière. Lille est un lieu de rassemblement qui, outre les facilités municipales et l'aide sociale, offre aux Tsiganes les avantages d'une frontière, essentielle pour ceux qui ont tout à craindre des persécutions, sans parler des possibilités de contrebande. Enfin l'environnement industriel de la ville permet de profiter des liquidations de stock des usines textiles qui serviront de troc pour la « chine ». La population ouvrière de la région est d'ailleurs un marché potentiel idéal. Dernier avantage, le Centre hospitalier, même si la superstition manouche considère les hôpitaux d'un œil critique : les maternités, c'est bien beau, mais on y accouche dans des draps blancs, et le blanc est signe de malheur, le blanc est la couleur du deuil ! Comment peut-on dormir dans des draps blancs ? D'ailleurs les « *gadjé* » vont à l'hôpital pour mourir.

« Que cette cigarette me fasse mourir si je ne dis pas la vérité. Lille, c'est une bonne ville. Tu vas voir petite, on ira aussi en Belgique, on y achète des tapis de Finlande. Au retour, ni vu ni connu, les tapis dans les caravanes, sur plusieurs épaisseurs. Le douanier, il a beau marcher dessus, il ne voit rien ! »

Par petites étapes, nous gagnons le Nord. J'ai souvent du mal à maîtriser le lourd véhicule où s'entassent les enfants. « La Perle » me fait prendre la tête du convoi — en tout, huit caravanes — car beaucoup ont du mal à lire les poteaux indicateurs ou bien sont dépassés par les échangeurs modernes, trop compliqués pour eux.

Autrefois, ils se repéraient à des lieux précis sur le bord de la route — un calvaire, un café, une église. Etranges voyageurs qui savent où ils vont mais ne sauraient indiquer leur itinéraire. Et quand il m'arrive de consulter la carte routière pour retrouver notre direction, je constate qu'ils me regardent avec curiosité, mais aussi avec un certain mépris.

A chaque halte dans une ville importante, l'un des hommes qui nous accompagne se rend au Conservatoire de musique, et propose ses services pour réparer les violons.

« Autrefois, on travaillait dans les cafés-concerts, mais la mode du " yéyé " a tout changé, me confie " la Perle ". »

Chaque étape réveille les vieux problèmes de stationnement : quand ce n'est pas la municipalité qui refuse, les places sont déjà prises. D'autres Manouches, ce qui est le moins grave, mais aussi des Yenishs, ou quelquefois des Roms.

Entre un Manouche et un Rom, la langue creuse un fossé, mais aussi les traditions. Si la famille reste un lien fondamental, elle enferme aussi les Tsiganes dans la certitude que, en dehors d'elle, commence le monde étranger, c'est-à-dire l'indifférence et le rejet. La peur, l'ignorance, autant de barrières qui entretiennent la méfiance et parfois la haine. Pour ne pas avoir respecté les disparités ou les convenances, les aires de stationnement deviennent parfois le théâtre de conflits violents : vitres brisées, bagarres d'adolescents, voire batailles rangées...

Au fil des jours, j'ai tout loisir d'observer la vie des femmes du convoi. C'est ainsi, depuis longtemps, que j'ai décidé de « faire la route » : ne pas poser de questions sur ce qui se passe, sur ce que les gens sont en train de vivre. J'aurais trop peur de tuer le naturel, trop peur de la réponse-mensonge. Alors j'observe de tous mes yeux, j'essaie de participer de tout mon cœur, les questions viendront plus tard — on tire toujours les conclusions trop tôt.

« La Perle » est une forte femme, qui a inversé à son profit les rôles traditionnels du couple tsigane. L'époux, ici, n'occupe que la seconde place, exception à la règle que souligne encore la disproportion de l'argent ramassé par l'un et par l'autre. C'est elle qui récolte et contrôle la « fortune » familiale, enfermée dans son soutien-gorge, ou bien dans des paquets de farine ou de café.

« Impossible de faire confiance à la banque. S'il faut fuir, on n'aurait plus rien... »

Les inspecteurs du fisc, mais aussi l'administration en général, n'ont pas bonne presse. Alors les jupes, les corsages, les ourlets se transforment en véritables coffres-forts.

A l'exception de « la Perle », notre convoi est surtout composé de femmes esclaves. Elles vaquent aux tâches ménagères dès que les hommes ont quitté le camp, elles s'occupent de les nourrir lorsqu'ils sont présents. La hiérarchie « naturelle » est encore soulignée par des signes extérieurs — à table, la femme sert le mari et les aînés, mais ne s'assoit pas.

Pour une Manouche, la valeur essentielle est la pureté. Dès qu'une fille a ses premières règles, elle quitte le monde protégé de l'enfance pour pénétrer dans l'univers trouble de l'impureté féminine. Son linge et ses sous-vêtements seront lavés en cachette, mis à sécher à l'abri des regards masculins qui ne sauraient voir cette corruption. La honte doit être intériorisée par la jeune fille. Tout ce qui touche la sexualité est flétrissure, et ce tabou s'étend à des attributs inattendus : s'il est interdit de montrer ses jambes par exemple, il est fréquent de laisser admirer, au fond d'un décolleté profond, les raffinements du soutien-gorge. En revanche, avec les « *gadjé* » aucun interdit n'est à respecter. Inutile de préciser qu'il n'est plus question pour moi de porter la minijupe, c'est à peine si je m'autorise parfois, mais avec mauvaise conscience, le pantalon. « Le pantalon, c'est pas pour les vraies femmes. C'est pour celles qui ne se respectent pas... » Ces interdits, ces tabous, ces ordres sociaux, comme je les accepte maintenant !

La mentalité tsigane est régie, semble-t-il, par le mot *honte* qui revient à tout propos. Non seulement il délimite les normes et les convenances, mais bien souvent il fait appel à des notions tout à fait étranges : « Tâche d'avoir un peu honte » peut tout autant signifier la gêne d'avoir reçu un cadeau que faire allusion au manque de respect de soi-même ou des autres — pour une femme manouche « se respecter » veut dire rester à la place qui lui a été assignée, ne pas se mettre en avant, ne pas prendre la parole devant son mari...

Avec « la Perle », il en va autrement : l'influence novatrice qu'elle exerce sur ses brus, tout comme sur les hommes de la famille, a transformé brutalement les rapports et les mentalités. Le simple fait d'avoir été accueillie dans sa famille avec Samantha, et d'avoir exigé d'être traitée en Manouche et non en « *gadji* », n'a pas manqué de provoquer quelques remous.

« Donne-leur une gifle. Ne te laisse pas faire. Par " la Lourdes ", ils sont tous pareils, ces gourmands ! » m'a-t-elle seulement dit, le premier soir, alors que de jeunes garçons rôdaient avec trop d'insistance autour de nous. Mais cette protestation verbale avait suffi à éloigner les importuns.

Ainsi cette femme extraordinaire, au visage bouffi par l'alcool, à l'haleine chargée de tabac, cette femme parfois violente, dure et autoritaire, dirige en douceur la vie de tout un clan disparate mais obéissant. Et que personne ne s'avise de lui faire répéter ses paroles : un soupir est un ordre !

« La Perle » règne aussi sur le monde des « petits-fils » — l'ensemble des enfants du clan. Aucune mère n'oserait contester l'autorité de sa puissante « belle-mère », et moi aussi je dois m'y soumettre en ce qui concerne Samantha. Ses principes sont fermes et arrêtés. Les enfants par exemple — elle dit « mes petits » ! — ne seront pas scolarisés :

« J'aime pas qu'ils aillent à l'école. Après, quand ils

ouvrent la bouche, ils n'ont plus les bons mots. Nous, on se débrouille avec un maître que je connais, pour les signatures des allocations. »

De même, elle condamne le travail salarié, même si l'argent est difficile à gagner pour le nomade :

« On trahit. On fait la paix. Ensuite, on ne sait plus où cela s'arrête. »

« La Perle » m'en donne les raisons : non seulement le travail signifie perte d'indépendance, abandon du libre choix d'organiser son temps, mais en plus il sépare le Manouche de ses proches, l'isole et le rend alors plus fragile face au monde « *gadjé* ». Le travail agricole saisonnier, à la rigueur, est toléré. Il ne détruit pas la vie communautaire puisque toute la famille y participe.

Au long des routes, nous bifurquons souvent sans rime ni raison, au gré de l'âme errante des Tsiganes. Au rythme lent et dur des gens du voyage — combien de contrôles de gendarmerie, de réveils au petit matin, à coups de « déguerpissez, et plus vite que cela » !

Ma vieille Perle, ma bonne Perle, toujours criant, toujours ordonnant, l'âme et le sang de notre groupe. Comme des poussins, nous nous serrons contre elle. Car le monde des « *gadjé* », vu d'une caravane — même si l'on se sent conforté par celles qui suivent —, paraît bien terrifiant. Le soir, lorsque nous avons fait halte par exemple sous le pont qui enjambe la Loire, et que de cette position inférieure nous regardons la ville se dresser, menaçante, sur les hauteurs de la rive d'en face, il fait bon entendre la voix tranquille de « la Perle » envoyer les uns et les autres vaquer aux tâches quotidiennes.

« Ramoutcho et Tam-Tam, prenez Maoso avec vous, et allez à la ville. Y a sûrement des greniers à débarrasser. Prenez des gamins. Toi, Mira, y a ma lessive... »

Et la vie s'étire d'étape en étape. Personne ne se soucie du temps, ni du terme du voyage. La route, c'est l'occasion toujours offerte, l'imprévu, la chance. Tandis que, sur l'aire de stationnement d'hiver, attendent déjà la boue et la pluie, et la dureté des sous à trouver, et les visages fermés. Bien sûr, il y aura le houx et les sapins de Noël, il y aura le gui, les jonquilles du printemps... Mais tout ça n'est qu'une parenthèse morte. Le vrai lieu du travail, le lieu de la vie, c'est le voyage. Ses lenteurs, ses détours ne sont que des chances données à la chance. Pour moi aussi, depuis longtemps, le voyage n'est plus touristique.

« La Perle » n'a que cinquante-huit ans, mais elle est la mémoire des anciens. La dignité tsigane et sa fierté, je les apprends par elle au jour le jour, en frottant et limant ma cervelle aux uns et aux autres, à ses « petits-fils » de huit ans qui lavent les caravanes, de dix ans qui portent déjà le dernier-né de leur mère sur la hanche, à ces gamins de onze ans, qui déjà miment les hommes. Dans le sillage de cette femme, les gestes de chaque jour prennent un autre sens, reliés à une symbolique dont elle se voudrait le mainteneur.

« L'eau, c'est important, petite. Faut être propre. La lessive cela se fait ainsi : le linge des femmes d'un côté, celui des hommes de l'autre. On ne mélange pas, nous autres. Comme autrefois. Une femme ne pouvait pas frôler un homme, même avec un coin de sa robe. Ma grand-mère, elle disait cela. Qu'elle reste avec le Bon Dieu ! C'est dur de rester pur... La vieille, elle ne gardait jamais les restes d'un repas. Après manger, hop, tout pour les chiens ! C'est comme ça chez nous... »

Ainsi parlait-elle, passant du récit de ses amours à l'énumération des préceptes tsiganes, sautant du coq à l'âne au rythme de ses fantaisies...

Dès que j'abandonne le volant de la grosse camionnette — la Falka, assise à mes côtés, n'a cessé de me raconter de belles histoires d'amour finissant toujours dans le sang —, je recherche la compagnie de « la Perle ».

Un matin où je lui demande, alors qu'elle refait lentement sa chevelure, pourquoi elle porte les cheveux si longs, elle semble un instant surprise, avant de rétorquer sur un ton sans réplique :

« Mais ! C'est pour la dignité, ma fille... »

Ce matin, il fait froid, un brouillard épais recouvre le camp, les huit roulottes serrées les unes contre les autres au bord d'un canal triste. L'air opaque colle à la bouche, au nez. Samantha a appris à renifler avec la même ostentation que la marmaille manouche. Les hommes partent au travail. Habillés comme les gens du pays, ils quittent la caravane sans avoir avalé le moindre morceau de pain, sans un mot pour leur femme. C'est ainsi qu'on attire « la bonne chance » pour les travaux de la journée — tournées de ramonage, achat de vieilles ferrailles, vente sur les marchés des dernières pièces de tissu...

Les femmes un peu plus tard iront faire du porte-à-porte dans les quartiers modernes de la ville, pour vendre leur mercerie, ou chercher à se glisser dans l'appartement d'une midinette crédule afin de lui lire l'avenir dans les lignes de la main. Si la psychologie, aiguisée par les années de route, par les mille contacts du nomadisme, permet aux femmes tsiganes une approche intuitive des secrets désirs des « *gadjé* », elles n'oublient pas l'éternelle recette : faire peur pour masquer leur propre peur.

Et c'est ainsi que nous nous installons, un après-midi d'automne et de ciel gris, sur l'esplanade de Lille. Au milieu de deux cents à deux cent cinquante caravanes. Véritable ville nomade, au bord du canal, caravansérail de roulottes nickelées, embouteillage hétéroclite, déballage magistral, une seule et même famille au sens large, même si les liens de parenté sont effacés, oubliés à force d'être imbriqués. Il faut l'autorité de « la Perle » pour parvenir à nous faire une place dans ce labyrinthe de tôle.

A peine installés, elle m'entraîne avec elle :

« Viens, petite, je vais te conduire à Rouva. C'est le vieux. Mon grand-père, sûr, que le Fils meure ! Enfin, le père à mon père ou à mon grand-père... Il est si vieux. Il a même connu l'Italie, alors... »

D'allées en ruelles, nous progressons dans le dédale des caravanes, nous frayant un chemin au milieu du linge qui sèche et entre les empilements de chaises modernes en skaï. Devant la porte d'une caravane banale, des adolescents, habillés à la dernière mode, semblent faire sentinelle. Ils embrassent « la Perle » sans un mot.

« Le vieux ne va pas, me souffle-t-elle en passant la porte. Tu as vu sa mine ? »

Il est là, Rouva, tout ratatiné au fond d'une banquette. Derrière un verre de rouge que sa main tremblante effleure parfois sans jamais réussir à l'atteindre. Il relève la tête, et sa bouche édentée dessine un sourire vague.

« Ma Perle, avance. Alors, l'été ? »

Les mots se perdent entre ses chicots, ou peut-être me demeurent-ils incompréhensibles parce que « romanis ».

« A ce qu'il paraît, tu n'as pas le moral, Pépé ?

— Baro Devel. C'est à cause de ce froid... Tu penses !

— Et alors, Lille, ça fait combien de temps que tu es là ?

— Avec le Bernard, on est arrivé il y a trois jours. Avant, j'avais passé à Evreux. A cause des papiers, c'est ma commune de rattachement. Le Bernard, c'est un brave gars... C'est pas comme tous ces paysans, ces " Polonais " de malheur. Tout au long du retour, " la Perle ", on n'a rien eu que des problèmes avec les " *gadjé* ". Leur haine, elle est le chiendent, il en pousse toujours plus, toujours. Ici, à Lille, y en a plein qui viennent traîner autour du camp. J'ai passé consigne, à toi aussi " la Perle ", faites-les monter, offrez-leur le café à ces paysans, y verront qui on est !...

— Allez, le Père, on reviendra pour le bonjour. Que Dieu te garde. »

Samantha et moi, nous restons au camp, chinant pour la famille, travaillant pour « la Perle » et partageant l'affection de ces gens sans détour. L'autre face de la vie. Et lorsque nous partons en bande, nos enfants courant autour de nous, je retrouve enfin, au plus profond de mon cœur, l'allégresse perdue.

J'apprends à regarder le monde autrement, à découvrir que ce qui unit ne se dit pas, n'a besoin d'aucun geste. Un simple regard, et je sais ce qu'elle attend de moi, je sens peu à peu s'éloigner le mal de vivre qui me minait. Rien n'est définitif, rien n'est gagné pour elle, mais elle m'a appris qu'il faut faire front.

Lille, cette ville que j'ai fuie, je la retrouve avec d'autres yeux. D'abord, une géographie nouvelle, bien sûr — je n'arpente plus les mêmes quartiers — l'envers du décor, où s'entasse le quart-monde, les laissés-pour-compte de l'opulence. Je sais maintenant que, passé le premier réflexe de rejet que provoquent la violence, l'alcoolisme, le sordide, quelque chose d'essentiel m'est donné à voir : la volonté de vivre. Maintenant, c'est de l'intérieur d'une caravane, dans l'odeur forte du ragoût que j'ai parfois la charge de préparer, à travers la petite fenêtre aux rideaux de tulle, que j'observe le monde extérieur, cet univers si dur, si effrayant pour le voyageur. Je n'ai personne à qui ressembler, personne à qui m'identifier. Sans doute, ma quête, ma course vont-elles reprendre ? Mais ici, alors que Samantha joue avec Luc, un petit Manouche de six ans, je me sens au cœur de la vérité du monde. Peut-être « la Perle » me dira-t-elle tout à l'heure :

« Ho ! Petite... Mais dis, tu fais des progrès avec les manouches. Tu ne cuisines plus à la française. Tu n'es plus “ *Gavali* * ”, mais “ *Romnia* ** ”. »

Mes yeux alors s'embueront de larmes et, très vite, je regarderai à travers le carreau le ciel gris de Lille en pensant à ma famille, blottie là-bas, aux confins de la métropole, et que je n'ai pas revue depuis si longtemps. Je suis un être à fleur d'existence. Les larmes sont mon langage, les battements de mon cœur, mon unique musique.

La vie du camp alterne les efforts pour gagner quelques sous et, aussitôt après, le repos nécessaire pour les dévorer. Quand un homme rapporte cinq cents francs à sa femme, c'est qu'il en a gardé autant pour les dépenser à sa guise. En attendant l'épuisement de la fortune, il ne travaillera plus.

Un autre jour, une assistante sociale a promis de venir, accompagnée d'une infirmière, pour vacciner les enfants. Quelques instants auparavant, un vieil homme passe dans chaque caravane pour expliquer, dans sa langue, qu'il ne faut pas se laisser faire, tout cela n'est que « trahison ».

« Après, tu attrapes la grosse tête, comme les “ *gadjé* ”... »

---

* *Gavali :* littéralement, « nana blanche qu'on baise ».
** *Romnia :* femme tsigane.

Sans doute craint-il les conséquences de l'assimilation. La médecine pose ainsi aux Tsiganes un problème constant. Lors d'une autre visite de l'assistante sociale, Viana, une jeune fille du clan, lui demande, dans le plus grand secret, d'arranger une visite chez un gynécologue. Mais le problème du paiement de la consultation l'angoisse. Surmontant sa honte, son déshonneur presque, elle vient m'en parler.

« Toi, ce n'est pas pareil, tu es quand même “ *gadji* ”... »

En fait, tout l'argent que gagne Viana, elle le confie aussitôt à « la Perle » — en l'occurrence chef de famille — qui le dépose dans le coffret où repose le pécule du clan. Demander de l'argent reviendrait à avouer à tous sa maladie, donc à se couvrir d'abjection.

En fin de compte, l'assistante sociale lui a donné rendez-vous dans un café afin de l'emmener chez le médecin. Mais aucune de mes explications sur le bien-fondé naturel d'une visite chez un gynécologue n'a pu calmer sa honte...

Ma réputation n'a pas été longue à s'établir. La « *gadji* » qui suit « la Perle » écrit des lettres parfaites, juste ce qu'il faut, et, en plus, elle a une belle écriture. Je suis donc sollicitée sans cesse, la plupart du temps par des Tsiganes qui partent dans la journée qui suit. Car c'est à l'heure du départ que les Manouches ressentent le besoin d'écrire à leurs proches demeurés au loin. Je me suis fixé une règle absolue : j'écris ce qu'on me dit, je n'arrange pas les phrases pour faire joli.

Chers vous autres,

Nous ici, ça va bien. J'espère que vous c'est le même. La Bonita et le Bruce Lee vont bien. Y vous envoient des bonjours.

Le 24 mai, on a été aux Saintes Croix de la Mer (sic). *On a vu personne sauf La Mamout qui était venue avec le Michel et puis le rachaï Yoshka que ça nous a fait bien plaisir de le voir. Je ne sais pas quand tous on se reverra. Bonne santé. Je ne vois plus rien à te dire. Nous on embrasse tout le monde là-bas.*

Ecris-moi poste restante.

Ta belle-sœur, Doudoune.

Le soir avait été banal dans la douce chaleur familiale. Les hommes étaient sortis, comme toujours, écrémer les bars autour de la gare. (Alors que la femme tsigane n'a pas le droit de quitter le foyer, la loi tsigane autorise les hommes à « regarder ailleurs » — mais ils n'ont pas intérêt à courtiser d'autres tsiganes, sous peine de déclencher des salades et des bagarres à n'en plus finir.)

« La Perle » avait raconté une autre des mille péripéties de la vie du voyage. J'avais écouté bouche bée, comme une enfant suit sur les lèvres de sa mère les contes de fées avant de s'endormir. Nous avions bu du thé fort, entre femmes. Une gamine avait donné le sein à son petit. Et puis, nous nous étions séparées.

Dans la nuit, un cri horrible, long, inhumain, comme un cri de torture, un cri m'a fait bondir. La Falka m'a secouée :

« Tu as entendu ? Ce cri, tu crois que c'est le diable, ça au moins... ? »

Des signes de croix à n'en plus finir, des prières que la terreur rend plus ferventes. Alors, je me suis levée de la couchette, je me suis orientée à l'aveuglette vers le lieu d'où cela semblait venir. La roulotte de « la Perle » ! Mon sang se glace, mes jambes se dérobent. A la porte de la caravane beige que je connais si bien, sa plus jeune fille. Hystérique, elle crie, gesticule, se tire les cheveux, se tord les bras :

« La mère, la mère, elle passe. Venez vite ! sa viande est presque froide. Par les Saintes ! Ma mère. Hai... »

Je saute sur le marchepied. Sur la couchette, « la Perle » est étendue, immobile, une main dans celles de son mari en larmes. Lui, qui avait si peu de poids durant la vie de « la Perle », si immense soudain...

La mort pour tous ceux, toutes celles que j'aime, ne me lâche donc pas. La charogne qui attend ces femmes auxquelles je m'attache, auprès desquelles enfin je peux respirer et vivre, abandonner un instant mon combat de Don Quichotte. La mort, que je vomis, qui me rattrape sans cesse...

« La Perle » est morte. Son corps sans vie me paraît

monstrueux. Son visage, si laid maintenant, hier encore si beau malgré ses boursouflures, malgré les rides et les empâtements de l'alcool. « La Perle » ne m'aidera plus, ne dirigera plus son clan avec cette violence que tous savaient reconnaître pour ce qu'elle était, de la tendresse cachée.

La caravane est envahie. Le camp tout entier est réveillé. Les hommes sortent. Devant, là où « la Perle » faisait la cuisine et la lessive les jours où le temps le permettait, ils allument un grand feu. La veillée va commencer. Un flot continu de visiteurs défile, en larmes, ou les mâchoires serrées. Voici Rouva le vieillard, soutenu par deux gaillards, le visage décomposé. Passant devant moi, il arrête ses deux porteurs, et me confie dans un sanglot :

« Pour nous deux, fillette, elle est partie. " La Perle ", même elle, ça meurt. Garde bien le souvenir... »

Il ne peut en dire davantage. L'émotion, la douleur le brisent, le courbant encore un peu plus vers la terre. Pendant deux jours et trois nuits, nous veillerons « la Perle », ensuite on jettera ses vêtements sur le feu entretenu devant la caravane.

De tous les coins de la France, les amis sont venus, les proches, la famille. L'esplanade est trop petite pour contenir le flot des caravanes. Mais personne, durant le temps que durera la longue veillée funèbre, n'aura le droit de boire ou de manger, pas même cette jeune femme tout juste échappée de la maternité de Seclin, malgré l'interdiction des médecins, et qui, le visage dévoré de cernes, continue d'allaiter son bébé, le corsage ouvert, assise sur un tabouret au pied de la roulotte.

Les rites de la veillée, comme ceux de l'enterrement, seront scrupuleusement observés. Les Tsiganes croient que les esprits des morts reviennent si l'on ne respecte pas les règles. Outre la douleur de perdre un être cher, il ne faut pas oublier de préserver le monde des vivants. Je me souviens de récits de « la Perle » où elle jurait avoir vu briller dans l'obscurité les yeux des défunts, derrière la fenêtre de la caravane. La peur de la mort éloigne les Tsiganes des cimetières, leur interdit, durant de longs mois, de prononcer le nom du mort, supprime certains plats, parfois même empêche d'aller en pèlerinage : « On ne peut pas aller à Lourdes cette année, on a eu des malheurs... » Cette peur est si intense qu'à mon tour, je vais trembler comme une feuille tout au long de ces jours de deuil interminables. « La Perle » n'est plus, mais elle est encore présente par la douleur qui m'anéantit. Durant les mois passés ensemble, elle m'a protégée, permis de vivre avec les Manouches, sans m'obliger pour autant à en subir les règles que je refusais. Plusieurs fois, je le sais, elle m'a défendue contre les hommes qui voulaient m'épouser, ou seulement faire l'amour avec moi, car pour eux j'étais « *gadji* ». Son autorité faisait rempart, elle avait compris que ma quête, mon désespoir, ma fragilité méritaient une autre attention que sexuelle. Mon cœur est encore couturé de blessures, « la Perle » ne m'aidera plus à les cicatriser. Le hasard m'avait placée sur sa route, la brutalité de sa disparition me laisse désemparée. Au moment où mes projets, mes espérances reprenaient vie... Elle était l'aimée, « l'aimée ni tourmentante, ni tourmentée. L'aimée ». Avec elle c'était « le repos éclairé, ni fièvre, ni langueur, sur le lit ou sur le pré. L'air et le monde point cherchés. La vie*. »

Après l'enterrement, l'esplanade se vide d'un coup : le terrain est devenu tabou pour de longs mois. La tribu fuit, se disperse, va chercher ailleurs l'oubli et la consolation. Je ne reverrai pas fleurir le printemps avec les Tsiganes. Moi aussi, je dois partir. Je ne laisserai donc toujours que des morts derrière moi ? Cette vie sera-t-elle toujours hachée, découpée par la faux brutale et macabre ? Une envie de hurler la misère de vivre me brûle la gorge. Je n'ai plus rien à attendre, mon sac est déjà prêt.

« Arrivée de toujours, qui t'en iras partout**. »

Samantha, tout étonnée de quitter ceux qu'elle a appris à aimer, n'en manifeste pas moins son enthousiasme à l'idée du départ.

Le vieux Rouva, sur le seuil de sa roulotte, nous regarde partir. Il lève la main :

« Petite. On se sépare. Allez, on ne se dit rien... »

---

* « Illuminations. »
** Idem.

Tout le symbolisme manouche dans ces mots ! A la fois trop à dire, justement, et les mots sont maigres, trop étroits, pour dire la plainte qui monte en lui comme en moi. La douleur, et l'espérance aussi : les routes du voyage finiront bien, un jour, par se recouper.

Adieu Rouva. Avec tes quelques mots, tu m'as appris que c'est dans la rencontre que le ciel rejoint la terre, tu m'as appris que le voyage libre rend plus libre, que la frontière qu'on recule fait aller plus loin. C'est pourquoi, vieux Manouche, je reprends la route, pour te suivre, « la Perle » et toi blottis dans un coin de mon cœur. *Sur les routes, par des nuits d'hiver, sans gîte, sans habits, sans pain, une voix étreignait mon cœur gelé : « Faiblesse ou force : te voilà, c'est la force. Tu ne sais plus ni où tu vas ni pourquoi tu vas, entre partout, réponds à tout. On ne te tuera pas plus que si tu étais cadavre* *. »

Reprendre la route, oui. Mais où aller ?

Rien maintenant ne nous retient plus en France. Je me souviens de l'Angleterre. J'y ai laissé des amis, un toit, mes affaires. Et tout un lot de chèques de la « Sécurité Sociale » qui m'attendent, mes cours de dactylo anglaise que je souhaite reprendre... Bien sûr, malgré « ces chèques tout pleins d'argent », je n'ai plus envie de continuer à vivre aux frais du « Welfare ». Depuis que j'ai quitté Londres, j'ai franchi bien des étapes, grâce à Dennys ; grâce à Werner ; grâce aux Tsiganes. Je refuse de reprendre les vieilles habitudes et de m'y endormir. Je me sens pleine de dynamisme, pleine de possibilités, j'ai envie de faire des milliers de choses. Et enfin, sensation grisante, je me sens capable de conduire ma vie.

Vivre, c'est inventer la vie, c'est-à-dire se donner chaque jour les raisons de ses peines et de ses bonheurs. Les combines, la débrouillardise au jour le jour, d'accord, surtout quand elles vont à l'encontre de ma formation et de mon éducation. Mais à la seule condition de ne plus me

* « Une saison en enfer. »

laisser porter par les événements. Le rêve hippie, c'est fini et bien fini, il s'arrête trop tôt et trop vite, la vie est plus vaste et plus riche que ça.

Werner m'a appris la fantaisie, l'invention et le rire. Les Tsiganes autre chose : les valeurs du travail, de la famille, et l'univers pour patrie. La richesse du voyage aussi, le regard de Dieu et le sentiment tragique de la vie.

Et puis j'avais trouvé ma nouvelle famille : je m'identifiais à eux, ils avaient les mêmes problèmes avec la société que moi avec mon père.

Malgré leurs difficultés, malgré leur petit nombre, malgré les polices et l'errance, ils vivaient ; ils s'épanouissaient ; ils ne se laissaient pas étouffer ; ils inventaient les plus belles musiques, mais, à l'inverse des hippies, ils n'avaient pas besoin de les écouter pour s'endormir, en remuant mollement des têtes fatiguées. Ils tenaient debout.

Ils m'avaient offert leurs roulottes et leurs nourritures, ils m'avaient soutenue, conseillée, dirigée. Au moment où j'allais tomber, ils m'avaient relevée.

L'affaire était entendue. Ce serait l'Angleterre, pour toutes ces raisons. Mais sait-on jamais le secret des choses ? A force d'empiler les explications à ses actes, on oublie peut-être l'essentiel. Samantha et moi étions comme deux vaisseaux en perdition, tous feux éteints. Et seules, là-haut, brillaient les lumières du port de Londres.

Ce serait l'Angleterre.

Mais puisque j'étais à Lille, et puisque c'était Noël, j'irais faire un petit détour du côté de Croix. Nous passerions Noël avec papa et mes frères et sœurs.

Comme ça, sans raison. Peut-être aussi parce que, chaque Noël ou presque depuis la mort de maman, des vers de Rimbaud revenaient trotter dans ma tête, « Les Etrennes des orphelins » qu'autrefois je savais par cœur :

Ah ! quel beau matin, que ce matin des étrennes !
Chacun, pendant la nuit, avait rêvé des siennes
Dans quelque songe étrange où l'on voyait joujoux,
Bonbons habillés d'or, étincelants bijoux,

Tourbillonner, danser une danse sonore,
Puis fuir sous les rideaux, puis reparaître encore !
On s'éveillait matin, on se levait joyeux,
La lèvre affriandée, en se frottant les yeux...
On allait, les cheveux emmêlés sur la tête,
Les yeux, tout rayonnants, comme aux grands jours de fête,
Et les petits pieds nus effleurant le plancher,
Aux portes des parents tout doucement toucher...
On entrait !... Puis alors les souhaits... en chemise,
Les baisers répétés, et la gaieté permise !...

Et peut-être aussi parce que les Tsiganes m'avaient enseigné le secret : quelque jour, les liens du sang se réveillent toujours...

Ainsi nous passâmes quelques jours en famille, première parenthèse depuis longtemps dans la guerre sourde et secrète entre mon père et moi. Trêve sainte, comme il y avait autrefois « la trêve de Dieu ! ». La paix, parfois, est déjà en marche, quand personne encore ne la voit s'avancer...

Chapitre 21

« A quelque fête de nuit dans une cité du Nord... »

La traversée s'annonçait belle. Pourquoi diable le Service d'Immigration embarqué avec nous n'a-t-il pas voulu l'entendre de cette oreille ?

Notre allure décidée ? Ma petite fille blonde trop jolie pour être honnête ? Ou mon passeport tamponné de trop de cachets : trafiquants de drogue ?

Les douaniers ont commencé leur enquête : adresse, argent, travail, amis ? Mes réponses trop floues ou peut-être contradictoires les ont laissés sur leur faim ; ils ont tout confisqué : mes papiers, mon passeport, nos tickets.

A Douvres évidemment, ils n'allaient pas me laisser filer comme ça, désireux de vérifier par eux-mêmes mes affirmations. Je n'avais que vingt francs pour gagner Londres, c'était louche ! Au bout de trois jours, malgré mes protestations et mes larmes, ils m'ont fermé la porte de l'Angleterre au nez. J'étais chassée, « déportée » en France, exclue « à vie » de mon nouveau pays où j'avais installé mes amis, ma communauté, mon cœur et mes affaires !

Sur le bateau qui me ramenait « chez moi », comme ils disaient, je n'avais même plus la force de me révolter, comme si l'injustice avait signé un pacte contre moi. Je pleurais seulement à chaudes larmes : à nouveau je devais quitter la vie qui commençait à me sourire. Désemparée, découragée, il faut bien sourire à mon tour à mon bébé doux, à mon enfant sage qui, comme toujours, refuse de s'inquiéter.

Pour elle, il faut bien, une fois de plus, prendre le dessus.

Un Canadien du Québec, bon chic bon genre, s'est approché de moi pour entendre mes malheurs. Il m'a offert un demi, a partagé avec moi un bout de mon chagrin. Il m'a parlé de son pays accueillant, où il y avait du travail et de l'espace. Il existait donc des hommes d'affaires gentils, et j'ai mis l'idée du Canada derrière mon oreille, petite éclaircie qui m'ouvrait des horizons. Je saurais m'en souvenir, le moment venu...

A Douvres, j'avais appris une bonne leçon. Comme moi, une Jamaïcaine était retenue en prison. Enorme, elle faisait un foin pas possible : grosses lèvres peintes en rouge, jambes écartées, elle insultait méthodiquement les policiers et les Anglais en général dans un argot provocant émaillé de mots à elle. Très « physique », très « sexuelle » même, on aurait juré qu'elle avait joué ce rôle toute sa vie tellement le contraste avec les policiers tout britanniques paraissait caricatural. « My Lord » jurait-elle à chaque phrase, en levant les bras au ciel tandis qu'on essayait de la calmer ou de l'ignorer tour à tour. Moi qui avais parié de jouer le jeu de la discrétion et de la gentillesse, j'en prenais de la graine.

Avec moi dans la cellule, elle m'a raconté sa vie, évoquant son dieu — le Jah —, ses musiques, l'ombre libre de ses palmiers... Je n'en saisissais que des bribes à cause de son accent jamaïcain, mais assez pour dédramatiser l'aventure et retrouver courage.

Car la situation n'était pas des plus gaies. Enfermées à double tour, avec pour tout lit une banquette en bois et une couverture, le seul moment drôle était l'heure du repas. Les policiers nous emmenaient déjeuner au restaurant, s'asseyaient avec nous, mais ne mangeaient rien, se contenant de payer ! Les enquêteurs multipliaient leurs questions : comment et de quoi, et avec qui et combien de fois, et les adresses et les petits amis... En fin de compte, j'ai cru comprendre qu'ils me reprochaient les indemnités que me versait la Sécurité Sociale — une Française qui avait renoncé à son travail salarié pour toucher les allocations du Welfare, c'était à la vérité un peu fort de thé, n'était-il pas ?

A Calais, où aller ?

Machinalement, je pris le chemin de la gare, et machinalement montai dans le premier train en partance pour Lille. Sans billet.

Au moment où le train allait s'ébranler, j'aperçus, sur le quai en face, un autre train qui allait vers Paris. Tout un flot de désirs et de résolutions à l'instant me submergea : refuser le passé, aller vers l'avenir, rebrousser les chemins connus. Je jetai mon sac par la fenêtre, agrippai Samantha et me mis à courir sur le quai. Le train prenait de la vitesse, par bonheur la porte d'un wagon était ouverte. Je projetai Samantha à l'intérieur, saisis la barre d'une main et me hissai à mon tour vers... l'inconnu. Je n'avais pas quitté Lille pour y revenir à la première défaite !

La gare du Nord était encore plus grise que d'habitude : il faisait froid, il faisait nuit depuis longtemps, nous étions le 31 décembre !

J'avais trois numéros de téléphone en poche : celui de tante Solette, celui d'une amie de la Maison Française, un autre dont j'ai oublié le correspondant. Aucun ne répondait, les réveillons devaient être en route... Il ne me restait plus qu'à passer le mien dans la salle d'attente — décidément, pour moi tout commençait toujours un premier janvier !

La nuit devant soi ! Entourée de pauvres paumés, comme moi sans adresses et sans fêtes — au moins avais-je ma petite fille dans les bras —, les yeux gonflés de larmes mais le cœur tranquille et apaisé, tous comptes faits j'étais heureuse de ma vie : j'étais fidèle à l'aventure. Qu'aurais-je à faire ce soir parmi les serpentins et les coupes de champagne, les baisers sans amour et les vœux tout faits ? Ma vie n'était pas rose, mais elle était mon choix. C'était bien...

Cela n'empêcha pas la nuit d'être longue et inconfortable. Les banquettes de seconde classe ont des accoudoirs inamovibles — sans doute pour empêcher les gens de s'allonger. Samantha s'est endormie sans problème dans le lit de laine que je lui avais confectionné. Moi, j'avais faim et froid, j'allais de temps à autre me dégourdir les jambes après avoir confié mon enfant aux bonnes gueules attendries. Quelque chose aussi me tenait éveillée, comme si, en ce jour de fête, j'avais à cœur de célébrer mon indépendance enfin conquise, ma liberté, mon autonomie, nouvelles cavales ivres qui couraient avec moi, ravageant mes anciennes plantations, mais ruant au soleil et soulevant des gerbes d'eau vive.

A minuit, personne n'a pensé à se souhaiter la « bonne année ». Au petit matin, après avoir vainement tenté de me faire rembourser mes dernières « valeurs » — deux jetons de téléphone ! — j'allai quémander un bout de pain pour Samantha. Bon type, un garçon de café me donna deux quignons avec un sourire en prime. Je n'ai pas oublié ton sourire, « Toi le garçon qui sans façon m'a donné quatre bouts de pain, quand dans ma vie il faisait faim... »

Il fallait quand même chercher une « situation plus stable ». Je songeais à Werner et à ce qu'il aurait inventé en pareil péril. Aussitôt quelques visages de loubards-clochards-zonards me sont revenus en mémoire.

Les trois nuits suivantes, Samantha et moi les avons passées en compagnie de ce vieux professeur de philo rencontré autrefois grâce à Werner, revenu de tout mais pas de l'amitié ni de la liberté. Il m'offrit à nouveau son toit — je veux dire les voûtes du pont de la Tournelle — et son lit — sa pile d'exemplaires du *Monde*, seule compromission qu'il eût acceptée avec la société de consommation. Doux, souriant et détaché, il me parla une fois de plus de la mort, des malheurs de la vie et de la joie de vivre, et ce qu'il me dit se grava dans mon cœur.

Je retrouvais l'envers de la vie parisienne : cet autre monde qui, le soir, dès la fermeture des boutiques et des bureaux, se met en marche ; ces « marginaux » qui, comme des oiseaux de nuit, vont en silence prendre possession de leur royaume, retrouver, qui son corridor, qui sa marche, qui son renfoncement de vitrine, tout un univers que les oiseaux diurnes, aveugles, écrasés de labeur et de fatigue, ne connaîtront jamais...

La journée, il fallait quand même songer à gagner quelques sous. Là encore, la technique Werner se révéla sans faille : j'arpentais le quai des gares et j'abordais les voyageurs : « Monsieur, s'il vous plaît, je rentre chez moi, il me manque cinq francs pour aller à Orléans... » Bien entendu, je variais les destinations en fonction des cinq gares où je sévissais, j'avais ainsi cinq cordes à mon arc, un large terrain de chasse !

Je savais les commandements : ne pas demander « *un* » franc, ça fait petit et timide, mais sept ou huit, ça fait précis et « vrai » ; se montrer aimable et décontractée, mais sûre de soi aussi ; se moquer des réactions ; avoir le sens de l'humour et de la repartie.

Quant aux réponses, entre ceux qui ont peur, ceux qui n'aiment pas les mendiants et les braves bougres qui ne savent pas dire non, il y avait toute la gamme qui sépare la fuite hypocrite de la générosité chaleureuse.

Je savais aussi les martingales : on gagne à ce jeu plus souvent qu'à la roulette, à proportion d'une fois sur cinq à peu près, à condition de s'y prendre selon les règles. Parfois, la malchance aidant — ou la distraction — je tombais deux fois de suite sur la même victime. Elle, évidemment, n'avait pas manqué de me repérer, se mettait à m'insulter, furieuse de s'être laissé apitoyer, admirative aussi devant tant de culot.

« Vous, alors, vous ne manquez pas de toupet ! Vous devez commencer à les avoir, vos sept francs, et même à être riche. C'est trop fort ! »

Il ne me restait plus qu'à changer de gare en vitesse...

Ainsi « je me suis fait » de quoi manger, et réunis bientôt trois ou quatre cents francs d'argent de poche. Je décidai de rentrer à Lille en stop — plus question d'aller retrouver mes connaissances parisiennes : vivre ne pouvait consister à survivre ! Là-bas, je verrais quoi faire avec les copains d'université, entre autres Willy — Willy, c'était mon « pote », un doux poète qui parlait par images. Ancien taulard, ses tatouages m'avaient séduite autrefois, sa façon aussi de rendre drôle le malheur : inimitable quand il racontait avec un humour féroce ses années de misère derrière les barreaux, condamné à mettre en boîte des champignons chinois tout en collant des étiquettes « champignons de Paris, produit de luxe » ! Il en avait acquis la conviction que ceux qui jettent en prison sont moins honnêtes que ceux qui y croupissent.

J'appelle Willy au téléphone — un clodo m'a indiqué une

cabine cassée et... gratuite ! —, je lui raconte mes malheurs anglais. Willy réagit comme je l'attendais :

« Tu es ma sœur, viens chez nous. Les oiseaux mouillés doivent sécher leurs plumes avant de s'envoler à nouveau... On te trouvera du travail... »

C'est cette fois-là, je crois, que le routier qui nous avait prises en stop a voulu me violer. Samantha dormait sur la couchette, derrière moi. Le camion s'est arrêté sur une aire de stationnement déserte. Il pleuvait, une espèce de crachin qui avait l'air glacial. Le gars a pris sur la tablette du tableau de bord le grand couteau de boucher qu'il m'avait montré — « contre les dangers de la route » — et il a commencé à m'expliquer ses fantasmes. Je n'avais aucune envie d'en savoir davantage. J'eus à peine le temps d'attraper Samantha par le cou, et mon sac, de sauter par la portière et de courir jusqu'à l'autoroute, mes forces décuplées par la certitude qu'il allait me rattraper. Sans doute avait-il peur de l'eau, il ne m'a pas suivie...

Willy, malgré ses études réussies, est ouvrier d'usine, sous-prolétaire même puisqu'il ne gagne pas le SMIC. (A l'époque de mes universités, je l'avais choisi comme ami parce qu'il avait de bonnes raisons de détester les bourgeois ; on passait notre temps à taper sur eux et contre mon père, et contre la police, et contre tout...) Arlette, la fille qui partage sa vie, travaille à la « Lainière de Roubaix », elle subit les horribles trois-huit, horaires harassants. En tout cas, nous ne manquons pas tous trois de sujets de conversation !

Je finis par me dénicher un travail dans une agence de publicité... avant de m'apercevoir, une fois derrière ma machine à écrire, que les claviers français n'ont absolument rien à voir avec les claviers anglais. Je réussis à convaincre le patron de me garder quand même : il a fallu lui jurer que la sténodactylo était mon rêve de toujours et que j'avais besoin d'un emploi *stable* à cause de ma fille !

Mais le rêve, le vrai — celui du voyage —, ne m'a pas quittée. Je me souviens d'une amie d'école partie vivre au

Tchad avec son mari, et qui avait répondu à l'une de mes cartes en m'invitant à venir passer quelque temps avec eux. L'Afrique devient mon nouvel objectif. *Je quitte l'Europe. L'air marin brûlera mes poumons ; les climats perdus me tanneront* *...

Reste à gagner les cinq mille francs de nos deux billets aller et retour. Au rythme des économies possibles, il faut compter plus d'un an !

A force de réfléchir, je finis par dénicher l'idée géniale, gros rapport pour maigre investissement : je vais vendre du pop-corn ! La leçon de Werner porte ses fruits, il faut « *acheter l'argent* là où il est », c'est-à-dire dans la rue ! Puisque je ne suis ni artisan, ni cracheur de feu, ni saltimbanque, je me ferai commerçant du macadam...

J'achète de l'huile pas chère, du maïs pas cher, et, dans la cuisine de Willy transformée en laboratoire graisseux, je découvre enfin le secret du pop-corn. En guise de cornets, des feuilles de papier journal roulées. Mais cette présentation laissait à désirer, multipliant les grosses taches d'huile ; aussi, pour tromper l'ennemi, je me fabrique un gros sac noir avec des bouts de tissu ramassés dans une poubelle. Un coup pour rien : les clients refusent d'acheter ce qu'ils ne voient pas ! Enfin, j'arrive à la bonne solution, l'enveloppe de plastique, qui laisse deviner la marchandise sans salir les doigts !...

A peine mon travail de secrétariat terminé — tout le jour je me fais la voix suave, le lion en cage cache bien ses griffes... —, je me précipite pour faire mes pop, les saupoudrer de sel, en remplir mon sac, avant de partir à la conquête des rues piétonnes, poussant Samantha toute gaillarde dans sa poussette, emmitouflée dans son sac de couchage.

Je n'avais encore jamais gagné ma vie « dans la rue » — tout au moins, jamais seule. L'apprentissage n'alla pas sans quelques tâtonnements : mon gros sac noir étalé sur un trottoir, je commençais à faire mes propositions honnêtes... Il ne me fallut pas longtemps pour m'apercevoir qu'elles n'intéressaient personne ! J'étais timide et me sentais traquée,

---

* « Une saison en enfer. »

pas convaincue dans le fond de l'utilité des pop-corn quant à la bonne santé du piéton lillois ! D'ailleurs, la police était bien de mon avis qui, passant par là, me demanda « policement » de déguerpir — je n'avais pas l'autorisation de la mairie. (Je voyais mal « la petite Tiberghien » expliquer au rond-de-cuir de Mauroy qu'elle était sans ressources et que la municipalité se devait de l'aider : on a les parents qu'on peut !)

Je trouvai un autre coin, mais toujours pas de client. Je me sentais penaude, triste, la mine défaite... Le deuxième soir, j'installai un petit étalage — une toile tendue à même le sol. Même insuccès !

Passe un gars sympa qui me prend en pitié et m'explique :

« Si tu veux vendre, il faut pas occuper la chaussée...

— Et comment tu fais, toi ?

— Il faut vendre en marchant. »

C'était un gars de la rue pas très rassurant, pas né d'hier ni de la dernière pluie, avec des yeux intelligents et vifs et un bel accent ch'timi.

Par bonheur, j'étais douée pour ce genre d'imitation, et, afin de bien lui montrer qu'il ne m'intimidait pas et que je venais du même coin que lui, je pris le ton :

« Dis-moi, mec, comment qu'y faut faire ?

— C'est pas compliqué. Y faut réfléchir. Nous les pauvres, nous sommes nés pour nous faire emmerder. Si tu travailles en marchant, on peut rien te dire. Les poulets n'embrochent que ceux qui occupent un bout de la voie publique. Si la voie est publique, ça veut dire qu'elle est à tout le monde. Et puis, pour vendre, il faut gueuler. On t'achète pour te faire taire. Il faut les déranger, les bourgeois, ils n'aiment pas le bruit. »

Ragaillardie, mise en confiance, la première file de cinéma fut la bonne...

En quelques semaines, j'allais devenir la reine du pop-corn. Dès 18 heures, j'attaquais mon numéro : pour réussir, c'est comme dans la vie, il ne faut pas faire pitié, il faut faire rire. Je m'étais convaincue qu'il fallait que les gens m'aiment bien : dès lors, l'acte d'acheter deviendrait une preuve d'amitié envers moi, la matérialisation du désir de me faire plaisir.

Alors, je montais sur les planches, inventant des mimes et des jeux de mots. Une fois ma voix éclaircie comme une cantatrice après ses vocalises, je faisais circuler la balle entre mon public et moi : « Qui veut du pop-corn, mon stock de pop, du pop-coke, du coq-porn, du pop-pop-pop... » et autres onomatopées plus ou moins heureuses. En tout cas, ça faisait rire et, mes cours d'improvisation remontant tout seuls à la surface, j'évoluais sur mon terrain de prédilection. Je réponds, j'agresse, j'invective. Je ne choisis plus, j'attaque, ceux qui marchent vite comme ceux qui traînent, les solitaires comme les couples, ceux qui rient comme ceux qui ressemblent à mon père. Je ne sais plus si je déclame pour la foule ou si je me parle à moi-même comme les vieilles folles. « Le monde entier n'est qu'un théâtre » disait Shakespeare, et je suis rentrée naturellement dans la danse, acteur de toujours retrouvant son public.

Parfois, les éléments se mettaient de mon côté. Il neigeait par exemple : Samantha bien au chaud dans sa poussette, protégée par une montagne de manteaux, dormait tranquillement sous les flocons. Mais ce genre de spectacle a toujours eu le pouvoir d'attendrir le cœur des braves gens, d'autant que je savais tirer sur la corde sensible, victime résignée, ou révoltée menaçante selon mes publics :

« Prenez-moi mes pop-corn, il faut que j'aille coucher ma pauvre petite »... ou bien « Passe ta monnaie, on crève la dalle, nous »... ou bien « Oh le joli monsieur, qui a l'air si gentil, il va pas refuser une petite gâterie à sa petite femme ? ».

Certains, affolés, me payaient leurs sachets sans même vouloir les emporter, ils devaient avoir horreur du pop-corn ! Ces jours-là, je doublais facilement ma recette, qui d'ordinaire oscillait entre trente et cinquante francs.

Un jour une de mes cousines, une cousine Tiberghien, m'a reconnue, malgré mon accoutrement qui n'avait rien de l'uniforme familial. Moi, je jubilais. D'autant qu'au même moment une espèce de loubard me faisait sa mauvaise tête, il avait vraiment l'air de chercher l'aventure. Comme si je n'avais rien remarqué, je lui donnai gratis un sachet qu'il a pris sans rien dire, avant de s'éloigner d'une démarche chaloupée.

La cousine en perdait ses bonnes manières. Quant à moi, sa seule présence m'avait survoltée, je me sentais encore mieux dans ma peau, stimulée, obligée de gagner.

Dix minutes plus tard, le gars est revenu, m'a tendu un billet de cinquante francs avec ce seul commentaire :

« Pour la bouffe que tu m'as donnée tout à l'heure, j'avais faim. » Ce devait être un pickpocket qui venait de se refaire une santé, mais, sous le regard de ma cousine éberluée, cet argent n'avait pas d'odeur, sinon le parfum de la griserie : elle m'avait vue parler d'égal à égal avec mes « frères de la rue », à l'aise dans ma peau de reine du macadam ! C'était le pied : les bruits alarmistes allaient courir jusqu'à ma famille, atteindre mon père, qui habitait à dix minutes de là mais ignorait ma présence. Tous, ils allaient apprendre mon royaume. J'étais fière comme si j'avais pris la revanche de ma vie, sans compter que j'avais bien gagné ma soirée.

« Anne-Sophie, t'es super — elle essayait de se brancher sur notre langage ! — Comment tu fais pour connaître ces mecs ? T'as pas peur de parler à des inconnus ? »

Et moi, je faisais celle qui n'entendait pas ces pauvres prudences, alors que dans ma tête s'enflait déjà le concert des commentaires de la famille...

Un autre soir, sous la neige.

Un jeune gars tournait autour de moi — je l'avais reconnu tout de suite avec sa cravate et son complet-veston, sa mèche baladeuse, c'était un ami de travail d'Yves... mais fis semblant de ne pas le remarquer.

Il hésitait, comme s'il doutait que ce fût bien moi, ou comme s'il craignait quelque contagion. Finalement, il m'aborda en triturant ses mots :

« Anne-Sophie, écoute, voilà... Ta fille, là sous la neige... Dans ce froid... La goutte au nez. Ça me fait mal au cœur. Si tu permets, je vais l'emmener au café à côté. Elle pourra dormir au chaud... On prendra un chocolat... Après, je te la ramènerai... »

Le bon samaritain soudain concerné par le sort de la fille

de son copain ! Qui avait « mal au cœur » de voir dans quelle déchéance était tombée la femme de son meilleur ami !

Il emmena Samantha au café — non sans avoir essayé de jouer maladroitement avec elle afin de l'apprivoiser... — et il l'a gardée jusqu'à la fin de mon travail — vers 11 heures du soir, quand il n'y a plus grand monde dans les rues de Lille où soufflent tous les vents du Nord...

Il est revenu le lendemain, toujours aussi gêné aux entournures :

« Pourquoi tu veux gagner ta vie comme ça, ça ne paye pas... Tiens, je t'achète tout le lot. »

Je n'avais rien demandé, je n'avais aucune raison de refuser les cent francs qu'il me tendait. Il poursuivit : « Tu vas voir, je vais les distribuer gratuitement, tes pop-corn, je ne les digère pas... »

Alors, il a essayé de les donner, mais les passants, méfiants, ou gênés par sa gêne, faisaient un détour dès qu'ils l'apercevaient ! Il se trouvait tout bête, tout rouge, ridicule devant moi qui le regardais avec un certain sourire : il commençait à comprendre les difficultés du métier !

Je ne souriais pas méchamment, je souriais de contentement : « C'est pas parce qu'il a une cravate qu'il passe mieux que moi. Je suis sur la bonne voie, je suis capable de vivre par moi-même... » Et puis, il me restait encore tout mon lot à vendre, ça faisait d'une pierre deux coups...

Les jours suivants, il est encore revenu rôder, taciturne et malheureux, imprégné définitivement par la mauvaise conscience. En fin de compte, il se jeta à l'eau :

« Il te manque combien pour le billet d'avion ? »

Les comptes, je les faisais toutes les dix minutes dans ma tête ! Les calculs ne furent pas longs : un franc cinquante les petits paquets, j'en avais vendu deux mille ; et deux francs cinquante les grands, j'en avais vendu cinq cents : quelques billets de cent francs seulement me séparaient du bonheur :

« Il me manque cinq cents francs.

— Tiens, les voilà.

— Tu fais comme tu veux... »

Enfin ! les billets d'avion sont dans mon sac !

Ça m'avait pris plusieurs semaines, mais l'expérience valait la peine : je me sentais bien ; la vie était à moi ; j'avais appris — à mes dépens sans doute, comme un chien nouveau se fait son territoire à coups de crocs — mais j'avais appris tout de même la géographie secrète de la ville, les quartiers ennemis où je ne pouvais m'aventurer, ceux où il y avait place pour tout le monde, ceux enfin où j'avais acquis, sans rien demander, la bienveillance des protecteurs...

J'avais appris aussi la leçon de la rue : il ne faut pas se laisser abattre parce que trois tuiles vous tombent sur la tête ; la suivante finira bien par tomber à côté !

J'avais conquis mes nouveaux amis à la force du mollet : les loubards, les pickpockets, les Arabes, les Gitans, toute cette faune invisible en temps normal et dont il faut apprendre à se faire respecter. « Mon pote le gitan », chantait Yves Montand. Les Gitans, c'étaient vraiment mes « potes ». Ceux-là étaient des vrais, avec de grosses chevalières en or et de vrais cheveux noirs... Ayant mérité, à mes propres yeux, la considération qu'on doit à une authentique vendeuse ambulante, je me sentais leur égale. Je savais maintenant comment les aborder : dans les cafés où ils se retrouvaient, j'allais m'installer contre eux sur le zinc. Si la place manquait, je prenais l'air dur et distant de la voyageuse, et d'un seul clin d'œil choisissais celui qui se pousserait ; ou bien, l'air de ne pas les avoir vus, les deux gars burinés en train de discuter en manouche, je m'accoudais au bar et, d'un bon coup d'épaule je venais fendre comme par hasard leur complicité. Alors, passant ma main entre eux, autoritaire et distante, je commandais un ballon de rouge. Au moment où ils s'apprêtaient à châtier le malotru, ils rencontraient le sourire ouvert et malicieux d'une jeune femme, le contact était pris. Mine de rien, je leur avais donné l'assurance qu'on ne pouvait qu'être bien ensemble puisque moi aussi je savais la loi. Après, il serait toujours temps de parler...

Angelo fut l'un d'entre eux. Un visage racé, sur ses pommettes saillantes trois points tatoués. Une chevalière en or incrustée d'un diamant qui dévore la moitié de son majeur épais. Une longue chevelure gominée. Au fil des bavardages — comme il est de tradition, il m'a d'abord parlé de son

« camping », puis de son travail de luthier — il me déclare tout de go qu'il me veut pour épouse. Angelo était magnifique, il ressemblait au rêve de compagnon qu'on veut toujours à ses côtés. Mais l'heure n'était pas encore venue... A lui, comme aux autres, il fallut bien expliquer que je recherchais autre chose.

Ainsi j'avais appris petit à petit les lois de la rue, les habitudes et les solidarités. Nouveaux réflexes, relations tacites fondées sur l'observation, les protections, les craintes parfois — représailles ou vengeances — le cœur aussi. Parfois c'était à moi qu'on demandait de garder un vélo, un enfant, le temps d'une balade ou d'une éclipse. A moi qu'on demandait des nouvelles d'un tel qu'on n'avait pas vu depuis trois jours ou deux mois, à moi qu'on donnait un autre rendez-vous à sa belle en retard, ou qu'on épanchait un cœur trop lourd... Parfois, au contraire, c'était moi qui confiais Samantha ou mon stand à l'Algérien vendeur de frites, mon concurrent direct et mon ami.

Et j'avais appris enfin que la rue fait des miracles, tel ce flic complice qui m'avoua un soir :

« Hier, en allant au cinéma avec ma femme, je vous ai acheté un cornet. J'étais en civil, vous ne me reconnaissez pas ? Alors, aujourd'hui, je ne peux rien dire, mais... mon collègue qui va me remplacer, attention ! Il vaudrait mieux aller plus loin ! »

Pour un peu, je regrettais presque d'avoir mes deux billets en poche. En quelques mois de rue, j'avais gagné sur tous les tableaux : question argent, j'étais à la hauteur ; côté cœur, je me sentais aimée, j'avais conquis une nouvelle famille ; sans compter que la mienne, celle du sang, avait certainement appris qu'à quelques mètres d'elle, j'existais toute seule, indépendante et la tête haute : car, si je faisais des choses folles et condamnables à leurs yeux, je savais que c'était ma seule façon de vivre. Je n'avais pas seulement gagné quelques sous, mais le sentiment d'exister. L'autre nom du bonheur.

Sans doute garderai-je longtemps le souvenir violent et chaud d'une de ces nuits que je prolonge après les heures de labeur, dans les bras de deux hommes. Aucun de nous trois ne se connaissait deux heures plus tôt et cependant, dans un regard, un geste ébauché, la tendresse est née. Il ne s'agit pas de passion, ni du grand amour qui renverse une vie, mais tout simplement d'une halte, d'un refuge, où le corps vibre, où les sens résonnent comme la corde vibrante d'un arc. Ils m'ont prise. La nuit est belle, simple, saine, tellement flamboyante et naturelle. Le respect, la considération font ces instants hors du temps, des normes étroites où se cogne la tête et se brise le corps. Je me sens belle, ensorcelée. La même taille, les mêmes cheveux, je vois dans leurs yeux la beauté sans projet, sans soupir, sans attente. Ils me renvoient une image de moi-même enfin recollée. Je retrouve mon ventre de femme, je retrouve le battement d'un cœur, comme un oiseau au crépuscule. L'amour utopie, oasis. Anémone marine, j'embrasse l'aube, instant parfait, privilège d'un monde sans voile. Je me souviens alors des gestes d'un danseur, *Le Sacre du Printemps*. Je suis le printemps qu'on fête...

Comme une trouée de soleil à travers un sous-bois, cette nuit me révèle que, quoi qu'on vive, c'est la manière d'exister qui importe. « Rien n'est bon ou mauvais en soi. Tout dépend de ce que l'on en pense » disait Shakespeare. L'intensité et la pureté que l'on met en chaque geste...

Vers la fin, mes billets en poche, j'appelle mon père au téléphone et lui annonce mon départ pour l'Afrique. Il insiste pour que je vienne dîner à la maison. Je refuse, je veux qu'il vienne dîner avec moi. Dans mon territoire...

Je lui ai donné rendez-vous dans ce quartier populaire où il n'avait jamais dû se rendre de sa vie, et dans un café prolétaire, lui qui déteste les cafés !

Je jouais au flipper en l'attendant. Dans la glace, j'ai aperçu un homme qui marchait dans la rue et que je connaissais de longue date. Je suis sortie en courant pour lui dire bonjour et l'embrasser. Comme ça, sur la bouche. C'était un vieux copain. C'est alors seulement que j'ai réalisé que c'était lui, papa. Trop tard, je l'avais fait !

Etait-ce le bonheur qui m'avait aveuglée ? Le remords ou le désir ? Vaines questions que je laisse aux psychiatres...

J'étais heureuse, il venait dans ma vie. Pas dans mes

meubles, et pour cause ! Mais dans mon cadre. Pour une fois, ce n'était pas à moi d'accepter de rentrer dans son « code », d'adopter ses rites à lui, ce n'était pas à moi de « jouer le jeu ». Pour la première fois, il me « reconnaissait ». Dans mon esprit d'ailleurs, la chose était claire : si j'avais choisi ce café et cet endroit, ce n'était pas provocation gratuite. C'était le désir enfantin qu'il voit enfin *qui* j'étais vraiment, qu'il *me* voie enfin telle que j'étais quand j'avais jeté bas les masques du milieu ! Et voilà que, hors de son cadre, je ne l'avais pas reconnu !

M'apercevant de mon « erreur », je suis aussitôt redevenue petite fille, timide et affolée. Mais, en même temps, si heureuse. Je découvrais que j'avais eu un élan de sympathie vers lui, vers mon père détesté. Un élan de tendresse spontané, avant contrôle. Et c'était comme un feu qu'on allume.

Lui ne comprenait pas. Il s'en voulait sans doute d'avoir accepté de venir à ma rencontre. Dans son esprit, ce sont les enfants qui vont vers les parents, pour quelle raison au monde voulait-on que ça change ? Les traditions sont les traditions, et les cafés des lieux de perdition.

Après avoir bu un pot, je l'ai invité à venir dîner chez Willy. Quelle mouche me piquait ? Comble de hasard, il accepta.

Il marcha dans les rues de ce ghetto sans s'en apercevoir. Il monta les marches délabrées sans les voir, il n'entendit pas mes présentations :

« Mon frère Willy, ma sœur Arlette... »

Il était à l'aise, naturel, il ne répondait pas à mes piques. Mais il était venu dans mon terrain.

Il a partagé les spaghetti du pauvre comme il aurait partagé le caviar, il a interrogé Willy et Arlette comme il se serait enquis des dernières cotations de la Bourse. J'étais bluffée. Il était plus fort que nous !

Arlette, avec son accent des banlieues, racontait sa vie de travail, l'esclavage des 3 × 8, la méchanceté des patrons, la Lutte Finale et le combat qu'on finirait par gagner. C'est alors que je me suis aperçue que papa était ému. Peut-être était-ce la première fois qu'on lui parlait avec naturel et passion de l'envers du décor ? Peut-être essayait-il de comprendre mon amour étrange pour ce couple de prolétaires ? Et peut-être devinait-il pourquoi, moi qui avais deux sœurs et un frère si gentils et qui m'aimaient tant, pourquoi j'étais allée me choisir un frère et une sœur ouvriers à « La Lainière » ?

Pour moi, ce fut un immense moment. Ma fête de nuit dans ma cité du Nord.

Papa était chez moi. Il écoutait, et il entendait. Il regardait, et il voyait. Il ne m'imposait pas mon langage et mes vêtements et mes idées. Je le trouvais sympathique, intelligent et beau. Je n'étais plus sa chose, j'étais sa fille.

Quand il est parti, Willy et moi avons parlé toute la nuit. Nous avions même rencontré des patrons heureux...

Chapitre 22

« Du côté des jardins de palmes... »

Dans le ciel d'Afrique, Samantha sourit aux anges noirs. Elle aime bouger, s'envoler, partir, et c'est son premier voyage en avion...

Tout change avec l'aéroport de N'Djamena : l'air est chaud, humide, irrespirable. Et le mari de mon amie ne me dit rien qui vaille — un grand boutonneux qui n'a pas la parole facile — même si j'apprécie qu'on vienne me chercher.

Je m'attendais à la fête, à une fête de chaleur et de couleurs : la route qui mène à la ville est une sorte de piste semée de trous, sans ombre, écrasée de soleil...

Mon amie est malade et garde le lit. Les manifestations de joie prévues ne sont pas au rendez-vous. Rien ne va plus, je broie du noir.

Très vite, il faut se rendre à l'évidence :

On a débarqué là comme un chien dans un jeu de quilles. Visiblement, l'invitation répétée à m'arrêter chez elle, « si d'aventure mes chemins d'aventure passaient par là », jolie formule, n'était que formule de politesse. Marie, mon amie, ne met pas le nez dehors de la journée — son employeur pourrait la voir ! En réalité, Marie fait la sieste pour garder la forme, avant de passer de longues heures à se pomponner. Car chaque soir Madame est de sortie... tandis que Samantha et moi nous restons en plan, nous ne sommes pas invitées.

Nous tournons en rond, prisonnières, en cage. Mes

intentions, visiblement, affolent mes amis : mon billet de retour n'est prévu que pour dans trois mois, je n'ai que huit cents francs en poche, je vais m'immiscer dans leur ménage et être un poids trop lourd !...

Moi qui, sur les pavés de Lille, m'accrochais à cette amitié indestructible, je suis terriblement déçue. Aucun effort pour me mettre au courant des habitudes, des mœurs, nous présenter des amis, rien que la peur ! Moi qui rêvais de rencontres, de barrières renversées, de fraternité...

Chaque nuit, enfermée dans ma chambre, je classe, range, dérange les affaires que j'ai emmenées avec moi. Deux sacs de vieux vêtements ramassés chez des copains, dans mes fonds de tiroirs, au grenier, et que j'avais prévus comme monnaie d'échange. Marie est confortée dans sa conviction : je suis toujours aussi folle et dérangée... Mais cette fois j'habite chez elle !

Je décide néanmoins d'aller me promener en ville. Pas facile, le quartier blanc est loin du centre. Son mari accepte de me déposer le matin en partant à son travail, accepte, mais à contrecœur : deux minutes avant de partir, il me réveille d'un grand coup de pied dans la porte. Ce n'est pas qu'il est méchant, seulement indifférent, sans chaleur...

N'Djamena, c'est une grande rue — une rue en terre avec de rares plaques de macadam effritées, de vagues trottoirs en sable dur. Le quartier blanc se limite à une rue commerçante, avec son restaurant, son supermarché, le consulat et la banque... Le quartier noir, c'est d'abord le marché grouillant, et puis les cases de boue où les Blancs ne s'aventurent pas.

Il fait une chaleur torride. Pas une ombre sur la ville, des milliers d'yeux qui nous regardent, un silence lourd, comme dans les westerns avant la bataille. Je m'en vais rôder du côté du marché, dans l'intention de vendre les quelques affaires que j'ai emportées dans mon sac. Mais plusieurs jours se passent sans que j'ose le faire : timidité, gêne, sentiment d'insécurité ? Je risque des sourires, ils semblent étonner...

A « la maison », rien de neuf, l'horizon reste bouché, l'atmosphère devient de plus en plus lourde. Alors, je passe mon temps en ville, errant de long en large, en quête d'amis à faire...

Jusqu'au jour où, traînant vaguement dans une boutique, j'aperçois dans la rue une sorte de hippie blond qui déambule en compagnie d'un Noir. Ils sont amis, visiblement. Ils n'ont donc rien à voir avec les gens d'ici que je n'ai jamais vus autrement que chacun dans son coin. Je plante là mon vendeur, me précipite dehors et les regarde bêtement continuer leur chemin. Et puis, soudain, je me lance derrière eux, je leur cours après, au sens propre du mot, et je dis :

« Salut les mecs ! Je suis une voyageuse... Je vois que vous en êtes aussi. J'ai le cafard ici, ça va pas. Je connais personne. J'habite chez des Blancs, et on n'a rien à se dire... »

Bref, je crache mon cœur en deux temps trois mouvements. Interloqués, ils me regardent sans trop savoir quoi dire, et puis, le blond avance :

« Si tu veux, termine ce que tu es en train de faire. On va t'attendre un peu plus loin... là-bas, sous l'eucalyptus... »

On se retrouve. Et on se raconte un peu. C'est toujours le blond qui parle :

« Moi, je m'appelle John. Je suis australien. Depuis quatre ans je me promène en Afrique. Lui, il s'appelle Pierre. C'est mon compagnon de voyage en ce moment. Il est de N'Djamena... On va partir demain pour le Nigeria... Enfin, Pierre, c'est pas sûr. Il n'arrive pas à obtenir ses papiers...

— Est-ce que je peux t'accompagner là où tu vas ?

— Bien sûr, Anne-Sophie. Les routes du monde sont ouvertes à tout le monde... »

Il a répondu cela avec un sourire de bonté et le ton de l'évidence. Est-ce pour cela que je ne l'ai jamais oublié ? Cette phrase s'est inscrite en moi, elle est devenue ma devise.

John était de petite taille. Ses longs cheveux jaunes tout délavés, son ample tunique noire sur un jean rapiécé, le sac de l'armée qu'il portait sur l'épaule et où s'accrochaient deux calebasses et des gris-gris en ivoire faisaient de lui le portrait achevé du parfait hippie. Dans son sac — je le saurai plus tard — quelques papiers, des affaires de toilette, une natte pour dormir, et c'était tout, le bagage suffisait pour courir le monde. J'étais impressionnée, j'avais en face de moi l'homme du grand voyage et il ressemblait à mes rêves.

Mais les rêves ne durent jamais longtemps. On me refusa le visa pour aller au Nigeria — une histoire de presse ou de Commonwealth, je ne sais plus. John me consolait :

« Pierre lui aussi doit rester ici. Vous serez amis, il va voir ce que vous pourrez faire ensemble... »

Cela suffisait, et, le soir même, je faisais mes paquets chez mes amis blancs :

« Salut ! Je pars. Merci pour les cinq jours chez vous. Mais je vois bien que je vous gêne, alors je m'en vais. »

C'est pour le coup qu'ils étaient gênés. Ils se sont consolés en me traitant de folle :

« Comment peux-tu partir avec un Noir ? »

J'ai eu droit à tout le couplet sur ces gens « pas comme nous », paresseux, bons à rien, qui sentaient mauvais, qui n'étaient pas au même niveau et qu'il fallait aider comme de grands enfants, bref, tout un discours qui a fini par m'écœurer tout à fait sur les Blancs de ma race, que, décidément, j'avais bien raison de vouloir renier. Est-ce ma faute si jamais ils n'étaient à la hauteur ? D'ailleurs, tous ceux que j'avais entrevus leur ressemblaient. Petits Français qui se prennent au sérieux, dont le titre de professeur pour une fonction d'instituteur suffit à griser la cervelle, têtes de linotte qui se croient grosses têtes, coopérants sortis de banales écoles qui s'imaginent sortis de la cuisse de Jupiter, pauvres Français moyens qui se prennent pour des petits dieux...

Et me voilà, nous voilà, Samantha et moi, marchant sur les traces de Pierre, au cœur du quartier noir. Maisons de boue séchée disposées en labyrinthe, cases misérables. Le long des murs, allongés sur le sable de la rue, les gens dorment, devisent, écoutent la radio, quelques vendeurs ambulants traînent leurs étalages. Une impression de nonchalance, des odeurs fortes — nourriture, crottin d'âne, transpiration, détritus, parfois l'odeur plus douce de l'eucalyptus ou du thé à la menthe, ou la fumée du charbon de bois qui achève de se consumer au cœur des « canoun », ces petits foyers allumés devant la porte des cases. On fait salon dehors... Seule Blanche à oser m'aventurer dans ces lieux inquiétants, je ne suis pas rassurée, mais je n'ai pas vraiment peur non plus.

Pierre est un Noir superbe. Immense, les joues striées de scarifications rituelles, d'aspect confortable et d'allure noble. Il se proclame « hippie noir ». Lui aussi a beaucoup voyagé.

Chez lui vivent sa mère et une dizaine de frères et sœurs. Mais il dispose d'une « chambre particulière », une pièce en sous-sol que l'on gagne en descendant quatre ou cinq marches, petite pièce meublée de nattes jetées sur le sol, de photos des « Beatles » collées au mur, de cartes... En grandes lettres, l'inscription « Dragon » — c'est ainsi que l'appellent ses copains — occupe tout un panneau.

Sa mère pile le mil dans la cour, la case grouille d'enfants. Pierre nous demande de nous allonger par terre pour nous reposer, fait signe à sa sœur de nous apporter une boisson locale. Il nous fait laver les mains dans une grande calebasse remplie d'eau.

On apporte du manioc, sorte de pâte à modeler grisâtre, au goût détestable, qu'on prend dans la main et qu'on trempe dans une sauce pimentée. Samantha refuse. La nourriture est le seul problème avec elle. Elle n'aime ni les fruits ni les légumes, et pas tellement le lait. Alors, elle se gave d'arachides et consent parfois à avaler quelques grains de riz blanc. Je m'inquiète un peu, mais comme elle garde sa belle forme, sa gaieté et son enthousiasme... Je suis attentive à elle, bien sûr, et, même si je ne m'explique pas très bien comment ni pourquoi, je suis bien forcée de constater qu'elle va bien. Elle ne souffre pas trop de l'atmosphère étouffante — sauf quelques petits boutons de chaleur à l'occasion. Nous imitons les Africains, évitant le soleil à tout prix ou, quand ce n'est pas possible, nous protégeant la tête sous de savants emmitouflages. Quant à moi, j'ai décidé une fois pour toutes que la nourriture ne compterait pas, et surtout, partout où j'irai, je suis résolue à faire comme tout le monde, je m'en tiens là... Pour l'heure, je me gave de dattes, me jetant dessus à chaque repas : au moins est-ce une nourriture connue, et c'est bon !

Je m'étonne que John parle un français impeccable, sans le moindre accent. Il m'avoue alors qu'en réalité il est français, que son vrai nom est Jean de Dianous. Coïncidence étrange, j'ai été élevée au Maroc avec des Dianous, ce sont ses cousins germains.

« Mais pourquoi m'as-tu dit que tu étais australien ?

— J'ai volé un passeport australien, c'est bien pratique d'avoir deux passeports. Sans cela, impossible d'aller au Nigeria par exemple... »

John m'a longuement raconté ses périples africains, son amour du continent et de ses habitants.

« Ce qui est long à apprendre, et nécessaire, si tu veux faire la route, c'est de se débarrasser de ses habitudes. Après, c'est facile... »

John est parti un soir. On l'a seulement amené au bord du Chari ; il est monté dans sa pirogue et il s'est éloigné, me laissant, chevillé au cœur, le désir de prendre la route. Pierre a accepté de m'accompagner :

« Toi seule avec la petite fille blonde, tu ne t'en sortiras pas. Je viens avec toi... »

C'est moi bien sûr qui l'ai suivi, mettant mes pas dans les siens, et j'ai commencé à respirer le bonheur. Ce fut un voyage extraordinaire, ce fut une amitié merveilleuse. Les premiers beaux souvenirs que j'engrangeais.

Au début, ce ne fut pas facile. Dans le désert, le stop n'est pas aussi évident qu'on pourrait le croire, les véhicules s'arrêtaient rarement. Alors, Pierre s'est déguisé en musulman, s'entourant la tête d'un keffieh — le grand foulard à carreaux blancs et noirs. Alors, les chauffeurs musulmans se sont arrêtés.

On avait décidé d'aller en République Centrafricaine. Pierre avait dans l'idée d'y acheter de la « *tinga* », une herbe proche de la marijuana, qu'on revendrait à notre retour au Tchad. Avec les bénéfices, on pourrait reprendre le voyage.

J'étais seule avec Samantha et Pierre. A peine avions-nous quitté N'Djamena que nous n'avons plus vu un Blanc. Au bout de quelques jours, Pierre m'avoua que sa mère lui avait déconseillé de partir avec moi, « une Blanche, ça t'attirera des ennuis... » Pendant plusieurs jours, cela m'a fait peur. Quand on arrivait dans un village et que, déambulant le soir pour trouver un endroit où dormir, je croisais des hommes au regard scintillant, magnifiques dans leurs grandes robes, mais terrifiants avec leur poignard à la ceinture, mon cœur cognait dans ma poitrine. On était en pleine affaire Claustre, et je ne pouvais m'empêcher d'y penser. Mais, autant les Blancs ne m'avaient parlé que de ça, autant les Noirs semblaient tout ignorer de l'affaire. Je ne savais pas encore que les Noirs ne posent jamais de questions, qu'il est dans les usages que chacun se fasse son idée tout seul sans qu'il lui prenne envie de vérifier.

Pierre était très calme, très protecteur, et de ce fait j'éprouvais avec lui une impression bizarre, comme un sentiment de sécurité au milieu du danger. Il était vraiment tranquille, serein, sûr de lui, m'expliquant les détails de la vie quotidienne, les événements, les coutumes, les raisons de telle ou telle attitude. Il suscitait une espèce d'aura de sympathie autour de lui, comme si tous ceux qu'on rencontrait composaient sa famille au sens large, et dès lors s'imposaient une obligation d'hospitalité pour le temps qu'il faudrait. Et, de fait, je les devinais capables de donner leur chemise, même s'ils n'en avaient pas...

A Bangui, nous avons vécu quelque temps dans une sorte de ghetto noir, à l'extérieur de la ville, parce que c'était là qu'on avait le plus de chance de rencontrer les « dealers » qui nous procureraient l'herbe. Mais le temps passait, pour moi plus vite que pour lui, la date de mon retour approchait. Et cela me gênait beaucoup. J'aurais voulu vivre au rythme de Pierre, sans souci des dates, rester dans les endroits le temps qu'on voulait, attendre le jour du marché, participer à la chasse, mener

La vie,
Du grand désert, où luit la liberté ravie,
Forêts, soleil, rives, savanes * *!*

Je me suis juré que c'était la dernière fois que je voyageais avec un billet de retour en poche.

Finalement, on a trouvé un sac d'herbe à acheter, un énorme sac. Je me demandais comment on allait réussir

* « Les poètes de sept ans. »

à voyager avec sans se faire prendre, car Pierre m'avait avertie que les douaniers étaient impitoyables.

Or, pour tout bagage, Pierre avait une natte et... un oreiller. J'avais bien trouvé l'oreiller bizarre, mais j'avais pensé que c'était son luxe à lui. Chacun a ses habitudes après tout, m'étais-je dit en songeant à Werner et à sa petite trousse, après tout, les choses n'ont jamais que l'importance qu'on leur donne. Moi, j'accordais bien la priorité à mon cahier et à mes deux ou trois bics, avant même l'appareil photo et les pellicules. Ensuite seulement venaient la brosse à dents et le peigne, la jupe et le pantalon de rechange, les deux slips... (Cette fois, j'avais aussi emporté le Guide Bleu de l'Afrique, que je commençais à connaître par cœur...)

Et voilà que soudain je comprenais que l'oreiller n'avait rien à voir avec une exigence de luxe ! Pierre s'était mis à le vider de la moitié de ses plumes pour y cacher le sac d'herbe.

Une fois recousu, l'oreiller était encore plus gros qu'avant ! Les problèmes de frontière allaient devenir intéressants. Déjà, à l'aller, voyageurs pourtant sans bagages, nous avions été arrêtés de longues heures au poste de douane, par des interrogatoires, des formalités d'inscriptions interminables — les douaniers africains représentant le fonctionnaire dans toute son horreur. Et puis, la frontière passée, resteraient encore à franchir sans encombre les postes de police qui, au Tchad, contrôlent l'entrée et la sortie des villes — on allait s'amuser ! — interdisant toute sorte de trafic, bois mort, poisson... de manière que les voyageurs vivent dans l'angoisse de la fouille à tout bout de champ. Sans parler des contrôles de véhicules (il manque toujours un papier), de la fouille des affaires personnelles... bref, je ne voyais pas comment on allait pouvoir s'en tirer.

A l'entrée de chaque village, donc, nous prenions notre place dans la longue suite des véhicules rangés les uns derrière les autres : camions, vieilles 404 familiales ou camionnettes bourrées de monde entassé à l'arrière... Pour les camions, il n'y a pas que la marchandise à contrôler, il y a aussi « l'apprenti », le « boy » — ce gamin de 12-13 ans qui, généralement non payé, se tape tout le sale boulot — ses papiers sont bien sûr rarement en règle et il faut palabrer le temps nécessaire... et payer ce qu'il faut !

Nous approchons de N'Djamena. Nous avons réussi à passer pas mal de « frontières » sans problèmes, notre sac d'herbe aussi. Pierre décide de s'arrêter dormir à Sahr, petite localité où il a de la « famille ».

A 5 heures du matin, l'heure du départ, quand les chacals s'en vont, « piaulant par les déserts de thym* ». L'air est doux, léger, chargé d'odeurs de dattes. Pierre sifflote tandis que nous nous dirigeons lentement vers notre véhicule. Catastrophe ! le camion est déjà parti, emportant la natte de Pierre et l'oreiller de Pierre !

Mon compagnon n'en croit pas ses yeux. Il a mis toute sa confiance dans ce chauffeur, et « je ne me trompe jamais », répète-t-il incrédule, comme pour se remonter le moral. Il faut dire qu'après tant d'émotions, tant de contrôles franchis le cœur battant, se faire avoir sur le fil, il y a de quoi râler !

On se met à sillonner la ville — c'est vite fait —, puis on regagne N'Djamena en stop ; on écume la capitale, on se précipite dans tous les garages, on questionne partout et tout le monde ; peine perdue, le camion s'est bien envolé. Où et quand ? Le mystère, dans un pays pareil, est absolu. On ne sait même pas si le gars savait ou pas.

« C'est ça, le pire », se désole Pierre que je n'ai jamais vu aussi désarçonné...

Conclusion du périple : on se retrouve à la case départ, N'Djamena, avec encore un peu moins d'argent qu'avant. Le désastre total, « l'Opération Manta » avant l'heure !

Je propose alors à Pierre d'aller vendre mes affaires amenées de Paris, que je n'avais pas osé vendre avant notre départ. Et puis Pierre m'avait assuré qu'il connaissait assez de monde sur les routes pour n'avoir pas besoin de prévoir un viatique...

A part un coin où les femmes proposent des légumes et des fruits, le marché est un lieu d'hommes. Ils vendent leur production artisanale — cuir, ivoire, dinanderie, bricoles diverses, papillons collés, bois sculptés... C'est là bien sûr, et

* « Illuminations. »

ce n'est que là que ma marchandise a une chance de trouver amateur.

« Un beau matin à la fraîche », sous le regard incrédule des Noirs qui me suivent du coin de l'œil, je me dirige vers eux, m'installe sans rien dire et commence à déballer mes deux valises !

Stupéfaction, une Blanche au marché ! et une Blanche qui vend ! Commentaires, exclamations, rires, cris, tapes dans les mains, gloussements variés, c'est bientôt un joli tohu-bohu... Mais, au bout de quelques heures, le marché, ça marche pour moi !

Pierre, à quelques mètres de là, reste accroupi, sans participer aucunement à mes négociations : on sait qu'il est avec moi, on sait bien qu'il est là pour me protéger à l'occasion. Mais, en Afrique, chacun a sa vie. Chacun son rôle. Ce n'est donc ni par discrétion ni par souci d'efficacité — car il eût été bon, après tout, de laisser intact le mystère de la femme blanche — mais simplement par respect de ce qui se fait.

Ce fut une affaire et ce fut un vrai régal. Chaque objet qu'on m'achetait prenait soudain une saveur inattendue. C'était du surréalisme naturel, si je puis dire, que cette vie nouvelle qui s'emparait des choses, que ce destin nouveau qu'elles allaient vivre, destin tellement différent de celui pour lequel on les avait faites.

Les chaussures de papa, par exemple. Les vieilles chaussures noires de papa, inusables, avec les petits dessins de rigueur, les chaussures noires que je détestais. Plusieurs Noirs ont voulu les acheter. Consciencieuse, je leur demandais de les essayer, bien sûr. Mais, avec leurs pieds larges et forts, ils ne pouvaient entrer dedans. Alors, ils appelaient les gamins, et c'était drôle de voir ces grandes chaussures noires au bout des longues jambes maigres des enfants. En fin de compte, un gars a voulu me les acheter quand même. Il en a aussitôt découpé la partie postérieure, au-dessus du talon, de façon à pouvoir les enfiler comme des claquettes. Et soudain j'ai vu les chaussures que papa mettait pour aller à son travail, papa sérieux comme un pape, chic comme un patron, s'en aller, le bout coupé, aux pieds de ce Noir en slip blanc qui marchait maintenant comme un clown, j'ai vu les chaussures de papa s'en aller, et j'ai éclaté de rire.

Ou bien encore le « tablier de la rue Monsieur ». C'était un petit tablier vert clair que maman mettait quand, jeune fiancée, elle suivait les cours d'une école ménagère pour jeunes filles de bonne famille de la rue Monsieur. Un gros Noir l'essayait sur lui, ravi, enchanté. Tout fier, il levait les bras en l'air, pour essayer de voir l'allure qu'il avait ainsi décoré, avant d'exprimer tout haut sa satisfaction. Visiblement, il se sentait tout beau avec son habit vert. Je le lui ai laissé pour cinq francs, je crois, tellement il était heureux ! Et quand je l'ai vu s'éloigner ainsi, mon grand gars, si différent de maman si menue, il y avait un tel contraste entre la scène d'aujourd'hui et la même remontée du fond de mon enfance — car maman le portait souvent, le petit tablier vert —, une telle peine et un tel bonheur mêlés — maman morte et ce tablier qui reprenait la vie en marche —, une telle densité d'émotion, que j'ai fondu en larmes.

Ainsi, par la grâce du hasard et de la fantaisie, je devenais metteur en scène de l'objet, j'avais pouvoir de lui donner une nouvelle fonction, et je me disais : « Anne-Sophie, il faut faire de même avec toi, il faut te trouver une nouvelle destination... » « Changer la vie », les mots d'Arthur Rimbaud, je les touchais maintenant du bout du cœur.

Et cela me donnait du courage. Après tout, moi non plus, je n'avais pas été programmée pour ce genre de vie, il suffisait d'aller de plus en plus loin...

Un type est tombé en arrêt devant ma vieille valise qui ne fermait plus. En fin de palabres, je l'ai échangée contre une magnifique paire de bottes en cuir, que j'ai toujours et qui sont toujours aussi belles.

Cette négociation m'a ouvert les yeux : il fallait faire du troc, c'était la meilleure solution. Mais contre quoi ? Je n'avais besoin de rien. L'idée m'est venue de m'approvisionner en objets à ramener en France, où je pourrais les négocier, leur trouver un prix. Et c'est ainsi que j'ai échangé mes vieilles nippes contre des œufs d'autruche. A la fin, j'en avais treize, rangés par grosseur à côté de mes bottes !... Des colliers de gris-gris aussi (ces cordes de cuir tressé qui enferment des « secrets protecteurs »), des tableaux en ailes de papillon, des cornes de zébu, de la bimbeloterie diverse qui aurait en tout cas une valeur marchande en Europe.

Lorsque j'étais en difficulté, je trouvais sans peine un « interprète » qui prendrait mon parti, échangerait en mon nom de subtils arguments et gagnerait le marchandage, et c'était à la fin un jeu qui m'enchantait. J'avais aussi amassé un peu d'argent en espèces sonnantes...

J'entassais mes trésors dans un grand sac de jute ramassé je ne sais où, et je voyais venir la fin du séjour avec une espèce de désespoir : trois mois déjà ! J'étais définitivement atteinte du virus de l'aventure...

Une chose m'avait frappée pendant notre périple : la sensation que Pierre et moi provoquions sur la population noire. Je me rendais bien compte que ma présence aux côtés de Pierre intriguait.

Plus tard, bien plus tard, Pierre m'a raconté ce qui se disait derrière nous. Il y avait toute la gamme des possibilités, depuis « le boy de Madame » jusqu'à « l'amant de Madame ». Mais, si quelqu'un avançait une hypothèse, personne ne s'élevait contre ; pas davantage Pierre, bien entendu, qui ne réagissait jamais pour mettre les choses au net : avancer, par exemple, qu'on était seulement des amis — ce qui était la simple vérité. Je m'en étonnai un jour. Il m'expliqua alors que les Noirs ne posent jamais de questions qu'à eux-mêmes, et qu'il serait donc malséant d'y apporter réponse. Chacun doit avoir le loisir de vérifier sa propre interprétation, chacun doit, s'il le veut, trouver sa réponse — celle qui lui convient en tout cas — en réfléchissant à sa guise. C'est là un trait culturel important, peut-être même une sagesse : la vérité bouge trop vite pour que quiconque s'arroge le pouvoir de la fixer à une de ses facettes. En tout cas, c'est une notion qui m'a séduite et qui me poursuivra longtemps — j'observerai, beaucoup plus tard, la même attitude chez les Indiens d'Amérique du Nord. Il n'y a que les Blancs pour poser des questions et vouloir y apporter réponse sur-le-champ !

A N'Djamena, je suis revenue chez mes soi-disant amis pour y récupérer mon sac. Je fus accueillie avec une hostilité à peine dissimulée, que je pris tout d'abord pour une justification maladroite de leur attitude fermée. On me donna bien vite la véritable raison :

« Anne-Sophie, tu ne nous a apporté que des ennuis. Depuis que tu es partie, les Renseignements généraux sont sur notre dos. Ils téléphonent sans arrêt, la police te cherche... Dis-nous la vérité sur ta présence ici !... »

Je tombais des nues, jusqu'à ce que je devine enfin le fin mot de l'affaire. Avant mon départ avec Pierre, Jacques Chirac, alors Premier ministre, était venu en visite à N'Djamena. Evidemment, j'avais tenu à participer à l'événement, ne serait-ce que pour prendre des photos. J'avais réussi à me glisser dans le sillage des personnalités, à me mettre bien avec eux (Samantha, toujours, m'ouvrait toutes les portes). J'avais donc pu pénétrer dans « les lieux interdits », assister à la réception donnée en l'honneur du Premier ministre, l'approcher, lui parler, et même, coup de hasard, en recevoir la bise ! Photo ! Ma présence et mon aparté n'étaient pas passés inaperçus, d'autant qu'aussitôt après je disparaissais. Personne n'ayant pu mettre un nom sur « la fille à la petite fille », les Renseignements généraux en étaient tout perplexes. Ayant finalement appris que j'avais habité quelques jours chez mes « amis blancs », ils les avaient assaillis de questions, sans grand résultat, et pour cause : eux-mêmes ne savaient pas où j'avais bien pu m'envoler !

Et c'est ainsi que j'ai passé les trois derniers jours qui me restaient à vivre au Tchad entre les Renseignements généraux, le ministère de l'Intérieur et les commissariats de la ville ! Trois jours de cauchemar, de 8 heures du matin à 6 heures du soir, à attendre généralement un officier qui ne venait jamais, ou qui, quand il était là, avait autre chose à faire. En bref, tout le côté détestable du fonctionnaire africain — Kafka à N'Djamena.

Harcelée de questions : pourquoi j'étais là, pour qui je travaillais (ils étaient persuadés que c'était pour les Russes), où étaient les photos — j'ai fini par leur dire que j'avais perdu la pellicule, et c'était peut-être vrai ! Ils ont dû attendre la veille de mon départ pour s'apercevoir que je n'avais aucune appartenance politique, et qu'il y avait de fortes chances que je fusse inoffensive.

Au moment de partir, l'avion a été retardé de deux jours, incident technique ou quelque chose du genre. Me voilà à nouveau désœuvrée et sans ressources.

L'idée me vint d'aller négocier mes pellicules dans le quartier blanc — au Tchad, elles coûtent horriblement cher. Au bord de la piscine élégante de la ville, je n'ai eu aucun mal à écouler mes provisions — une petite remise et tout le monde était content, je découvrais les lois du commerce. En revanche, je choquais les quelques connaissances que je m'étais faites parmi les Blancs — on n'a rien sans rien !

Sur les bords de la piscine, une Noire superbe avait attiré mon attention. Que faisait-elle là ?

Je fis sa connaissance, elle se révéla très gentille et très amicale. Elle avait travaillé là autrefois et avait obtenu le privilège de se mêler aux Blancs. Elle me dit :

« Tu sais, pour gagner de l'argent, il n'est pas obligatoire de vendre quelque chose... j'ai d'autres moyens... viens me voir ce soir, à la boîte de nuit... »

Intriguée, séduite, j'allai au rendez-vous. Elle m'expliqua son... truc :

« Je vais avec les touristes pour leur faire plaisir. » La formule était jolie, et le tarif élevé, même si je l'ai oublié. Elle conclut dans un sourire nullement gêné :

« Tu vois, ça va vite ! »

En même temps que je mettais un nom sur son métier, j'ai commencé à avoir franchement peur. Je n'avais encore jamais imaginé pouvoir faire quelque chose de ce genre. A l'époque, j'étais très prude. Pour faire l'amour, il me fallait être amoureuse, je n'étais pas encore détendue sur le sujet ! Et j'ai décliné l'invitation ! Du coup, j'ai passé une bonne soirée, protégée par les Noirs qui écartaient de moi les dragueurs trop évidents, ils avaient compris qu'il ne fallait pas me brusquer.

La fille noire, adorable, me tenait la main, m'expliquant calmement des choses compliquées. J'étais sous le charme, je la trouvais belle et douce, audacieuse et tranquille, et sa tendresse me faisait du bien.

Petit à petit, ces idées feront leur chemin dans ma tête. C'était un autre voyage qu'elle me proposait, long et difficile, et j'en reparlerai...

La veille, le propriétaire blanc d'un magasin où j'étais entrée me renseigner sur le prix des pellicules m'avait invitée à l'accompagner chez les Peuls. J'en mourais d'envie, les Peuls m'avaient fascinée. Au marché, quand je vendais mes vieux vêtements, et qu'ils venaient, parfois de loin, proposer les produits de leur élevage, j'étais troublée. Leur attitude altière, mais leur douceur aussi, l'élégance presque féminine de leurs gestes, leur beauté — ces membres fins et longs, ces belles robes bleues et ces bijoux sublimes, ces mains qui n'en finissaient pas et ces yeux habités par le désert... — j'étais chavirée, mais tellement impressionnée que je n'avais jamais osé en aborder un. Pierre, lui, ne leur adressait pas la parole, il appartenait à une ethnie différente.

A mes yeux, ils n'étaient pas des Noirs comme les autres : leur beauté à la limite de la féminité et cet air de venir d'un autre univers, habitants d'un songe intérieur qu'ils n'achèvent jamais... Mais mon billet de retour était arrivé à terme, j'étais encore prisonnière de mes obligations de femme civilisée. Déjà pourtant je me sentais comme l'eau d'un ruisseau, avec des envies de couler librement, même si c'était là-bas où le courant voulait m'entraîner — mais ramenée chaque fois dans le lit obligatoire. Je me jurais de ne plus jamais prévoir mon lit de retour, afin de pouvoir déborder à ma fantaisie...

Mes « amis » blancs avaient tenu à m'accompagner à l'aéroport. Mes aventures m'avaient enfin rendue intéressante, ou peut-être voulaient-ils être bien sûrs que cette fois je partais pour de bon !

Au moment de l'embarquement, nouveau coup de théâtre : les douaniers me sortent de la file des voyageurs et commencent à fouiller mes bagages, à vider mes sacs remplis d'objets hétéroclites, à confisquer mon sac à main. Et voilà que dans leur zèle ils entreprennent de recopier minutieusement mon carnet d'adresses, en m'interrogeant sur chaque personne. Ils ont même lu toutes les lettres qu'ils ont trouvées, m'interrogeant sur le pourquoi et le comment, et j'ai eu toutes les peines du monde à leur expliquer, une fois de plus, que je n'étais qu'une Française qui avait envie de connaître le monde, que je n'étais pas méchante et qu'en tout cas je n'étais pas celle qu'ils croyaient.

Je commençais à avoir peur, non seulement d'être retenue au Tchad, mais plus encore pour mes œufs d'autruche, ma seule véritable fortune, pour l'heure cachée dans un sac, lui-même négligemment posé sur le comptoir de la douane. J'avais bien pris la précaution de les dissimuler sous les affaires de Samantha jetées en désordre, comme tout sac de bébé qui se respecte ; mais les événements prenaient mauvaise tournure. J'étais à nouveau l'espionne russe, la Mata-Hari du désert et on allait me démasquer. Il fallait jouer serré. En fait, c'étaient maintenant mes cornes de zébu qui les intéressaient — j'en avais bien une vingtaine de paires, peut-être davantage. Je leur expliquai que je les avais trouvées sur une décharge publique et qu'en conséquence je refusais de payer les droits de douane. A partir de ce moment — mon assurance avait dû faire merveille — tout s'est déclenché pour le meilleur et, cinq minutes plus tard, on me conduisait dans l'avion avec les excuses de circonstance. Les passagers me faisaient grise mine, mais moi, j'étais hilare : je les avais bien eus, ces douaniers si méfiants, j'avais dans mon sac tous mes œufs d'autruche, que je comptais bien revendre en France trois cents francs pièce. J'étais riche !

J'aimais le désert, les vergers brûlés, les boutiques fanées, les boissons tiédies. Je me traînais dans les ruelles puantes et, les yeux fermés, je m'offrais au soleil, dieu de feu.

« Une saison en enfer. »

Ce fut ma première expérience de voyage solitaire, et j'avais beaucoup appris. L'Afrique et ses merveilles, peut-être. Mais plus encore, la conviction affermie que, décidément, ma vie était du côté des pauvres, de ceux, en tout cas, que rejetait ma race et qu'exécrait mon milieu. Chez « ces gens-là », comme on disait chez moi, chez eux comme chez les Tsiganes, je me sentais enfin comprise, acceptée, appréciée. Respectée ou non, c'était un autre problème — mais alors en raison seulement de mes qualités, ou de mes défauts, et non par rapport à mon obéissance aux conformismes de la société. Chez moi, tout mouvement un peu spontané suffisait à me faire traiter de « folle » ou d' « asociale », ici tout se passait bien. Et si justement les miens — les Blancs — continuaient à me regarder de travers, c'est qu'ils étaient bigleux. Car je me sentais bien, ma fille était bien, et je m'étais fait des amis de ceux qui me plaisaient bien...

Je n'ai jamais revu John, mais il m'avait ouvert les routes du monde qui « sont à tout le monde »...

J'avais l'adresse de Pierre en poche — je lui écrirai deux ou trois fois, sans avoir de réponse. Sans doute a-t-il repris la route...

Pierre... il m'avait laissé un souvenir de soleil, cette complicité de frère et de sœur, jamais équivoque, jamais déplacée, et qui n'avait jamais rien demandé. On avait été ensemble et c'était tout. D'ailleurs, Pierre n'était pas comme les autres, ni les autres de son pays qui cherchent à gagner de l'argent en France pour revenir chez eux en petits rois, cela ne l'intéressait pas. Ce qu'il cherchait était ailleurs, sur la route ou en lui, et je savais qu'il le trouverait un jour. Il était riche déjà de la richesse de son peuple, de ce petit rien qui est tout mais que les Blancs ont perdu : derrière l'apparence fataliste qui accepte le poids du destin, il avait la joie de vivre, l'oubli des soucis, le rire du bonheur qui va et qui s'en va, mais qui reviendra.

Grâce à lui, j'avais fait un pas de plus. J'étais requinquée, regonflée, réconciliée avec les êtres humains, et c'était bon...

Je ne le reverrai pas, je sais. Mais je n'aime pas revenir en arrière. Le moment n'est pas encore venu de me retourner sur mes regrets, ma vie est d'aller de l'avant, là-bas où sont d'autres personnes, d'autres paysages et d'autres musiques qui m'attendent. Mais pourquoi l'idée de revenir vers quelqu'un, ou seulement de repasser là où j'ai été un jour, me fait-elle si peur, comme si c'était de ma part une faiblesse inacceptable, ou seulement la preuve que je suis faible ? Savoir quitter est ma seule force et je la revendique comme une chance. Toute rupture, pour moi, est déjà riche de promesses, à quoi bon vouloir aussi les regrets. Peut-être parce que, si j'étais restée avec Yves, je n'aurais connu de la vie que sa monotonie ?

Alors, quand quelqu'un qui me veut du bien me prend par l'épaule et me parle du voyage comme d'une fuite, je prends la mouche, et le chat grondant sort ses griffes et je mords, agressive, méchante...

Peut-être un jour viendra
où je boirai tranquille...

Aujourd'hui, après tant de routes, au moins ai-je perdu le sentiment d'être en marge de la société, je ne me veux plus ni en elle ni contre elle. Si je vais chez les Noirs, c'est tout simple, ce n'est pas pour braver les gens, pour prendre la fuite, ni même prendre du recul. Ce n'est pas pour me retirer en moi-même ou je ne sais dans quel poste d'observation persan, mais c'est pour plonger, au contraire, au cœur de la vie du monde, d'une autre réalité. Quand ça va mal, quand « la vraie vie est absente », il faut partir, là-bas où il y a plus d'âme et plus de cœur.

Si, en plus, les Noirs sont sympas, c'est tant mieux pour moi...

Chapitre 23

« Une bête, un nègre... »

> *Oui, j'ai les yeux fermés à votre lumière. Je suis une bête, un nègre. Mais je puis être sauvé. Vous êtes de faux nègres, vous maniaques, féroces, avares. Marchand, tu es nègre ; magistrat, tu es nègre ; général, tu es nègre...*
>
> « Une saison en enfer. »

Mes trésors africains sous le bras, je débarque à Paris. Où aller ?

Après trois mois d'Afrique, et mes premiers vrais pas de liberté, Lille est exclu : pas question de remettre les pieds dans les ornières. Désormais, mon chemin est tracé, c'est la Route. L'aventure nous convient, à Samantha et à moi. Nous ne serons plus que vagabondes du bonheur.

Que faire de mes sacs, de mes cornes de zébu, de mes œufs d'autruche ? Le mieux est encore d'aller les déposer à la consigne en attendant que ma vie s'organise. Pas question de payer, évidemment. Werner m'avait initié à la technique : la réalisation suppose un peu d'audace, et un art consommé de la communication. Mais j'avais été à bonne école et le problème était simple : comment convaincre de sa bonne foi un contrôleur pourtant certain que vous vous payez sa tête !

Voici donc la solution : huit jours, un mois, deux mois après avoir déposé votre marchandise — comme on le verra le temps ne fait rien à l'affaire — vous revenez tranquille, sûr de votre bon droit. Vous n'avez pas oublié, bien sûr, de prendre soin, au moment de refermer les portes des consignes, de détraquer habilement le système de contrôle. Comment ? Soit en introduisant une fausse pièce ou une monnaie étrangère plus grosse ou plus petite que la monnaie requise, forçant alors le mécanisme, soit en bourrant la fente avec du chewing-gum qui, en séchant, bloquera l'ouverture...

Alors, furieux, pressé, exaspéré par ces vandales de Français qui détraquent tout, vous allez trouver le contrôleur et vous déversez sur lui votre bile, prenant bien soin surtout de ne pas lui laisser le temps de respirer. Vous jurez vos grands dieux que vous avez déposé vos bagages « hier matin, à 11 heures, 11 h 45, précisément ». Le préposé, qui vous a vu venir, « veut pas le savoir ! ». Ulcéré par ses protestations, vous menacez d'appeler la police tout en prenant à témoin l'assistance moutonneuse de l'injustice dont on vous menace... (Le scénario peut être modifié à tout instant selon les incidents de parcours.)

Werner était champion hors concours de ce genre d'exploits, qui refusait de s'en aller avant d'avoir obtenu de plates excuses ! Quant à moi, je ne me suis pas trop mal débrouillée, puisque, chaque fois, l'opération fut concluante... Surtout ne le répétez pas !

Nous sommes donc en 1976. Début mai environ. Je viens de décider qu'en juillet, j'allais conquérir l'Amérique par la face Nord : les Jeux olympiques de Montréal.

Deux mois à tenir, avec toujours rien en poche. Mais toujours des idées dans la tête et, maintenant, de l'assurance dans le cœur.

Mes souvenirs sont un peu confus quant à la chronologie exacte des événements. Reste que l'objectif était clair : gagner assez d'argent pour acheter deux billets d'avion — sans retour cette fois ! — pour l'Amérique.

Il y eut l'Allemagne et le Trocadéro, ou, si l'on préfère, Dagobert et Coco. Avec Sainte-Sarah entre les deux, mon pèlerinage obligé aux Saintes-Maries-de-la-Mer...

L'Allemagne, c'était peut-être le souvenir de Werner. Mais aussi le constat que le deutsche Mark, déjà, était la monnaie forte de l'Europe, et que c'était donc des sous allemands qu'il fallait gagner. J'ai misé sur le romantisme de la vieille Allemagne, et sur la mauvaise conscience des nouveaux riches, j'ai bien mélangé le tout dans ma tête, et j'ai conclu qu'il fallait aller vendre des « poulbots » sur les bords du Rhin ! Tout n'était sans doute pas si calculé. Je m'identifiais aussi, facilement et totalement, moi, la nouvelle Gavroche du pavé parisien, au pauvre poulbot qui devait apitoyer les cœurs trop bien nourris, si je puis risquer l'expression !

J'abordai donc, sur les trottoirs de Montmartre, les vendeurs ambulants de dessins, me renseignai habilement sur le nom de leurs grossistes fournisseurs, allai courir au fin fond des banlieues pour m'approvisionner en « poulbots » — et aussi, pour faire bon poids bonne mesure et, sait-on jamais, jouer sur deux tableaux, en poupées gonflables !... J'ajoutai encore des pères Noël en plastique et des lapins en peluche...

Ainsi lestée, Samantha toujours à la fête, nous passâmes la frontière en stop et nous mîmes aussitôt au travail...

Je savais assez d'allemand pour me débrouiller, et me liai sans trop de peine avec les vendeurs de bijoux de la rue qui, dès le début, m'avaient bien acceptée. Pour le travail, tout allait bien. Quant au gîte, je fis semblant d'être intéressée par les disciples de Krishna, qui balayaient les trottoirs de leurs robes orange, et qui s'étaient mis en tête de me convertir. Pour commencer, ils m'hébergeraient !

J'apprenais donc le métier. Seule la police ne voulait rien entendre, qui m'obligea à changer plusieurs fois de ville — je me souvenais de Brighton et je m'amusais bien ! Cependant mes « poulbots » diminuaient régulièrement — il était temps, car, à force de faire le trottoir, mon sac commençait à rendre l'âme.

J'ai aussi rencontré un Dagobert, ancien baroudeur devenu vendeur ambulant, qui m'a beaucoup aidée, beaucoup appris, beaucoup aimée peut-être. Je ne l'ai quitté que parce que j'avais épuisé mon lot de « poulbots » et qu'il me fallait regagner la France. Salut mon Dagobert, adieu mon Dagobert ! Adieu mon Roi...

Mauvaise surprise à mon retour à Paris : il me manquait encore cinq cents ou six cents francs pour acheter nos billets pour Montréal. A la veille des Jeux olympiques, les compagnies aériennes avaient augmenté leurs prix. Et je voulais y être à temps *. Je me creusais la tête en vain, la date des Jeux approchait à grands pas.

Paris crevait de chaleur. C'était le fameux mois de juin 1976, la sécheresse faisait souffrir les vaches et menaçait déjà le contribuable. Désespérée, j'allais chercher un peu de fraîcheur auprès des fontaines du Trocadéro. La tête dans les mains, assise sous les frondaisons, je regardais d'un œil distrait les touristes grimper les marches en soufflant et suant à grande eau. Une idée jaillit dans ma tête, une association d'idées plutôt : j'avais vu dans le métro une machine à distribuer les boissons et j'avais remarqué, à côté, une poubelle débordant de verres de carton sales. J'ai couru à la station, ils étaient toujours là. J'en ai récupéré une centaine et je suis allée les laver vaguement aux fontaines. Il ne restait qu'à trouver quoi proposer aux Parisiens assoiffés. J'optai pour la grenadine. Voler dans une épicerie du coin une bouteille de sirop n'était qu'un jeu d'enfant : nécessité faisait loi, et puis, si la société de chez moi ne me convenait pas, il entrait dans ma logique que j'avais bien le droit de la voler...

Je m'installai en haut des marches des jardins du Trocadéro et commençai, pleine d'enthousiasme, à proposer mes verres de sirop grenadine aux touristes. Je connaissais les techniques d'abordage et de séduction. Werner m'avait appris la parole facile et le sourire engageant, et les gens mouraient de soif. A trois francs le verre — ils s'arrachaient comme des petits pains —, j'aurais vite rassemblé l'argent du billet.

C'était compter sans la concurrence ! Les trottoirs, on le

---

* Une fois là-bas, ironie cruelle, il me manquera toujours de quoi acheter les billets d'accès aux stades !

sait, n'appartiennent pas à tout le monde. En l'occurrence, la vente clandestine du Trocadéro était contrôlée par la maffia des Noirs et des Yougoslaves — les plus méchants ! Un grand gars de par là-bas, qui n'avait pas l'air de rigoler, s'est approché de moi et m'a seulement dit : « Tu n'es pas d'ici. (C'était un comble !) Tu me casses le marché. Alors, fous le camp, et vite ! » Il était agressif et méchant le gaillard, et de taille à se défendre hardiment ! Je jugeai que je n'avais pas intérêt à ne pas comprendre. Je vidai mes verres et les lieux et j'allai m'asseoir sur un banc, où j'éclatai en sanglots.

Arrive un grand Noir qui me demande ce qui ne va pas. Il est doux et gentil, il s'appelle Coco, il est du Niger et il est photographe sur la place du Trocadéro. Il me raconte qu'il se fait quatre cents à cinq cents francs par jour. « Le tout est d'avoir fait son trou. » Il sourit. Et brusquement, il dit : « Suis-moi ! Et ne dis rien. Je vais arranger tes affaires... »

Alors, flanqué de moi qu'il tient par le bras, il va trouver un à un tous les caïds du coin et leur tient à chacun ce langage : « C'est ma femme. Faut plus l'embêter. C'est moi qui lui ai dit d'aller vendre là-bas... » Il n'a fait aucune menace, il n'avait pas la voix grondante, ni les épaules roulantes, il était amical et gentil, tranquille comme ceux qui ont l'habitude d'avoir le dernier mot. Le sourire affirmait que tout se passerait bien, et moi j'étais ravie d'entendre ce discours et d'apprendre que j'étais sa femme !

Le reste ne fut que formalités : une boîte de carton renversée pour plateau, des verres à relaver, une autre bouteille de grenadine à « trouver », plus la formule encourageante et culpabilisante : « Seulement trois francs le verre ! »... Les touristes tombaient dans le panneau, et les sous dans mon escarcelle. J'imaginais nos billets d'avion comme un puzzle en train de se faire...

Quelques jours plus tard, Coco me fit cadeau d'une pastèque : « Essaye ça. C'est bon par cette canicule. Et puis, il faut changer, sinon les touristes se lassent. » La pastèque fit un malheur, jusqu'au jour où la police est venue mettre le nez dans les jardins. Tel est pris qui croyait prendre, et je savais les risques : aussitôt embarqué, il faut payer l'amende (interdiction de vente sur la voie publique) qui annule d'un coup une semaine de travail, il faut encore signer des déclarations et des engagements à n'en plus finir.

La scène valait le coup d'œil ! A peine le képi profilé à l'horizon, tous les vendeurs prenaient leurs jambes à leur cou et se dispersaient comme volée de moineaux. Les buissons regorgeaient de sacs de jute et de gars de tous acabits. La police ne fouillait qu'au petit bonheur la chance, se contentant de quelques victimes.

Un plateau de pastèques, c'est pas l'idéal pour prendre la poudre d'escampette ! Mais j'avais décidément la baraka du Trocadéro, ils ne m'ont pas vue, pas prise, et j'ai pu vendre mon lot sans trop de problèmes. Il y a bien eu quelques menaces encore de la bande des « Yougos » qui sont de vrais rapaces, mais les Noirs de « Coco du Trocadéro » ne se laissaient pas marcher sur les pieds...

En fin de compte, au bout d'une semaine exactement, j'avais récolté de quoi acheter nos billets...

Un beau matin, j'ai dit adieu à Coco, sans trop d'arrachement — c'était prévu comme ça —, avec seulement quelques pincements au cœur : entre-temps Coco était devenu mon petit ami.

Cela s'était passé naturellement. Il m'avait proposé de dormir chez lui, « si je n'avais pas mieux ». J'avais bien tante Solette, mais j'ai répondu « j'ai personne » afin qu'il continue à me protéger. Je n'avais pas peur de lui, et le bon souvenir de Pierre chauffait toujours mon cœur. Je voulais aussi ne pas quitter Paris sans m'être fait de bons amis.

Chez lui — rue de Cadix je la vois encore, la petite pièce minuscule, tapissée de photos de touristes invendues rassemblées en étranges fleurs de papier, avec pour tout mobilier une table recouverte de centaines de bibelots hétéroclites et un lit miniature —, chez lui, j'ai sauté une frontière qui m'avait longtemps paru infranchissable.

Certes il était doux et bon, attentionné et fort, certes il me permettait de travailler et de bâtir ma route, pierre à pierre.

Mais plus encore, en entrant dans son lit, j'ouvrais les bras, pour la première fois, à ceux qui étaient mes frères d'exclusion et de rejet. Oui, j'étais heureuse surtout de me prouver que je ne m'arrêtais pas à la couleur de la peau, et que les préjugés des miens n'étaient pas les miens.

Et j'ai refermé mes bras sur Coco, et sur tous les Pierre de l'Afrique, qui m'avaient ouvert leur cœur...

TROISIÈME PARTIE

« FLEURS DE RÊVE *... »

Pourtant, aujourd'hui, je crois avoir fini la relation de mon enfer. C'était bien l'enfer; l'ancien, celui dont le fils de l'homme ouvrit les portes.

« Une saison en enfer. »

---

* « Illuminations ».

Chapitre 24

« Des Peaux-Rouges criards... »

Comme je descendais des Fleuves impassibles,
Je ne me sentis plus guidé par les haleurs :
Des Peaux-Rouges criards les avaient pris pour cible,
Les ayant cloués nus aux poteaux de couleurs.

« Le Bateau ivre. »

Juillet 76

J'ai vingt-trois ans, une petite fille et pas mal de bosses déjà quand je débarque à Montréal, en quête d'images olympiques, sans trop penser encore à la suite de l'aventure...

Quatre ans que j'ai quitté Lille et la famille, quatre années bien remplies. Le hasard allait tourner les pages de manière quelque peu insolite.

Pendant plus de cinq années, je vais sillonner les Amériques, m'intégrant petit à petit aux communautés indiennes du continent : deux ans et demi parmi les Indiens du Canada ; un an et demi de périple à travers les îles et les « faunes » de l'Atlantique et des Caraïbes ; long séjour enfin parmi les Yanomami de l'Amazonie vénézuélienne.

J'ai raconté * cette expérience au cœur de la jungle, au

---

* *Mon cœur s'appelle Amazonie.* Robert Laffont. Paris. 1983.

cœur de ce peuple surtout qui m'avait apporté, enfin, un peu d'équilibre et beaucoup de sagesse.

Mon intention était ensuite, non pas, comme à l'ordinaire, de raconter la suite de mes aventures, mais, au contraire, en remontant le temps, de revenir à mes premières errances, jusqu'à mon départ de Croix, la maison familiale, de refaire en sens inverse mon « Chemin de Croix ».

On a lu comment, en cours de route, je me suis égarée sur d'autres chemins. C'est une autre histoire qui s'est écrite, d'elle-même si je puis dire, parce que je la portais en moi depuis toujours et parce qu'il était temps d'en finir avec mes fantômes.

Mes aventures amérindiennes dès lors s'éclairaient d'une autre lumière. Il devenait évident que ce que j'avais cherché avec passion et enthousiasme, et parfois avec désespoir, auprès des Peaux-Rouges, des Rastas et des Yanomami... c'était une autre famille, une communauté où l'on m'accepterait enfin telle qu'en moi-même, une société où les valeurs que je voulais faire miennes depuis toujours seraient enfin reconnues, l'amour, le respect et la fraternité. Ce que mon père, du moins le croyais-je alors, me refusait absolument, me renvoyant l'image d'une fille irresponsable, incapable et fantasque, qu'il fallait « façonner ».

Et j'ai trouvé ce que je cherchais. J'ai été accueillie, reconnue. J'ai été adoptée. Avec passion, je me suis faite indienne, portant les vêtements et les nattes, apprenant les mots et les coutumes, adorant les dieux, aimant les hommes, répondant au nom cree de « Okemao Apaso squaw » — « guide aux cheveux clairs » — faisant tatouer sur ma peau « l'Oiseau du tonnerre ».

Les Indiens étaient mes frères. Je suis entrée sous leur « *tipee* » et un peu dans leur âme, me mêlant à leurs fêtes et à leurs querelles, partageant leurs repas et leur colère...

Je l'ai trouvé et puis je l'ai perdu. Par la faute de ce que j'ai appelé chaque fois un « mauvais coup du sort » — La « trahison » d'un « ami » au Canada, une flèche au curare chez les Yanomami.

J'ai dû quitter les Indiens crees, moi qu'on appelait aussi

« la petite Cree française », j'ai dû quitter les Yanomami quand mon cœur s'appelait encore Amazonie, rapatriée d'urgence en France...

Profitant de ma convalescence forcée, j'ai repris alors mes cahiers d'aventures et j'ai raconté la dernière en date, l'Amazonie. Invitée à « Apostrophes » pour parler de mon livre, c'est alors que cette émission m'a permis de voir autrement tout ce que je venais de vivre*.

Désormais j'avais une autre urgence, raconter cette « découverte ». L'Amérique attendrait...

Pour la bonne compréhension de ce qui va suivre cependant, je crois nécessaire de retracer en quelques lignes les étapes de « ma vie américaine »...

Juillet 76 : Montréal. Je n'ai pas d'argent pour assister aux compétitions sportives, mais je me lie d'amitié avec des Indiens peaux-rouges. Je décide d'aller les chercher jusqu'en Alberta.

Commencent alors les étapes d'une lente initiation : j'entre peu à peu dans la peau rouge des Indiens crees. Je mène leur vie, je deviens l'amie de cœur et de corps de quelques « anciens » (« ceux qui savent ») : Abraham Burn-Stick, Buffalo Child, Ernest Tootoosis. Je ne savais pas encore que « ce n'était pas par hasard », comme disent ceux qui font profession de s'occuper des secrets de l'âme, que je choisissais des hommes âgés, pleins d'usage et raison, « pas par hasard » non plus que je les appelais « papa » ; mais j'anticipe...

Cette expérience durera deux ans et demi. Exclue du Canada — malgré des démarches répétées je n'ai pas réussi à obtenir un permis de séjour prolongé — du Pacifique à l'Atlantique je descends, tel le bateau ivre les fleuves impassibles, à travers la mer des Caraïbes, sautant d'une île à l'autre, de Saint-Pierre-et-Miquelon jusqu'à la Trinidad, en passant par la Guadeloupe et la Martinique, Sainte-Lucie et

* *Cf.* chapitre 24 : « Mais voilà, c'est toujours la même histoire... » p. 342.

Saint-Vincent, Tobago, Dominique et Saint-Domingue, Barthélemy et Saint-Martin, Haïti, Cuba, la Jamaïque, la Grenade...

Partout il fallut vivre, mais avec Samantha, nous avons bien vécu ! Laissant parfois quelques plumes ou semant quelques étincelles — pour fêter notre passage le volcan de Sainte-Lucie se mit en éruption et la Grenade en révolution ! Sans parler de la frayeur des grands ouragans... Nous sommes allées tirer la barbe de Fidel Castro et je suis tombée sous son charme, nous avons vécu plusieurs mois parmi les « Rastafariens » de Jamaïque en compagnie de Bob Marley...

Et finalement, après les péripéties qu'on devine — trois mois chez les Rastas, c'est déjà tout un livre ! — plus d'un an de jungle amazonienne, la flèche reçue au cours d'une guerre intertribale, les mois de quasi-paralysie, le rapatriement sanitaire, la « découverte » d'une autre France...

Il fallut vivre, disais-je. Pour l'essentiel, il fallut travailler.

Je fus ouvrière dans une usine de tomates ; en Ontario j'ai ramassé le tabac le jour, et la nuit je fus « barmaid » ; j'ai vendu un peu partout les bijoux que les Indiens m'avaient appris à confectionner ; j'ai été engagée comme journaliste et photographe par un journal indien... Tout cela, je l'ai dit, sans carte de travail. Ce fut dur. Il fallut rivaliser d'invention et de « génie » parfois, multiplier les identités — alors le prénom de Sonia que m'avait laissé Werner fit merveille... J'écrivis un livre en anglais — *Alberta is Indian Country* *, je devins la secrétaire du responsable de l'Indian Association (unc association de défense de la culture indienne). Avec les milliers de photos que j'avais prises, j'organisai aussi, lors de ma descente vers le sud, des conférences et des expositions... et mille autres petits métiers, mille autres débrouillardises...

Un temps aussi — il me faut en dire un mot, parce que, je le sais, on m'attend au tournant — j'ai vendu mon corps. Je ne m'étendrai pas ici sur cette « aventure », mes années d'Amérique n'étant plus aujourd'hui le sujet de ce livre. Cependant, ayant pris ici le parti de la sincérité absolue, et

---

* Publié aux éditions du Comité des jeux indiens du Commonwealth (1978).

refusant donc de laisser derrière moi un seul trou d'ombre, je dirai simplement ceci : ce n'était pas seulement pour l'argent — Werner m'avait appris assez de « combines » pour subsister partout. Ce fut surtout une étape accomplie comme une libération : je voulais vivre en femme libre et aller jusqu'au bout, devenir l'égale des hommes. Peut-être aussi, dans la longue histoire racontée dans ce livre, était-ce une étape de provocation inconsciente contre celui qu'alors je croyais être mon « mauvais génie »...

Voilà. Si je nomme encore quelques étapes oubliées — plusieurs séjours chez les Indiens blood, chez les Sarcee, chez les Chipweyan, les Sioux, les Navajos, le Canada parcouru de long en large jusqu'au Pacifique, accompagnant et secondant les *shamans* (« medicine men », c'est-à-dire sorciers), une escapade chez les Esquimaux —, j'espère n'avoir rien laissé derrière moi, même si, sur chacun de ces points, j'ai encore mille et une choses à dire...

Mais, justement, chaque chose en son temps !

Samantha d'abord. Puis ma découverte d' « Apostrophes ».

Chapitre 25

Ma fille, ma reine...

Je baisse les feux du lustre, je me jette sur le lit et, tourné du côté de l'ombre, je vous vois, mes filles ! mes reines !

« Illuminations. »

Au fil de ces pages on a vu Samantha se profiler derrière mes aventures à chaque instant de ma vie. Je souhaite qu'on l'ait vue rire, sourire, ou pleurer avec moi, comme on l'a vue derrière moi sur le plateau d'« Apostrophes »...

Depuis le premier jour, je lui ai tout dit — je m'étais fait le serment de ne rien lui cacher jamais.

Et nous en avons partagé, des choses, des routes, des tentes, des plages, et combien de bateaux et combien de pays !

Elle a partagé ma peine, bien sûr, et mes coups durs — elle était solide, déjà, avec son rire blond, seul rempart parfois, à l'heure terrible du crépuscule, contre les démons de la nuit. Mais combien de joies aussi, d'ivresses de liberté, combien d'aubes d'été nous avons embrassées ensemble.

C'est à elle d'abord que je pensais dédicacer ce livre, avant qu'il ne devienne, au fil des aveux que je me suis faits à moi-même, le récit d'une autre histoire que la nôtre. Mais je dirai peut-être quelque jour notre vie d'aventures, « Vagabondes du bonheur* »...

« Oui, Anne-Sophie Tiberghien, c'est bien joli votre aventure. Mais votre petite fille, vous n'aviez pas le droit de l'entraîner avec vous, de lui faire partager tous ces risques. C'était de l'inconscience et de la folie...

— Ecoutez-moi, monsieur ! Je vais vous dire une bonne chose. Pour rien au monde je ne voudrais que ma fille ait la vie de vos enfants, enfermée entre les quatre murs de vos cages à lapins, entre la télé des voisins, les odeurs de cages d'escalier et les fumées des bagnoles. C'est affreux !

« Et les dangers, parlons-en ! Traverser vos rues, c'est plus risqué que descendre l'Orénoque. Depuis mon retour à Lille, ma fille a attrapé toutes les maladies infantiles qu'elle n'avait jamais eues nulle part. Elle a eu des accidents, elle a été plâtrée, anesthésiée, et mille malheurs qu'elle n'a pas connus en voyage.

« Et ne parlons pas de vous ni de votre éducation ! Vos disputes avec vos femmes, vos cigarettes et votre pastis, elle n'a pas connu ces bons exemples, ma fille. Et quand vous êtes absents huit ou neuf heures par jour pour votre " sacro-saint travail ", est-ce qu'ils vous voient, vos enfants ? Quand ils vous voient, d'ailleurs, vous êtes fatigués, épuisés, et vous n'avez plus de temps ni de forces pour eux. J'avais, moi, toutes les heures du jour et de la nuit à lui consacrer. Mais regardez à nouveau les images que vous venez de voir ! Oui, vous l'avez vue manger des larves et des chenilles. Et ça vaut bien vos escargots, vos grenouilles, vos poulets aux hormones ! Pour les Indiens, c'est une denrée de roi. Ils sont des dizaines de milliers de petits enfants à s'en régaler. Vous

---

* J'avais déjà mon titre : « Vagabondes du bonheur », et ma dédicace :
« A Samantha,
Redevenue une petite fille comme les autres,
Pour que tu n'oublies pas les enseignements que j'ai voulu te donner, les dieux que nous avons approchés, les enfants avec qui tu as dormi, les nourritures dont les odeurs nous ont bercées, les hommes des différentes nations,
Et notre liberté de femmes. »

l'avez vue lever le pouce dans la poussière des pistes, et après ? Vous croyez que vos petites filles n'ont pas rêvé de dormir sous la tente vraie de vrais Peaux-Rouges, de changer d'océans comme il vous arrive de changer de plage, certains week-ends ? De contempler des étoiles que vous n'avez jamais vues ?

« Je vais vous raconter comment on traite les enfants, dans toutes les sociétés que nous avons traversées. C'est très simple. Avant même de me parler, avant même de savoir d'où je venais et où j'allais, les gens s'inquiétaient d'elle. Il fallait qu'elle soit bien. Ce n'est qu'après, une fois qu'on avait donné à boire à « la petite », qu'on s'occupait de moi. Chez eux, quand un enfant se met à pleurer, quel que soit le moment de la journée, tout s'arrête. Il y a toujours quelqu'un pour s'occuper de lui, et c'est celui qui est disponible, celui qui a de l'amour à ce moment-là. Partout chez vous, c'est le contraire. Les enfants dérangent les adultes, alors on les isole, on les enlève, parfois même vous les cachez...

« Non, monsieur, pour rien au monde je ne voudrais qu'elle vive dans votre monde. Aujourd'hui, c'est ce que je suis obligée de faire. Et c'est maintenant que les problèmes commencent. Je ne regrette qu'une chose, c'est que ma fille n'ait plus six ans pour me suivre partout. J'avais besoin d'elle et elle avait besoin de moi, et ça marchait très bien. Maintenant la société veut me la prendre. Mais j'accepte mal de donner mon enfant à l'école, à la sédentarisation, à toute cette vie qui n'est pas bonne. C'est moi maintenant qui ai le cœur malade quand je la laisse, qui ai mauvaise conscience quand je dois partir « travailler », ou vivre.

« Si j'appartenais encore à une société indienne, si j'étais encore chez les Peaux-Rouges du Canada ou chez les Yanomami de l'Amazonie, ou encore chez les Tsiganes, il en irait tout autrement. Chez eux, les parents et les enfants ne se quittent pas avant l'âge de quatorze ans. Après, l'enfant se débrouille tout seul, exerce généralement le même métier que son père, et il est encore avec lui. Et, de toute façon, la solidarité de tous remplace alors, s'il le faut, la présence des parents...

« D'ailleurs, monsieur le citadin, quand je donne la même

conférence dans un village de campagne, et que des gens de la terre entendent un rat des villes me poser votre question, il y a toujours une brave paysanne pour répondre avant moi, avec l'accent et la force que donne l'évidence : « Mais, la petite, elle était avec sa maman, alors elle avait tout... »

Ainsi je réagissais, tout au début de mes conférences *, à ce qui me paraissait une attaque injustifiée — quant aux risques supposés que j'avais fait courir à ma petite fille. Avec colère et agressivité, mais aussi passion et conviction. Il faut croire que mes arguments devaient toucher quelques cordes sensibles, car généralement la salle — que j'avais sentie au départ acquise à mon contradicteur — ponctuait d'applaudissements ces envolées lyriques.

Peu à peu — forte de mes succès peut-être — je réussissais à me contrôler mieux.

Il faut dire aussi que maintenant j'attendais la question ! Pendant des années, en effet, je ne m'étais jamais posé ce problème : si les sociétés que j'avais pénétrées n'ignoraient ni les tensions ni les contradictions, en revanche, elles ne connaissaient pas l'angoisse de l'enfant — c'était précisément l'une des choses qui m'avaient le plus frappée. Par ailleurs, et dès la naissance de Samantha, ma réaction avait été de refuser de séparer ma vie de mère de ma vie d'étudiante — et Samantha m'avait suivie sur les bancs de l'université, transformant peu à peu l'hostilité contre moi en admiration, j'étais une vraie et bonne mère ! Mon instinct rejoignait sans le savoir celui de ces sociétés « primitives » au milieu desquelles j'allais vivre bientôt.

Peu à peu cependant, je comprenais mieux le réflexe de mes auditeurs : chez nous l'enfant est sacré, il est donc sacrilège de lui faire courir des risques physiques, de le mêler à des individus de moralité douteuse et de lui montrer

* Depuis mon retour d'Amérique, je sillonne la France en camion afin de présenter les deux conférences audiovisuelles que j'ai montées à partir de mes expériences : « Amazonie je t'aime », et « Canada Peau-Rouge ».

l'instabilité et la fragilité des êtres et des choses. Mais j'avais compris que c'était là vouloir des rois de carton-pâte, car on ne saurait être roi avant l'âge de régner. « Ce n'est pas tout d'être roi, il faut bâtir son royaume. » Je savais aussi que, derrière ces accusations « d'irresponsabilité », de « légèreté », d' « égoïsme », ou de « folie », se cachait souvent une inconsciente envie — celle que les plus naïfs ou les plus sincères exprimaient simplement : « Merci, Anne-Sophie, de vivre tout ça à notre place... Des gens comme vous, il en faut ! » Jusqu'à la directrice de l'école de Samantha : « Votre vie me fait rêver !... »

Patiemment donc, je me suis mise à bâtir ma plaidoirie... et aujourd'hui, quand vient l'attaque, c'est avec le calme des vieilles troupes que je développe mes arguments...

Bien sûr, je me suis inquiétée souvent. Dans les sables du Tchad, par exemple, lorsque Samantha, quinze jours durant, refusait le lait des chamelles, les dattes ou les légumes, pour ne se nourrir que d'arachides, mon éducation européenne réveillait de vieilles angoisses sur la peur de manquer. Mais je me souvenais alors de l'assiette de carottes de mon enfance... Alors je surveillais simplement ma fille du coin de l'œil, et je voyais qu'elle gardait son sourire et sa bonne mine — bien *obligée* en quelque sorte de constater son bien-être — et nous continuions notre chemin... Par la suite, partout, j'ouvrais mes yeux de mère. Si elle avait été souffreteuse, malade, chétive ou rachitique, je n'aurais pas pu continuer. Mais elle était épanouie, éclatée, étincelante.

On me reprochait encore souvent de l'avoir élevée seule, sans famille, pour tout dire sans père. Peut-être avais-je besoin de trop d'amour pour elle, de trop de tendresse et de disponibilité, pour garder encore une place d'amour pour quelqu'un. Elle avait une maman sans domicile fixe, comme sans mari fixe, peut-être. Mais un couple, ça ne marche pas toujours bien — j'allais dire jamais bien — et je préférais mes inquiétudes aux tensions d'un ménage boiteux.

Et il y aurait encore tant à dire...

Ton goût de framboise et de fraise,
Ô chair de fleur...*

Aujourd'hui, où elle mène la même vie que ses jeunes compatriotes, je l'observe toujours. Revenue à neuf ans sans parler un mot de français, sans avoir mis les pieds dans une école et sans avoir jamais rien appris de ce que l'on apprend « chez nous », elle s'est intégrée, a pris sa scolarité en route, sans le moindre problème. Il n'y a que moi pour ne pas m'étonner de ce « parfait miracle ». Elle avait appris à s'adapter, neuf années durant...

Sans doute a-t-elle d'autres rêves, d'autres images en elle, mais je ne regrette rien. J'ai conscience de lui avoir donné ce qu'une mère doit donner. Sur les pistes du désert, j'ai compris qu'on ne calme pas la faim d'un enfant avec du lait ou des vitamines, mais aussi avec des gestes d'amour et des yeux de tendresse...

---

* « Les Reparties de Nina. »

Chapitre 26

« Mais voilà, c'est toujours la même histoire* ! »

Juin 1983

Mon livre est écrit. Mon premier livre, et je vais passer à « Apostrophes ». Je ne connais pas cette émission — dix ans sur les routes — mais, à force de recevoir coups de téléphone, lettres de félicitations et d'encouragement, j'ai compris : le sort de mon livre est entre mes mains.

Je n'avais pas de poste de télévision. J'ai supplié les gardiens de mon immeuble de me permettre de regarder l'émission chez eux. Et c'est ainsi, entre ma concierge, son mari et son caniche — il s'appelait Sam comme ma fille ! — que j'ai préparé mon entrée dans le cercle des privilégiés de la Fièvre du Vendredi soir.

A moi de jouer maintenant. J'aurai au moins quelques supporters inconditionnels, mes concierges. Et mon père : depuis mon retour d'Amazonie, les choses commencent à aller mieux, et je rends grâces dans mon cœur à Mamilaine**, sa nouvelle femme — une jeune et belle veuve, mère de quatre enfants qui ont agrandi la famille : elle a su mettre entre nous un peu de liant, éteindre les incendies à la première étincelle. Et j'ai le sentiment que mon père

---

* « Le Forgeron. »

** *Mamilaine :* combinaison de maman et de Violaine, son prénom.

commence, si je puis dire, à me tirer « silencieusement » son chapeau !

Pour l'heure, je n'ai pas peur. Je suis trop heureuse, je ne manque pas de raisons.

D'abord, je me sens dans la peau d'une miraculée : je viens d'échapper à la mort, à la paralysie et je suis reconnaissante à la vie de chaque seconde qu'elle m'accorde. Voir la mort de près m'a appris la tolérance envers les autres, je n'ai plus de leçon à donner. J'ai fait ce que j'ai voulu, et j'ai raconté ce que j'ai fait. Chacun est libre, je suis seulement convaincue que les Yanomami sont un peuple extraordinaire et que je vais les faire connaître, donc aimer. Et cela ajoute à mon bonheur.

Enfin, je suis contente de parler français à nouveau, après avoir, pendant huit ans au moins, parlé essentiellement anglais ou espagnol (je m'inquiète un peu cependant : quand on « fait la route », on écoute les autres, on essaye de s'intégrer, on se tait : la véritable communication est au-delà des mots. On doit aller à l'essentiel, et vite : j'ai l'impression que je ne sais plus parler de moi...).

Mais l'essentiel de mon bonheur, je le dis sincèrement, est la chance qui m'est donnée : pouvoir enfin parler de ce peuple que j'aime avec des gens qui connaissent l'Amérique latine. Je n'ai aucune conscience alors d'avoir fait des choses « extraordinaires », là-bas. L'Amazonie, dans ma *Saison en enfer,* ce fut plutôt un havre de paix, la sagesse et l'amour retrouvés, en un mot mes *Illuminations.* Je ne m'attends donc pas à devoir parler de moi, mais à débattre de l'amour des Indiens...

J'ai lu, bien sûr, les trois livres de ceux qui vont participer à l'émission. « La guerre de la fin du monde », roman de Mario Vargas Llosa, un intellectuel péruvien, journaliste, professeur ayant vécu en France et beaucoup voyagé. Je suis impressionnée par le curriculum vitae du bonhomme, et par le roman, fresque superbe courant sur tout le XIXe siècle et sur cinq cent soixante-deux pages ! et par le style...

Il y aura aussi une femme, Elisabeth Burgos, militante féministe si je lis bien, et femme séparée de Régis Debray : j'aurai donc en elle une double alliée, en tant que femme et en tant que porte-parole des Indiens. Elle a écrit un témoignage qui m'a bouleversée, récit de la vie tragique d'une Indienne guatémaltèque, Rigoberta Menchu. Le malheur, l'exploitation, l'agression d'une communauté par la civilisation européenne, autant d'horreurs qui m'ont révoltée : elle m'a émue, nous sommes sœurs...

Il y a enfin un dernier livre qui ne m'a pas enchanté, qui m'a même fortement déplu. Le récit du séjour en Amazonie d'un policier français, Jacques Bock. Son livre m'a fait mal : d'abord, l'auteur ne parle pas bien de sa petite amie : elle a toujours mal au cœur, ou au ventre, elle veut voir sa mère, ou sa grand-mère, elle tremble dans la forêt, elle refuse de porter son sac... Lui seul, Bock, ne se plaignait jamais, et je n'avais pas apprécié ces réflexions « machistes ». Mais, surtout, il ne parlait pas bien des Indiens : une image me restait gravée dans la mémoire, les Indiens, « comme des cafards qui grouillent dans les chiottes... ». Il m'avait écrit cependant une très gentille dédicace : « Pour notre amour commun de la forêt, je suis très heureux de participer avec vous à “ Apostrophes ”... »

J'étais résolue cependant à ne pas dire du mal de son livre : entre « routards », j'avais appris qu'on ne lave pas son linge sale en public, mais entre quatre yeux. Et puis, sa dédicace contrebalançait peut-être un peu ma mauvaise impression. Il suffit qu'on m'aime...

Le grand soir est arrivé.

Juste avant l'émission, je suis allée dîner dans un restaurant parisien avec Charles Ronsac, mon directeur de collection, mon attachée de presse Anne Carrière, et son mari Alain, directeur commercial. Très intimidée d'être avec ces personnages importants, élégants, parlant beaucoup affaires, livres, vie parisienne... et qui évoquaient « Apostrophes » comme s'il s'agissait d'une vieille copine.

Le moment est venu, il faut y aller ! En attendant le taxi, Alain Carrière me tape sur l'épaule : « N'oublie pas, Anne-

Sophie, que tu portes sur tes épaules les millions de la maison. » Jusqu'alors je n'avais eu aucune conscience de ce genre de responsabilité ! Je commence à avoir peur.

Rue Cognac-Jay. Barrage, contrôle d'identité... et puis le saint des saints. Bernard Pivot vient dire bonjour. Un homme bien, simple, ni chaleureux, ni froid, gentil, rassurant.

Vargas Llosa : très grand, très beau, très distingué, très charmant, arrivait de Londres, et repartait vers je ne sais où. Apparemment, il n'avait rien lu du tout. Assis à côté de moi, il me parlait gentiment. Il me faisait penser à papa dans ses bons jours : même sourire, même coupe de cheveux, mêmes mèches, même attitude — les pieds croisés sous sa chaise —, même paire de chaussures... Je me trouvais en pays de connaissance, et retrouvais peu à peu quelque assurance.

Elisabeth Burgos : je lui avais serré la main avant de m'asseoir, avec mes plus beaux compliments. « Ah, bonjour Elisabeth — je me permets de t'appeler par ton prénom (j'avais adoré son livre, pour moi c'était normal) car il est super ton bouquin. J'adore ta plume, ta sensibilité de femme... » Je n'avais rien oublié, comme on voit.

Et la dame, avec ses cheveux impeccables, un peu guindée, un peu pincée, qui me tend le bout de ses doigts, qui écoute mes compliments et ma chaleur lui tomber dessus comme sur une armure, j'entends presque le bruit des mots qui tombent par terre, tellement ça tombe à côté... Elle me regarde, derrière un sourire poli.

« Bonjour Anne-Sophie, je suis Jacques Bock... Je suis content de te rencontrer... » Le gars ne me lâche plus la main. La sienne est moite, elle me rappelle la main des mecs qui draguent. Lui ai-je parlé de son livre ? Je ne me souviens plus. Dans ce cas, je n'ai certainement pas menti. Mais si j'ai dit quelque chose, je n'ai pas été agressive...

Malgré tout, c'est évident, j'ai le trac. Malgré Samantha que j'ai décidé d'amener avec moi. Pour une raison simple : elle m'a protégée aux moments critiques, elle me rassurera. Quand ça va mal, j'en ai l'expérience, il me suffit de prendre sa main, de la caresser, de remettre sa mèche, ou de lui poser un baiser sur le front, et tout va mieux. Etre maternelle me fait redevenir douce, gentille, confiante. Je venais d'ailleurs d'en faire l'expérience dans le bureau-grenier de Robert Laffont, au moment de la présentation de mon livre aux représentants. J'avais dévidé mon baratin, ma petite fille sur les genoux, et cette mère et sa fille enlacées, parlant le langage de tous les jours, avaient ému et séduit les trente bons-hommes. Malgré cela, tout le monde était contre : j'étais l'auteur, Samantha n'avait rien à faire avec moi. Soutenue par Charles Ronsac qui avait compris mes arguments, j'ai finalement eu gain de cause. A moitié seulement : Samantha sera là, mais pas sur le ring avec moi, derrière, avec les autres...

Et l'on nous fait asseoir.

J'ai peur. On ne sait toujours rien. Qui parlera le premier ? Qui emportera le morceau ? Que pense Pivot de « mes » Indiens ? Soudain, dans le silence, mes lacunes se font faille : je ne suis qu'une voyageuse qui cherche à raconter ce qu'elle a vu. Je n'ai aucune science, je ne connais rien à rien. Aucune théorie ne sous-tend mon récit. Je vais faire figure de Bécassine égarée chez les savants. Papa va triompher...

Et puis, tant bien que mal, je me rassure. Ils ont tous été si gentils avec moi. Et Bernard Pivot, tout le monde me l'a assez répété, depuis mon directeur de collection jusqu'à mon attachée de presse, est la crème des hommes. D'ailleurs, il ne convoque à son émission que les auteurs dont il a aimé les livres...

Et puis, je me répète : « J'en ai vu d'autres, ce n'est pas le moment d'avoir peur. Je ne vais pas mourir, c'est quand même pas " la guerre de la fin du monde " ! »

Mais j'ai peur. Ma première télévision ! Les lumières sur nous, sur moi. Les « sunlights », comme ils disent ! Ces paires d'yeux dans mon dos, devant ; mes partenaires que je ne vois plus, devenus anonymes. Il fait chaud, j'ai l'impression que mon maquillage coule sur mon visage, au long de mon cou — c'est la première fois de ma vie qu'on m'a maquillée ! Je suis en eau, les lèvres sèches. Mes paupières me semblent gonflées, mes mains tremblent, les yeux me piquent ! Quelle horreur, je ne pourrais pas dire un mot !

« J'ai tout oublié de mon livre ! »

Une horde de journalistes photographes apparaît, fait trois petits tours, et puis s'en va.

Pivot nous avertit : « Surtout, ne regardez pas vos montres ! »

Une impression d'intimité au début : nous sommes cinq sur quelques mètres carrés, une sorte de petite estrade. Vargas, je peux le toucher, Pivot est là, tout près, les caméras paraissent loin. Et je me répète : « Il va falloir parler doucement, la télé, ce n'est vraiment pas effrayant... On est entre nous comme dans un salon. »

Les caméras, silencieuses, ont quelque chose d'intimidant. Il y en a quatre. Une lumière rouge s'allume par intermittence, sautant de l'une à l'autre. Est-ce celle qui est en train de filmer ? Le temps qu'on la repère, c'est déjà fini. Même alors, j'ignore ce qu'elle filme : mes yeux, ma main, mon profil ? Ou mon voisin ? Dois-je sourire ? Puis-je regarder Samantha ? Autant de questions qui me mettent mal à l'aise, comme le fait de ne savoir combien de temps il reste.

Pour parler sans rire, jamais je n'avais ressenti une impression physique aussi désagréable, pas même au cœur de la jungle ou dans les pires situations que j'avais traversées. Là-bas, je savais pouvoir compter sur toutes mes forces, ici, mon corps m'échappait, oui, c'est ça, je n'habitais plus mon corps. Je tente de me rassurer encore, j'en ai vu d'autres, et la flèche et la bagarre des rues. Mon cœur bat si fort que je n'entends plus le silence. Je suis en état d'alerte permanente. Quand viendra mon tour ?

Vargas Llosa est le premier sur le gril, il semble aimer ça ! J'ai l'impression que Pivot lui accorde tout le temps de parole et que, tout à l'heure, l'émission se terminera au milieu d'une de mes phrases. Mais je n'ose regarder ma montre maintenant, soudain obéissante — pour la première fois de ma vie peut-être ! J'ai le trac, toutes sortes de paniques remuent dans ma tête, pour me ramener toujours à la même conclusion : « J'ai tout oublié de mon livre ! » Et ma vie qui me semble banale soudain !

Vargas a reçu les compliments avec la sérénité de l'habitude ; on a parlé de « livre fascinant », de « super western », et chacun a ajouté ses petits applaudissements au concert...

Elisabeth Burgos a pris la suite, le flux de louanges débordait toujours...

C'est à moi...

A moi ! Au secours !

Première question de Pivot. Après les compliments sur ma « vie extraordinaire », il pose le problème guillotine : mon enfant !

« Pourquoi l'avez-vous emmenée dans cette vie d'errance ? »

Pour les raisons qu'on sait, je réponds à côté, appliquée :

« J'ai voulu refuser le handicap d'être mère très jeune et d'être femme... J'ai toujours rêvé de voyager, c'est ce que j'ai fait... huit ans de voyages et trente-huit pays... »

Pivot enchaîne : « L'Amazonie, c'est un peu votre terre promise ? »

Moi, maladroite, je brandis tout de suite mon refus de la civilisation...

La question sur l'enfant, je ne l'ai pas comprise. Je ne me l'étais jamais posée en ces termes : partout où j'allais, en effet, il y avait des enfants. Mais je n'ai pas le temps de le dire, on est déjà à la question suivante. En Indienne, je pensais qu'on me redonnerait la parole tranquillement, sur ce sujet, par la suite. Car je reviens de chez les Indiens, où jamais on ne pose de question directe, où, en tout cas, jamais on ne répond directement. On répond toujours quelque chose à côté. Parce que, chez les Indiens, quand une personne pose une question, c'est qu'elle connaît déjà la réponse. Et je suis encore complètement sous l'influence de ce mode de vie, et d'instinct. Maintenant encore, on me fait souvent le reproche de ne pas répondre aux questions...

A l'époque, d'ailleurs, les gens dans la rue me prenaient toujours pour une étrangère, avec mon accoutrement spécifique : tee-shirt turquoise, pantalon rouge, bijoux peaux-rouges, mes deux boucles d'oreilles dépareillées, mes tatouages et mes bandeaux. On m'abordait en anglais, on croyait que je venais de par « là-bas ». Moi, je me sentais toujours indienne, en escale en France.

C'est le moment où, bêtement, je m'enfonce, revenant encore sur mon refus de la civilisation européenne et de ses valeurs. Comme je lance, sans faire exprès, « les valeurs de chez vous » — huit ans d'absence, ça finit par vous faire un peu étrangère ! — tout le monde rit. Un drôle de rire. Je me sens mieux.

Pivot relève : « Chez vous ? »

Je réponds : « Oui, je suis partie, je voulais voir ailleurs, apprendre à être humain... »

C'est là qu'a éclaté la première bombe :

Je dis : « Je ne suis pas une aventurière, je suis une voyageuse... »

Bock, on se sait d'où sorti, attaque — je ne comprendrai jamais pourquoi il m'a prise pour cible, je ne lui avais encore rien dit. Il demande : « Quelle est la différence ? » sur un ton de « bélier » frappant la porte du château fort.

Je ne comprends pas, mais je réponds : « Je n'ai pas de programme, je ne prévois pas de retour... Si je suis ici, c'est contre mon gré, pour raison de santé. Je n'ai pas d'adresse en France... »

Bock insiste : « Moi, je ne vois pas la différence, je suis un aventurier et je fais sponsoriser mes voyages. Vous, vous critiquez le sponsoring, mais vous n'êtes pas mieux que nous. »

Le silence tombe sur l'assistance, on devine le coup bas qui se prépare.

« Il y a quelque chose qui m'a gêné dans votre livre... beaucoup gêné... Quelque chose qui... »

Je le vois tourner autour. Il le retient, son coup, il le prépare, mais il va le lâcher. Je cherche quelle bombe il cache dans sa main moite. Il la lance en fermant les yeux :

« Vous vous prostituez, c'est pareil... en vous vendant, vous demandez aux autres... Vous êtes une prostituée ! Vous n'avez pas de leçon à donner aux autres ! »

Ça, c'était le bouquet. Au moment idéal, il faut dire ! Au moment où j'avais agacé les gens en leur envoyant à la figure que « c'était pas les vraies valeurs » qu'ils pratiquaient, le policier au cœur dur vole au secours de la civilisation en péril et me descend en flammes, disant :

« Vous n'avez rien à dire, vous êtes une prostituée ! »

Evidemment, je ne sais pas quoi répondre, je m'y

attendais si peu. Une ligne sur les 10 834 de mon livre, et il est tombé dessus ! Et il l'a choisie ! C'est dire l'intérêt qu'il porte aux Indiens...

Pivot, à ce moment, me tend une main charitable :

« Vous avez été chez les Yanomami, parmi les rats, les moustiques, en pleine jungle... »

Il est encore gentil, il me replace dans mon élément. Je vais pouvoir parler. Je redeviens sympathique, j'ai vécu avec des rats et des moustiques. Je reprends mes chances.

A ce moment précis, Vargas, de sa voix haute et distinguée :

« J'aimerais vous poser une question : Pourquoi travaillez-vous avec un appareil photographique ? Il y a une certaine contradiction entre vouloir fuir la civilisation occidentale et le fait d'emporter votre caméra... »

Je réponds :

« Moi j'ai gardé ça comme réflexe. Ma caméra, c'est un réflexe. »

Malgré le jeu de mots involontaire, Elisabeth Burgos enchaîne, perfide, forte de tous les compliments qu'on a déversés sur elle tout à l'heure :

« Mais cette contradiction est de taille ! »

Ça y est, cette fois les deux experts ont parlé, et leur verdict est lourd : cette fille raconte des coups ! J'apprécie au passage la solidarité féminine de la femme au grand cœur !

Pivot reprend son rôle de meneur et nous ramène aux Yanomami :

« Les relations sont difficiles avec les Indiens, vous êtes une femme courageuse. Ils sont violents, cruels... »

Je le coupe :

« Oui, mais sans hypocrisie... »

Pivot : « Non, pas du tout, vous dites le contraire dans votre livre... » et il se met à lire un passage où je raconte qu'on ne peut compter sur les Indiens.

Et me voilà pincée à nouveau, prise en flagrant délit de mensonge. Un passage sorti de son contexte ! Depuis ce jour, la réponse que j'aurais dû faire me martèle la tête : « Et vous, monsieur Pivot, votre épouse, votre femme que vous aimez tendrement, il ne vous arrive jamais de la détester cinq minutes ? d'en parler mal un jour de colère ou de fatigue ? »

Car j'avais raison de dire qu'ils ne sont jamais hypocrites, « mes Indiens ». Ils sont seulement spontanés. Ils se contredisent comme tous les gens naturels. J'avais raison, mais je sentais bien que les autres me mettaient en difficulté : je ne savais pas faire sentir que j'avais raison.

Et puis la panique me gagnait. Le temps s'écoulait, l'émission allait se terminer. Or, dans la vie que je venais de vivre au milieu des Indiens, le temps n'est jamais limité d'une heure à une autre heure. Chez les Indiens, le temps commence quand on commence une chose et finit quand la chose est terminée. Chez eux, je le répète, les réponses ne viennent pas au moment où on pose les questions, mais souvent des heures après. Il faut le temps que le cheminement se fasse dans la tête, dans les êtres. Les choses importantes sortent quand on peut les dire. Dans ces situations-là, les mots n'ont pas de valeur. Avec les nouveaux arrivants, la règle impose de passer d'abord de longs moments ensemble, sans poser de questions.

Brusquement, je me rends compte que les auditeurs ne vont retenir qu'une chose : je réponds toujours à côté.

Tout va beaucoup trop vite, je n'ai rien dit de ce que j'avais à dire. Les Yanomami, que je voulais défendre, ne sont plus que de pauvres sauvages pilleurs et menteurs...

Elisabeth Burgos reprend la parole — ton très docte, très savant, doucereux. A nouveau, je me sens agressée. Elle attaque les Blancs en général et moi en particulier. Elle n'a rien compris à mon livre, elle m'assimile aux Blancs !

« Quand vous entrez dans la forêt indienne, vous faites une effraction, vous faites un acte d'irresponsabilité... Vous venez les déranger, ces Indiens... »

Je reçois la critique comme des pierres en pleine gueule. Je me sens lapidée. Et la séance ne fait que commencer ! Ils se renvoient la pierre, elle et Vargas, ils continuent de plus belle.

Au tour de Vargas :

« Il y a moins de violence qu'à New York, dans cette civilisation, mais c'est vous, et les autres Blancs, qui amenez la perturbation... vous n'imaginez pas les conséquences de vos actes... eux, ils souffrent ensuite... »

A nouveau, Pivot sauve la situation, charitable :

« Vous avez fait des choses que je n'aurais pas pu faire... »

Mais c'est pour mieux revenir à la charge. Le pauvre bougre doit commencer à se lasser. Et puis maintenant, c'est sûr, il doute de moi ! Comment pourrait-il encore me croire ?

Il redit sa première obsession, Samantha :

« Vous n'avez pas l'impression que vous avez fait courir des risques à votre petite fille ?... Le viol, ça n'existe pas, là-bas ?... »

Miraculeusement détendue, j'explique :

« Ma fille avait l'âge d'être mariée, pour eux. Mais je leur ai expliqué que, dans ma tribu à moi, les filles ne se mariaient pas avant d'avoir des seins... »

On commence à sourire, ça va mieux.

C'est alors qu'a éclaté la vraie bagarre.

C'était au tour de Bock d'expliquer :

« Chez nous, on ne connaissait pas la tribu dans laquelle on est allé et finalement, quand on a vu que ça se passait mal, on s'est enfui pour éviter le conflit... »

L'imprudent, qui me tendait la perche !

Moi, qui avais pris son agression en pleine figure la première fois, je n'allais pas le rater. Je lui en voulais parce qu'il m'avait mise en position d'accusée, et, qui plus est, en parlant de la prostitution, ce qui n'était pas le sujet ! Comme chez les Indiens, j'avais pris le temps de ma réponse, mais je la tenais. Cette fois, je suis l'agresseur, c'est bien clair ! Il va payer pour tous :

« Moi, je trouve qu'il y a quelque chose de ridicule, trois grandes personnes costaudes, trois gaillards comme vous, qui s'enfuient comme ça... Et vous, un membre des forces de l'ordre ?... »

Je me moque d'abord, puis je mords :

« J'ai pas du tout aimé votre livre : vous êtes raciste, vous traitez les Indiens de " cafards qui grouillent comme dans les chiottes ". Vous écrivez : " Je n'ai plus rien à espérer de ces cocos ! " Vous dites que vous êtes " choqué par la crasse et le désordre "... »

Ça ne volait pas haut, mais c'était parti, et bien parti. Je n'avais pratiquement rien dit jusque-là de ce que je voulais dire. Maintenant, j'étais agressive et je vidais mon sac. Et je disais justement tout ce que je m'étais promis de ne pas dire — même si je le pensais — et je le disais méchamment.

La fin ne fut plus que péripéties. Vargas, surréaliste : « Vous êtes tous les deux des rêveurs, vous poursuivez vos chimères... » Nous, des rêveurs ! alors qu'on était en pleine bagarre !

Bock en a profité pour emboîter le pas, m'accusant à son tour de « fuir la civilisation ». J'ai terminé par un joli crochet : « Je ne fuis pas, je vais à la rencontre des hommes... »

J'avais terminé sinon en beauté, du moins par une belle phrase. Mais j'avais perdu la bataille par KO technique. Je ne m'en relèverais pas.

Que restait-il de ma prestation ? Aux yeux de tous, j'étais une prostituée qui se payait le luxe de critiquer sa civilisation ! Qui, en réalité, fuyait son petit confort bourgeois pour suivre ses chimères. Et qui, non contente de n'avoir rien compris aux Yanomami et d'en dresser un portrait bourré de contradictions, n'avait même pas conscience des perturbations qu'elle apportait, en un mot, du mal qu'elle faisait ! Pour corser l'addition, je m'étais montrée maladroite et agressive.

C'était grave ! Non seulement je n'avais pas su dire ce que j'avais dans le cœur — mon amour des Indiens — mais en plus je n'avais réussi qu'à vider mon fiel ! J'avais sorti la haine, je n'avais pas pu dire l'amour.

Parce que je n'avais pas pu dire l'amour ? C'était bien ça. Oui, c'était bien ainsi que les choses se passaient toujours avec moi.

Oui, mais pourquoi ?

Je n'ai pas revécu cet épisode pour ressasser un mauvais moment de plus. Après tout, c'était quand même pas « leur faute » si je n'avais pas su parler de ceux que j'aimais ! Je n'avais à m'en prendre qu'à moi-même. Je n'avais qu'à ne pas prendre « Apostrophes » pour un salon de thé, et Bernard Pivot pour un saint-bernard. Savoir que, derrière les sourires, chacun ne pensait qu'à lui. Et ne pas oublier que, dans la vie, il n'y a jamais qu'un vainqueur, et des vaincus *.

Mais c'est vrai, je l'ai ressassé cent fois, cet épisode. Comme un cauchemar, avec fureur : « Pourquoi avais-je été si mauvaise ? Incapable de dire ce qui me tenait à cœur ? » Jusqu'au jour où, grâce à cette rumination, la lumière a jailli.

Résumons-nous. Que s'était-il passé à « Apostrophes ? » J'étais arrivée là, contente. J'avais vu des gens qui me paraissaient amicaux ; j'allais participer à une émission sur l'Amérique latine, avec un grand écrivain de là-bas, et nous allions parler des Indiens que nous aimions. Tout allait bien se passer, comme toujours entre gens qui partagent une passion commune. A priori, je ne pouvais qu'être d'accord avec les participants, qui ne pouvaient que m'approuver.

Je ne m'attendais pas à tomber sur un plateau où les gens se retourneraient contre moi. Pas du tout !

« Bon Dieu, mais c'est bien sûr ! » dirait le commissaire. Voilà pourquoi « Apostrophes » avait été la catastrophe !

J'avais été mauvaise parce que j'avais mal ! Et j'avais mal parce qu'on ne m'avait pas reconnue !

« C'est chaque fois la même histoire !... » Chaque fois que je suis dans de bonnes dispositions, garde baissée, méfiance envolée, il se trouve que j'en prends plein la figure. Ça se passe chaque fois comme ça. Plus je me sens disponible, plus je suis confiante, et plus, au lieu de l'amitié, on me renvoie la colère et la trahison. Si, à ce moment-là, je me révolte, je fais n'importe quoi, si mes impulsions prennent le dessus, c'est parce que je suis blessée au cœur.

Chaque étape de ma vie, la même histoire, chaque chapitre de ce livre, le même scénario !

J'arrive, cœur en bandoulière et bras ouverts, sourire aux lèvres. Et paf ! le direct au foie. On me tombe dessus : l'indifférence ou les coups, je ne sais ce qui fait le plus mal.

---

* Ce ne fut pas tout à fait le cas, en l'occurrence. Le souvenir de cette altercation a frappé les téléspectateurs au point que, trois ans après, les gens qui viennent assister à mes conférences se souviennent encore de mon visage, et la violence de mes reparties semble les avoir conquis !

Alors je cogne, je hurle, je griffe, je fais mes bêtises. Agressive et méchante. Et l'on me croit mauvaise, dure ! Pourquoi, chaque fois, « quand l'on a faim et soif, quelqu'un qui vous chasse* » ?

La même histoire, maman. Au moment où tu me prenais pour confidente, tu décides de partir pour toujours... Et la fois où, au retour de mes nuits de fête, je t'ai aperçue, en face, sur le trottoir de Lille, la fois où, courant vers toi les bras tendus, je t'ai vue te détourner de moi, tu n'avais pas le temps !

La même histoire, papa ! Avec toi, je n'ai que l'embarras du choix. C'était toujours quand je t'aimais bien, quand j'avais un mouvement vers toi, spontanée, gaie, rieuse, quand je me sentais bien dans ma peau, et bien dans mes vêtements, que tu me renvoyais à mes moutons : j'avais pas les bons habits, ni les bons mots, ni les bonnes idées, ni rien de bon. Comment veux-tu que je prenne ces coups-là sans rien dire ? Je ne suis pas du genre silencieux, qui prends les coups sans protester. Il faut que ça passe ou que ça casse. Rappelle-toi, papa, tu en as entendu, des mots et des cris et des chuchotements.

Mais vous n'avez jamais voulu m'entendre. Alors, j'ai gueulé avec ma vie, j'avais plus que mes actes pour parler, vous finirez bien par comprendre...

Ma vie ! Là encore, la même histoire :

La pension ! C'est quand j'étais devenue leur « petit chat sauvage » qu'elles m'ont trahie.

Et toute la suite, l'Angleterre ! C'est quand je commençais à me dépasser avec les drogués qu'Yves m'a claqué dans les doigts !

Le Tchad pareil ! Je croyais que Marie m'attendait, je me précipite, et je trouve... Rien, le vide, le noir !

Et l'Amérique ? Pareil encore ! Au moment précis où, à force de luttes et de patience et de courage, je me sens accueillie, adoptée, patatras ! le sol se dérobe sous mes pieds. Et j'en passe...

Moi, ce qui m'étonne, papa, ce n'est pas qu'après tous ces

---

* « Illuminations. »

coups j'ai tant crié pour qu'on m'entende. Ce qui m'étonne, c'est que je suis repartie chaque fois à l'assaut. Idiote ou quoi ? Niaise ? C'est tout simple, je n'avais pas compris.

Maintenant que je sais, que vais-je faire ? Fermer mon cœur et mes bras ? Plus de coups, plus de mal, plus de cris, plus de croix ! Merci, ça n'est pas pour moi.

Alors ?

Il ne reste qu'une chose à faire : prévoir les coups. Ma nouvelle devise : « Dès que j'ouvre les bras, j'ouvre l'œil. » Et je verrai venir, avec un certain sourire !

Je me faisais ces beaux serments, papa. Je ne savais pas que pour tes soixante ans, en mai 85, tu m'en réservais une bien belle !

Chapitre 27

« Cela commença sous les rires des enfants... »

Cela commença sous les rires des enfants, cela finira par eux. Le poison va rester dans toutes nos veines...

« Illuminations. »

Mai 1985

Pour les soixante ans de papa, Mamilaine avait décidé d'organiser à Hardelot, la villa de vacances sur la mer du Nord, une grande réunion de famille. Il y aurait les quatre enfants de papa et les quatre enfants de Mamilaine.

Hélas ! Malgré l'insistance des uns et des autres pour que tous les enfants soient là, j'avais dû renoncer, le cœur gros, à la fête de famille — une tournée de conférences dans le sud de la France.

Au fur et à mesure que la date approche, pourtant, je ne peux m'empêcher de faire le décompte : dans six jours, dans cinq jours, dans quatre jours, papa aura soixante ans. Je suis à l'autre bout de la France. Et brusquement, l'avant-veille, je décide de faire l'aller et retour entre deux engagements. Cet homme qui va avoir soixante ans, c'est mon père, et je n'ai que lui. Soudain, c'est plus important que tout, quelque chose comme l'appel du sang. Et je bouleverse mon emploi du temps, toute l'organisation prévue depuis des mois.

Avec Samantha qui m'avait rejointe depuis quelques jours, avec Dimitri, l'homme qui partage ma vie, je prends la route. Nous roulons toute la nuit vers le nord.

Deux fois, j'essaie de téléphoner. En vain ! Les pièces ne sont pas suffisantes, ou bien se coincent dans les cabines publiques saccagées, papa n'est pas au bout du fil. La troisième fois est la bonne, je tombe sur lui.

C'est la fin de l'après-midi. Dans trois heures, sa fête. Il semble ne pas bien comprendre. Alors, je crie dans l'appareil :

« Mais papa, j'arrive ! J'arrive pour ton anniversaire. Attendez-moi ! »

A Vichy, je me souviens, nous avions pris le temps du détour, deux heures au moins malgré le retard, pour choisir de modestes cadeaux que Samantha offrirait en mon nom. (J'ai laissé dans mon appartement de Croix les sept ou huit cadeaux que, au fil de mes conférences de l'année écoulée, j'ai achetés pour lui dans les différentes villes où je suis passée. Ce sera pour plus tard...)

Enfin, nous approchons de la maison. L'excitation monte en moi, je conduis plus vite, je me sens invulnérable, précise, en pleine possession de moi-même, maîtresse de tous mes gestes. Bien avant la maison, bien avant qu'on ne puisse m'entendre, je bloque le klaxon du camion, imaginant mes frères et sœurs se précipitant à la porte, tout à la joie que nous soyons tous là, même Anne-Sophie qui avait déclaré forfait.

L'effet est réussi, ils sont tous là ! sur le trottoir, ou penchés aux fenêtres... et même la petite larme réciproque au coin des yeux quand nous nous précipitons dans les bras les uns des autres. « Mille rêves en moi font de douces brûlures*. »

La table est joliment mise, les fleurs superbes, les assiettes bien remplies. Il y a un quart d'heure à peine que nous

---

* « Oraison du soir. »

sommes assis, je réponds à mon frère qui m'interroge sur mes projets :

« Dans quinze jours, je vais aller filmer le pape... »

A côté, j'entends qu'ils parlent du mariage des prêtres — sujet tabou s'il en est dans une famille pratiquante, et qui finit toujours par énerver tout le monde. Un de mes demi-frères enchaîne avec une plaisanterie un peu grosse, Dimitri en rajoute sans doute...

Moi, je n'écoute plus, je connais trop le sujet, je préfère poursuivre ma conversation avec mon frère. Soudain, le silence qui s'est abattu sur la table me saisit. J'entends bientôt Mamilaine qui essaie de meubler le vide. On s'agite, on évoque le merveilleux gigot, on demande du beurre, on reprend de cet excellent bordeaux...

Je questionne ma sœur, elle esquive :

« Rien, laisse tomber, c'est pas grave... »

Je remarque seulement la figure fermée de Dimitri, qui ne dira plus rien, je note la gaieté apprêtée de papa. A peine le dessert avalé — mal avalé car je n'ai plus faim — Dimitri me glisse d'une voix sourde :

« Je m'en vais... J'en peux plus. Je pars, sinon il y aura un malheur !... »

Je ne savais pas quoi dire. Alors, je me suis levée, nous avons dit bonsoir à tout le monde. J'ai laissé papa croire que peut-être nous repasserions le lendemain, aux autres, j'ai seulement dit « Salut ! Dans un mois, dans un an ?... », tellement je sentais Dimitri blessé, meurtri.

C'est dans la voiture qu'il m'a raconté l'incident. L'agression de mon père, toutes griffes dehors :

« Monsieur, vous pouvez prendre la porte. Chez moi, on ne parle pas comme ça. Vous êtes ici dans une famille catholique, pratiquante et bien pensante... » et de me dévider tout le chapelet — c'était le cas de le dire — des fureurs de mon père, parce que lui, Dimitri, avait osé plaisanter le pape !

Moi qui étais si heureuse de les voir tous, qui avais parcouru plus de mille kilomètres pour partager le bonheur, moi qui étais venue passer avec la famille non seulement la nuit de l'anniversaire, mais tout le week-end !

Je me suis retrouvée dans mon camion, à ne pas pouvoir

fermer l'œil de la nuit. En sueur, tremblante, la poitrine oppressée, et ce poids de haine revenu, et cette envie de tout envoyer promener, de recommencer sur-le-champ ma vie d'errance solitaire en haillons.

A nouveau l'envie de meurtre. Dix ans en arrière. Dix ans de gitans, d'Indiens d'Amérique et d'Amazonie, dix ans partout et nulle part, dix ans pour rien !

Le salaud ! C'est toujours pareil avec lui. Comme à chaque fois, dans les moments de grand bonheur, Gilbert a tout gâché. Avec sa voix cassante et ce terrible mystère, lui le bâtisseur d'entreprises qui se fait chaque fois le destructeur d'amour de sa fille.

A cause de lui, cette nuit, je ne peux plus supporter Dimitri à mes côtés.

« Gilbert, pourquoi m'empêcher de croire à l'amour des hommes, pourquoi, dès que je suis bien avec l'un d'eux, viens-tu me donner à penser, à craindre, qu'il va me faire ce que tu me fais, papa ? Pourquoi m'insinuer, sans le dire, que l'homme, un jour ou l'autre, ne peut être que méchant, qu'il va finir, à coup sûr, par te ressembler... me faire du mal... »

Un an qu'avec Dimitri je vis sans une ombre au tableau. Et voilà qu'à cause de Gilbert, j'ai envie de le détester lui aussi.

« A nouveau, comme ce matin de camping sauvage en Sardaigne où j'avais voulu te tuer à coups de couteau parce que, justement, tu avais brisé mon bonheur. A nouveau, au moment où nous sommes tous réunis, vos enfants, ceux de la femme que tu as aimée et ceux de la femme que tu aimes, tous heureux, en bonne santé, en bonne harmonie, il faut que tu casses tout, que tu me prives de famille, des miens que de si loin je suis venue retrouver.

« Bonheur impossible, à cause de toi !

« A cause de toi, il me faut dormir dans mon camion, à cinq cents mètres de la maison familiale, puis me traîner au petit jour jusqu'au café du coin, alors que vous êtes tous réunis pour le petit déjeuner familial ! A cause de toi, redevenue vilain petit canard ! »

Comme s'il voulait à tout prix m'obliger à choisir entre Dimitri et lui. L'amour ou les joies familiales. Pourquoi cet homme toujours me fait-il perdre mon équilibre, pourquoi, au moment précis où les choses se mettent en place, vient-il, par un mot, une chiquenaude, renverser l'édifice enfin reconstruit ? Pourquoi, pendant une semaine, vas-tu nous forcer à errer comme deux âmes en peine, perturbés, démolis, « tout à la guerre, à la vengeance, à la terreur... » ?

Qu'est-ce pour nous, mon cœur, que les nappes de sang
Et de braise, et mille meurtres, et les longs cris
De rage, sanglots de tout enfer renversant
Tout ordre ; et l'Aquilon encor sur les débris...*

Le lendemain matin, en achetant à la boulangerie des chocolatines pour faire la route moins triste, j'avise une magnifique boîte de chocolats que je fais emballer avec un joli nœud. Au crayon feutre, j'écris sur chaque côté du paquet « Bon Dimanche » et je vais le déposer devant la porte de la villa. J'entendais les cris des enfants, toute cette animation lente d'une maison qui se réveille, « comme un papillon de mai ». C'est alors que Delphine est sortie. Je lui ai seulement tendu la boîte en lui disant : « Tiens, c'est pour le chef de famille », et je me suis enfuie en courant.

A Lille, j'ai retrouvé mon lot de cadeaux préparés pour lui. Je les ai jetés au fond d'un sac poubelle et je suis allée déposer le tout devant son garage avec, épinglées dessus, les cartes postales écrites pour lui à chaque occasion.

Et je reprends mon monologue silencieux :

« La poubelle papa, ne crois pas... c'est pas un symbole ; c'est parce qu'il pleut, tout simplement, et je ne veux pas que mes cadeaux soient mouillés... Je veux que tu les trouves comme une surprise en revenant à la maison après le week-end... Je ne veux pas que tu penses que je suis fâchée, au contraire, je veux que tu saches que ton anniversaire, j'y tenais autant que toi... A preuve ces cadeaux rassemblés pendant toute une année ! »

Et j'ai repris la route du sud de la France avec cette histoire qui me trottait dans la tête, avec plus d'amertume que le champagne au petit matin des lendemains de fête...

---

* « Fêtes de la faim. »

Au fil des kilomètres, je revoyais la route qui, deux jours plus tôt, me ramenait vers lui. Je me revoyais, approchant de la maison, en train de changer de robe, de mettre des chaussures convenables, une autre ceinture et d'autres boucles d'oreilles, me regardant dans le rétroviseur pour aplatir une mèche rebelle, faisant Samantha toute belle aussi. Tout pour ne pas choquer papa, pour lui faire plaisir, tandis que Dimitri s'étonnait : « Mais qu'est-ce que tu as, je ne t'ai jamais vue comme ça ?... »

Malgré moi, les mots roulaient dans ma tête, les mots revenus de ma haine morte. Malgré moi.

Oh ! je ne me plains pas. Je te dis mes bêtises.
C'est entre nous. J'admets que tu me contredises...

Mais elles grondaient, mes bêtises, elles gueulaient n'importe quoi.

« Sale briseur de joie ! J'étais bien plus heureuse, il y a quelques semaines, à partager avec mes gitans le saucisson qu'à boire ton champagne ! » Oui, comme dix ans auparavant, le seul salut restait la fuite...

Je ne pouvais m'empêcher de les écouter, mes voix mauvaises et leur vieille tempête : « Il n'a pas le droit de me faire encore le même coup, cet homme. Il y a des limites, Gilbert, même pour toi ! Et Dimitri, qui aurait pu me plaquer avec tout ça... Chez toi, tout le monde est obligé de prendre le masque, Gilbert, tu travailles toujours pour la désunion. »

Les mêmes reproches cent fois, mille fois, se cognaient dans ma tête. « Comme si tu voulais m'obliger à choisir entre ma vie et la vie avec vous. Est-ce que ça te gêne, papa, que j'aie un " fiancé ? " Pourquoi les hommes qui sont auprès de moi, tu ne peux jamais les aimer ? Le Bertrand, que tu as giflé dans ma chambre, à 3 heures du matin... Le Marc, que tu as fait sortir de la maison parce qu'il avait les cheveux longs... Le père de Sam que tu n'as jamais accepté... comme si ma vie était inconciliable avec toi. Mais ta famille, c'est la mienne, papa ! tu ne peux pas m'en priver à cause de tes idées, de ta religion, de tes manières de vivre... Tu ne peux pas me priver de la joie de voir mes sœurs et mon frère, et ta femme que j'aime aussi... et ses enfants, qui sont mes frères maintenant... Tu es catholique pratiquant, d'accord, très bien ! Mais j'ai le droit d'être dans ma famille et de dire ce que je veux. Ma famille n'est pas qu'à toi ! Et le Dimitri, là, que tu viens d'insulter... C'est un homme de trente-trois ans. C'est un homme depuis longtemps, il a gagné sa vie très tôt, tout seul, et jamais personne ne lui a parlé comme ça ! Ou si quelqu'un lui avait parlé comme ça, Dimitri lui envoyait son poing dans la gueule ! Tel quel, je te le dis.

« Papa, tu ne savais pas à qui tu t'adressais. Dimitri est un chanteur de rues, habitué aux bagarres, à mener sa vie dans la jungle des rues. C'est un homme, pas un intellectuel de salon ! C'est un sportif, coureur de marathon, plongeur sous-marin, pilote d'avion. Un " pilier " de rugby, et un " pilier " ça a l'habitude de se faire respecter. Dans la rue, tu aurais dû le comprendre tout seul, papa, dans la rue, si on se fait pas respecter, on disparaît...

« Il me l'a dit en sortant de chez toi :

« " Anne-Sophie, je n'ai rien dit parce que c'était ton père, et par amour pour toi. Mais il n'aurait pas été cet homme... particulier, je lui rentrais dans le lard... "

« Et c'étaient pas seulement des mots. Tu es fou, papa, de parler comme ça à quelqu'un que tu ne connais pas...

« Et puis, papa, il n'y a pas que moi, tu n'as pas le droit de priver mes sœurs de moi. Nadia, qui venait de Paris, elle était heureuse aussi de me voir... et Cedric, qui venait de finir son service militaire, il était tout heureux de revoir sa grande sœur Anne-Sof. »

Au fur et à mesure que ma bile coulait, au fil des kilomètres avalés dans la rage et l'écume, j'ai retrouvé un peu de calme. Au petit matin, avec le soleil, j'en étais à la sérénité. Avec la Provence, la tendresse a frappé à la porte des souvenirs :

« Avant la scène de la table, c'est vrai, on t'avait mis en boîte, on avait joué à mimer tes tics de la vie quotidienne. C'est quand même pas ça qui t'a énervé, papa ? C'était drôle et gentil, tu sais.

« Tu te souviens, c'était une habitude du temps de maman

et toi, quand nous étions petits. Le dimanche soir, chacun mimait les petites manies de l'autre, et tout le monde riait — moi souvent je t'imitais revenant du golf... C'était pareil, hier au soir, il fallait bien trouver, pour tes soixante ans, quelques travers, tu les as pas tous perdus. Mais c'était pour rire comme avant, les anniversaires c'est fait pour ça.

« Et tu te rappelles, il y a dix ans, pour tes cinquante ans, l'autre fête ? C'est Delphine qui avait tout organisé en cachette, pour te faire la surprise. Car moi, j'habitais l'Angleterre à ce moment-là, j'avais pour ainsi dire disparu de la circulation. Alors Delphine avait invité dans le grenier de la maison tous les amis d'autrefois, les amis du Maroc, les amis oubliés. Et chacun avait préparé toutes sortes de cadeaux emballés dans de beaux papiers, et on les avait disposés sur une grosse malle, elle aussi cerclée d'un beau nœud rouge. La malle, c'était le cadeau de Delphine.

« Tous tes amis, tous tes enfants étaient là, sauf la grande qui était partie, on ne savait jamais très bien où.

« Tu as ouvert tes paquets, ravi, confus, ému. Delphine te pressait :

« " Ouvre la malle, papa, il y a une surprise ! "

« Mais toi, en homme bien élevé, tu ne voulais pas avoir l'air de te jeter sur le gros cadeau. Tu ne voulais pas te décider, tu faisais des minauderies, tu plaisantais gauchement :

« " Une malle, qu'y a-t-il dans une malle ? Qu'est-ce qu'on y voit, quand elle est ouverte ? Une souris ? "

« Tu t'es finalement décidé. Alors, pour reprendre tes propres mots, " Un diable a jailli de la boîte ! "

« Un diable s'est jeté à ta face, un bon petit diable qui s'est suspendu à ton cou. C'était moi. Le cadeau que Delphine et moi nous étions convenu secrètement de te faire.

« Tu as pleuré, et moi aussi.

« C'était, je crois, le plus beau cadeau de ton anniversaire...

« Ce jour-là, c'est vrai, tu n'as pas eu besoin de casser la fête. Pourquoi ?

« Sacré Gilbert !

« Mais ne t'en fais pas, papa.

« Dans dix ans, on remettra ça. Et on te mimera la scène

que tu as faite à Dimitri, et on en rira tous, même si les prêtres sont toujours pas mariés, même si on a changé de pape ! On te la resservira, en même temps que le vin vieux qu'on t'a offert. Car tu sais, la grande bouteille de bordeaux que tu vas trouver à Lille, dans la poubelle avec les paquets, c'est le cadeau de Dimitri. Il a fait un détour de soixante kilomètres pour aller jusqu'en Médoc et choisir une bonne année. Et tu verras, il s'est pas moqué de toi. Vingt-deux litres, je crois, un *salmanazar* ou un *mathusalem*, je ne sais plus. Pour que tu sois bien content. Il m'a dit : “ Il faudra la boire pour ses soixante-dix ans ! ” Alors, on attendra. On sera tous bien et on saura se dire qu'on s'aime, sans avoir besoin de nous faire mal.

« Tu sais ce que me disent tous tes amis ?

« “ Ton père, c'est comme le bon vin. Il s'améliore en vieillissant... ”

« Un jour, papa, je te promets, on en rira bien, de cette histoire.

« Sacré Gilbert ! »

Chapitre 28

« Et doux comme un papa... »

... s'en va, raide, sur son dada
Flamboyant ; très heureux — car il voit tout en rose,
Féroce comme Zeus et doux comme un papa...

« L'éclatante victoire de Sarrebruck. »

Juin 85

Je reviens à toi, Dennys le gitan, comme il y a quelques mois je suis remontée vers toi...

Chaque année, donc, tu m'envoyais une carte de vœux. J'en ai dix, que j'ai gardées, dix cartes échelonnées de 75 à 85 ; quelques mots pour dire que tu pensais à moi, et la formule rituelle « Love, Dennys ». A côté, trois croix appuyées, comme gravées dans le papier. Je sentais comme une vibration quand je passais mon doigt dessus. Et c'était important, pour commencer l'année, de savoir que, quelque part dans le nord de l'Angleterre, un homme que j'avais aimé ne m'oubliait pas.

Cette année, je me suis décidée : je retournerai à Appleby. Je n'ai pas voulu le prévenir, j'avais peur des retrouvailles, ou peut-être peur d'être déçue.

Au fur et à mesure que j'approchais du rassemblement,

l'émotion me gagnait. Rien n'avait changé dans le camp, sinon qu'il me semblait plus grand, trois ou quatre fois plus important. J'ai cherché sa roulotte et ne l'ai pas trouvée. Il n'y avait plus, dans ce coin du camp où elle était autrefois, que des caravanes modernes. Dennys n'était plus là.

Trois jours ont passé. Toujours rien. Pour ne pas risquer de le manquer, j'avais garé mon camion à l'entrée du rassemblement, Dennys se douterait. Et, à chaque fois que j'entendais le pas d'un cheval, à chaque fois qu'une roulotte approchait, je me précipitais pour détailler les visages des hommes.

Et s'il avait changé, Dennys ? Si c'était lui ce monsieur maigre, si c'était lui ce malade, ce boiteux ? Chaque fois qu'un vieillard s'avançait, mon cœur s'affolait, comme il battait la chamade, mon cœur, devant chaque inconnu possible ! Deux ou trois fois, j'ai hésité devant une ressemblance, je me suis approchée jusqu'à pouvoir scruter les visages. Parfois je regardais les chaussures... je les reconnaîtrais peut-être ! Mais ni les visages ni les chaussures n'étaient à lui...

J'ai fini par me résigner, par me faire à l'idée de lui téléphoner et d'essayer de remonter jusqu'à chez lui, pour lui dire bonjour. Mais l'idée ne nous ressemblait pas...

L'avant-dernier jour, je suis allée assister à la présentation des chevaux. Mais, avant la fin, bredouille, fatiguée, je me suis assise un peu à l'écart. Je ne cherchais plus, je ne pensais à rien. Dans la foule un homme alors s'est avancé, accompagné d'une jeune fille qui tenait un jeune homme par la main. Il ne me voyait pas, je le voyais à peine dans le soir déclinant, mais soudain, j'eus la certitude que c'était lui.

Comme il passait devant moi, je l'ai interpellé :

« *Is your name Dennys ?* »

Il s'est arrêté brusquement puis, d'un signe de tête, a répondu que oui. La jeune fille a demandé à son tour :

« *Is your name Sophie ?* »

Dennys était visiblement ému, bizarre, tout excité à l'intérieur, sans rien vouloir laisser paraître, regardant seulement avec une sorte d'inquiétude mes deux compagnons. Je les ai présentés :

« *My boyfriend... my cameraman...* »

Lui m'a présenté sa fille, la jeune fille que je ne connaissais pas mais qui m'avait reconnue !

Dennys a dit : « *See you later* », et le trio a repris sa route.

Puis la jeune fille est revenue sur ses pas, juste pour demander si le camion français à l'entrée du camp était bien le mien. Ainsi c'était l'aveu, lui aussi m'attendait ! J'avais le cœur en fête, j'avais atteint le but de mon voyage...

Je me suis mise à déambuler à travers le camp et soudain, à l'abri derrière une haie pour allumer une cigarette, j'ai aperçu Dennys. Tout joyeux, il me faisait des signes. J'ai compris au bout d'un moment que mes compagnons l'intimidaient et qu'il préférait me voir plus tard.

J'ai repris ma marche, à la recherche d'images à graver dans mon cœur pour bien cadrer mon émotion. Dans le coin des roulottes à chevaux, un homme à moustaches a attiré mon regard :

« Monsieur, je vous connais. »

Il m'a dévisagée, interloqué :

« Moi pas. — Puis : Etes-vous Sophie ? — Enfin : Avez-vous vu Dennys ? »

Il y a dix ans, Peter Igram, cet homme, avait la roulotte voisine de la nôtre !

Rien n'avait changé. J'avais retrouvé les filières. J'ai su que Dennys campait à quarante kilomètres de là et je m'y suis rendue le lendemain. Un grand blond m'a interpellée comme une vieille connaissance : « Eh, toi ? Viens voir ce cheval. C'est le poulain que tu as vu naître, il y a dix ans... » Dix ans après ! Il se rappelait la naissance de son cheval, et que j'étais de la fête !

On m'a donc reconnue, fêtée, prévenue que Dennys était au pub. Quel pub ? J'ai dû faire la tournée jusqu'au moment où un grand éclat de voix m'a accueillie :

« *What do you drink, Sophie ?* »

C'était lui, Dennys. Le même Dennys. Toujours si calme, si cool, si impressionnant, celui que tout le monde aime, celui qui tient toujours son auditoire sous le charme des histoires qu'il raconte, de belles histoires de chevaux, de policiers bernés, de trouvailles dans les fermes, d'aventures. « C'est un héros », m'a confié Peter, le moustachu de la veille, comme pour me convier à le fêter dignement. Mais je devais aller prévenir « mes hommes » — ils attendaient toujours dans le camion. Dennys avait pris son visage malheureux.

Le soir, dans un autre pub, nous nous sommes retrouvés, le vieux groupe de jadis et les nouveaux, réunis autour de lui. Une femme a dit qu'elle ne connaissait pas Londres.

« Moi non plus, a répondu Dennys le voyageur. Mais j'ai acheté un plan... »

Après un temps, il a ajouté d'une voix neutre :

« Parce que j'ai écrit à Londres souvent, et je voulais savoir où ma lettre arrivait... j'écrivais à Sophie. »

Les larmes me sont venues aux yeux, en même temps que je mesurais le fossé qui me séparait de Dennys, de sa vitesse à lui, qui avait tout le temps de la patience par rapport à moi qui brûlais les étapes...

Je n'ai pas été seule avec lui, et d'ailleurs je ne le souhaitais pas. Comme si je ne voulais pas brusquer les choses, comme si je voulais garder secrète notre belle histoire d'il y a dix ans. Mais, plus le temps passait et plus j'avais envie de laisser les autres repartir sur Londres. J'étais reprise par l'amour des belles collines et des chevaux, par l'amour de la vie qui bat au rythme du pas du cheval, séduite par la vie de Dennys si accordée à l'éternité des choses...

C'était merveilleux de découvrir que rien n'avait changé, que les sentiments d'il y a dix ans pouvaient renaître, aussi beaux, aussi neufs, ou plutôt qu'ils étaient restés là, quelque part, enfouis, préservés, intacts... J'étais heureuse aussi de voir que mes choix d'il y a dix ans étaient les bons, que je referais les mêmes aujourd'hui, sans difficulté...

Et j'étais émerveillée, enfin, de retrouver les mêmes têtes et les mêmes gestes, et les mêmes histoires, celles que l'on a entendues cent fois mais que l'on entend avec le même plaisir — et l'on rit aux mêmes endroits d'aussi bon cœur.

J'ai avoué à Dennys que je l'avais cherché pendant trois jours. Il en a fait une histoire fantastique, enjolivée de mille et une broderies poétiques, une histoire d'amour fou à pleurer et à mourir de rire, et c'était le plus beau cadeau que nous pouvions nous faire.

Peu avant la fin du rassemblement, j'étais assise avec Dennys et Peter, et je sentais leurs regards posés sur moi, celui d'un maquignon qui apprécie une vache. Tous deux pensaient la même chose, mais c'est Dennys qui a parlé :

« Sophie, tu as trop maigri, prends soin de toi. Tu n'es plus bien costaud maintenant... »

Puis, après un silence, comme s'il regardait Dimitri avec réprobation, il a ajouté :

« Moi, j'avais bien pris soin de toi ! »

C'est, à peu de chose près, les seuls mots que nous nous sommes dits. On aurait pu s'asperger de questions, se demander de nous raconter nos vies comme un roman à épisodes. Mais il m'a plu que, justement, malgré l'envie qui nous tenaillait l'un et l'autre, on n'ait pas cherché à savoir. Le moment n'était pas venu. Il viendrait, il suffisait d'attendre. Et j'ai aimé ces retrouvailles où l'on sait garder les questions qui vous brûlent les lèvres.

Et j'ai su qu'à l'inverse, quand je retrouve mes amies de Lille ou de l'Université, et qu'on allume à longueur de soirée le feu des questions-réponses, j'ai su que j'alimentais une relation, mais que l'amour n'était pas là...

Quand ce fut fini, et que j'ai repris la route de Londres, je me suis cachée derrière mon volant pour ne pas avoir à parler. Deux jours durant, je me suis interrogée. Pourquoi avais-je le cœur arraché de repartir ? Derrière l'envie de recommencer, était-ce l'amour, l'amour intact du voyage, de la vie nomade ? L'amour de la vie de gitan, ou l'amour de Dennys ?

Et si aujourd'hui je « *travaille sur les Tsiganes* », comme on dit, si je fais ce film qui, me semble-t-il, me tient à cœur depuis toujours, est-ce que je remonte à l'envers la bobine de ce vieux rêve d'adolescente qui écrivait dans son « carnet de bord » : « Un jour j'entrerai à *Connaissance du Monde*, un jour je monterai sur les planches pour expliquer aux gens pourquoi il faut aimer les gitans et tous ces étrangers qui leur font si peur... » Oui, était-ce un vieux rêve, ou un rêve tout neuf ?

C'est peut-être beaucoup plus simple, au fond. Clair et lumineux comme ce dernier soir...

Le dernier soir, nous nous sommes trouvés réunis autour d'un feu. Des « gitans » irlandais, des « tinkers » chantaient derrière les flammes, la veillée allait se prolonger sans doute jusqu'au petit matin. Mais une grosse averse a disloqué l'assistance.

Moi, je suis restée, je n'avais pas envie de rentrer dans mon camion.

Sous la pluie, Dennys s'est approché de moi en souriant. Il m'a prise dans ses bras et m'a serrée très fort. Puis il m'a demandé si j'étais vraiment obligée de rentrer dans « ma roulotte », car il aimerait m'emmener dans la sienne.

Il a dit cela comme s'il voulait m'entraîner pour la nuit. Moi, je savais que cela voulait dire m'enlever pour la vie...

Je suis revenue vers mon camion écartelée de tristesse. Mon cœur était dans deux endroits...

Épilogue

« Un pied près de mon cœur... »

Où, rimant au milieu des ombres fantastiques
Comme des lyres, je tirais les élastiques
De mes souliers blessés, un pied près de mon cœur !

« Ma Bohème. »

Et pendant ce temps-là... pendant les huit années de mon périple autour du monde, je recevais un peu partout des lettres de papa. Régulièrement, poste restante, dans les villes que je lui indiquais à l'avance.

J'étais heureuse de reconnaître l'enveloppe, un peu déçue aussi chaque fois. Les formules, toujours les mêmes... la machine à écrire... le style froid, impersonnel... J'imaginais un Gilbert glacé ajoutant une lettre de plus à son courrier obligatoire, parce qu'il est bien qu'un père réponde aux cartes de ses enfants. Malgré tout, c'étaient quand même des nouvelles de la famille, c'était quand même une pensée de lui.

Je ne savais pas, je ne pouvais savoir. Alors qu'il m'arrivait souvent de me demander, à lire ces phrases banales coulées du même moule, s'il m'aimait un peu ou pas du tout, pendant ce temps-là un cœur battait derrière le silence des mots. Chacune de ces lettres, pour lui, était le fruit d'une longue attente et d'une longue inquiétude, un moment douloureux aussi...

Il a fallu les confidences de sa secrétaire depuis dix-huit ans, Mme Bouquillon, Maïté devenue mon amie, pour qu'enfin j'ouvre les yeux. A l'époque, elle ne me connaissait pas, bien qu'elle sût tout de moi, depuis ma date de naissance jusqu'à mon numéro de permis de conduire — elle s'occupait de tous les dossiers de la famille. Ce n'est qu'à mon retour d'Amazonie que j'ai voulu la rencontrer, subodorant peut-être l'autre face des choses. J'ai dîné plusieurs fois avec elle et, en lieu et place de la vieille dame imaginée, j'ai découvert une femme jeune, passionnée, ouverte. Non seulement nous avions des atomes crochus — seule, elle avait élevé comme moi un enfant — mais nous avons développé une amitié sincère.

Maïté, donc, a soulevé la couverture. Les mots, une fois de plus, n'étaient que des masques.

« M. Tiberghien arrivait le matin... »

Je connais ce récit par cœur tellement je l'ai fait raconter à Maïté, et il commence maintenant pour moi comme un conte d'enfants : « Il était une fois un M. Tiberghien... » Maïté poursuivait : « A la façon dont il me lançait " bonjour, madame Bouquillon ", je savais son inquiétude. Au moment précis où je lui tendais le courrier professionnel, il avouait comme pour lui-même : " Je n'ai toujours pas de lettre de ma fille... C'est inquiétant à la fin... Qu'est-ce qui a bien pu se passer ?... " Alors, je l'imaginais, cet homme si calme et si retenu, se hâtant la veille au soir jusqu'à chez lui et se précipitant sur son courrier... Il ne disait jamais rien de plus, mais ces premiers mots du matin avaient trahi son angoisse...

« Quand il avait reçu une carte de toi, en revanche, je le devinais aussitôt, à un je-ne-sais-quoi dans sa démarche, avant même qu'il ne m'annonce d'un ton enjoué : " Asseyez-vous, madame Bouquillon. On va écrire à Anne-Sophie... "

« Alors commençait la dictée. Il s'asseyait, silencieux d'abord, tout à son idée, concentré sur ce qu'il avait à dire. Et moi, je n'existais plus, il se mettait bientôt à parler tout haut, comme pour lui-même, et je n'étais plus là. Transparente soudain.

« Cela commençait toujours comme une formalité, il allait

suivre le même cheminement. J'aurais pu écrire avant qu'il n'ouvre la bouche, et parfois, au milieu du silence, je tapais déjà. En haut à gauche le nom et l'adresse, en milieu de page la formule rituelle “ Ma bien chère fille ”.

« La suite aussi coulait d'elle-même, “ je te remercie de ta carte du... ”, avant les nouvelles de la famille, petits faits et gestes généralement anodins. Enfin il en venait à toi. Moi je brûlais d'impatience, je ne savais rien ou presque, je n'avais pas accès à ta correspondance et ne pouvais que deviner tes aventures à travers ses réponses. C'était un sentiment bizarre que d'écrire à une inconnue connue, à une inconnue dont je savais beaucoup de choses, dont j'avais la photo sous les yeux mais dont je devinais seulement un côté de l'aventure à travers le commentaire paternel ! Comme ces conversations au téléphone dont on imagine les réponses à l'autre bout du fil. Peu à peu, je me bâtissais une histoire pleine de détails et pleine de trous !

« A ce moment précis, quand, après les banalités rituelles, il allait parler de toi, sa voix changeait. Brusquement. Je le sentais ému, mais tout d'un coup, comme si une barrière venait de se rompre, comme s'il n'avait plus la force de contenir le flot. Je n'osais plus le regarder, c'était très impressionnant soudain, cette voix que pour la première fois j'entendais différente. Cette voix devenue plus haute, alors que, d'ordinaire, elle ne trahissait jamais la moindre émotion. Mais il ne voulait rien montrer. Il se tournait un peu. Parfois, il y avait un long silence, interminable. Et moi, je faisais semblant de rien, plongeant le nez sur ma machine, corrigeant une faute imaginaire, bouleversée par son émotion. Les doigts paralysés sur le clavier, je n'avais même plus le bruit sécurisant de la machine pour oublier mon trouble...

« A ce moment-là, Gilbert Tiberghien n'était plus le même homme. Tout en lui était différent. Pour un courrier ordinaire, il était assis en face de moi, me regardant bien en face, tout en fouillant dans ses dossiers. Là, il regardait ailleurs, à l'opposé de moi, ou bien son regard passait au-dessus de ma tête, comme si je faisais partie des meubles. Lui non plus n'était pas là, perdu quelque part avec toi... Et puis, brusquement, comme il était parti, il retombait. De sa voix classique, il dictait la conclusion, chaque fois la même formule conventionnelle : “ Crois, ma chère fille, à ma meilleure affection. ”

« Le contraste entre ces mots, froids dans leur répétition presque mécanique, et son émotion envolée était insoutenable.

« L'instant d'avant, la gorge obstruée, la voix qui déraillait, les pleurs au bord des cils, et soudain cette “ meilleure affection ”... Il me dictait encore le nom de la ville où adresser la lettre. Mais, alors qu'il épelait parfois certains mots des plus simples, il n'épelait jamais les noms impossibles des villes où tu te trouvais. Il me fallait plonger dans les dictionnaires — le pire, c'était Saskatchewan dont je n'arrivais jamais à retenir l'orthographe... — mais ainsi du moins pouvais-je suivre ton périple sur les cartes et les Atlas...

« C'était fini. Je disais “ Merci monsieur ” et je m'en allais sans même oser jeter un œil derrière moi, tant il m'eût été insupportable de le voir ainsi. Et j'allais retranscrire tous ces signes, les jours où j'avais noté en sténo, et chercher ces villes sur les cartes. Mais jamais je n'ai osé ajouter un petit mot personnel, malgré l'envie qui me prenait chaque fois... »

« Il ne me disait donc pas grand-chose de ta vie. Impossible pourtant de ne pas voir, derrière l'émotion mal contenue, l'admiration qu'il te portait. Toutes ces villes, ces pays, ces gens dont il parlait... sans pouvoir empêcher une nuance de fierté dans sa voix. Tu allais dans l'inconnu, tu approchais des gens que tu ne connaissais pas, tu sillonnais un univers si éloigné du sien. Pour lui, homme des traditions et des convenances, il était difficile d'accepter cette témérité, cette folie, le côté fantasque et aventureux de ta vie. Peu à peu cependant, à force de suivre et de vivre ton voyage avec passion, il s'est mis à emprunter tes chemins. Un jour, il m'a dit avec une sorte de jubilation : “ Vous vous rendez compte, elle passe la nuit avec pas grand-chose ! ”... Et moi, qui ne savais où tu passais la nuit, ni comment ni avec qui, je savais qu'il était mort d'inquiétude en même temps que gonflé de fierté. Parfois encore, une bribe de phrase lui échappait — trente secondes pas plus — mais il retrouvait aussitôt sa neutralité coutumière. Une seule fois, lorsque tu as reçu la flèche empoisonnée, il s'est laissé aller et m'a tout raconté...

« Je me souviens de conseils qui revenaient souvent sous sa dictée : “ Prends des notes, Anne-Sophie, n'oublie pas de tenir ton journal... ” Je me souviens d'inquiétudes soudaines, quant à ta santé ou à celle de Samantha. “ Etes-vous vaccinées contre la polio ? ” Sa pensée te suivait partout, cependant qu'ici il s'occupait de tes affaires avec conviction. Lors de la mort de ta grand-mère, par exemple, il répétait sans arrêt : “ Il ne faut pas qu'Anne-Sophie soit lésée... ”

« Avec ta grand-mère, justement, tu étais la seule pour laquelle il me dictait ce courrier personnel. Et tu sais, Anne-Sophie, la machine : c'était à cause de son écriture impossible, il craignait que tu ne puisses la déchiffrer. C'est lui qui avait pris l'initiative de t'écrire régulièrement, toutes les trois semaines environ. Mais, trois ou quatre jours à peine après l'arrivée de ta dernière carte, il recommençait : “ Pas de nouvelles d'Anne-Sophie... C'est inquiétant... ”. »

Ainsi parlait Mme Bouquillon. Les lettres qu'elle m'adressait au nom de mon père me retrouvaient à l'autre bout du monde, certaines d'entre elles en tout cas. Mais elles avaient perdu en route leur tendresse et leur chaleur et m'arrivaient, impersonnelles et froides, à l'image que j'avais de mon père. Quand les hommes sauront-ils parler aux femmes ? Quand les parents comprendront-ils qu'avec leurs enfants aussi, il faut mettre les points sur les i ?

C'est à travers Mme Bouquillon, par elle, que le malentendu s'est dissipé peu à peu. L'image d'un autre père a commencé à se dessiner, « ni tout à fait la même, ni tout à fait une autre, qui m'aime et me comprend »... Car elle me l'a répété cent fois, Maïté : « Ton père t'adorait... Ton père t'admirait... Ton père était mort d'inquiétude... Ton père pleurait... ». Chaque fois même, elle ponctuait son affirmation d'un « Mais il n'osait pas te le dire... » qui me réchauffait un cœur que je croyais glacé pour lui à tout jamais. Elle me l'a répété autant de fois que je lui ai demandé de reprendre son histoire...

Moi qui avais vécu trente ans avec de gros nuages noirs

dans le ciel de ma mémoire, moi qui étais sa fille ratée pour toujours, moi qui pour toujours resterais le mauvais exemple, qui pour toujours porterais et rejetterais la responsabilité de la mort de sa femme... moi le chat sauvage qui ne savait plus que griffer, voilà que j'étais sa petite fille qu'il aimait...

1985 — Décembre.

En cette année 85 pourtant, il y a eu son anniversaire, cet anniversaire dont j'ai parlé, l'anniversaire de ses soixante ans. Et tout a recommencé comme avant, quand il ne supportait pas le bonheur, quand il tuait le bonheur...

Mais, en cette même année de grâce 85, peu avant Noël, il y a eu autre chose.

Je venais de passer un peu plus de cinq mois chez les « gitans » des pays de l'Est, à préparer et à tourner un film avec Dimitri. Cinq mois de labeur et de joies, mais il y avait déjà trois mois que ma fille m'avait quittée pour reprendre l'école. J'allais enfin la retrouver pour les fêtes, et j'avais télégraphié la date exacte de mon arrivée à Lille.

Au dernier moment, notre retour avait pu être avancé de quelques jours. Dimitri avait conduit le camping-car toute une partie de la nuit sur les routes enneigées de l'est de la France, et, vers 3 heures du matin, heureux et fourbus, nous rangions le véhicule dans le jardin de mon père. Nous allions dormir là, dans le camion. Samantha, en ouvrant les volets le lendemain matin, comprendrait aussitôt. Ce serait une belle surprise de Noël...

Auparavant, j'étais passée chez moi, à un kilomètre de là, déposer quelques affaires et prendre mon courrier. Déjà Dimitri dormait dans le camion. Allongée dans mon sac de couchage, je dépiautais mon courrier, faisant le point du voyage, excitée par le retour et par ma fille à quelques pas de moi.

Tout à coup — il devait être 4 heures environ — j'entendis une voix dans la nuit. Je tendis l'oreille, je reconnus la voix de mon père : « Oh... ooh ! Oh... ooh ! ». J'ai d'abord pensé à un voleur, mais la voix était enjouée et modulait gaiement son appel. Je jetai ma couverture, bouleversant la belle ordonnance de mes rangements — la pile d'enveloppes à jeter, les urgences, les lettres qui pouvaient attendre... —, et, en collants, culottes et tee-shirt, me précipitai dans la nuit, pieds nus sur le gravier recouvert de neige.

Longtemps on est resté dans les bras l'un de l'autre, sous les flocons, longtemps il m'a tenue serrée contre lui, me caressant la nuque en répétant : « Ma fille, ma fille... »

Il avait eu une insomnie sans doute, et, apercevant le camion, comprenant aussitôt, était sorti comme un fou.

Il me serrait toujours et ne me lâchait pas. Moi, j'avais dans les yeux la vision de cet homme en pyjama sur le palier de sa porte, ses cheveux blancs illuminés qui lui faisaient comme une auréole sous les projecteurs du jardin, sa bonne mine réjouie de papa heureux, sa bonne tête de papa qui m'aimait. J'avais des larmes dans les yeux tandis que sa voix murmurait dans mon oreille : « Ma fille... ma fille... Rentre, rentre... Raconte-moi... »

Enfin nous sommes entrés. Et tous deux jetés sur les fauteuils chics de son beau salon, lui en pyjama et robe de chambre rouge, moi en collants, ébouriffée, gamins riant aux éclats, nous avons parlé toute la nuit. Et je lui racontais tout pêle-mêle, les pays de l'Est dans le désordre ; le communisme et nos folles soirées, nos chansons et Dimitri, et la ribambelle d'enfants que je m'étais inventée — puisque j'étais une gitane de France et que je ne voulais pas être en reste avec mes frères de race — mes enfants qui s'appelaient Delphine, et Nadia et Cédric et Gilbert ! Et il riait et il en redemandait, et il voulait tout savoir.

Je me souviens avoir pensé à une autre scène, plus de douze ans auparavant. Sur la tombe de maman, à mon retour de Scandinavie, à elle aussi ma maman morte, j'avais raconté mes vacances et tout ce que je ne lui avais pas dit...

Cette nuit, j'avais la chance avec moi : un père heureux et proche et vivant, et qui posait des tas de questions, qui oubliait ses préjugés et ses horaires, qui aimait les gens que j'aimais, curieux de tout, curieux de moi, proche et affectueux, et qui ouvrait enfin son cœur.

Le jour pointait. Brusquement, papa s'est écrié : « Mais tu dois avoir froid ! » Alors, avant que j'aie le temps de répondre, il a enlevé ses chaussettes pour me les donner. L'image s'est superposée dans ma tête. Gilbert, c'était mon papa, un homme au cœur bon comme un gitan qui partage sa soupe, capable d'oublier ses fortunes et ses habitudes d'homme rangé, un homme qui allait avoir froid pour réchauffer sa fille. L'image s'est superposée de ce gitan barbu de l'Autriche, qui portait encore sur la peau le tatouage d'Auschwitz et qui, deux mois auparavant, me voyant en tennis et tee-shirt dans la neige, l'image de ce ferrailleur d'Autriche qui, justement, m'avait offert ses chaussettes ; et puis encore une belle fourrure, un beau manteau de mouton peigné, et puis encore de magnifiques bottes de cuir ouvragé pour passer l'hiver sans avoir froid. Il n'y a que les pauvres qui sachent faire des cadeaux de roi, mais mon père qui était riche avait un cœur de gitan. Alors, je me suis mise à pleurer. Non pas de fatigue et non pas pour ces chaussettes offertes. Non. Je me suis mise à pleurer parce que, cette fois, mon vrai papa venait de naître, Gilbert était bien mort. Et le chat aussi. Le chat sauvage ne grifferait plus. Le petit chat est mort...

*Les rages, les débauches, la folie, dont je sais tous les élans et les désastres — tout mon fardeau est déposé**.

Le jour pointait. L'heure du bureau allait bientôt sonner. Nos conjoints respectifs dormaient toujours, chacun dans son coin, exclus de la fête. Et ma fille aussi, pour qui j'avais voulu braver cette nuit de verglas, cette nuit dans le camion où toutes les heures les bulletins météo rappelaient à la prudence et conseillaient de ne pas rouler — mais il y avait ma fille au bout de la route et je voulais lui faire une de ces surprises qu'elle aimait... Et c'étaient d'autres retrouvailles inattendues qui se préparaient pendant ce temps, une autre fille qui allait retrouver son père, et c'étaient des chaussettes échangées qui allaient mettre fin à des années de souffrance et de silence...

Sa femme dormait, mon compagnon dormait. Nous étions

* « Une saison en enfer. »

juste seul à seul, papa et sa petite fille ensemble, dans la féerie de cette nuit d'hiver qui s'achevait.

Une demi-heure plus tard, il me dirait au revoir. Distrait comme à l'ordinaire, dans son veston gris et sa cravate sombre, pressé comme à l'ordinaire. Mais cela n'avait plus d'importance ; cela n'aurait plus d'importance jamais.

Table des matières

TROISIÈME PARTIE

« FLEURS DE RÊVE... »

Achevé d'imprimer en mars 1986
sur presse CAMERON
dans les ateliers de la S.E.P.C.
à Saint-Amand-Montrond (Cher)
pour
les éditions Robert Laffont

Dépôt légal : avril 1986.
N° d'Édition : L 944. N° d'Impression : 528/334.